BASTEI
LÜBBE

JUDE DEVERAUX

Die Verführerin

Aus dem Amerikanischen übertragen
von Bodo Baumann

BASTEI
LÜBBE

BASTEI-LÜBBE-TASCHENBUCH
Band 10 993

Deutsche Erstveröffentlichung
Die Originalausgabe erschien unter dem Titel:
THE TEMPTRESS

Printed in West Germany, Dezember 1987
Einbandgestaltung: Klaus Blumenberg
Titelbild: Harry Bennett
Satz: Fotosatz Froitzheim, Bonn
Druck und Verarbeitung: Ebner Ulm
ISBN 3-404-10993-7

Prolog

Der große schlanke, dunkelhaarige Mann verließ Del Mathisons Büro und zog die Tür hinter sich zu. Er stand einen Moment mit zuckenden Wangenmuskeln da, als dächte er über etwas nach, das er soeben gehört hatte. Dann ging er den Korridor hinunter und betrat Mathisons kostbar möblierten Salon.

In diesem Raum stand ein Mann gegen den Sims des kalten Kamins gelehnt. Auch er war groß, hatte aber das weiche, gepflegte Aussehen eines Mannes, der sein ganzes Leben in der Stube verbracht hatte. Seine blonden Haare waren sorgfältig frisiert, sein Anzug maßgeschneidert.

»Ah«, sagte der Blonde, »du mußt der Mann sein, den Del anheuerte, damit er mich zu seiner Tochter bringt.«

Der Dunkelhaarige nickte nur. Irgend etwas schien ihm nicht zu behagen, denn sein Blick verirrte sich immer wieder in eine Ecke des Zimmers, als habe er den Verdacht, daß sich dort jemand versteckt hielt.

»Ich bin Asher Prescott«, sagte der blonde Mann. »Hat Del dir erzählt, was ich für eine Rolle bei dieser Mission spiele?«

»Nein«, erwiderte der Dunkelhaarige mit einer Stimme, die man nicht nur hörte, sondern auch zu spüren glaubte.

Prescott nahm eine Zigarre aus der Schachtel, die auf dem Kaminsims stand, und zündete sie an, ehe er fortfuhr: »Dels Tochter hat eine Vorliebe...« – er hielt inne und sah den Dunkelhaarigen rasch von Kopf bis Fuß an – »...ein Talent, wollte ich sagen, sich in Schwierigkeiten zu bringen. Jahrelang hat Del ihr nur ihren Willen gelassen mit dem Ergebnis, daß sie von einer Klemme in die andere geriet. Ich darf doch annehmen, daß du schon mal von Nola Dallas, der Reporterin, gehört hast.« Er schwieg kurz. »Oder vielleicht auch nicht.«

Er sog an der Zigarre und wartete auf eine Antwort, die aber nicht kam. »Nun, ihr Vater hat die Faxen jetzt dick und beschlossen, sie mit Gewalt zur Vernunft zu bringen. Sie befindet sich im Augenblick nördlich von hier, wo sie sich bei irgendwelchen Freunden von Freunden aufhält.« Er machte ein angewidertes Gesicht. »Das arme Mädchen ist davon überzeugt, daß Hugh Lanier – der Mann, dessen Familie sie gerade besucht –, Indianer dazu anstiftet, Missionare zu massakrieren. Das ist natürlich eine geradezu lächerliche Unterstellung, und Del hat recht, wenn er sagt, dieser Unfug müsse ein Ende haben.«

Prescott studierte den Dunkelhaarigen, der nun aus dem Fenster schaute. Del hatte gesagt, dieser Mann könnte sie durch jeden beliebigen Teil des Washington-Territoriums führen. Tatsächlich hatte Del gesagt, dieser Mann wüßte sogar einen Weg durch den Regenwald – eine Region, die als unpassierbar galt.

»Es ist geplant«, fuhr Prescott fort, »Mathisons Tochter aus Laniers Haus zu entführen – notfalls mit Gewalt – und sie zu ihrem Vater zurückzubringen. Und du sollst uns durch den Regenwald führen, damit ich eine Weile mit Miss Mathison allein sein kann. Ich will mit ihr verlobt sein, wenn wir hierher zurückkommen.«

Der Dunkelhaarige drehte sich um und starrte Prescott an. »Ich tue Frauen keine Gewalt an.«

»Ihr Gewalt antun?« gab Prescott schnaubend zurück. »Sie ist eine achtundzwanzigjährige Jungfrau, die die ganze Welt bereist hat, um diese lächerlichen, herzzerreißenden Geschichten zu schreiben. Kein Mann hat sie jemals haben wollen.«

»Aber Sie möchten sie haben.«

Prescott klemmte die Zigarre zwischen die Zähne. »Ich möchte das hier haben«, sagte er, sich im Zimmer umschauend. »Del Mathison ist ein reicher und mächtiger Mann, und alles, was er besitzt, wird er seiner einzigen pferdegesichtigen, reizlosen Tochter hinterlassen, die glaubt, sie könne die Welt von allen ihren Übeln befreien. Und ich möchte lieber von Anfang an klare Verhältnisse schaffen: Werden Sie mir bei meinem Vorhaben helfen oder es hintertreiben?«

Der Dunkelhaarige brauchte eine Weile, ehe er antwortete: »Sie gehört Ihnen, wenn sie Sie haben möchte.«

Prescott lächelte hinter seiner Zigarre. »Oh, sie wird mich ganz bestimmt haben wollen. In ihrem Alter wird sie froh sein, wenn sie überhaupt einen Mann bekommt.«

Kapitel 1

Christiana Montgomery Mathison steckte die Hand in den Zuber, um die Wassertemperatur zu prüfen, und begann sich dann auszuziehen. Was für ein gutes Gefühl, nach einem harten Tagesritt und stundenlangem Sitzen am Schreibpult ein heißes Bad nehmen zu können! Sie hatte ihre Story fertiggestellt, und morgen würde sie sich wieder auf die beschwerliche Heimreise machen.

Als sie sich ausgezogen hatte, fiel ihr ein, daß sie vergessen hatte, ihren Frisiermantel bereitzulegen, den sie nach dem Bad anziehen wollte, und ging zu dem großen doppeltürigen Kleiderschrank, um das Versäumte nachzuholen.

Doch als sie die rechte Schranktür öffnete, schien ihr Herz einen Takt zu überspringen: denn vor ihr stand ein Mann, dessen Augen sich weiteten und dem die Kinnlade herunterfiel, als er Chris' hübschen kleinen Körper im unbekleideten Zustand vor sich sah. Chris, die in den Jahren, seit sie als Reporterin arbeitete, gelernt hatte, geistesgegenwärtig zu reagieren, warf die Tür wieder zu und drehte den Schlüssel um, der außen steckte. Der Mann, der offensichtlich kein Aufsehen erregen wollte, klopfte leise von innen gegen die Tür. Chris hatte einen Fuß zum Bett hin ausgestreckt, wo sie die Tagesdecke abnehmen und sich um den Körper wickeln wollte, als etwas so rasch geschah, daß selbst sie mit ihrer Geistesgegenwart zu keiner Reaktion mehr fähig war.

Die linke Schranktür öffnete sich hinter ihr, und heraus kam ein Mann, der sie bereits mit seinen Armen umfangen hatte, ehe sie Gelegenheit bekam, einmal Luft zu holen oder sein Gesicht zu sehen. Ihr Antlitz an seiner Brust begraben, spürte sie seine

Arme auf ihrem Rücken, die eine Hand auf ihrer bloßen Schulter, die andere dicht über einer Backe ihres Gesäßes.

»Wer sind Sie? Was wollen Sie von mir?« fragte sie und war erstaunt, wie ängstlich ihre Stimme klang. Der Mann war groß, und sie wußte, daß ihr Versuch, sich seinem Griff zu entwinden, kaum Erfolg haben konnte. »Wenn es Geld ist, was Sie von mir verlangen...«, begann sie. Doch da spannte er seine Arme noch fester an, und deshalb sprach sie den Satz erst gar nicht zu Ende.

Seine linke Hand begann ihr über das Haar zu streichen, das ihr über den halben Rücken hinunterhing, und dann sacht ein paar von ihren hellblonden Locken um den Finger zu wickeln, und da spürte sie trotz ihrer Angst, wie sich ihre Verkrampfung ein wenig lockerte. Es gelang ihr, den Kopf zur Seite zu drehen, so daß sie besser atmen konnte; aber der Mann erlaubte ihr nicht, sich aus seinen Armen zu winden, sondern drückte sie noch inniger an sich.

»Laß mich hier heraus«, fauchte der Mann hinter der verschlossenen Schranktür.

Aber der andere, der sie festhielt, ging nicht darauf ein, sondern fuhr fort, ihr Haar zu streicheln, während seine rechte Hand sich immer weiter auf ihre Gesäßbacke hinaufschob. Bisher hatte noch nie ein Mann ihre nackte Haut berührt, und seine rauhe, schwielige Hand fühlte sich gut an.

Sie ermannte sich wieder und begann sich gegen seinen Griff zu wehren. Sie versuchte sich zu befreien; doch er hielt sie fest. Er tat ihr zwar nicht weh, gab ihr aber zu verstehen, daß er sie nicht loszulassen gedachte.

»Wer sind Sie?« wiederholte sie ihre Frage. »Sagen Sie mir, was sie wollen, und ich werde zusehen, ob ich es Ihnen beschaffen kann. Ich habe zwar nicht viel Bargeld, besitze aber ein Armband, das einigen Wert hat. Lassen Sie mich los, und ich hole es Ihnen.« Als sie sich wieder zu bewegen versuchte, wurde sein Griff gleich fester.

Mit einem Seufzer der Enttäuschung sank sie ihm abermals kraftlos an die Brust. »Wenn Sie vorhaben, mich mit Gewalt zu nehmen, muß ich Sie jetzt schon warnen. Ich werde mich wehren, wie Sie das noch nie erlebt haben. Ich werde Ihnen die Haut vom Körper kratzen, um das Stück zu ersetzen, das Sie mir rauben wollen.« Sie bemühte sich, den Kopf nach oben zu drehen und ihn anzusehen; aber er erlaubte ihr nicht, sein Gesicht zu betrachten. Sage ich etwa etwas Verkehrtes? überlegte sie und fragte sich bang, ob die Worte, die sie soeben geäußert, einen... einen Frauenschänder – wagte sie im zweiten Anlauf das Wort in Gedanken auszusprechen – nicht noch mehr entflammten. Und da begann sie trotz ihrer mutigen Worte zu zittern, und seine Arme legten sich nun auf eine Weise um ihren Leib, die, wären nur die Umstände anders gewesen, sie sogar als beschützend empfunden hätte.

»Ihr Vater schickt uns«, sagte er mit einer Stimme, die sie durch ihre Wange hindurch spüren konnte. Es war eine sehr tiefe, sehr volle Stimme. »Wir sind zu zweit und kamen hierher, um Sie heimzuholen.«

»Ich bin ja bereit, Ihnen nach Hause zu folgen; aber vorher muß ich noch...«

»Pst«, flüsterte er und drückte sie wieder an sich, als wären sie ein Liebespaar und körperlich miteinander vertraut. »Sie müssen auf der Stelle nach Hause zurück, ob es Ihnen gefällt oder nicht«, sagte er, ihr offenbar gar nicht zuhörend. »Sie können sich dann ja immer noch bei Ihrem Vater beschweren; aber zuerst bringen wir Sie heim. Haben Sie mich verstanden?«

»Aber da ist eine Story, die ich...«

»Chris«, unterbrach er sie, und die Weise, wie er ihren Namen aussprach, brachte sie abermals in Versuchung, zu ihm hochzublicken. Doch wieder ließ er nicht zu, daß sie sein Gesicht sah. »Chris, Sie müssen nach Hause zu Ihrem Vater. Ich werde Sie nun wieder freigeben und möchte, daß Sie sich anziehen. Anschließend lasse ich Prescott wieder aus dem Schrank. Ich werde draußen mit den Pferden auf Sie warten. Packen Sie nur zusammen, was Sie unbedingt für die Reise brauchen. Wir werden den Weg durch den Regenwald nehmen und einige Tage unterwegs sein. Also packen Sie auch Regenkleidung ein.«

»Durch den Regenwald? Aber der Regenwald ist doch unpassierbar!«

»Es gibt eine Möglichkeit, ihn zu durchqueren. Ich kenne diese Route. Befrachten Sie Ihren hübschen Kopf nicht mit solchen Sorgen, sondern machen Sie sich lieber reisefertig.«

»Ich muß meine Story zu John Anderson bringen«, sagte Chris. Sie schien es nicht sehr eilig zu haben, sich wieder von diesem Mann zu lösen, und in den letzten Minuten waren ihre Hände einige Male sogar zu seinen Hüften gegangen. Sie umarmte ihn zwar nicht gerade, aber als Wegschubsen konnte man das auch nicht bezeichnen.

»Wer ist John Anderson?«

»Mein Freund und der Herausgeber einer Zeitung. Er war der erste, der Hugh in Verdacht hatte, Gewehre an die Indianer zu verkaufen.«

Er bewegte den Kopf, bis sein Gesicht in ihren Haaren begraben war, und sie hätte schwören können, daß sie seine Lippen auf ihrem Scheitel spürte. »Darüber können wir später noch reden, aber jetzt müssen wir aufbrechen. Wir haben uns sowieso schon viel zu lange hier aufgehalten. Sie müssen sich jetzt anziehen, damit wir losreiten können.«

Chris wartete, daß er sie losließe; doch statt dessen streichelte er ihre Schulterblätter. »Ich dachte, ich soll mich anziehen.«

»Frieren Sie?«

»Nicht im geringsten. Ich bin lediglich das Opfer eines Entführers, den mein Vater geschickt haben kann oder auch nicht. So, wie ich ihn kenne, sind Sie höchstwahrscheinlich in seinem Auftrag hier, und ich stehe nun in meinem Geburtskleid in diesem Zimmer und muß mir die Luft von einem Mann abdrücken lassen, den ich noch nie in meinem Leben gesehen habe und der sich mir nicht einmal vorgestellt hat. Wollen Sie mich jetzt bitte gehen lassen, damit ich mir etwas anziehen kann?«

»Ja«, sagte er mit seiner tiefen Stimme, machte jedoch keine Anstalten, seine Zusage zu erfüllen.

Da gab Chris einen Laut von sich, der sich wie ein Mittelding zwischen einem Wutschrei und einem Protest anhörte, worauf sich der zweite Mann, der in den letzten Minuten überraschend schweigsam gewesen war, hinter der Schranktür vernehmen ließ:

»Wenn du ihr etwas antust, Tynan, wirst du mir das büßen müssen!«

Der Mann, der Tynan gerufen wurde, hielt sie aber noch einige Sekunden lang fest, ehe er sie mit einem Seufzer, der aus dem Grunde seines Herzens zu kommen schien, freigab. Dabei drehte er sich der Kommode zu – beides gleichzeitig, wie es den Anschein hatte.

Chris packte eine Ecke der Tagesdecke; doch sie brauchte sie nicht, da er ja mit dem Rücken zu ihr bei der Kommode stand und mit den Gegenständen spielte, die darauflagen. Die Decke um den Leib gewickelt, ging sie zum Schrank und öffnete dessen linke Hälfte, um ihm ein sauberes Reitkleid zu entnehmen.

»Ich brauche Wäsche, und die befindet sich in der Kommode«, sagte sie dann zu Tynans Rücken. Soweit sie etwas von ihm sehen konnte, vermochte sie ihn als einen großen, breitschultrigen, schwarzhaarigen Mann zu beschreiben, der vollkommen neu eingekleidet war. Von den Stiefeln über den Revolver und das Holster, das ihm tief an der Hüfte saß, bis hinauf zu seiner braunen Lederweste und dem blauen Cambrai-Hemd war alles, was er auf dem Körper trug, funkelnagelneu. Und seit er sie losgelassen hatte, war ihm kein Ton mehr über die Lippen gekommen, und nun trat er zur Seite und starrte die Wand an, als wäre sie von größtem Interesse für ihn.

Chris holte Unterwäsche aus der Schublade, wobei sie die ganze Zeit versuchte, einen Blick auf sein Gesicht zu werfen, was ihr jedoch nicht gelang; und als sie sich wieder in die Mitte des Zimmers zurückzog, um sich dort anzuziehen, nahm er seinen alten Platz an der Kommode ein. Sie kleidete sich so rasch an, wie ihr das möglich war, und zog dabei die Schnüre ihres Korsetts so hastig zusammen, daß sie Knoten hineinbrachte. Und so mußte sie noch ein paar Minuten zugeben, bis es ihr gelungen war, die Knoten wieder aufzubröseln.

»Jetzt«, sagte sie schließlich, als sie fertig angezogen war, in der Erwartung, er würde sich ihr nun zudrehen.

Doch das tat er nicht, sondern begab sich statt dessen zum Schrank und sperrte diesen auf. Und heraus trat ein großer blonder Mann, der nichts anderes tat, als Chris anzuschauen.

»Helfen Sie ihr beim Packen. Ich werde draußen auf Sie warten«, sagte Tynan, und ehe Chris begriff, was er vorhatte, war er schon aus dem Fenster gestiegen und ließ sie allein mit dem großen Blonden zurück.

Es war ein peinlicher Moment für Chris; doch der blonde Mann trat lächelnd auf sie zu. Er sah sehr gut aus mit seinen hellblauen Augen, die auf sie den Eindruck machten, als wären sie das Lachen gewöhnt. Und mit diesem Lächeln – davon war Chris überzeugt – mußte er schon das Herz vieler Frauen zum Schmelzen gebracht haben.

»Ich bin Asher Prescott. Ich bedaure, was sich hier zugetragen hat«, sagte er, auf den Schrank deutend, sah aber dabei so aus, als bedauerte er das keineswegs. »Wir wurden tatsächlich von Ihrem Vater geschickt mit dem Auftrag, Sie unbedingt zu ihm zurückzubringen – egal, welche Ausflüchte Sie auch vorbringen würden. Er macht sich große Sorgen Ihretwegen.«

Sie erwiderte mit einem schwachen Lächeln: »Das hört sich ganz nach meinem Vater an. Ich werde mit Ihnen zurückreiten. Ich wollte ohnehin in einigen Stunden aufbrechen, muß jetzt aber schnell noch ein paar Sachen zusammenpacken.« Dabei ging sie an Mr. Prescott vorbei zur Kommode, um dort ihre Toilettenartikel zusammenzusuchen. Dabei entdeckte sie, daß einer der Gegenstände, mit denen Tynan gespielt hatte, ihr Handspiegel gewesen war. Und als sie vom Spiegel zu der Stelle hinsah, wo sie sich angekleidet hatte, begriff sie, daß Tynan sie heimlich beim Ankleiden beobachtet hatte.

Zunächst regte sich der Zorn in ihr, aber dann lächelte sie

und ließ den Spiegel in ihre Reisetasche fallen. Anschließend trat sie zum Schreibtisch und packte die Blätter mit der Geschichte über Hugh Lanier ein.

Sie dachte kurz nach, setzte sich dann an den Tisch und verfaßte ein paar Zeilen für Hugh, in denen sie ihm den Zweck ihres Besuches auseinandersetzte und erklärte, warum sie tun mußte, was zu tun sie vorhatte.

Kapitel 2

Chris folgte Asher Prescott durch das Fenster und zum Waldsaum, wo zwei Pferde auf sie warteten.

»Miss Mathison«, hob Mr. Prescott dort an, »darf ich Ihnen versichern, mit welchem Vergnügen ich Sie...«

»Heben Sie sich das Süßholzraspeln für später auf«, kam da eine Stimme unter den Bäumen hervor, die Chris sofort wiedererkannte. Sie blickte zu dem Mann hoch, der im Schatten der Bäume bereits aufgesessen war. »Wir müssen hier weg. Also laßt uns jetzt reiten.«

Chris und Asher gehorchten der Stimme, ohne auch nur mit einem Wort zu widersprechen.

Chris und Asher ritten dicht beieinander die ganze Nacht und den darauffolgenden Tag hindurch, an Bäumen vorbei, die so ausladend waren, daß man mehrere Pferde darunter hätte unterstellen können; an kleinen Dörfern vorbei, die bald von Weißen, bald von Rothäuten bewohnt waren, an Holzfäller-Camps vorbei, an Sägemühlen. In südwestlicher Richtung reitend, mieden sie jeden Kontakt mit Menschen, in deren Nähe sie unterwegs kamen, und ließen sich auch so wenig wie möglich vor ihnen blicken. Sie benützten Pfade, die zuweilen so eng waren, daß sie absteigen und ihr Pferd am Zügel führen mußten. Tynan war ihnen stets um Längen voraus, führte sie, erkundete die Route vor ihnen und hielt Ausschau nach Plätzen, wo zu viele Menschen beisammen waren, die sich für sie interessieren mochten.

Sie hielten nur ein einziges Mal an. Tynan ließ einen leisen Pfiff hören, und Mr. Prescott hob die Hand, damit Chris ihr Pferd zügeln sollte, und ritt dann weiter zu Tynan, um sich zu erkundigen, was es denn dort vorne gäbe. Er kam mit der Nachricht zurück, daß vor ihnen eine Gruppe von Holzfällern beisammensaß und ihr Mittagessen verzehrte, und sie deshalb eine Rast einlegen müßten, bis die Männer wieder abgezogen seien.

Asher zog getrocknetes Büffelfleisch und eine Feldflasche aus seinen Satteltaschen und schnitt für Chris ein Stück von dem Trockenfleisch ab.

Chris lehnte sich gegen einen Baumstamm. Die Knie wollten ihr vor Müdigkeit unter dem Leib einknicken. »Ich habe das Gefühl, da stimmt etwas nicht mit Ihrem Tynan«, sagte sie zu Asher und beobachtete ihn durch halbgesenkte Wimpern. Zuweilen war die beste Methode, jemand zu einer Auskunft zu bewegen, indem man so tat, als wollte man sie gar nicht wissen. »Ich habe den Eindruck, er hat Angst, daß man ihn anschauen könnte, als wäre er entstellt oder müsse sich aus anderen Gründen davor hüten, sein Gesicht zu zeigen.

»Er ist nicht *mein* Tynan«, erwiderte Asher mit einem beleidigten Gesicht. »Wenn er jemandem gehört, dann Ihrem Vater. Er hat ihn angeheuert.«

»Wissen Sie, warum wir durch den Regenwald reiten?« fragte Chris, einen neuen Ansatz wagend. »Das scheint mir ein großer Umweg zu sein.«

»Ist es auch«, antwortete Asher und sah dabei zwischen die Bäume.

Chris war seit vielen Jahren Reporterin und daran gewöhnt, Leute zu interviewen. Und sie hatte einen sechsten Sinn dafür entwickelt, wenn jemand nicht die Wahrheit sagte. Vielleicht belog sie dieser Mann nicht direkt; aber die ganze Wahrheit erzählte er ihr auch nicht.

Ehe Chris ihn weiter ausfragen konnte, ertönte ein Pfiff

zwischen den Bäumen. Gehorsam wie ein Hund erhob sich Prescott vom Boden und begann die Sachen wieder einzupacken.

»Sagen Sie – bekommt man diesen Mr. Tynan niemals zu Gesicht?« fragte Chris, als sie sich auf ihr Pferd schwang.

Asher sah sie betroffen an. »Warum sind Sie denn so an ihm interessiert?«

Chris beobachtete, wie Asher sich in den Sattel schwang. Er ging dabei so vor, als wäre er mehr an den Komfort einer Kutsche als an einen Pferderücken gewöhnt. »Ich bin von Berufs wegen neugierig. Auf Grund welcher Qualifikation führt Mr. Tynan uns durch den Regenwald?«

Asher zuckte mit den Achseln, während er in den Sattel stieg. »Wahrscheinlich, weil er schon einmal durch diesen Wald geritten ist; aber er ist schon ein seltsamer Vogel. Er meidet jeden Kontakt mit Menschen, legt sich immer außerhalb des Lagerplatzes zum Schlafen nieder und möchte mit anderen Leuten weder zusammen reiten noch reden. Und wenn Sie ihm eine Frage stellen, die ihn selbst betrifft, verweigert er die Antwort. Ich hätte wirklich gern gewußt, wo Ihr Vater ihn herhat.«

»Wie ich meinen Vater kenne, würdest du das wahrscheinlich lieber nicht so genau wissen wollen«, sagte Chris leise zu sich selbst. Und wenn sie nach Hause kam, würde sie ihrem Vater sehr deutlich sagen, was sie von dieser lächerlichen Entführung hielt.

Bei Sonnenuntergang hörten sie wieder dieses Pfeifen. Asher gab ihr das Zeichen, anzuhalten, und entfernte sich zwischen den Bäumen. Ein paar Minuten später kam er mit zwei frischen Pferden zurück.

»Haben Sie ihm nicht gesagt, daß wir vielleicht gern ein paar Stunden rasten würden?« fragte Chris, als sie auf das neue Pferd stieg.

»Und ob ich ihm das gesagt habe«, erwiderte Asher. Er sah müder aus, als sie sich fühlte. Offenbar war sie besser als er daran gewöhnt, weite Strecken im Sattel zurückzulegen, dachte sie bei sich. »Aber wir müssen weiter. Ty will den Rand des Regenwaldes erreichen, ehe wir eine Rast einlegen. Aber wenn wir erst einmal dort sind, sagt er, können wir uns einen ganzen Tag lang ausruhen.«

»Ty«, murmelte Chris, während sie sich in den Sattel schwang. Und während der nächsten Stunden, die sie wieder im Trab und Schritt zurücklegten, dachte sie über diesen geheimnisvollen Mann nach, der in ihr Zimmer eindrang und sie festhielt, sie beim Anziehen beobachtete und dann verschwand, um sie durch einen Wald zu führen, der nach Meinung der Indianer verwunschen war. Und warum hatte ihr Vater diesen Mann angeheuert? Und wer war Prescott? Er schien sich in dieser Gegend nicht besser auszukennen als sie, und dennoch machte er fünfzig Prozent der Rettungsmannschaft aus, die ihr Vater ihr nachgeschickt hatte. Was hatte ihr Vater sich dabei gedacht?

Chris hatte genügend Zeit, sich darüber den Kopf zu zerbrechen; denn sie ritten die ganze Nacht hindurch. Die Fragen hielten ihren Geist wach, so daß sie nicht dem Gefühl totaler Erschöpfung erlag, das sich in ihrem Körper immer stärker ausbreitete. Sie hatten nun seit zwei Tagen und Nächten weder gerastet noch geschlafen.

Als Chris anfing, im Sattel zu torkeln und zweimal fast vom Pferd gefallen wäre, glaubte sie ein Licht zwischen den Bäumen schimmern zu sehen. Nachdem sie ein paarmal geblinzelt hatte, um eine etwaige Sinnestäuschung auszuschließen, war sie sich dessen, was sie dort wahrnahm, ziemlich sicher. Irgendwie wußte sie, daß es ein Lagerfeuer war, das man ihretwegen angezündet hatte. »Sonst würde uns Ty nicht so nah an das Feuer heranlassen«, murmelte sie vor sich hin.

»Mr. Prescott«, rief sie, und es gelang ihr, ihn aufzuwekken, so daß er sich im Sattel aufrichtete. »Schauen Sie mal nach vorn!«

Mit neu erwachter Energie trieben sie ihre Pferde auf das Feuer zu, und jetzt konnte Chris nur noch daran denken, daß man ihr endlich erlauben würde, anzuhalten und zu schlafen. Ihr Pferd hatte noch gar nicht angehalten, als sie bereits die Riemen zu lösen begann, mit denen ihre Bettrolle an der Sattelpausche befestigt war.

Als sie schließlich anhielten, warf Chris ihr Bettzeug einfach auf den Boden, ließ sich dann selbst darauf fallen und war im Nu eingeschlafen.

Sie hatte keine Ahnung, wie lange sie geschlafen hatte, als sie etwas weckte. Sie öffnete die schweren Lider. Es war noch dunkel; aber da lag schon eine schwache Andeutung von Morgendämmerung in der Luft, und darin konnte sie die Umrisse eines Mannes erkennen, der einen breitkrempigen Hut trug und mit fast lautlosen Bewegungen die Pferde absattelte und sie mit Wasser und Futter versorgte.

Sie beobachtete ihn in ihrem Dämmerzustand, und selbst dann, als er sich auf sie zubewegte, vermochte sie sich nicht von ihrer Schlaftrunkenheit zu befreien.

Er kniete bei ihr, und es schien die natürlichste Sache der Welt zu sein, daß er sie in seine Arme zog. Wie ein kleines, schlafendes Kind lächelte sie nur und kuschelte sich an ihn.

»Sie liegen auf Ihren Decken«, sagte er mit dieser Stimme, die ihren ganzen Körper in Schwingungen zu versetzen schien. »Sie werden sich erkälten.«

Sie nickte nur einmal, während er die eine Decke unter ihr glattzog und die andere dann über ihr ausbreitete. Nur einen Moment lang, als er sich vorbeugte, um die Decke an ihrer rechten Seite festzustecken, hatte sie das Gefühl, daß er mit seinen Lippen ihrer Stirn ganz nahe war, und sie lächelte mit geschlossenen Augen. Es war wie ein Gutenachtkuß von ihrem Vater. »Gute Nacht, Ty«, flüsterte sie und war in der nächsten Sekunde wieder eingeschlafen.

Als sie zum zweitenmal erwachte, war es heller Tag. Zunächst glaubte sie zu träumen, denn sie war von einer phantastischen Landschaft umgeben. Riesige, gigantische Bäume ragten über ihr auf, welche die Sonne verdunkelten. Alles war mit graugrünen Moosen oder Farnen bedeckt, alles so weich und federnd. Ihr war, als befände sie sich am Ende der Welt.

In der Nähe lag Mr. Prescott und schlief tief und fest. Chris hatte ein Gefühl, als wäre sie der einzige lebendige Mensch auf Erden.

Langsam wickelte sie sich aus ihrer Decke, stand auf und streckte sich. Nicht das leiseste Geräusch war in diesem unheimlichen Wald zu vernehmen. Vor ihr erkannte sie so etwas wie einen Pfad, nicht viel mehr als eine Furche im Grünen. Sie waren von rechts gekommen, also wandte sie sich nach links.

Sie war nur wenige Schritte vom Lager entfernt, aber als der Pfad eine Biegung machte, fühlte sie sich vollkommen verlassen. Sie hätte ebensogut hundert Meilen von jedem menschlichen Wesen entfernt sein können. Sie ging noch ein paar Meter auf dem federnden Waldboden weiter, und sie glaubte nun, vor sich ein rinnendes Wasser zu hören.

Noch ein Dutzend Schritte, und nun konnte sie unter sich und zu ihrer Rechten ein rasch fließendes Gewässer erkennen, mit mächtigen Steinblöcken im Wasser, die mit schwarzen Moosflecken bedeckt waren. Plötzlich hatte Chris nur noch einen Gedanken: das Bad nachzuholen, das sie vor zwei Tagen versäumt hatte. Voller Bedauern dachte sie an den Zuber mit heißem Wasser zurück, das sie unbenützt hatte zurücklassen müssen. Warum hatten die beiden Männer nicht im Schrank bleiben können, bis sie ihr Bad genommen hatte? Natürlich hätten sie vielleicht so lange im Schrank gewartet, wenn sie nicht eine der Türen geöffnet hätte. Sie hatten dort gewartet und sie beobachtet, dachte sie mit einer Grimasse, während sie zu dem Flüßchen hinunterlief.

Nun war sie nur noch von dem Wunsch besessen, sich zu säubern, und im Nu hatte sie sich ihrer Kleider entledigt und watete in das Wasser hinein. Es war eiskalt und verschlug ihr den Atem; aber das Bedürfnis nach Sauberkeit war größer als jenes nach Wärme. Sie wusch sich hinter einer Ansammlung von Felsblöcken, so daß keiner von den beiden Männern sie sehen konnte, falls sie ihr vom Lager hierher folgten, und zugleich war sie dem Waldrand so nahe, daß sie sich notfalls dorthin flüchten konnte.

Sie beendete gerade ihr Bad und bedauerte schon ihre impulsive Handlungsweise, weil sie nun kein Handtuch bei sich hatte, als sie das Pfeifen eines Mannes zu hören glaubte, über die Felsblöcke hinweglugte und Mr. Prescott den Pfad herunterkommen sah. Rasch rannte sie aus dem Wasser, raffte ihre Kleider zusammen und lief in den Wald hinein – direkt gegen die harte Brust von Tynan.

Einen Moment lang waren sie beide so verblüfft, daß sie keinen Ton herausbrachten. Das üppig wuchernde Grünzeug in diesem Wald dämpfte jedes Geräusch, und zwei Menschen konnten hier aufeinanderprallen, ohne vorher auch nur das geringste voneinander gehört oder gesehen zu haben.

Tynans Hände fingen sie auf und hielten sie fest, und seine Finger bewegten sich an ihrem Rücken hinunter, als er eine Kleinigkeit von ihr zurückwich, so daß er an ihrem nackten Körper hinuntersehen konnte.

»Miss Mathison, ich würde sie überall wiedererkennen«, sagte er mit einem Lächeln.

Da stieß Chris ihn mit einem kleinen Schrei von sich, rannte ein paar Meter, um sich hinter einen Baum zu flüchten und mit bebenden Händen ihre Kleider anzuziehen.

»Das Wasser ist wirklich viel zu kalt für ein Bad, Miss Mathison«, sagte er mit einem Lachen in der Stimme. »Nicht, daß ich nicht jedes Ihrer Bäder genossen hätte; aber das nächste Mal sollten Sie mich besser vorher fragen. Ich möchte nicht, daß Sie sich einen Schnupfen holen.«

Chris war immer noch sprachlos, während sie sich ankleidete. Den ganzen gestrigen Tag über, während des endlosen Rittes, hatte sie sich in Gedanken mit diesem geheimnisvollen Mann beschäftigt und angefangen zu glauben, was sie Asher gefragt hatte, nämlich daß er vermutlich auf irgendeine Weise entstellt und dies der Grund sei, warum er verhindern wollte, daß sie ihn ansah. Doch selbst in den wenigen Sekunden, die sie ihn hatte anblicken können, war ihr bewußt geworden, daß es der schönste Mann war, der ihr jemals im Leben begegnet war. Er war sehr maskulin, mit ebenmäßigen Zügen, perfekt geformten Lippen, strahlend blauen Augen, einem großen eckigen Kinn und schwarzen Haaren, die sich um seinen Hemdkragen ringelten, der die Farbe seiner Augen wiederholte.

Als Chris fertig angezogen war, trat sie wieder hinter dem Baum hervor. Er saß, mit dem Rücken zu ihr, auf dem Boden.

Sie hatte sich ein so von der Wirklichkeit entferntes Bild von ihm gemacht, daß sie sich ihn schon väterlich vorgestellt hatte, als er in dieser Nacht ihre Decke feststeckte. Aber da war nichts Väterliches an diesem Mann.

Sie ging auf ihn zu, und da er sich nicht umdrehen wollte, baute sie sich vor ihm auf. Er sah nicht hoch, sondern suchte sein Gesicht hinter der breiten Krempe seines Hutes zu verbergen. Kühn setzte sich Chris vor ihm auf den Boden.

Er hielt den Kopf gesenkt. »Ich möchte mich entschuldigen, Miss Mathison«, sagte er leise. »Ich scheine Sie ständig in Verlegenheit zu bringen, aber das ist gar nicht meine Absicht. Es ist nur so, daß wir uns immer wieder unter ungewöhnlichen Umständen begegnen. Ich möchte nicht, daß Sie einen falschen Eindruck von mir bekommen. Ich wurde von Ihrem Vater angeheuert, Sie zu retten und zu ihm zurückzubringen. Und das ist *alles*, was ich zu tun gedenken.«

Kapitel 3

Chris saß da, betrachtete die Krone seines Hutes und dachte, was für eine absurde Situation das sei. Dieser Mann hatte sie zweimal wie eine Närrin aussehen lassen, hatte sie dreimal in seinen Armen gehalten – davon zweimal im unbekleideten Zustand –, hatte sie entführt und ihr soeben gesagt, ihre Wünsche wären überhaupt nicht maßgebend, und doch saß sie hier und hatte das Gefühl, ihn trösten zu müssen. Sie streckte ihre

Hand aus, um die seine zu berühren, und als sie das tat, bemerkte sie eine wunde rote Stelle an seinem Handgelenk – gerade noch sichtbar unter der Manschette seines Hemds.

»Sie haben sich verletzt«, sagte sie mit jäher Sorge.

Im nächsten Moment stand er auf den Beinen, und ehe Chris ein weiteres Wort sagen konnte, ging er – hastete vielmehr – zum Rand des Flüßchens und rief nach Prescott.

Chris blieb, auf dem Moos sitzend, zurück und fragte sich, was sie denn gesagt hatte, daß er auf einmal so beleidigt war.

»Hier ist sie«, hörte sie Tynan sagen, ehe er wieder vor ihr auftauchte, Mr. Prescott hinter sich herschleppend wie einen störrischen Stier. Obwohl sie Tynan kaum kannte, war sie überzeugt, daß er mit falscher Stimme sprach, als er erklärte: »Sie haben sich doch sicherlich schon miteinander bekannt gemacht, nicht wahr, Miss Mathison? Das hier ist Asher Prescott. Er ist ein Freund Ihres Vaters und wird bei uns bleiben, während wir diesen Wald durchqueren. Asher, warum nehmen Sie Miss Mathison nicht mit zum Angeln? Wir werden frische Nahrungsmittel brauchen. Und später können Sie beide dann Feuerholz sammeln.« Er gab Asher einen kleinen Schubs in Christianas Richtung.

Asher lächelte zu Chris hinunter und streckte ihr die Hand hin, um ihr vom Boden aufzuhelfen. »Wollen Sie mit mir zum Angeln gehen, Miss Mathison? Wie ich höre, soll es in diesem Flüßchen Lachse geben.«

Chris war verwirrt von dem, was sich soeben abgespielt hatte. Sie wollte den Tag nicht mit Mr. Prescott verbringen; aber offenbar hatte sie gar keine andere Wahl. Das schien bereits eine abgemachte Sache zu sein. Sie blickte zu Tynan hinüber, doch der hatte den Kopf zur Seite gedreht, so daß sie sein Gesicht nicht sehen konnte.

»Nun, ja – Angeln hört sich nach einem angenehmen Zeitvertreib an«, antwortete sie, während sie sich von Mr. Prescott aufhelfen ließ. Als sie wieder auf den Beinen im Moos stand, war Tynan bereits zwischen den Bäumen untergetaucht.

Sie ging mit Asher ins Lager zurück, wo sie ausgepackte

Vorräte vorfanden und zwei Maultiere, die vorher noch nicht dagewesen waren. Mr. Prescott reichte ihr in der nächsten Sekunde schon eine Angelrute.

»Wollen wir gehen, Miss Mathison?«

Er führte sie den Weg zurück, den sie schon einmal genommen hatte, an den Felsen vorbei, hinter denen sie gebadet hatte, blieb dabei aber stets in der Nähe des Lagers. Dann hielt er an einer Stelle an und sagte: »Ich denke, das ist ein guter Platz, um es zu versuchen.«

»Ist das Ihre oder Mr. Tynans Idee?«

Er lächelte sie an. »Ich glaube nicht, daß er ein *Mr.* Tynan ist. Ich bin mir nicht sicher, daß er überhaupt einen Nachnamen besitzt. Aber wir wollen nicht von ihm reden. Wie ich hörte, arbeiten Sie bei einer Zeitung. Ist es wahr, daß Sie diese berüchtigte Nola Dallas sind?«

»Nola Dallas ist mein Pseudonym«, sagte sie steif, während sie mit meisterhaftem Geschick die Angelschnur auswarf. Sie hatte von Geburt an in Washington gelebt und schon als kleines Kind Fische gefangen.

Asher sah sie unglücklich an. »Ich wollte Sie nicht beleidigen. Es ist nur, daß ich Ihre Artikel gelesen und mir eine viel ältere Frau als Verfasserin vorgestellt habe – oder sogar einen Mann. Haben Sie wirklich die Dinge vollbracht, von denen Sie in Ihren Artikeln berichten?«

»Alle.«

»Sie sind tatsächlich als Revuemädchen aufgetreten? Und haben ein enganliegendes fleischfarbenes Trikot auf der Bühne getragen?«

Chris lächelte in der Erinnerung. »Und wurde dann im zweiten Akt aus dem Theater geworfen. Tanzen ist nicht meine Stärke.«

»Aber wen kümmert es schon, ob Sie tanzen können oder nicht – nach den Reformen, die Sie damit durchgesetzt haben!«

Lächelnd spürte sie, daß sie sich ein wenig für ihn erwärmte. »Sagen Sie, Mr. Prescott, warum hat mein Vater Sie als Helfer für diese Rettungsaktion ausgesucht? Ich hätte gedacht, seine Wahl fiele auf einen Mann, der sich in diesem Wald auskennt.«

»Das ist Tynans Aufgabe. Er muß sich um die Tiere kümmern, das Essen und unsere Sicherheit.«

»Und was für eine Aufgabe haben Sie?«

Asher lächelte sie auf eine für ihn einnehmende Weise an. »Ich habe lediglich die Aufgabe, unsere Reise so angenehm wie möglich zu gestalten.«

»Ich verstehe«, sagte Chris, während sie auf das Wasser zurücksah. Tatsächlich verstand sie gar nichts. »Was machen Sie denn, um Ihren Lebensunterhalt zu verdienen, Mr. Prescott?«

»Bitte nennen Sie mich Ash. Es ist ja nicht so, als hätten wir uns beim erstenmal im Salon getroffen.«

Chris versuchte die aufsteigende Röte in ihren Wangen niederzukämpfen, als sie sich daran erinnerte, wie sie diesen Mann zum erstenmal in ihrem Kleiderschrank in Hughs Haus gesehen hatte.

»Bis zum letzten Herbst hatte ich eine eigene Sägemühle hier im Süden; aber dann gab es ein Feuer, in dem ich alles verlor.«

Sie sah rasch zu ihm hin und bemerkte, wie die Muskeln in seinem Gesicht zuckten. Offenbar hatte er den Schmerz noch nicht überwunden, daß er seine Existenz verloren hatte. »Aber Sie haben sich dann ein neues Geschäft aufgebaut?« fragte sie mit großer Anteilnahme in der Stimme.

»Alles, was ich hatte, war in diese Sägemühle investiert; als sie abbrannte, besaß ich keinen Cent mehr.« Seine Stimme wurde leiser. »Nicht einmal mehr Kredit.« Nach kurzem Schweigen drehte er ihr wieder lächelnd das Gesicht zu. »Aber ich habe große Hoffnung, daß sich mein Los bald zum Besseren wenden wird. Sehen Sie? Ich glaube, Sie haben einen Fisch an der Leine. Soll ich ihn für Sie einholen?«

»Das kann ich schon selbst, danke«, sagte sie, während sie die Angelschnur aufzurollen begann. An ihrem Haken hing tatsächlich ein Lachs, und binnen einer Stunde hatte sie ein halbes Dutzend Fische von ziemlicher Größe gefangen, während Asher zwei kleine Fische erbeutet hatte.

Er nahm die Tatsache, daß sie die Ernährerin für sie beide spielen mußte, mit gutmütigem Lachen zur Kenntnis, und sie kehrten einträchtig nebeneinander ins Lager zurück.

Dort brannte bereits ein Feuer auf Sparflamme, das sie zweifellos Tynan zu danken hatten; doch der Mann war nirgends zu sehen.

»Ich würde gern etwas mit Ihnen besprechen, Mr.... Ash«, sagte Chris, während sie geschickt die Fische ausnahm, säuberte und dann auf einen Stock steckte. »Tatsächlich wollte ich auch mit Mr. Tynan sprechen; aber es hat den Anschein, als könnte ich Sie beide niemals gleichzeitig haben. Der Grund, warum ich mich in Mr. Hugh Laniers Haus aufhielt, war ein Gerücht, daß Mr. Lanier in eine ziemlich üble Sache verwickelt sei und...«

»Übel?« sagte Asher, sich gegen einen Baum lehnend. »Vielleicht ist übel ein zu starkes Wort.«

»Das glaube ich nicht. Ich glaube auch nicht, daß meine Leser es für zu stark halten werden. Hugh Lanier wollte ein Stück Land haben, das bereits von Missionaren besiedelt war. Aber sie wollten es ihm nicht verkaufen. Deshalb besorgte er sich Waffen und heuerte weiße Männer an, die sich als Indianer verkleiden und die Missionare massakrieren mußten. Wenn das nicht übel ist, möchte ich wissen, was es dann ist.« Wie immer, wenn sie an eine Ungerechtigkeit von solchen Ausmaßen dachte, wallte der Zorn in ihr auf.

»Aber wenn es doch nur ein Gerücht ist...«

»Es nur ein Gerücht *war*. Ich besitze Beweise, daß er es getan hat. Unter anderem habe ich einen Kaufvertrag über Gewehre. Ich habe sogar mit eigenen Ohren gehört, wie er mit einem dieser ›Indianer‹ verhandelte...«

»Ihn gehört?« sagte Asher. »Soll das heißen, Sie haben ihn belauscht?«

»Natürlich. Ich trug ein grünes Kleid und habe mich in einem Maisfeld versteckt. Doch der springende Punkt ist: Ich muß meinen Bericht mit den Beweisen dem Zeitungsmann übergeben, der mich beauftragte, diesem Gerücht nachzugehen, und wenn meine Berechnungen stimmen, befindet sich Johns Büro jetzt genau westlich von uns. Wir müssen morgen wieder früh aufbrechen.«

Sie beobachtete Asher, der seinen Hut auf dem Schoß hielt und nun mit seinem Hutband spielte. »Chris, ich glaube nicht, daß Ihr Vater damit einverstanden ist, wenn Sie sich im Land herumtreiben und Männer anschwärzen... Männern vorwerfen, was Sie diesem Lanier zur Last legen. Wenn wir in das Haus Ihres Vaters zurückgekehrt sind, kann er ja diese Sachen an diesen Zeitungsmann weiterschicken. Bis dahin halte ich es für das beste, wenn Sie hier im Lager in Sicherheit bleiben.«

Chris blickte ihn nur eine Sekunde lang an. Sie war bei einem Mann wie diesem aufgewachsen, und sie hatte mit Männern wie ihm gearbeitet. Prescott war fest davon überzeugt, daß sie Lanier Unrecht tat, und nichts, was sie sagte oder tat, würde seine Meinung erschüttern können. »Ich glaube, die Fische sind durch«, sagte sie leise und sah dann, daß er sie auf eine Weise anlächelte, wie Männer, die stets gewannen, eben Frauen anzulächeln pflegen. Sie erwiderte sein Lächeln, doch es reichte nicht bis zu ihren Augen hinauf.

Sie machte leichte, damenhafte Konversation mit Asher, während sie ihre Fische aßen, und kam kein einzigesmal mehr auf ihre Pläne zurück, wie sie ihre Story zu John Anderson bringen wollte. Aber sobald sie mit ihrer Mahlzeit fertig waren, stand sie auf.

»Ich denke, ich werde mal sehen, ob ich Mr. Tynan finden kann«, sagte sie mit geistesabwesender Stimme, während sie sich in Richtung Fluß in Bewegung setzte.

»Ich würde das an Ihrer Stelle nicht tun, Chris«, sagte Asher. »Ich bin überzeugt, der Mann würde hier bei uns sitzen, wenn ihm an unserer Gesellschaft gelegen wäre, und ich bin sicher, daß er sich recht gut selbst ernähren kann. Ich denke, Sie sollten sich lieber wieder setzen und mir mit Ihrer lieblichen Gegenwart Gesellschaft leisten.«

Chris bezweifelte, daß sie in ihrem Leben etwas mehr haßte, als sich sagen zu lassen, was sie tun *sollte*. Das war die Quelle all ihrer Probleme mit ihrem Vater: Er versuchte nie, vernünftig mit ihr zu reden, sondern sagte ihr nur, was das beste für sie sei, und erwartete dann blinden Gehorsam.

Sie schenkte Asher ein süßes Lächeln. »Ich denke, ich werde mal nach unserem Reiseleiter sehen«, sagte sie und entfernte sich so rasch, daß er keine Gelegenheit mehr zu einem Protest hatte. Kurz darauf hörte sie ihn auf der Suche nach ihr durch die Büsche waten. Sie bedankte sich bei ihrer Mutter und ihren Vorfahren, daß sie so zierlich ausgefallen war, hüpfte über einen umgefallenen Baumstamm und duckte sich zwischen den Farnen, bis sie ihn an sich vorbeigehen sah. Als sie ihn auch nicht mehr hören konnte, ging sie noch ein kurzes Stück durch das Unterholz, ehe sie entdecken mußte, daß hier kein Weiterkommen war in dieser Wildnis aus umgestürzten Bäumen und wuchernden Pflanzen. So kehrte sie zum Pfad zurück und ging dort in Richtung Fluß weiter, folgte also Asher, der vor kurzem den gleichen Weg genommen hatte. Als sie den Scheitel einer kleinen Anhöhe neben dem Fluß erreichte, konnte sie ihn unter sich sehen, wie er stirnrunzelnd und verdrießlich in alle möglichen Richtungen schaute. Mit einem feinen Lächeln setzte sie ihren Weg fort.

Sie war nur ein paar Meter weit gegangen, als plötzlich alle Geräusche vestummten. Der Regenwald flößte ihr das seltsame Gefühl ein, als wäre sie hier völlig allein. Alles um sie herum war grün: graugrün, blaugrün, ein Grün, das fast schwarz war, ein Limonengrün – jede Schattierung von Grün. Und alles war weich und nachgiebig. Sie strich mit der Hand über einen gefallenen Baumstamm hin, der mit einem eigenen Wald kleiner Pflanzen bedeckt war, und lächelte, weil er sich so weich anfühlte.

Vor ihr befanden sich seltsame Gebilde aus Moos und verrottenden Baumstämmen. Sie konnte ihre eigenen Schritte nicht mehr hören, als sie über den federnden Boden ging.

Als sie um eine Biegung kam, atmete sie heftig ein, denn vor ihr, nur eine Handbreit neben dem Pfad, lag Tynan und schlief fest. Neben seinem Kopf lag eine Satteltasche, und unter sich hatte er eine zerknüllte Decke. Er sah sehr jung und friedlich aus im Schlaf. Abermals war Chris über die Schönheit dieses Mannes betroffen und spürte ein mächtiges Verlangen, sich einfach neben ihn zu setzen und ihn anzuschauen – ein Verlangen, dem sie nachgab.

Sie hatte höchstens eine Minute neben ihm gesessen, als er sich bewegte und die Augen aufschlug.

»Chris«, sagte er mit einem kleinen Lächeln und machte dann die Augen wieder zu. Den Bruchteil einer Sekunde später setzte er sich kerzengerade auf, packte seinen Hut, zog ihn tief ins Gesicht und sah sie an. »Miss Mathison, ich dachte, Sie wären mit Prescott zum Angeln gegangen.«

»Das war ich auch, bis ich erheblich mehr Fische gefangen hatte als er und ihm vorschlug, ins Lager zurückzukehren. Danach gelang es mir, ihm zu entwischen. Ich lief den Pfad hinunter und fand Sie hier. Haben Sie Ihren Mittagsschlaf genossen? Verdient haben Sie ihn bestimmt, nachdem Sie gestern nacht wach blieben und sich so rührend um uns gekümmert haben.«

Nun wirkte er wie ein verschlafener Junge, als er sich die Augen rieb, und diesmal sah Chris ganz deutlich, daß seine beiden Handgelenke wundgescheuert waren. Auch entdeckte sie unter seinem rechten Wangenbein eine Quetschung und über einem Auge einen halb verheilten Schnitt.

»Warum kommen Sie nicht mit ins Lager und leisten uns Gesellschaft? Mit Fischen sind wir reichlich versorgt. Haben sie schon etwas gegessen?«

»Danke, ja. Sie müssen jetzt wieder ins Lager zurück. Prescott macht sich bestimmt schon Sorgen Ihretwegen.« Er stand auf. »Und auf mich wartet die Arbeit. Ich muß den Pfad vor uns erkunden. Ich bin überzeugt, daß Bäume auf den Pfad gestürzt sind, seit ich das letztemal hier durchgekommen bin.«

»Und wann war das, Mr. Tynan?«

»Nur Tynan, nicht mehr, und ganz gewiß nicht Mister«,

murmelte er. Das klang so, als habe er das schon unzählige Male zu anderen Leuten gesagt.

Chris stand auf und trat näher an ihn heran. Er drehte ihr den Rücken zu, nahm seinen Hut ab und fuhr sich mit der Hand durchs Haar, das feucht zu sein schien. Vielleicht hatte auch er ein Bad im kalten Fluß genommen, überlegte sie. Er hatte die Knöpfe an den Manschetten nicht zugeknöpft, und als der Ärmel zurückfiel, sah sie, daß alle Muskeln und Adern an seinem Unterarm sich wie ein Relief unter der Haut abzeichneten. Es sah aus, als habe dieser Mann monatelang hungern müssen.

»Ich möchte keine Unruhestifterin sein, denn ich weiß, Sie tun nur das, wofür mein Vater Sie angeheuert hat; aber...« Sie zögerte, als sie zu seinem Namen kam. »Aber, Tynan, ich habe den Eindruck, daß Sie ein paar kräftige Mahlzeiten gut gebrauchen könnten. Deshalb bestehe ich darauf, daß Sie mit mir ins Lager zurückkehren. Und sollten Sie sich weigern, kann ich Ihnen versprechen, daß ich Ihnen diese Reise sehr ungemütlich machen werde.«

Er öffnete den Mund, um etwas zu sagen, schloß ihn dann aber wieder und grinste nur – und Chris spürte, wie ihr die Knie weich wurden, weil sein ganzes Gesicht aufzuleuchten schien. Sie dachte: Dieser Mann wird *jede* Frau dazu überreden können, ihm jeden Wunsch zu erfüllen.

»So einer Einladung kann ich nicht widerstehen. Ich komme nach.«

»Nein, Sie werden mit mir zusammen ins Lager zurückkehren. Wie kommt es, daß Sie schon einmal diesen Wald durchquert haben? Und wer hat diesen Pfad angelegt?«

»Haben Sie Ihren Angelausflug mit Ash genossen? Er scheint ein angenehmer Gesellschafter zu sein. Auf dem Herweg war er eine große Hilfe – keine Arbeit war ihm zuviel. Und mit Pferden kann er großartig umgehen. Jeder, der ihn bisher kennenlernte, fand ihn sympathisch. Sie vermutlich auch.«

»Nun, ja«, erwiderte sie zögernd. »Wie haben Sie meinen Vater kennengelernt?«

»Ash kennt Ihren Vater seit vielen Jahren. Es ist ein Wunder, daß Sie ihm vorher noch nie begegnet sind. Ashers Vater hat sich durch harte Arbeit im Osten ein Vermögen verdient. Ich bin überzeugt, daß Ash aus dem gleichen Holz geschnitzt ist.«

Chris blickte verwirrt zu Tynan hoch. Was, zum Teufel, redete er da eigentlich? Aber er lächelte nur, und diesmal wurde sie nicht davon geblendet, sondern fragte sich, ob er dieses Lächeln nicht selten dazu verwendete, Frauen zum Schweigen zu bringen, wenn sie von etwas redeten, was er nicht hören – oder ihm Fragen stellten, die er nicht beantworten wollte.

Sie gab sein Lächeln zurück; aber wenn er Chris besser gekannt hätte, würde ihn das Glitzern in ihren Augen gewarnt haben. Denn es bedeutete, daß sie in diesem Moment eine Herausforderung angenommen hatte: Sie würde herausfinden, wer dieser Tynan – weder Nachname noch Vorname – war.

Kapitel 4

»Ich muß mit Ihnen reden«, sagte Chris, sobald Tynan im Lager Platz genommen und einen von ihren gebratenen Fischen zerlegt hatte. Und sie berichtete ihm nun das gleiche, was sie vorher Asher erzählt hatte: Daß Lanier für das Massaker an den Missionaren verantwortlich sei. Tynan unterbrach sie nicht. Tatsächlich sagte er kein Wort.

Als sie mit ihrem Bericht fertig war, leckte er sich die Finger ab. »Und nun erzählen sie mir, was Sie weggelassen haben«, sagte er.

Chris sah ihn betroffen an. Doch dann sagte sie lächelnd: »Tatsächlich war Mr. Lanier sehr gut zu mir, solange ich als Gast in seinem Haus wohnte, und seine Frau ist ganz reizend. Deshalb bekam ich Gewissensbisse bei dem Gedanken, daß ich der Öffentlichkeit nun offenbaren müsse, was er getan hat.

Natürlich ist jedes Wort über ihn wahr, wenn meine Story gedruckt wird. Ich fürchte nur, Mr. Laniers Leben wird sich dadurch – äh – verändern.«

»Ganz zu schweigen von der Länge seines Halses«, setzte Tynan hinzu und sah sie an.

»Und deshalb habe ich ihm einen Brief hinterlassen, in dem ich ihm ankündigte, was ich vorhabe.«

Diesmal schwieg Tynan eine lange Zeit. Dann sagte er:

»Was bedeutet, daß Laniers Männer uns bereits mit geladenen Gewehren erwarten, sobald wir aus diesem Wald herauskommen. Vielleicht sogar mit Kanonen – kurzum, er wird alles tun, um zu verhindern, daß Ihre Geschichte gedruckt wird.«

Sie sah ihn mit einem schwachen Lächeln an. »Das befürchte ich auch.« Ihr Gesichtsausdruck veränderte sich. »Aber das sind Dinge, die ich tun *mußte*. Ich *mußte* Mr. Lanier die Chance zur Flucht geben, und ich *muß* diese Geschichte drukken lassen. Verstehen Sie das nicht?«

Tynan stand auf. »Ich verstehe, daß ein Mann tun muß, was ihm aufgetragen ist; aber Sie, Miss Mathison, brauchen jetzt Hilfe, die ich Ihnen nicht geben kann. Prescott leitet diese Expedition. Ich bin nur sein Pfadfinder. Ich gehorche Anweisungen, und das ist alles. Vielen Dank für den Fisch, Madam, und jetzt muß ich den Trail erkunden, der noch vor uns liegt.«

Er drehte sich noch einmal zu ihr um.

»Und wenn ich Sie wäre, würde ich nicht in Versuchung kommen, allein zu reiten«, sagte er, während er ein Stück Feuerholz vom Boden aufhob und es auf eine Stelle rechts neben ihrem Kopf warf, die nach festem Boden aussah. Doch das Holz durchschlug ein paar Ranken und prallte erst eine volle Sekunde später auf festen Boden auf. Sie verstand seine wortlose Botschaft: Wenn man hier vom Pfad abwich, konnte man in tiefe Löcher stürzten, die durch Grünzeug getarnt waren.

Und dann ging er und ließ Chris allein am Feuer zurück.

Sie stand einen Moment da und verfluchte alle Männer auf dieser Welt. »*Frauen* müssen ebenfalls tun, was ihnen aufgetragen ist, Mr. Tynan«, sagte sie, obwohl ihr niemand mehr zuhörte, und ging dann daran, neues Feuerholz zu sammeln.

Chris blieb im Lager und redete mit Asher, als dieser von der Suche nach ihr zurückkehrte. Sie erwähnte Hugh Lanier nicht mehr. Und als Tynan zurückkam, sah sie ihn an; aber er wich ihrem Blick aus. Sie drehte den Kopf wieder Asher zu und tat so, als fände sie jedes Wort, das er sagte, faszinierend. In Wahrheit überlegte sie, wie sie diesen beiden Männern entwischen konnte. John Andersons Redaktion befand sich am Rand des Regenwaldes, keine vier Meilen von der Stelle entfernt, wo sie gestern abend in den Regenwald eingedrungen waren. Wenn sie sich ein Pferd nahm, wie der Blitz auf dem Pfad zurückritt und in die Stadt hinein, konnte sie bis zum Sonnenuntergang wieder hier sein. Wenn ihr das Glück hold war, konnte sie sogar wieder zurücksein, ehe sie vermißt wurde.

Sie stand auf. »Ich denke, ich werde jetzt einen kleinen Spaziergang machen«, sagte sie zu Asher.

»Ich gehe mit Ihnen.«

»Nein, vielen Dank«, erwiderte sie mit ihrem süßesten Lächeln. »Ich habe ein paar Dinge zu erledigen.« Sie sah ihn mit geweiteten Augen an. »Weibliche Dinge.« Die Mysterien der Weiblichkeit wirkten auf Männer wie Asher Prescott immer abschreckend.

»Natürlich«, sagte er höflich.

Sie ging von ihm fort, an Tynan vorbei und versteckte sich dann im Unterholz, bis beide Männer das Lager verlassen hatten. Noch nie hatte jemand einem Pferd den Sattel schneller übergeworfen als Chris an diesem Nachmittag. Das arme Tier tänzelte erschrocken und hob die Beine. »Sei ein guter Junge«, redete sie dem Gaul zu. »Wir haben einen anstrengenden Ritt vor uns.«

»Tatsächlich, Miss Mathison?«

Chris wirbelte auf den Absätzen herum und sah sich Tynan gegenüber. »Ich werde meine Story zu John Anderson bringen«, sagte sie, das Kinn vorschiebend, »und wenn Sie mich daran hindern wollen, müssen Sie mich schon hier festbinden und Tag und Nacht bewachen. Sie werden auf Ihren Schlaf verzichten und ...«

»Ich verstehe«, sagte er, und Chris sah, wie seine Augen amüsiert aufblitzten. »Wie weit ist es denn bis zu diesem Anderson?«

Chris schluckte. »Wenn ich tüchtig reite, könnte ich bis zum Sonnenuntergang wieder zurücksein.«

»Und wie gedenken Sie mit Laniers Leuten fertig zu werden? Die Sie vielleicht schon am Waldrand erwarten?»

»So schnell reiten, wie es geht, und zu Gott beten, daß keine Kugel trifft.«

Er stand vor ihr und sah sie eine Weile an. Dann zog er seinen Revolver aus dem Holster und überzeugte sich davon, daß er geladen war. »Vielleicht könnte ich Ihnen behilflich sein. In welcher Richtung liegt die Stadt, wo Anderson wohnt?«

Chris schwang sich auf ihr Pferd. »Wenn wir aus dem Wald kommen, in südöstlicher Richtung. Johns Büro ist das dritte Gebäude auf der rechten Seite.«

Tynan sattelte sein Pferd. »Sobald wir die Story dort abliefern, zieht Lanier einen Revolver und holt sich das Zeug. Haben Sie nicht noch mehr Papier bei sich? Warum machen Sie daraus nicht ein Paket, geben es als Frachtgut auf – wenn es in dieser Stadt überhaupt eine Frachtlinie gibt –, und schauen dann kurz bei Mrs. Anderson vorbei, um hallo zu sagen.«

»Also ... ja, das könnte funktionieren«, sagte sie, ihn erstaunt ansehend. »Nur gibt es keine Mrs. Anderson; aber seine Schwester ist mit dem Arzt dort verheiratet.«

»Noch besser«, sagte Tynan, sich in den Sattel schwingend. »Und reiten können Sie auch?«

»Ich komme mit einem Pferd überall hin, wo Sie auch hinkommen«, sagte Chris hochmütig, hatte dann jedoch ihre Zweifel; denn Tynan legte ein derartiges Tempo vor, daß ihr angst und bang wurde – und ihrem Pferd ebenfalls. Sie mußte die ganze Kraft ihrer Armmuskeln aufbieten, um das Pferd am Ausbrechen zu hindern, als sie durch den gefährlichen Wald sprengten.

Am Waldrand ging Ty nicht in eine langsamere Gangart über, sondern raste im vollen Galopp die Straße hinunter. Chris hatte dort eigentlich das Knattern von Gewehrschüssen erwartet; aber als es ruhig blieb, zügelte Ty sein Pferd und ritt zu ihr zurück. »Wir betreten die Stadt durch die Hintertür«, sagte er. »Zweifellos werden wir von Laniers Männern in der Stadt erwartet. Ich setze Sie dort im Frachtbüro ab und möchte, daß Sie dort bleiben, bis Sie mich zurückkommen sehen. Ich werde Ihre Geschichte zu der Frau des Arztes bringen und Ihr Pferd hinter dem Frachtbüro anbinden. Wenn Sie mich vor dem Büro vorbeireiten sehen, rennen Sie aus der Hintertür, steigen in den Sattel und reiten wie der Teufel. Glauben Sie, daß Sie das alles schaffen können?«

»Ja«, antwortete Chris, ihr unruhiges Pferd zügelnd. »Aber wenn man Sie mit meiner Geschichte erwischt...«

»Machen Sie sich meinetwegen keine Sorgen. Halten Sie sich lieber genau an meine Anweisungen. Mein Temperament ist schlimmer als Laniers Kugeln.«

»Jawohl, Sir«, sagte sie lächelnd, und er kniff ein Auge zusammen, ehe er sein Pferd wendete und weiter nach Südosten ritt.

Sie hielten vor der neuen, noch rohgezimmerten kleinen Stadt an. Die Mainstreet war nicht viel besser als ein umgepflügter Acker. Tynan saß eine Weile stumm im Sattel, ehe er sich ihr zuwandte. »Ich glaube, Laniers Leute sind hier.«

»Wie können Sie das wissen?«

»Zu viele Männer, die nichts tun, sondern nur herumstehen und die Hand in der Nähe des Revolvergriffs haben. Sie halten nach jemand Ausschau. Geben Sie mir Ihre Story«, sagte er, und nachdem er die Blätter unter seinem Hemd verstaut hatte, blickte er sie an. »Sind Sie bereit? Und Sie wissen noch, was Sie zu tun haben?«

»Es ist nicht gerade kompliziert.«

»Aber lebenswichtig. Kommen Sie!«

Er führte sie durch die Hintergassen der Stadt, bewegte sich im Schatten der Zäune, drückte sich an den Hauswänden entlang. Er ritt immer außen, um sie notfalls mit seinem Körper schützen zu können. Einmal kam ein Frachtwagen rasch um die Ecke, und Tynan riß sie halb aus dem Sattel in seine Arme. »Ist dir immer noch schlecht, Liebling?« fragte er mit lauter Stimme. »Beim ersten Kind kotzt jede Frau. Glaub mir, Darling.«

Sobald der Frachtwagen sie passiert hatte, schob er sie wieder auf ihr Pferd zurück. Er ist wahrhaftig ein schneller Denker, dachte Chris bei sich.

»Warten Sie hier«, sagte er, als sie zum Haus der Frachtlinie kamen. An der Hinterseite des Gebäudes befand sich eine große Ladefläche und eine Rampe, und über dem Schiebetor ein Balken mit Seil und Haken.

Chris saß auf ihrem Pferd und wartete. Bei jedem lauten Geräusch fuhr sie zusammen. Nachdem Tynan in das Frachtgebäude gegangen war, fühlte sie sich plötzlich nur noch halb so tapfer wie vorher.

»Hier ist sie«, hörte sie Tynan sagen, als dieser mit einem zweiten Mann durch die Hintertür auf die Laderampe trat. »Sie kann keinen Schritt mehr machen.« Ehe Chris etwas sagen konnte, hob Ty sie aus dem Sattel und stellte sie auf die Rampe. »Es ist ihr erstes, und sie hat sich noch nicht an die Übelkeit gewöhnen können. Sie haben doch nichts dagegen, daß ich Sie so lange bei Ihnen lasse, bis ich den Arzt geholt habe?«

»Absolut nicht. Ich habe selbst acht Bälger; nur weiß ich nicht, was der Arzt da tun könnte. Sie wird einfach warten müssen, bis sie das Baby bekommt.«

Tynan erstickte Chris fast mit seiner fürsorglichen Umarmung. »Wenn sie besser schlafen kann, nur weil ich den Arzt geholt habe, werde ich das natürlich tun.«

»Das ist klar. Hier, kleine Lady, setzen Sie sich so lange hier hin.«

»Wie wäre es mit einem Platz am Fenster, daß Sie mich schon von weitem sehen kann? Am Fenster würde sie sich besser fühlen.«

»Klar kann sie am Fenster sitzen«, sagte der Mann.

Ty führte Chris zu einem Stuhl vor einem Fenster, das auf die Mainstreet hinaussah. »Vergessen Sie nicht, daß Sie krank aussehen müssen, und geben Sie ihm etwas, das er für Sie zustellen soll.«

Chris nickte und sah hinauf in Tynans wunderschöne blaue Augen. Er zögerte einen Moment und gab ihr dann einen Kuß auf die Stirn. »Ich bin gleich wieder zurück, Honey.«

Als er gegangen war, sank Chris gegen die Stuhllehne und bemühte sich, dem Mann von der Frachtlinie nicht zu zeigen, wie gebannt sie die Hauptstraße beobachtete. Auf der gegenüberliegenden Straßenseite warteten zwei Männer, beide mit Gewehren bewaffnet, beide die rechte Hand an dem Holster, als wollten sie jeden Moment den Revolver ziehen. Chris merkte, wie ihre Hand zitterte, als sie einen versiegelten Brief für ihren Vater aus der Tasche zog. Sie mußte diesem Mann vom Frachtbüro gar nichts vormachen, da sie bestimmt so verängstigt aussah, wie sie sich fühlte. Und sie begriff, daß mindestens die Hälfte ihrer Furcht Tynan galt. Er hatte mit dieser Sache nichts zu tun und keinen Grund, ihretwegen sein Leben zu riskieren; und dennoch tat er das.

Die Minuten verstrichen, und Chris begann unruhig zu werden. Was hielt ihn nur so lange auf? Vielleicht war Johns Schwester gar nicht zu Hause. Vielleicht...

Ihre Gedanken stockten jählings, als sie am anderen Ende der Stadt, wo Tynan sich hinbegeben hatte, Schüsse hörte. Sie erhob sich von ihrem Stuhl.

»Sie brauchen sich nicht aufzuregen, Lady«, sagte der Mann von der Frachtlinie hinter seinem großen Schreibtisch. »In dieser Stadt schießt immer jemand auf irgend jemand. Bleiben Sie sitzen, und ruhen Sie sich aus.«

Doch Chris konnte sich nicht ausruhen. Sie beugte sich näher ans Fenster, um besser hinaussehen zu können.

Ihr Atem stockte, als sie dort gewahr wurde, was sie befürchtet hatte: Tynan ritt wie der Teufel die Hauptstraße hinunter, verfolgt von zwei Reitern, deren Revolver ununterbrochen aufblitzten. Mit geweiteten Augen sah sie ihn näher kommen.

Dann drehte sie sich zu dem Mann von der Frachtlinie um. »Darf ich mir die mal ausleihen?« fragte sie, ein Gewehr aus dem Ständer am Fenster nehmend.

Ehe der Mann begriff, was sie vorhatte, war sie schon durch die Vordertür seines Büros gestürmt, fiel draußen auf der Veranda auf ein Knie und zielte. Sie holte den vorderen Verfolger mit einem Schuß in die Schulter aus dem Sattel und war gerade dabei, auch den zweiten aufs Korn zu nehmen, als Ty sein Pferd wendete und direkt auf sie zuhielt.

Chris stand auf, trat einen kleinen Schritt zurück. Als Ty sich aus dem Sattel beugte und einen Arm nach ihr ausstreckte, ergriff sie ihn, stellte ihren Fuß auf den seinen in den Steigbügel und schwang sich hinter ihm auf das Pferd. Ty verminderte das Tempo nicht, als er mit donnernden Hufen durch den Lagerraum ritt, an Packern vorbei, denen der Unterkiefer herunterfiel, und hinten wieder hinaus und die Rampe hinunter.

Die Männer, die sie verfolgten, brauchten etwas länger für die Durchquerung des Frachtschuppens, und Chris hörte den Schrei eines Pferdes, als einer der Männer, die ihnen auf den Fersen waren, sich in der Entfernung verschätzte und samt Gaul von der Rampe stürzte.

Chris klammerte sich mit aller Kraft an Tynan fest. Ihr Haar löste sich aus den Spangen und flatterte hinter ihr her, ihr Körper schien an seinem Rücken zu kleben. Er beugte sich zum Hals seines Pferdes hinunter, und sie folgte seinem Beispiel. Kugeln schwirrten hinter ihnen her; aber sie ritten zu schnell, um in Reichweite der Verfolgerwaffen zu geraten. Zudem schossen die Verfolger vom Rücken ihrer Pferde aus, so daß sie nicht richtig zielen konnten – oder wenigstens hoffte Chris, daß ihnen das nicht gelang.

Als sie am Rand des Regenwaldes ankamen, verminderte Tynan das Tempo nicht, sondern galoppierte noch etliche hundert Meter in dieser halsbrecherischen Geschwindigkeit weiter. Plötzlich zügelte er sein Pferd, drehte sich um, packte Chris und ließ sie auf den Boden gleiten. Dann stieg er selbst aus dem Sattel.

»Und jetzt verschwinden wir«, sagte er, nahm das Pferd beim Zügel und Chris bei der Hand. Er deutete auf ein Gewirr von Ranken unterhalb des Pfades und befahl ihr, sich dort zu verstecken. Sie stieg rasch die Senke hinunter, rutschte die halbe Strecke auf ihrem Hinterteil. Das Pferd zu »überreden«, war schon eine andere Sache, und Ty tat das mit einer Reihe von mit leiser Stimme vorgebrachten Flüchen, daß Chris fast die Augen dabei übergingen. Kaum hatte er das Pferd in die Kuhle hinuntergebracht und ein paar Ranken über ihre Köpfe geschoben, als über ihnen drei Männer auf Pferden den Pfad heraufkamen.

Ty hielt eine Hand über die Nüstern des Pferdes, damit es keinen Lärm machte, während Chris dicht bei ihm stand und durch die Ranken zu den Männern hinaufblickte.

»Wir haben sie verloren«, sagte einer der Männer.

»Ja, und vier von unseren Männern gingen hops, als sie mit uns in den Wald hineinreiten wollten. Das wird Lanier gar nicht gefallen.«

»Laß uns von hier wieder verschwinden. Hier bekommt man ja eine Gänsehaut. Wenn sie sich hierher in den Wald geflüchtet haben, kommen sie nicht mehr lebend heraus. Dieser Wald wird ausschließlich von Geistern bewohnt.«

Der andere Mann, der zuerst gesprochen hatte, schnaubte: »Lanier bezahlt dich dafür, daß du auf Geister schießt. Kommt, laßt uns ins Frachtbüro zurückreiten. Vielleicht hat das Mädchen dort etwas zurückgelassen.«

Chris hielt den Atem an, als die Männer über ihr auf dem Pfad wendeten, und gab ihn erst wieder frei, als sie die Reiter nicht mehr hören konnte. Sie lehnte sich gegen die Wand der Kuhle und blickte Ty an. »Wie kommt es, daß diese Leute Sie kannten?«

»Jemand hat uns beim Verlassen von Laniers Haus beobachtet, und die eine hat mich erkannt.«

»Die?«

»Ich glaube, es war eine von Laniers Dienstmädchen. Jedenfalls muß sie Lanier gesagt haben, daß ich es war, der Sie aus seinem Haus entführte, und deshalb hat er auch nach mir Ausschau halten lassen, sobald er Ihren Brief gefunden hatte. Aber ich habe Ihre Story der Frau des Arztes übergeben können.«

Chris grinste. Jetzt, da sie Tynan und sich in Sicherheit wußte, wurde ihre Sorge von einem euphorischen Gefühl abgelöst. »Ob die Packer immer noch mit offenem Mund dastehen?« überlegte sie laut. »Ich wollte meinen Augen nicht trauen, als ich sah, daß Sie quer durch das Frachthaus reiten wollten.«

Ty sah sie zwinkernd an. »Ich hätte Sie mit einem Paddel verprügeln mögen, als Sie aus dem Frachtbüro stürmten und zu schießen begannen. Sie hätten im Büro bleiben sollen; denn wäre ich erst einmal aus der Stadt gewesen und hätte alle Verfolger hinter mir hergezogen, hätten Sie in aller Ruhe aus dem Ort hinausreiten können. Wo haben Sie übrigens so gut schießen gelernt?«

»Bei meinem Vater. Der arme Mann vom Frachtbüro. Eben noch war ich so krank gewesen, daß ich kaum sitzen konnte, und im nächsten Moment...«

»...im nächsten Moment springen Sie hinter mir in den Sattel. Himmel, Sie waren großartig!« Er lachte, faßte sie bei den Schultern und gab ihr einen herzhaften Kuß auf den Mund.

Blinzelnd und mit großen Augen sah Chris zu ihm hoch. Als er sie küßte, war ein Funken puren, unverdünnten Feuers durch ihren Körper gesprungen. »Oh«, flüsterte sie und trat noch dichter an ihn heran.

Er ließ ihre Schultern los, als hätte er seine Hände daran verbrannt, und drehte ihr dann den Rücken zu. »Ich muß das Pferd wieder hier herausbekommen, und dann sollten wir lieber ins Lager zurückkehren, ehe Prescott uns vermißt«, murmelte er.

Chris fühlte sich ein wenig ratlos, weil sie nicht wußte, was sie nun wieder falsch gemacht hatte. Eben noch war er so zufrieden mit ihr gewesen, so glücklich, und er hatte sie geküßt. Nicht aus Leidenschaft, sondern in aller Freundschaft, wie das zwischen zwei Menschen geschieht, die vieles gemeinsam haben. Doch sobald sie Interesse für ihn zeigte, wich er vor ihr zurück.

Sie blickte an ihrem Körper hinunter und fragte sich, ob er vielleicht davon abgestoßen wurde. Ihr Leben lang hatte man ihr erzählt, daß sie hübsch sei; aber ihre Rundungen waren eher dezent als betont, wie es zur Zeit Mode war.

»Hieß das Dienstmädchen, das Sie wiedererkannt hat, vielleicht Elsie?«

»Ja«, sagte er leise, ihr immer noch den Rücken zudrehend. »Sie reiten voraus, ich bilde die Nachhut.«

Mit einem Seufzer begann Chris die Wand der Senke hinaufzusteigen und schob beim Klettern die Ranken zur Seite. Elsie war genauso groß wie sie, wog aber dreißig Pfund mehr – und diese waren gleichmäßig über und unter einer Gürtellinie von zweiundzwanzig Zoll verteilt. Wenn es das war, was er an Frauen schätzte, mußte sie sich nicht wundern, daß er vor ihr zurückwich.

Sie seufzte auf dem ganzen Weg zum Lager zurück und brachte die Knöpfe in Ordnung, die bei dem wilden Getümmel der letzten halben Stunde an ihrem Kleid aufgegangen waren.

»Ist alles in Ordnung?« begrüßte Asher sie. »Sie sind schrecklich lang vom Lager fort gewesen.«

»Mir geht es gut«, sagte sie, sich eine Tasse Kaffee eingießend. »Und Ihnen?«

»Mir auch. Ich bin froh, daß Sie sich ein wenig ausruhen konnten. Morgen wird es vermutlich wieder einen harten Ritt geben.«

»Ja«, sagte sie, ihn über den Rand ihres Bechers hinweg ansehend. »Ich bin froh über diesen Ruhetag. Ist noch etwas zu essen da? So ein langer Mittagsschlaf macht schrecklich hungrig.«

Chris bekam Tynan bis zum nächsten Morgen nicht mehr zu Gesicht. Zweimal versuchte sie dann, seinen Blick einzufangen, ihm zuzulächeln, aber er mochte sie nicht ansehen. Er tat, als wäre der gestrige Tag gar nicht gewesen.

Doch je weniger er sie beachtete, desto eindringlicher beobachtete sie ihn. Am Nachmittag hielten sie an, um das Lager für die Nacht vorzubereiten, und sofort spannte Tynan Asher und Chris zusammen. Chris beobachtete Ty, wie er sich um die Pferde kümmerte, und als er an ihr vorbeikam, war sie überzeugt, daß er ab und zu das eine Bein nachzog. Konnte er sich gestern bei der Schießerei verletzt haben? Den ganzen Tag behielt er diesen vermaledeiten Hut auf, den er stets tief in die Stirn zog, so daß sie sein Gesicht nicht wirklich sehen konnte; aber die schmerzliche Grimasse, die er schnitt, als er einen Arm hob, um das Pferd am Halfter zu nehmen, entging ihr nicht. Asher sah sie einmal verdrossen an; doch sie fuhr fort, jede Bewegung von Tynan genau zu beobachten – und je länger sie ihn betrachtete, um so gewisser wurde sie, daß er ständig von Schmerzen geplagt war.

Chris gähnte heftig. »Ich glaube, ich bin ziemlich müde, und wenn Sie nichts dagegen haben, gehe ich ein Stück den Pfad hinunter und mache dort ein Nickerchen.«

Tynan drehte sich kurz um, und sein Blick kreuzte sich flüchtig mit jenem von Chris. Doch dann sah er schon wieder woandershin. »Gehen Sie nicht zu weit weg«, murmelte er, als er an ihr vorbeikam und auf ihrem Trail zurückging.

»Sind Sie sicher, daß Sie nicht lieber mit mir spazierengehen möchten, Chris?« fragte Asher. »Ich würde so gern etwas mehr von Ihrer Arbeit bei der Zeitung erfahren.«

»Ich bin wirklich sehr müde. Vielleicht ein andermal«, sagte sie, nahm ihre Bettrolle und Satteltasche und tat so, als könnte sie sich kaum noch auf den Beinen halten, während sie in die Richtung ging, in die sich Tynan soeben entfernt hatte.

Als Asher sie nicht mehr sehen konnte, öffnete sie ihre Satteltasche, holte ihre Sanitätsausrüstung heraus und rannte den Pfad hinunter, in der Hoffnung, Tynan noch einholen zu können, ehe er sich irgendwo unsichtbar machte.

Sie schien ziemlich weit gerannt zu sein und sah noch immer kein Zeichen von ihm, als sie glaubte, ein Pferd in ihrer Nähe wiehern zu hören. Sie tat, was sie eigentlich nicht tun durfte:

Sie verließ den Pfad, um einen Platz zu erreichen, wo sie besser sehen konnte, was sich dort unten am Fuß des Pfades befand.

Der Bereich außerhalb des Pfades war für sie erschreckend: Sie fürchtete die von Ranken verdeckten Fallgruben und Abstürze, die Ty ihr gezeigt hatte. Und wer konnte schon sagen, was für ein Horror sie unter dem Grünzeug erwartete?

Sie arbeitete sich vorsichtig bis zu einem riesigen Baum vor, teilte die Flechten, die von ihm herabhingen, und blickte nach unten. Tynan stand wenige Meter unter ihr auf einer kleinen, steinigen Lichtung. Er hatte sein Hemd ausgezogen und rieb sein Pferd ab. Als er sich umdrehte, und sie seinen Rücken sah, begann sie heftig zu atmen. Sie hatte nur zu recht gehabt, als sie argwöhnte, er würde bei jeder Bewegung Schmerzen erleiden. Selbst aus dieser Entfernung konnte sie deutlich sehen, daß die blutigen Striemen, die sich kreuz und quer über seinen Rücken zogen, nur zur Hälfte verheilt waren. Und sie war sicher, daß diese Striemen von einer Peitsche stammten. Der fliegende Galopp gestern, die Handbewegung, um sie auf sein Pferd hinaufzuziehen, ihr Anklammern an seinen Rükken: das alles mußte ihm gestern höllisch weh getan haben.

Sie wartete, bis er sich abermals umdrehte und nun mit dem Gesicht zu ihr stand, und zog sich dann wieder auf den Pfad zurück. Dann tat sie so, als käme sie just in diesem Moment den Pfad herunter, machte eine Menge Lärm und rief seinen Namen.

Als sie oben am Rand der Böschung über der Lichtung auftauchte, hatte er bereits sein Hemd wieder angezogen und stieg nun in seine Stiefel.

»Hier«, rief er zu ihr hinauf.

»Wie komme ich denn da hinunter?«

»Gar nicht. Sie gehen ins Lager zurück.«

Sie lächelte ihm zu und rückte einen Schritt vor, als hätte sie die Absicht, kerzengerade die steile Böschung hinunterzugehen.

»Nein!« schrie Tynan, aber es war bereits zu spät.

Chris hatte nur so tun wollen, als ginge sie die Böschung hinunter, doch das, was sie für festen Boden gehalten hatte, war grundloses Grünzeug, und so rutschte sie auf ihrem Rücken den Abhang hinunter.

Tynan spurtete über die Lichtung und warf sich auf sie, damit sie nicht weiterrutschen und in irgendeinem Abgrund verschwinden konnte.

Instinktiv schlang sie die Arme um seinen Körper und zog ihn fest an sich. Als er den Kopf hob und sie ansah, war sie sich der Nähe seines Körpers nur zu deutlich bewußt. Einen Moment lang dachte sie, er würde sie küssen – und sie war bereit, seinen Kuß zu empfangen.

Seine Lippen waren nur noch wenige Zentimeter von ihrem Mund entfernt, als er plötzlich aufsprang und sie auf dem steilen Hang liegenließ. Diesmal drehte er ihr nur einen Moment den Rücken zu, und sie hatte das Gefühl, als müßte er seine Emotionen gewaltsam unterdrücken. Als er sich ihr wieder zudrehte, waren seine Augen ganz glänzend; aber sonst schien er wieder die Ruhe in Person zu sein. »Ich sagte Ihnen doch, daß Sie ins Lager zurückgehen sollen. Und ich dachte, Sie wären so müde, daß Sie kaum noch stehen können und Ruhe brauchen.«

»Das war gelogen«, sagte sie lächelnd.

»Schwindeln sie öfter, Miss Mathison?«

»Nicht halb so oft wie andere Leute von unserer Expedition«, sagte sie mit einem unschuldigen Augenaufschlag. »Sie sagen mir jetzt die Wahrheit, und dann sage ich Ihnen ebenfalls die Wahrheit. Das ist fair, denke ich.«

Er schien etwas sagen zu wollen, überlegte es sich jedoch anders und ging zu seinem Pferd zurück. »Dort drüben ist ein kleiner Trampelpfad. Den können Sie benützen, um auf den Trail und in unser Lager zurückzukommen.«

Sie stand auf, zog ihren Rock glatt und hob die Sanitätsausrüstung auf, die mit ihr den Hang heruntergerutscht war. »Tatsächlich habe ich Sie nur gesucht, weil ich mir Ihren Rücken ansehen wollte.«

»Meinen was?!« sagte er und drehte sich mit einem zornigen Gesicht wieder zu ihr um. »Hören Sie, Miss Mathison, ich weiß nicht, worauf Sie hinauswollen; aber ich habe mir jetzt genug von Ihnen gefallen lassen!« Er bewegte sich auf sie zu und deutete mit der Pferdebürste auf sie, so daß Chris unwillkürlich vor ihm zurückwich. »Vielleicht denken Sie, ich könnte eine Figur für eine Ihrer Geschichten abgeben; aber da habe ich noch eine Überraschung für Sie bereit. Ihr Vater hat mich angeheuert, damit ich Sie und Prescott durch den Regenwald führe und anschließend nach Hause bringe. Ich habe nicht vereinbart, daß Sie mich überallhin verfolgen und mir ständig irgendwo splitternackt an die Brust hüpfen. Unter anderen Umständen würde ich das ja genießen; aber auf dieser Reise habe ich einen Job zu erledigen, und den gedenke ich auch auzuführen, egal, wie oft Sie auch probieren mögen, mich zu verführen. Sie, Lady, sind der Satan in schönster Verpackung. Und nun, verschwinden Sie von hier, und lassen Sie mich gefälligst in Ruhe. Ich möchte Sie nicht mehr sehen, bis ich Sie morgen früh wecke – und vielleicht gebe ich sogar einer anderen Person den Auftrag, das für mich zu erledigen.«

Er schloß abrupt den Mund, drehte sich um und ging zu seinem Pferd zurück.

»Schön«, sagte Chris, »ich werde ins Lager zurückkehren und Mr. Prescott erzählen, daß Ihr Rücken mit roten Striemen übersät ist, die mir ganz nach einer Infektion oder nach einem Wundfieber aussehen. Und weiterhin werde ich ihm sagen, daß etwas mit Ihren Füßen nicht stimmt. Ich bin überzeugt, daß die daraus entstehende Rebellion nur von kurzer Dauer sein wird und Sie dann nicht mehr unser Führer sein werden, sondern dorthin zurückkehren können, wo Sie herkamen, was Sie aber keinem Menschen verraten wollten. Guten Tag, Mr. Tynan«, sagte sie und setzte sich in die Richtung des Trampelpfades in Bewegung, den er ihr eben gezeigt hatte.

Sie hatte noch keine drei Schritte gemacht, als sie hinter sich einen leisen Fluch hörte und ein Geräusch, als würde die Pferdebürste mit großer Heftigkeit auf die Erde geworfen.

»Also gut«, sagte er so laut, daß sich Chris zu ihm umdrehte. »Was erwarten Sie von mir?«

»Daß Sie sich jetzt das Hemd und die Stiefel wieder ausziehen und dort mit dem Bauch nach unten auf das Moos legen.«

»Vermutlich darf ich mich noch dafür bedanken, daß Sie nicht mehr von mir verlangen«, meinte er grollend, legte sich aber gehorsam hin.

Als sich Chris neben ihm niederkniete und seinen Rücken betrachtete, sah sie, daß die Wunden noch schlimmer waren, als sie gedacht oder aus der Entfernung erkannt hatte. Die meisten waren zwar am Abheilen, aber die großen Striemen waren gestern wieder aufgebrochen. Sie mußten sehr, sehr weh tun, überlegte sie, holte tief Luft, öffnete ihre Sanitätskiste und holte eine Salbe heraus.

»Das wird die Schmerzen lindern«, sagte sie leise und begann, behutsam die Salbe auf seiner Haut aufzutragen. Sein Rücken war breit und muskulös; aber da war nur Haut über den Muskeln und kein bißchen Fett. Es sah ganz danach aus, daß er zwar hart gearbeitet, aber sehr wenig gegessen hatte.

Als sie merkte, daß er sich unter ihren Fingern entspannte, fragte sie: »Wie lange sind Sie im Gefängnis gewesen?«

»Zwei Jahre«, antwortete er rasch und setzte dann flüsternd hinzu: »Verdammt!«

»Mr. Tynan, ich bin Zeitungsreporterin, und das Beobachten gehört zu meinem Beruf. Ich wüßte keinen anderen Platz, wo ein Mann sonst noch bei dürftiger Verpflegung hart arbeiten muß und obendrein noch geschlagen wird – wenigstens nicht hier in Amerika.«

»Und wenn es noch so einen Platz gäbe, würden Sie sich dort einsperren lassen, damit Sie anschließend darüber schreiben könnten, nicht wahr? Werde ich in Ihre nächste Geschichte eingehen? ›Ich ritt mit einem entlaufenen Sträfling durch den Regenwald‹ oder so was ähnliches?«

»Sind Sie tatsächlich *entlaufen*? Ich hätte gedacht, mein Vater hat Sie irgendwie freigekauft.«

Als er schwieg, wußte sie, daß sie der Wahrheit sehr nahe

gekommen war. »Ich kenne meinen Vater sehr gut, müssen Sie wissen, Mr. Tynan. Wenn er will, daß mich jemand durch einen unpassierbaren Wald führt, würde er sich nicht mit der Antwort zufriedengeben, daß das unmöglich ist. Er würde der Frage nachgehen, wie es zu schaffen ist. Ich vermute, er hat erfahren, daß Sie den Regenwald schon einmal passiert haben, und dann spielte es für ihn keine Rolle mehr, ob Sie gerade auf dem Weg zum Galgen waren. Er besitzt genügend Geld und Macht, um jedes Seil durchzuhauen – selbst wenn es einem bereits um den Hals liegt.«

»Er würde seine Tochter einem Mörder anvertrauen?« fragte Tynan und drehte den Kopf, um sie anzublicken.

Sie schwieg einen Moment nachdenklich. »Nein, ich glaube nicht, daß er das tun würde. Ich glaube, daß meine Mutter und ich die einzigen Menschen auf der Welt waren, die er wirklich geliebt hat. Ich war mir nicht sicher, ob er sich nach dem Tod meiner Mutter wieder fangen würde; aber ich denke, er kam zu dem Schluß, er habe immer noch mich.«

»Aber Sie sagten doch eben, daß er Sie der Obhut eines Verbrechers anvertraute – einem Menschen, den er vor dem Galgen gerettet hat.«

Sie rieb vorsichtig die Salbe in seine Wunden. »Mr. Tynan, Sie müssen unschuldig sein. Sie haben völlig recht mit Ihrer Bemerkung, mein Vater hätte mich niemals einem Verbrecher anvertraut. Ja, natürlich, das ist die Lösung. Sie sind entweder unschuldig oder haben etwas getan, was nicht zu den Gewaltverbrechen zählt. Vielleicht ein Eheversprechen gebrochen.« Lächelnd fuhr sie fort, die Salbe auf seinem Rücken zu verreiben. Inzwischen verarztete sie ihn nicht nur, sondern massierte auch seine Muskeln.

»Wie nahe bin ich bei der Wahrheit?« fragte sie. Als er abermals nicht antwortete, lachte sie und meinte: »Mr. Tynan, wir verraten uns immer durch Indizien, sosehr wir uns auch bemühen, die Wahrheit vor anderen geheimzuhalten. Ich bin sicher, Mr. Prescott ahnt nichts davon, daß Sie bei jeder Bewegung Schmerzen haben; aber wenn man seine Mitmenschen beobachtet, kann man ihnen so manche Wahrheit oft ansehen.«

Sie fuhr fort, seinen Rücken einzureiben, und dann massierte sie ihm die Muskeln an den Armen, bis er völlig entspannt war. Sein Atem war tief und leicht, als würde er schlafen. In Chris regten sich alle Mutterinstinkte. Wie gern hätte sie diesen Mann mit nach Hause genommen, ihn gefüttert und zugesehen, daß er seine Ruhe bekam. Sie fragte sich, ob die Haushälterin ihres Vaters, Mrs. Sunberry, ihn kennengelernt hatte. Falls ja, war Chris bereit, jede Wette einzugehen, daß sie Tynan mochte.

Lächelnd hob Chris eine von Tys Händen an und begann auch diese zu massieren, wobei sie die roten Stellen am Handgelenk mied.

»Da bin ich nicht verletzt«, murmelte er schläfrig; machte aber keine Anstalten, ihr die Hand wieder zu entziehen.

»Ich denke gerade an Mrs. Sunberry.«

»Blaubeerkuchen«, murmelte Ty, »mit gebackenem Eischnee und Zimt.«

Chris lachte. »Also haben Sie Mrs. Sunberry kennengelernt. Ich dache, sie würde Sie mögen.«

»Wie man einen herrenlosen Hund adoptiert?«

»Sie sind vielleicht herrenlos; aber bestimmt kein Hund. Ty, wo wurden Sie geboren?«

Er bewegte sich, als wollte er sich aufrichten; aber sie drückte ihn rasch wieder nieder.

»Also gut, keine Fragen mehr; aber werden Sie jetzt nicht wieder wütend, bitte. Es ist ein viel zu schöner Tag heute, um ihn mit Ärger zu ruinieren.« Sie fuhr mit den Händen in seine Haare und begann, seine Kopfhaut zu massieren.

»Gefällt Ihnen Ihr Beruf als Zeitungsreporterin?« fragte er.

»Ja, jedenfalls gefiel er mir; doch ich glaube, so allmählich habe ich genug davon. Ich bin achtundzwanzig und habe mit achtzehn als Reporterin angefangen. Das ist eine lange Zeit. Ich glaube, ich möchte ... Ich weiß nicht genau, was ich möchte; aber es ist etwas mehr als das.«

»Ein Heim und Kinder?«

Sie lachte. »Man merkt, Sie haben mit meinem Vater geredet. Hat er Ihnen erzählt, wie er mich nach Washington zurücklotste? Wie er mich angeschwindelt hat? Ich arbeitete in New York, und er schickte mir ein Telegramm mit der Nachricht, daß er an der Schwelle des Todes stünde. Ich weinte mir auf dem Weg von einer Küste zur anderen die Augen aus dem Kopf, weil ich glaubte, ich würde ihn nicht mehr lebend vorfinden; und als ich dann müde, dreckig und verstört zu Hause anlangte, traf ich ihn auf dem Rücken eines bockenden Broncos an, das er gerade zureiten wollte.«

»Sie können froh sein, einen Vater zu haben.«

»Haben Sie keinen?«

»Nicht, daß ich wüßte.«

»Oder eine Mutter?«

»Sie ist tot.«

»Ah«, sagte Chris. »Wie lange sind Sie schon allein?«

»Immer. Wollen Sie sich jetzt noch meine Füße ansehen und die Sache hinter sich bringen? Ich muß noch den Trail hinunterreiten, um festzustellen, welchen Schaden er in all den Jahren genommen hat.«

Widerstrebend nahm Chris die Hände von Tys Haut, während er sich umdrehte und aufsetzte. Einen Moment lang berührten sich ihre Blicke und blieben an den Augen des anderen haften. Chris hätte am liebsten den Blick nie mehr von ihm abgewendet; aber Ty sah zur Seite und murmelte:

»Im Gefängnis bin ich sicherer gewesen. Hier! Betrachten Sie lieber meine Füße. Die werden Sie wohl auch noch eine Weile beschäftigen.«

Seufzend wandte Chris den Blick von seinem Gesicht ab, sah auf seine Füße – und stieß heftig die Luft aus. Da waren Blasen und Blasen, deren Haut abgescheuert war und wo nun das rohe Fleisch zum Vorschein kam. Und was sich noch nicht zu Blasen entwickelt hatte, war auf dem besten Wege dorthin. »Neue Stiefel und keine Socken«, sagte sie und nahm einen der beiden Füße in die Hand. »Haben Sie die Stiefel einfach angezogen, ohne sie einzulaufen?«

»Ich war dazu gezwungen. Ich hatte am Abend zuvor meine Halbschuhe durchgetanzt«, sagte er im feierlichen Ernst.

Sie lachte. »Ich würde Ihnen den Fuß bandagieren und Mr. Prescott fragen, ob er Ihnen nicht mit einem Paar Socken aushelfen kann.«

»Nein«, rief Ty rasch, »ich nehme keine Almosen an.«

Chris blickte ihm erstaunt ins Gesicht. »Also gut«, sagte sie dann. »Keine Almosen! Aber in der ersten Stadt, die wir passieren, kaufen wir Ihnen Socken. Mein Vater hat Ihnen doch etwas dafür bezahlt, daß Sie mich begleiten, nicht wahr?«

»Ja«, antwortete er und sah zu, wie sie eine Bandage um seinen Fuß zu wickeln begann. Sie fuhr mit der Hand über seine Knöchel, die genauso entzündet waren wie seine Handgelenke. »Ketten?« fragte sie.

Er tat so, als habe er ihre Frage nicht gehört. »Was hat Sie dazu gebracht, Lanier nachzuspionieren?« fragte er.

»Ich weiß nicht. Irgend jemand mußte es ja tun. John Anderson wird die Geschichte inzwischen schon im Druck haben. Die Leute hassen die Indianer noch mehr, als sie es sowieso schon tun, wenn sie erfahren, daß diese Missionare umgebracht haben. Doch diesmal sind sie unschuldig. Hugh Lanier hat die Missionare massakrieren lassen, und ich hielt es für ein Unrecht, dieses Massaker den Indianern in die Schuhe zu schieben.«

»Auch wenn das bedeutet, daß ein weißer Mann – ein Mann, den Sie sogar persönlich kennen – vermutlich alles verlieren wird?«

»Auch die Missionare haben alles verloren«, sagte sie leise.

»Ich habe noch nie eine Frau gesehen, die sich bei einem Schußwechsel so kaltblütig verhalten hat wie Sie gestern. Haben Sie in solchen Sachen Erfahrung?«

»Ein bißchen«, antwortete sie.

»Ich dachte, Frauen wie Sie wollen zu Hause bleiben und Kinder aufziehen.«

»Was soll das bedeuten – Frauen wie ich? Außerdem bin ich noch nie verliebt gewesen. Sie etwa?« Sie hielt seinen Knöchel in der Hand und merkte nicht, wie sich ihre Fingermuskeln plötzlich anspannten.

»Ein paarmal. He! Ihre kleinen Fingernägel sind aber scharf.«

»Entschuldigung«, murmelte sie mit gesenktem Kopf.

»Was bedeutet es Ihnen, ob ich schon mal verliebt gewesen bin?«

»Natürlich bedeutet es mir nichts«, sagte sie steif und lokkerte ihren Griff um seinen Fuß. »Ich frage jeden aus.«

»Hören Sie, Miss Mathison, Sie können mir glauben, wenn ich Ihnen sage, daß ich nicht der richtige Typ für Sie bin. Ich bin ein Vagabund, und es gibt kaum eine Klemme, in die ich nicht hineingerate. Sie sollten sich Elsie zum Beispiel nehmen. Sie hat mich verpetzt, weil sie mich nicht ausstehen kann.«

Chris lächelte ihn an. »Vermutlich, weil Sie ihr zuwenig Aufmerksamkeit geschenkt haben.«

Ty lehnte sich auf die Ellenbogen zurück und beobachtete einen Vogel über sich in den Zweigen. »Ein Mann kann nicht zwei Jahre im Gefängnis verbringen und dann jemand wie Elsie übersehen. Ganz ausgeschlossen!«

Sie zerrte an der Bandage, die sie ihm um den Fuß wikkelte. »Vorausgesetzt, Sie mögen Frauen wie Elsie. Wobei ich bezweifle, daß Sie eine Frau wie sie schon mal ohne Korsett gesehen haben.«

Ty sah auf sie zurück, und aus seinen Augen blitzte der Schalk. »Fett, wie?«

»Mindestens siebenundzwanzig Zoll Taillenweite, und vielleicht haben sie ja oben eine Menge zu bieten; aber spätestens mit zweiundzwanzig fängt das alles an zu sacken...« Chris hielt inne, entsetzt über die Dinge, die sie ihm da erzählte. »Ziehen Sie Ihre Stiefel wieder an«, sagte sie barsch. »Vielleicht finden Sie in ein, zwei Tagen eine dicke Frau, die Ihnen den Verband wechselt, da Sie ja offenbar gutgepolsterte Frauen mögen und ich Ihnen zweifellos zu dürr bin.«

Sie wollte sich aufrichten; aber er faßte nach ihrem Arm

und grinste sie an. Chris hielt jedoch den Kopf gesenkt. Wie *wütend* er sie machte!

Er legte den Finger unter ihr Kinn. »Sie haben keine Angst, daß bei Ihnen in ein, zwei Jahren alles sacken könnte? Wo Sie doch schon so alt sind?« sagte er mit einem Lachen in der Stimme. »Und Sie glauben nicht, daß ich dürre Mädchen mag, die mir überallhin folgen und Löcher in den Bauch fragen?«

»Ich weiß nicht«, flüsterte Chris und kam sich nun wirklich wie ein kleines Mädchen vor. Sie hatte sich noch nie etwas so sehnlich gewünscht wie die Sympathie dieses Mannes.

»Schlanke, hübsche, zierliche Blondinen habe ich am liebsten«, flüsterte er.

Chris blickte mit tränenfeuchten Augen zu ihm auf, und als er den Kopf auf sie zubewegte, wußte sie, daß er sie küssen wollte. Also schloß sie die Augen und spitzte erwartungsvoll die Lippen.

»Was, zum Henker, mache ich denn da?« sagte er und schob Chris so heftig von sich weg, daß sie einen halben Meter von ihm entfernt auf dem Allerwertesten landete. »Verschwinden Sie sofort von hier! Haben Sie gehört? Und rücken Sie mir nie mehr so dicht auf den Pelz! Sie haben recht, wenn Sie meinen, daß ich einen anderen Typ von Frauen bevorzuge. Jungfräuliche Krankenschwestern, die mich auf Schritt und Tritt verfolgen, mag ich am *allerwenigsten*! Und jetzt gehen Sie ins Lager zurück, und kommen Sie nie mehr in meine Nähe!«

Chris erschrak über seinen Temperamentsausbruch und lief hinauf zum Pfad und dann zurück ins Lager.

Kapitel 5

Als Chris atemlos im Lager ankam, weil sie die ganze Strecke im Laufschritt zurückgelegt hatte, saß Asher neben einem tüchtigen Feuer und lächelte zu ihr hinauf. Er begann ihr die Geschichte dieses Waldes zu erzählen; aber Chris war nicht bei der Sache. Sie fragte sich, aus welchem Grund Tynan zwei Jahre im Gefängnis gesessen hatte.

»Chris! Hören Sie mir überhaupt zu?« fragte Asher.

»Ja, natürlich«, sagte sie und sah ihn an, war aber mit ihren Gedanken ganz woanders.

Später, als sie dann, in warme Decken gehüllt, beim verlöschenden Feuer lag, konnte sie lange nicht einschlafen. Sie vermochte kaum die Sterne über den Bäumen zu erkennen; beobachtete aber die Blätter und die tiefschwarzen Schatten zwischen den Stämmen. Nachts war dieser Wald schon ein beängstigender Ort.

Sie hatte schon länger als eine Stunde wach gelegen, als sie zu ihrer Rechten ein leises Geräusch hörte. Sie wußte, daß es Tynan war, der ins Lager kam, um nachzusehen, ob mit ihnen alles in Ordnung sei. Sie hatte noch nie einen Mann erlebt, der seine Verantwortung ernster nahm als Tynan.

Mit offenen Augen sah sie zu, wie er nun im Lager umherging, nachprüfte, daß Asher ordentlich zugedeckt war, die Pferde richtig angepflockt und die Vorräte gesichert waren, und das Feuer gelöscht war. Als er zu Chris kam, fuhr er ein wenig zusammen, als er sie mit offenen Augen vor sich liegen sah.

»Sie sollten längst schlafen«, sagte er, sich aufrichtend. »Sie müssen morgen sehr zeitig aufstehen.«

»Wie sieht der Trail vor uns aus?«

Asher bewegte sich unter seinen Decken, und Ty kniete sich neben Chris nieder und senkte die Stimme. Sie stützte sich auf einen Ellenbogen.

»Ziemlich gut. Nur ein paar Büsche, die den Pfad überwuchert haben. Ich konnte sie größtenteils roden.«

»Haben Sie denn schon etwas gegessen?«

Sie sah das Weiße seiner Zähne, als er sie grinsend ansah. »Sie könnten einem Mann eine wunderbare Mutter sein. Ja, ich habe gegessen. Und jetzt schlafen Sie. Wir sehen uns morgen früh wieder.«

Sie legte sich auf das harte Lager zurück; aber er verließ sie noch nicht.

»Miss Mathison, ich möchte mich für heute nachmittag entschuldigen. Ich hätte nicht so unbeherrscht sein dürfen. Ich halte es eben nur für besser, wenn wir diese Reise auf der Basis Arbeitgeber-Arbeitnehmer abwickeln. Wie ich Ihnen bereits sagte, bin ich eine Zeitlang nicht mehr in Gesellschaft von Frauen gewesen, und deshalb gibt es da manchmal Schwierigkeiten.«

»Bin ich es denn, der Ihnen Schwierigkeiten macht?« flüsterte sie auf eine Weise, die keinen Zweifel an der Bedeutung ihrer Frage ließ. Sie hoffte, er würde sagen, daß sie ihm das Leben zur Hölle machte.

Er setzte sich auf die Fersen zurück und grinste sie wieder an. »Nichts, mit dem ich nicht fertig werden könnte. Seien Sie jetzt ein braves Mädchen und schlafen Sie.«

»Keinen Gutenachtkuß?« fragte sie ein wenig eigenwillig, weil er sie schon wieder auszulachen schien.

»Nicht von mir«, sagte er, und nun lächelte sie über den entsetzten Ton, mit dem er das sagte. Als er fortging, drehte sie sich auf den Bauch und war bald darauf eingeschlafen.

Das erste, was sie am nächsten Morgen sah, war Tynan, der sich über das Feuer beugte. Seine Haare waren feucht, und frischgefangene Fische brutzelten in einer Pfanne.

»Sie haben heute morgen schon geangelt?« sagte sie und sah ihn lächelnd an.

Er murmelte etwas; aber sie konnte es nicht verstehen, bis er aufstand und zu den Pferden ging.

Den ganzen Vormittag über hielt Tynan sich von ihr fern, und sie ritten alle drei schweigend über den Pfad.

Als sie mittags eine Rast einlegten, um etwas zu essen, sagte Tynan zu Asher, noch ehe sie aus dem Sattel gestiegen waren, er sollte Chris mitnehmen und Feuerholz sammeln.

Asher nahm Chris beim Ellenbogen und trieb sie mehr, als er sie führte, den Pfad hinunter, den sie eben gekommen waren.

»Wie ich hörte, ist ihr Vater auch im Frachtgeschäft tätig«, sagte Asher bereits zum zweitenmal, ehe Chris ihm zuhörte.

»Ja, das ist richtig«, erwiderte sie geistesabwesend. »Konserven, Frachtlinien, Viehzucht, ein paar Sägemühlen – alles, worauf er seine Hände legen kann.«

»Doch Sie haben das alles im Stich gelassen und sind nach New York durchgebrannt, um Reporterin zu werden. Aber jetzt sind Sie wieder hier.«

»Unfreiwillig. Ich habe vor, nach New York zurückzukehren, sobald wir das Haus meines Vaters erreicht haben.«

»Ah, ich verstehe. Irgendwie hatte ich das Gefühl, daß Ihnen ganz andere Pläne im Kopf herumgehen.«

»Zum Beispiel?« fragte sie, sich zu ihm umdrehend. »Hat mein Vater etwa zu Ihnen gesagt, daß ich andere Pläne hätte?«

»Nur, daß Sie jetzt bereit sind, seßhaft zu werden, und noch jung genug, wie er hoffte, für ...«

»Jung genug für was?« unterbrach sie ihn.

»Nun – jung genug, um eine Familie zu gründen, würde ich meinen.«

Chris biß sich auf die Unterlippe, damit sie ihm keine überhastete Antwort gab. »Nein, ich glaube nicht, daß ich in dieser Hinsicht schon zum alten Eisen gehöre, selbst in meinem fortgeschrittenen Alter nicht. Ich nehme doch stark an, daß Frauen in meinen Jahren noch immer Kinder bekommen können.«

»Ich wollte Sie nicht beleidigen.«

Chris blickte ihn rasch an, und das schlechte Gewissen regte sich in ihr. Hier ging sie mit einem gutaussehenden jungen Mann im Wald spazieren, der versuchte, höflich zu ihr zu sein, und sie behandelte ihn ziemlich ungezogen, nur weil sie glaubte, sich in einen Mann vergafft zu haben, den sie kaum kannte. Sie lächelte Asher an. »Ich bin sicher, daß Sie das nicht wollten, Mr. Prescott. Wie haben Sie meinen Vater kennengelernt?«

Asher gab ihr Lächeln zurück. »Er und mein Vater waren befreundet. Sie sind auch bei einigen Geschäften Partner gewesen. Und ich habe Sie schon einmal gesehen – als kleines Mädchen mit Ihrer Mutter. In meinen Augen war sie die schönste Frau, die mir jemals begegnet ist.«

»In meinen Augen ebenfalls.«

Er begann Feuerholz aufzusammeln, das er vor ihren Füßen niederlegte.

»Und warum hat mein Vater Sie für diese Rettungsmission ausgewählt?« Sie hob jetzt ebenfalls ein paar Äste auf und warf sie zu dem anderen Holz.

»Ich denke, er nahm, wen er gerade bekommen konnte. Es gibt nicht viele Männer in meinem Alter, die kein Geschäft haben, und nachdem ich so viele Jahre selbständig gewesen bin, kann ich mich nicht so recht mit dem Los eines Angestellten abfinden.«

»Ich weiß, wie Ihnen zumute ist. Mein Vater sagt mir ständig, was ich zu tun und wie ich es zu machen habe. Er schickt mir sogar Männer nach, wenn ich ihm nicht gehorche.«

»Ja, aber Sie sind eine...« Asher verstummte, als er ihre funkelnden Augen sah. »Diesmal wäre ich fast ins Fettnäpfchen getreten, nicht wahr?«

Sie legte den Kopf auf die Seite. »Könnte es Sie denn stören, wenn Sie sich mit mir überwerfen würden?«

Asher blickte sie mit einem breiten Lächeln an. Er sah wirklich gut aus, wenn er in dieser Hinsicht auch nicht an Tynan heranreichte. Aber er war hübsch. »Ich bin hier mit einer schönen Frau allein im Wald, und Sie fragen mich, ob es mich stören würde, wenn Sie sich über mich ärgerten? Miss Mathison, für mich wird hier und jetzt ein Traum wahr, und ich würde lieber sterben, als ihn zu zerstören.«

Sie lachte über seine hübsche Rede, während er eine kleine purpurrote Blume aus einem Moospolster pflückte und sie ihr mit einer kleinen Verbeugung überreichte. Chris steckte die Blume hinter das Ohr und lächelte ihn an.

»Nun«, sagte er leise, »ich denke, wir sollten jetzt lieber zum Lagerplatz zurückgehen.« Er hob einen gewaltigen Stoß Holz auf. »Packen Sie den Rest auch noch drauf.«

»Nein, ich trage meinen Anteil selbst.«

»Miss Mathison, solange ich in der Nähe bin, wird keine

Frau ein Stück Feuerholz tragen. Legen Sie also das übrige Holz dazu, wie ich es Ihnen geraten habe.«

»Sie reden genauso wie mein Vater«, sagte sie mit einem Seufzer.

»Vielen Dank. Ich bewundere und respektiere Ihren Vater und fasse es als großes Kompliment auf, wenn Sie mich in irgendeiner Hinsicht mit ihm vergleichen. Und jetzt gehen Sie bitte voran, weil ich nämlich nichts mehr sehen kann.«

Lachend und erfreut darüber, daß er sich so anerkennend über ihren Vater ausgesprochen hatte, statt sich über ihn zu beschweren wie die meisten Leute, führte Chris ihn ins Lager zurück. Asher sagte, daß er nicht nur nichts mehr sehen, sondern auch kein Wort verstehen könnte, so daß Chris zwei Finger seiner linken Hand ergreifen *mußte*, um ihn ins Lager zurückzubugsieren.

Als sie im Lager anlangten, stand Tynan über das Feuer gebeugt und briet mit Maismehl panierte Fische. Er sah kurz hoch, als eine lachende Chris und ein schwerbeladener Asher im Lager eintrafen, und senkte dann wieder den Kopf.

Chris fühlte sich plötzlich ausgelassen und glücklich. Sie hob die beiden geteilten Rockhälften ihres Reitkleides an und begann zu summen.

»Sie werden vermutlich hier nicht tanzen wollen, Mr. Prescott«, sagte sie, die Arme ausstreckend, und beobachtete dabei Tynan aus den Augenwinkeln. Aber er blickte nicht einmal vom Feuer auf.

Mit offensichtlichem Vergnügen faßte Asher Chris bei den Händen und fing an, mit ihr einen raschen Tanz auf der kleinen Lichtung aufzuführen. Es war eine Kreuzung aus einem Virginia Reel und einem Square Dance – lebhaft und lustig. Chris paßte sich seiner Führung an, und gleichgültig, wie schnell er sie drehte, so daß ihre Füße zuweilen kaum noch den Boden berührten: sie hielt jedes Tempo mit.

»Vorsicht!« hörte sie Tynan rufen, ehe Asher in eine knapp einen halben Meter tiefe Grube hineintaumelte, die von Farnwedeln verdeckt gewesen war.

Sie lagen beide in der Kuhle, Ashers Arme schützend um ihren Körper gelegt, ihren Rock um ihre Beine gewickelt, während Tynan über ihnen nachfragte. »Habt ihr euch etwas gebrochen, ihr beiden?« fragte er, eine steile Falte auf der Stirn.

»Nein«, sagte Asher, »ich habe mich in meinem ganzen Leben noch nie so wohl gefühlt wie jetzt.« Und dann gab er Chris einen herzhaften Kuß auf die Wange.

Immer noch grinsend, sah sie zu Tynan hinauf, der ihr einen eigenartigen Blick zuwarf.

»Ich denke, wir können jetzt essen«, sagte Tynan, ehe er sich abwandte, um zum Feuer zurückzukehren. »Falls Sie mit Ihrem Tanzen fertig sind, Miss Mathison.«

»Im Augenblick ja«, gab Chris zurück und nahm ihren Platz am Feuer ein.

Kapitel 6

Ashers ausgelassene Stimmung hielt auch nach dem Essen noch an. Er bemühte sich nach Kräften, Chris zu unterhalten, und stimmte ein paar Lieder an. Sie griff seine Anregung auf, und die beiden bildeten ein begeistertes Duett.

Tynan saß etwas abseits, den Kopf gesenkt, und schnitzte an einem Stock. Er beteiligte sich nicht an ihrem Gesang, sonderte sich aber auch nicht ab. Einmal, als Chris, ihre Wange dicht neben Ashers Gesicht, den Refrain eines Liedes sang, sah sie zu Tynan hin und dachte: Vielleicht weiß er gar nicht, wie er sich uns anschließen kann.

Der Nachmittag war hereingebrochen, ehe einer von ihnen an Aufbruch dachte. Es war Chris, die das Lachen unterbrach und vorschlug, sie sollten den Lagerplatz aufräumen und weiterziehen. Tynan warf seinen Stock beiseite, steckte sein Messer in den Gürtel und ging langsam auf die Stelle zu, wo ihre Pferde angebunden waren. Als Chris die Schnallen an ihrer Bettrolle festzog, blieb er neben ihr stehen.

»Das war hübsch«, sagte er, »wirklich sehr hübsch.«

»Wo sind Sie aufgewachsen?« fragte sie rasch.

»Nicht dort, wo man Lieder singt«, gab er ebenso rasch zurück. »Ihnen gefällt dieser Mann?«

»Natürlich. Sie haben mich ja immer wieder darauf hingewiesen, was für ein netter Mann das ist, nicht wahr? Zudem haben Sie mir befohlen, mich von Ihnen fernzuhalten. Also mußten Sie sich jetzt freuen, weil ich Ihnen alles recht mache.«

Er sah sie an, wie sie bisher noch kein Mann angesehen hatte. Seine Augen schienen Löcher in ihr Gesicht zu brennen. »Sie haben mich erfreut.« Dann machte er auf den Absätzen kehrt und stürmte davon, wobei er Asher fast umgerannt hätte.

»Was war denn los? Er sieht wütend aus. Geht hier etwas vor, wovon ich nichts weiß?«

»Mr. Prescott, ich habe nicht die leiseste Ahnung, was Sie wissen oder nicht wissen.«

»Chris, ich muß Sie warnen. Tynan gehört nicht zu der Sorte von Männern, die... nun, ich meine, ein Mädchen wie Sie... Mir gefällt es nicht, daß er so viel Interesse für Sie zeigt.«

»Interesse für mich?«

»Ihr Vater sagte ihm, daß Sie eine Montgomery seien, und er fragte mich, was das zu bedeuten hätte.«

»Und Sie haben es ihm gesagt?«

»Nein, ich weiß auch nur, daß Ihre Vorfahren mütterlicherseits Montgomery hießen. Leute wie Tynan haben keine Verwandten – sie haben nicht einmal einen richtigen Namen.«

»Mr. Prescott«, sagte Chris eisig, »Sie und ich werden erheblich besser miteinander auskommen, wenn Sie Ihre Meinung über Mr. Tynan für sich behalten. Schließlich kenne ich Sie beide genauso lang, und ich sehe daher keinen Grund, Ihnen mehr zu vertrauen als ihm.« Damit bestieg sie ihr Pferd und spürte den Rest des Tages über Asher Prescotts nachdenklichen Blick auf sich gerichtet.

Die nächsten zwei Tage waren anstrengend. Dreimal mußten die beiden Männer Bäume fällen, die auf dem Pfad gewachsen waren, und einmal führten Tynan und Asher die Pferde über einen Baumstamm, der so breit war wie ein Gehsteig. Ein andermal wurden sie stundenlang aufgehalten, bis sie einen umgestürzten Baum auf dem Trail zersägt und stückweise beiseite geräumt hatten. Abends fielen sie todmüde in ihre Decken und schliefen sofort ein – jedenfalls nahm Chris das von Tynan an, da er ja nie mit ihnen zusammen im Lager schlief.

Am Abend des zweiten Tages küßte Asher Chris zum zweitenmal. Sie waren tagsüber eine weite Strecke nebeneinander hergeritten, und er hatte sie so ausführlich wie noch nie nach ihrer Karriere als Reporterin gefragt. Auch entschuldigte er sich für das, was er über Tynan gesagt hatte, und meinte, es sei seine Sorge um ihre Sicherheit gewesen, die ihn zu diesen Worten verleitet hätte. An diesem Abend also bat er sie, mit ihm spazierenzugehen, und als sie ein paar Meter vom Lager entfernt waren, schwärmte er davon, wie hübsch sie sei, und bat um die Erlaubnis, sie küssen zu dürfen. Chris erlaubte es ihm.

Sie hatte sehr wenige Männer in ihrem Leben geküßt und wußte nicht genau, wie man das machte. Ashers Arm ging um sie herum, hielt sie auf eine angenehme Weise fest, und sein Kuß war warm und trocken und beruhigend; absolut nicht mit dem raschen, Freude erregenden Kuß von Tynan zu vergleichen. Kein Feuer rieselte da durch ihren Körper. Nichts veranlaßte sie dazu, sich fester an ihn zu legen und nach mehr zu verlangen.

»Was, zum Teufel, machen Sie denn da, Prescott?« hörte sie Tynans empörte Stimme, so daß er Chris rasch losließ. »Ich komme hier aus dem Lager, weil ich fürchtete, Sie hätten sich verirrt, und derweil stehen Sie hier und bedrängen Miss Mathison!«

»Ich habe sie nicht bedrängt. Ich habe sie vielmehr um Erlaubnis...« Asher hielt mit wütendem Gesicht inne. »Was geht Sie das überhaupt an?«

»Es geht mich deshalb etwas an, weil ich versprochen habe, Miss Mathison ihrem Vater zurückzubringen.«

»Und ich habe den Eindruck, daß Sie Ihr Geschäft nicht darauf beschränken«, gab Asher zurück.

»Gehen Sie ins Lager zurück«, befahl Tynan, an Chris gewandt. »Sofort!«

Sie beeilte sich, ihm zu gehorchen. Später kam dann Asher, still in sich hineinlächelnd, allein ins Lager zurück. »Manchmal vergessen Angestellte, wo sie hingehören, und müssen in ihre Schranken gewiesen werden«, sagte er und blinzelte dabei Chris zu.

Tynan kam an diesem Abend nicht mehr ins Lager, und am nächsten Morgen war er schweigsam und bemühte sich, immer auf Distanz zu bleiben.

Ein Teil von ihr hätte am liebsten losgeschrien vor Enttäuschung über die Geheimnistuerei, die sie umgab. Warum hatte ihr Vater sie durch den Regenwald reiten lassen? Er hatte doch nicht wissen können, daß Hugh Lanier sie verfolgen würde. Warum hatte ihr Vater einen Mann angeheuert, der kaum wußte, wie man im Freien Feuer machte? Was für eine Hilfe sollte so ein Mann ihr wohl im Regenwald sein? Warum schob Tynan sie zuerst Asher zu und benahm sich im nächsten Moment wie ein eifersüchtiger Liebhaber?

An dem Tag, der auf den mit Ashers Kuß folgte, erlaubte Ty ihnen bereits am späten Nachmittag, das Nachtlager aufzuschlagen. Während Chris Ty beim Auspacken half, versuchte sie, mit ihm Konversation zu machen; aber er gab auf ihre Fragen nur einsilbige Antworten.

»Was ist eigentlich mit Ihnen los?« zischelte sie ihn an. »Sie haben seit gestern abend kein Wort mehr mit mir gesprochen. Sind Sie mir vielleicht wegen Asher böse?«

»Was Sie tun oder lassen, ist allein Ihre Sache«, antwortete er, während er ein Pferd absattelte. »Ich bin als Pfadfinder für Sie engagiert worden – für nichts sonst.«

»Wirklich nicht?« Dabei sind *Sie* es doch, der mich ständig dazu ermuntert, mit ihm allein zu sein: ›Warum gehen Sie denn nicht mit Prescott Feuerholz sammeln, Miss Mathison?‹ und ›Wie wäre es, wenn Sie mit Mr. Prescott zum Angeln gingen,

Miss Mathison?‹ Jede freie Minute soll ich mit ihm verbringen. Und als ich ihn dann küßte – ja, was haben Sie sich denn sonst davon versprochen?«

»Ich habe mir gar nichts versprochen! Hören Sie – warum gehen Sie nicht dort hinüber und setzen sich hin? Warum verfolgen Sie mich ständig? Können Sie einen Mann nicht einmal in Frieden lassen?«

Tränen stiegen ihr in die Augen, als sie sich zum Feuer umdrehte. Er rief ihren Namen; aber sie drehte sich nicht mehr zu ihm um.

Einmal hatte sie das Gefühl, als versuche Ty, ihren Blick einzufangen; doch sie sah nicht zu ihm hoch, und nach einer Weile hörte sie ihn aus dem Lager gehen.

»Ich gehe ein Stück spazieren und mache meine Eintragungen ins Tagebuch«, sagte Chris zu Asher und holte Feder, Tinte und ein großes Notizbuch aus ihrer Satteltasche. »Ich werde in ungefähr einer Stunde wieder zurück sein.« Und dann ging sie auf dem Pfad in der anderen Richtung davon.

Chris ging viel weiter, als sie das eigentlich beabsichtigt hatte. Tynans scharfe, zornige Worte hatten sie tief verletzt, und sie wollte darüber nachdenken, was sie ihm denn angetan hatte und wie sie sich in der Zukunft verhalten wollte.

Es war seltsam, wie sehr dieser Mann sie anzog. Sie hatte sich noch nie eines Mannes wegen so närrisch betragen wie jetzt.

Nach einer Weile begann das Licht zu verblassen, und sie setzte sich dicht neben dem Pfad auf einen Baumstamm, um in ihr Tagebuch zu schreiben. Wenn sie alle Fakten dieser sonderbaren Reise zusammentrug, kam sie vielleicht hinter den Sinn des Ganzen. Sie schrieb eine Menge über den einen Mann, der sie so freundlich behandelte, und stellte dieser Sammlung dann die Fakten des anderen Mannes gegenüber, der nur darauf zu warten schien, daß sie in ein tiefes Loch stürzte.

Die Zweige des Baumes und eine besonders dicke Schicht Moos darüber schützten sie wie ein großer Regenschirm, so daß sie zunächst gar nichts von den fetten kalten Tropfen spürte, die immer rascher auf die Blätter niederprasselten. Eben noch hatte sie warm und trocken unter einem Baum gesessen, und im nächsten Moment schien ein Sturzbach vom Himmel auf sie herunterzukommen.

Hastig suchte sie ihre Schreibsachen zusammen und verlor dabei ihren Federhalter. Sie beugte sich weit nach vorn auf dem Baumstamm, auf dem sie saß, und suchte zwischen dem Grünzeug nach ihm, als die ganze Seite des Pfades, an der sie saß, plötzlich abbrach und in die Tiefe rutschte. Der Baumstamm rollte unter ihr davon, und sie konnte sich gerade noch an einer Baumwurzel festklammern, während unter ihr das Erdreich einen Hang hinunterpolterte.

Da hing sie nun über dem Abgrund, während ein eisiger Regen ihr auf Kopf und Schultern trommelte. Ihre Füße pendelten im Nichts, und in diesem Wolkenbruch vermochte sie nicht einmal einen Meter weit zu sehen. Sie betete um Hilfe, flüsterte »Tynan« und konnte im rauschenden Regen ihre eisige Stimme nicht verstehen.

»Tynan!« rief sie.

Ihre Hände begannen auf dem nassen Holz zu rutschen. Sie versuchte kühlen Kopf zu bewahren und sich zu überlegen, wo sie sich befand und wie sie sich am besten aus dieser Klemme wieder befreien könnte. Wenn sie doch nur hätte sehen können, wie tief der Abgrund war, über dem sie hin und her schwang. Vielleicht schwebten ihre Zehen nur zehn Zentimeter über dem Boden; aber es konnten ebensogut zehn oder gar hundert Meter sein.

Sie drehte sich ein wenig und starrte in die Tiefe. Aber da war wallender Nebel, der alles unkenntlich machte. Ihre linke Hand rutschte vom Holz ab.

»Verflucht seien alle Montgomery-Frauen, weil sie so klein geraten sind«, sagte sie, weil sie mit der Hand die Böschung des Pfades nicht mehr erreichen konnte.

Plötzlich gab sie ihre Bemühung auf, weil sie glaubte, über sich ein Geräusch gehört zu haben.

»Tynan«, schrie sie mit der ganzen Kraft ihrer Lungen. »Tynan, Tynan, Tynan!«

Sie hatte ihren letzten Schrei noch gar nicht vollends ausgestoßen, als er schon neben ihr war, den Rücken im Schlamm der Böschung vergraben, während er mit seinen langen Armen nach ihr griff und sie an sich zog.

Sie klammerte sich an ihn wie ein Affe an einen Baum, wickelte ihren Körper um den seinen, ihre Arme um seinen Hals, ihre Beine um seine Taille.

Er begann den Abhang hinunterzuwaten, Hindernisse aus dem Weg zu schieben, den Boden darunter zu prüfen. Chris klammerte sich noch immer an ihm fest, das Gesicht an seinem Hals vergraben. Selbst als er die Böschung hinaufzuklettern begann, ließ sie ihn nicht los.

»Hier«, sagte er endlich und klaubte sie sich vom Körper.

Als er sie auf den festen Boden zurückgestellt hatte, merkte sie, daß die Beine ihr unter dem Leib einknickten. Sie waren beide über und über mit Schlamm bedeckt.

»Setzen Sie sich eine Weile dorthin, und ruhen Sie sich aus.« Er deutete auf einen Geröllblock in ihrem Rücken, und dankbar nahm sie dort unter einer überhängenden Felswand Platz, die sie vor dem strömenden Regen schützte.

Als sie zu Ty hochsah, dessen Kopf sich dunkel vor dem dampfenden, rauschenden Regen abzeichnete, wußte sie, daß ihr noch kein Anblick so willkommen gewesen war in ihrem Leben wie dieser Mann. Und so war es ganz natürlich daß sie ihm die Arme entgegenhob.

Er kam zu ihr und drückte sie so fest an sich, daß sie kaum noch Luft bekam. »Ich wußte, daß es regnen würde«, sagte er. »Ich wollte gerade die Zelte aufbauen, als sie das Lager verließen. Ich dachte, Sie wären so vernünftig und würden umkehren, als es zu regnen begann. Himmel, Chris, Sie werden sich noch mal umbringen! Es ist ein Wunder, daß ich Sie überhaupt gefunden habe.«

Chris war so froh, daß sie gerettet war und diesen Mann bei sich hatte, daß sie anfing, ihm den Hals zu küssen. »Ich wußte, daß du mich finden würdest. Ich wußte es von dem Augenblick an, als der Boden unter mir wegrutschte. Eben saß ich noch im

Trockenen, und im nächsten Moment stürzte ich in die Tiefe. Ich hatte zuerst gar nichts gemerkt von dem Regen, bis er in Kübeln herunterkam.«

Er löste gewaltsam ihre Arme von seinem Hals. »Chris«, sagte er mit flehender Stimme, »haben Sie schon mal einen erwachsenen Mann weinen sehen? Wie ein kleines Kind mit gebrochenem Herzen?«

»Nein, ich glaube nicht. Ich habe auch kein Verlangen danach.« Sie griff wieder nach ihm. »Ty«, sagte sie.

Er fing ihre Hände ab, hielt sie fest in den seinen vor sich hin. »Dann hör bitte damit auf«, sagte er. »Bitte, laß mich in Ruhe. Verfolge mich nicht, berühre mich nicht, bemuttere mich nicht, schmiere mir keine Salben mehr auf den Rücken und weine nicht, wenn ich böse auf dich sein sollte. Bitte, tu das alles nicht, ich flehe dich an!«

Chris beugte sich zu ihm. »Es macht mir doch nichts aus, daß du im Gefängnis gewesen bist. Du magst vielleicht denken, daß ich einer anderen Klasse angehöre als du; aber das stimmt nicht. Ty, ich denke, daß ich mich in dich verliebt...«

Er legte ihr rasch die Hand auf den Mund. »Sag das nicht. Das darfst du niemals sagen. Ich könnte nicht ertragen, daß du so etwas zu mir sagst. Wir kennen uns erst seit ein paar Tagen, und in ein paar Tagen werden wir uns trennen und nie mehr wiedersehen.«

»Die Zahl der Tage spielt keine Rolle. Weißt du, wie viele Männer mich schon gefragt haben, ob ich sie heiraten möchte? Ich bekomme sogar Heiratsanträge mit der Post. Ich bin bei Dinner-Parties gewesen und hatte bis zum Nachtisch bereits zwei Anträge erhalten; aber ich bin niemals auch nur in Versuchung gewesen – weder durch die Anträge der Männer noch durch ihre Bemühungen, mich zu verführen. Aber du, Tynan, du bist der Mann, den ich haben will.«

Auf Tys Gesicht löste eine Grimasse die andere ab, und nur eine Sekunde lang beugte er sich zu ihr, als wollte er sie küssen. Aber im nächsten Augenblick verließ er den schirmenden Überhang und rannte hinaus in den trommelnden Regen.

»Verstehst du denn nicht, daß *ICH NICHT KANN*? Ich *kann dich nicht* lieben. Und jetzt steh auf! Wir gehen ins Lager zurück, und unterstehe dich, mir noch einmal so nahe auf den Leib zu rücken!« Er packte sie beim Handgelenk und zog sie hinaus in den Regen. Und dann schob er sie weiter vor sich her die steile Böschung hinauf.

Kaum hatten sie oben den Pfad erreicht, als er sie losließ und stumm in die Richtung deutete, wo sich das Lager befand.

Chris wußte, daß ein Teil des Wassers auf ihrem Gesicht von der Flut ihrer Tränen stammte; aber sie wußte nicht, wieviel, bis sie wieder im Lager eintrafen. Dort waren drei Zelte aufgebaut, für jeden von ihnen eines. Unter einem Baum stand ein Zelt, dessen Öffnung sich auf der von den anderen zwei Zelteingängen abgewendeten Seite befand, und da wußte sie, daß dieses Zelt Tynan gehörte.

Ty trat zurück und verschränkte die Arme vor der Brust, während sie in das Zelt schlüpfte, auf das er mit dem Kopf deutete.

Chris brauchte eine Stunde, bis sie ihre nassen Kleider ausgezogen und gegen trockene ausgewechselt hatte, weil ihr die Tränen ununterbrochen über die Wangen liefen. Sie weinte die ganze Nacht hindurch. Das war der erste Mann in ihrem Leben, in den sie sich verliebt hatte, und nun mußte ihr so etwas passieren.

Als der Morgen heraufdämmerte, war ihr Gesicht rot und geschwollen, ihre Nase anderthalb mal so groß wie sonst, und ihr Kopf ein einziger Schmerz. Als Tynan zu ihr kam, um ihr zu sagen, daß sie in den Zelten bleiben würden, bis der Regen aufgehört hatte, konnte sie ihn nicht ansehen, sondern nickte nur mit gesenktem Kopf.

Mittags war Chris dann ganz erschöpft von dem vielen Weinen und Denken; aber sie war wenigstens zu einem Entschluß gekommen. Langsam begann sie, die trockenen Blätter im Zelt zusammenzusuchen und daraus ein kleines Lagerfeuer zu machen, auf dem sie die Suppe erhitzte, die vom Vortag übriggeblieben war.

Dann nahm sie ihren Regenumhang von einem Stoß Kleider, der in einer Ecke des Zeltes lag. Es gab keine Möbel in dem kleinen Zelt, nur eine Bettrolle, ein paar Kleider und ein kleines Feuer unter der hochgeklappten Zeltplane am Eingang.

Mit steifem Rücken trat Chris ins Freie hinaus. Der Regen rauschte immer noch kräftig vom Himmel herunter, und als er den heißen Kessel berührte, verzischte er in kleinen Dampfwölkchen.

Tynan hatte sich ein Regendach gebaut: eine Zeltplane, die von zwei Stöcken gestützt wurde und an den Seiten und vorne offen war. Solange der Wind nicht den Regen unter die Zeltplane wehte, saß man hier im Trockenen. Ty lag auf dem Boden hingestreckt, den Kopf auf seinen Sattel gebettet und ein Buch in der Hand, als Chris zu ihm kam.

»Ich habe dir etwas Suppe gebracht«, sagte sie, den Regen übertönend.

Er setzte sich auf, streckte den Arm aus und nahm ihr den Topf aus der Hand, während sie ein paar Zwiebäcke unter ihrem Regenmantel hervorholte. »Darf ich mich setzen?« fragte sie.

»Ich glaube nicht, daß ich ... ja, natürlich«, sagte er dann, sie fest ansehend. Niemandem hätte die Tatsache entgehen können, daß sie stundenlang geweint hatte.

»Ich bin die ganze Nacht hindurch wach gewesen und habe über das nachgedacht, was du gestern zu mir gesagt hast. Dabei bin ich zu einer Entscheidung gekommen.« Sie holte tief Luft. Es hatte keinen Sinn, um den heißen Brei herumzureden. »Zuerst möchte ich mich bedanken, daß du mir reinen Wein eingeschenkt hast. Ich bin sicher, daß du das nicht jedem erzählen wirst.«

Sie senkte den Kopf und sah ihn nicht an, während er sie mit offenem Mund verblüfft anstarrte. »Ich glaube, es ist am besten, wenn ich frei heraus sage, was ich empfinde. Ich weiß nicht sehr viel von der Liebe, da ich sie bisher noch nicht erlebt habe – jedenfalls keine Liebe zwischen Mann und Frau; aber ich denke, daß ich vernünftig genug bin, sie zu erkennen, wenn ich sie sehe. Ich weiß nicht, warum und wie, aber ich habe mich in dich verliebt und will den Rest meines Lebens mit dir verbringen. Ich kenne jetzt dein Geheimnis, und nach reiflicher Überlegung – ich möchte nicht, daß du glaubst, mein Entschluß wäre leichtfertig – weiß ich nun, daß das keine Rolle spielt. Ich habe niemals zuvor einen Mann geliebt, und deshalb werde ich auch niemals eine Vorstellung von dem haben, was ich vermisse. Und was Kinder anlangt, so habe ich einige Kontakte in New York, und wenn du damit einverstanden wärest, könnten wir ja ein oder zwei Waisenkinder adoptieren.«

Christ hielt inne und sah hoch, weil Tynan so ein komisches Geräusch machte. Einen Moment lang war sie ganz verwirrt, weil es so aussah, als sei er von irgendwelchen Krämpfen befallen. War es die Epilepsie, die ihn daran hinderte, ein normaler Mann zu sein?

»Tynan«, sagte sie und machte einen Schritt auf ihn zu.

Er hatte die Hände auf den Magen gedrückt, die Beine an den Leib gezogen, und sein Mund stand offen; aber er schien nicht zu atmen.

Sie wollte gerade Prescott zu Hilfe rufen, als sie plötzlich erkannte, daß er *lachte*.

Sie setzte sich auf die Fersen zurück und beobachtete ihn, wie er allmählich wieder Luft bekam und zu lachen begann, wie sie noch nie einen Menschen hatte lachen sehen.

»Ein oder zwei Waisenkinder!« quietschte er. »Auch wenn ich niemals erfahren werde, was ich vermisse – ich nehme dich dennoch!« Und bei jedem Wort bog er sich weiter nach vorn und lachte so tief und herzhaft, daß ihm die Tränen kamen, während Christianas Rücken immer steifer wurde.

»Es freut mich ehrlich, daß ich Ihnen so viel Vergnügen bereite, Mr. Tynan. Wollen wir so tun, als habe dieses Gespräch niemals stattgefunden?« Damit trat sie unter seinem Regendach hervor und wollte zu ihrem Zelt zurückgehen.

Aber Ty faßte nach ihrem Rocksaum. Er lachte noch immer und war ganz schwach von den heftigen Erschütterungen seiner Heiterkeit. »Sei mir nicht böse, Chris; es ist nur, daß ich...«

Er brach ab und wälzte sich wieder vor Lachen, als er sich einer anderen Stelle ihres Antrags entsann, und Chris fragte sich, wie sie sich nur hatte einbilden können, einen solchen Idioten von Mann zu lieben. In diesem Moment hoffte sie, daß die Erde sich auftun und ihn verschlingen würde.

»Geh aus dem Regen und komm hier herein«, sagte er mit einer heroischen Anstrengung, sein Zwerchfell zu bändigen; aber seine Lippen zuckten noch immer, und das Wasser stand ihm in den Augen.

»Nein, danke. Und lassen Sie meinen Rock los, damit ich in mein Zelt zurückgehen kann. Ich glaube nicht, daß wir uns noch etwas zu sagen haben.«

Das ernüchterte ihn ein wenig, obwohl er offenbar noch so geschwächt war von seinem Lachanfall, daß er nicht aufstehen, sondern nur beide Arme ausstrecken, sie bei der Taille fassen und unter sein Regendach ziehen konnte. Das sah so aus, als versuchte er, einer Marmorstatue einen neuen Platz anzuweisen.

»Chris«, setzte er zum Sprechen an, und wieder erstickte seine Stimme unter einem kleinen Lachanfall.

Chris wollte ihm in diesem Moment abermals entrinnen, doch er zog sie auf seinen Schoß hinunter und hielt sie dort fest.

Doch es dauerte noch eine volle Minute, bis er sich so weit beruhigt hatte, daß er zusammenhängend reden konnte. »Chris«, fing er zum zweitenmal an, »solange ich lebe, werde ich an deinen ... äh ... Antrag denken. So ein Angebot hat mir noch niemand gemacht, und ich habe auch noch nie gehört, daß einem anderen so etwas angeboten worden wäre. Es ist ungemein freundlich und großzügig von dir ...«

»Darf ich jetzt gehen?« unterbrach sie ihn und suchte sich von seinem Schoß zu erheben.

»Nicht, bevor ich mit meiner Erklärung fertig bin. Als ich dir sagte, daß ich dich nicht lieben *könnte*, meinte ich damit nicht, daß ich ...« Er hielt einen Moment inne, um seine zuckenden Lippen zu bändigen, während Chris noch steifer wurde auf seinem Schoß. »Ich meinte damit nicht, daß ich dazu körperlich nicht in der Lage sei. Ich meinte damit, daß es andere Gründe gibt, die mir verbieten, dich anzurühren.«

»Das hast du inzwischen zur Genüge getan, scheint mir«, sagte Chris mit dürrer Stimme.

»Manchmal kann ich eben nicht aus meiner Haut heraus. Mit ›Berühren‹ hatte ich ›Dich-lieben‹ gemeint. Das kann ich allerdings nicht.«

»Und das liegt an mir, wie? Weil ich nicht so gebaut bin wie Mr. Laniers Dienstmädchen – mit einem großen Busen und breiten Hüften. Dann hättest du wohl keine Probleme, wie?«

»Verdammt, es ist nichts Körperliches! Es ist ...«

Ihre Nase berührte fast die seine. »Ich dachte, wenn die Frau erst mal willig ist, ist der Mann es *immer*! So hat es mir jedenfalls meine Mutter erzählt. Seit ich erwachsen bin, hatte ich alle Hände voll damit zu tun, mir die Männer vom Leib zu halten, und jetzt biete ich mich sogar einem Mann an, und er *kann nicht*! Wenn es nicht an mir liegt und auch nicht an dir, und du keine Vorliebe für fette Damen hast – was ist es dann?«

Tynan fuhr mit seinen Händen an ihren Armen hinauf. »Chris, du bringst mich wahrhaftig noch ins Grab. Im Gefängnis hatte ich es leichter als hier. Warum ist deine Wahl auf mich gefallen und nicht auf Prescott?«

Chris bemühte sich abermals, sich von seinem Schoß zu erheben; doch er ließ es nicht zu.

»Ich werde dich nie mehr belästigen – das verspreche ich dir«, sagte sie.

Er bewegte seinen Kopf, so daß sein Gesicht fast ihren Hals berührte und sie seinen weichen, warmen Atem auf ihrer Haut spüren konnte. »Du wirst mich immer ›belästigen‹. In jeder Sekunde, in der du Atem holst, wirst du das tun. Und es ist unerträglich für mich, dich mit Prescott zusammen zu sehen. Ich habe mich in meinem ganzen Leben noch nie so sehr nach etwas gesehnt wie nach dir seit dem Abend, als ich dich zum erstenmal in meinen Armen hielt. Die letzten Tage waren für mich die Hölle. Ich denke nur noch an dich. Ich kann nicht einmal im Lager bleiben, wenn du zugegen bist, weil ich fürchte, ich könnte mich vergessen, dich auf mein Pferd setzen und dich entführen.«

»Aber als ich mich dir dann anbiete, lachst du mich aus. Und solange wir uns kennen, brüllst du mich an, daß ich mich entfernen und dich in Ruhe lassen soll. Das verstehe ich nicht! *Kannst* du mich lieben? Besitzt du das körperliche Vermögen dazu?«

»Wenn du nicht so unschuldig wärst, würdest du die Antwort in diesem Moment spüren. Du sitzt nämlich darauf.« Er fing an, an ihrem Ohrläppchen zu knabbern, und Chris schmolz fast auf seinem Schoß in ihn hinein. »Wenn ich dich lieben würde«, sagte er und bewegte seinen Mund an ihrem Hals entlang, »würde mich ...«

»Ja«, flüsterte sie und bog ihren Kopf zurück, damit er ihren Hals besser erreichen konnte.

»Wenn ich dich lieben würde, würde mich dein Vater ins Gefängnis zurückschicken.«

»Oh«, murmelte Chris, die ihm gar nicht so recht zuhörte. Dann setzte sie sich auf und sah ihn an.

»*Was* würde mein Vater mit dir tun?«

»Mich ins Gefängnis zurückschicken. Ich wollte es dir eigentlich nicht sagen, Chris, und habe alles versucht, mich um eine Erklärung herumzudrücken. Aber – man hat mir zur Auflage gemacht, daß ich mich von dir fernzuhalten habe.«

Sie bewegte sich von ihm weg, rutschte von seinem Schoß. »Ich möchte die ganze Geschichte hören.«

Mit einem Seufzer lehnte sich Ty auf die Ellenbogen zurück und blickte sie an. »Ich war zu lebenslänglicher Zuchthausstrafe verurteilt; aber dein Vater holte mich aus dem Gefängnis heraus, damit ich seine Tochter retten sollte. Du sagtest, er habe genügend Geld und Macht, um seinen Willen durchsetzen zu können, und das kann ich nur bestätigen. Er holte mich aus dem Bau heraus; aber er hat meine Papiere und diktiert mir seine Bedingungen: Wenn ich dich anfasse, muß ich zurück ins Loch.«

»Das wollen wir doch erst mal sehen«, sagte Chris. »Mein

Vater hat mir mein Leben lang nur Befehle erteilt, von denen ich vielleicht die Hälfte befolgt habe – gut geschätzt. Wir werden einfach zu ihm gehen und ihm sagen, daß er so etwas mit uns nicht machen kann.«

Ty nahm ihre Hände in die seinen. »Chris – er hat recht. Er möchte nicht, daß sein einziges Kind jemanden wie mich heiratet. Ich weiß nicht einmal, wie ich so ein gutes Mädchen wie dich behandeln soll. Ich weiß nicht, wie man sich in so einem großen Haus, wie es dein Vater besitzt, bewegen muß oder ob ich überhaupt längere Zeit an einem Ort bleiben kann. Ich habe nicht das Zeug zu einem Ehemann, und dein Vater wußte das. Er wollte nicht, daß ich mit seiner Tochter etwas anfange, wenn ich sie nicht auch heirate, und wir wußten beide, daß ich nicht zu den heiratswütigen Männern gehöre. Verstehst du jetzt?«

»Nein«, sagte sie weich und sah ihm in die Augen. »Ich liebe dich und ...«

»Nein, das tust du nicht. Du bist jahrelang so sehr mit deiner Zeitung beschäftigt gewesen, daß du die Männer nicht beachtet hast, und jetzt plagt dich die Sorge, du könntest zu alt werden, und glaubst, dich in den ersten Mann, den du anschaust, verliebt zu haben.«

»Und warum bin ich dann nicht in Mr. Prescott verliebt?«

Er lehnte sich noch weiter zurück, kniff ein Auge zu und grinste. »Ich sehe besser aus. Er ist für mich keine Konkurrenz.«

»Ich glaube, Sie haben recht«, sagte sie und trat wieder in den Regen hinaus. »Ich muß mich wirklich geirrt haben.«

Er faßte sie bei den Schultern und zog sie wieder unter sein Regendach. »Nun werde doch nicht gleich wieder wütend, Chris. Unter andern Umständen würde ich nur zu gerne mit dir ins Bett gehen; aber ich will nicht mehr in dieses Höllenloch zurück und möchte auch nicht unfair zu dir sein. Du verdienst einen Mann, der das Zeug zum Ehemann hat. Ich habe es nicht. Ich hoffe, du kannst das verstehen.«

»Ich glaube, ich verstehe Sie besser, als Sie denken«, sagte sie kühl. »Ich möchte mich für meine Aufdringlichkeit entschuldigen. Und daß ich Sie verfolgt habe, obwohl Sie mich gebeten haben, das zu unterlassen. Ich werde versuchen, mich Ihnen nicht mehr aufzudrängen, damit Sie nicht befürchten müssen, ins Zuchthaus zurückgeschickt zu werden, weil ich Sie in eine unmögliche Lage gebracht habe. Ist es das, was Sie von mir hören wollten? Darf ich jetzt gehen?«

»Ich glaube, Sie sind jetzt wütend auf mich. Ich hatte nicht die Absicht, Sie...«

»Ich bin wütend auf mich selbst«, unterbrach sie ihn. »Und zutiefst beschämt. Ich habe mich noch nie einem Mann an den Hals geworfen, und ich kann Ihnen versichern, daß mir das ein zweites Mal nicht passieren wird. Von mir haben Sie keine Schwierigkeiten mehr zu befürchten, Mr. Tynan. Nun würde ich gern wieder in mein Zelt zurückkehren und ein paar Stunden Schlaf nachholen, wenn Sie nichts dagegen haben.«

Er sah sie stirnrunzelnd an. »Ja, natürlich, Chris, ich bin dir ehrlich dankbar für dein Angebot. Ich meine, als du gedacht hast, ich könnte nicht körperlich...«

»Wir werden das nie erfahren, nicht wahr?« sagte sie, als sie wieder in den Regen hinaustrat.

Kapitel 7

Bis sie dann zum erstenmal den Fuß in die kleine Stadt am Rande des Regenwaldes setzten, hatte Chris alle Tränen vergossen, die es zu vergießen gab. Sie hatte eine bewundernswerte Leistung vollbracht, indem sie sich von Tynan ferngehalten hatte. Was er auch zu ihr gesagt hatte, damit sie anhalten und ein paar Worte mit ihm wechseln sollte: sie hatte nicht darauf reagiert.

Aber Asher war es auch nicht besser ergangen. Sie hatte die Arbeiten verrichtet, die für den Betrieb eines Lagers unerläßlich waren, und sonst nichts.

Nachdem Tynan einen Tag lang vergeblich versucht hatte, mit ihr zu reden, ließ er sich im Lager immer seltener sehen, bis er wieder zu einem nächtlichen Schatten geworden war wie am Anfang der Reise.

»Es ist kein freudiger Ritt geworden, wie ich es mir erhoffte«, meinte Asher mit verwirrter und betrübter Stimme. Chris sagte nichts dazu. Ihr lag nur daran, diese Stätte so rasch wie möglich hinter sich zu lassen, wo sie sich so töricht benommen hatte.

Es war noch früher Vormittag, als sie Einzug hielten in die kleine Stadt am Fuße des Regenwaldes. Die Straßen waren voller Leute, die ihre Besorgungen machten; Fuhrwerke wurden beladen, Cowboys sahen sich in der Stadt um, und ein paar Frauen blieben auf dem Gehsteig stehen, um zu plaudern. Die meisten Leute hielten an, als sie drei Fremde in die Stadt reiten sahen.

Jedenfalls glaubte Chris zunächst, ihre Fremdheit wäre der Anlaß für das Gaffen der Leute. Zum erstenmal seit Tagen erwachte sie aus ihrer Depression und begann Interesse für ihre Umgebung zu zeigen.

Als sie nun die Leute genauer ins Auge faßte, merkte sie, daß sie nur Tynan anstarrten.

Er ritt vor ihr, seinen Rücken so gerade wie ein Ladestock, den Blick geradeaus gerichtet, als gingen ihn die Leute nichts an. Als sie am Büro des Sheriffs vorbeikamen, sah sie einen Mann dort hineinrennen und keine zwei Sekunden später mit dem Sheriff wieder herauskommen.

»Ich will hier keinen Ärger haben«, rief der Sheriff und blickte dabei nur Tynan an.

Tynan nahm keine Notiz von dem Mann, sondern ritt in gemächlichem Schrittempo weiter wie bisher.

Als sie an einem Saloon vorbeikamen, kam eine sehr auffällig gekleidete Frau durch die Pendeltür, erschrak ordentlich, als sie Tynan erblickte, und begann dann, durch den Morast der Straße zu laufen. Als sie sich einem Schuppen näherten, der sich ›Zum Rosa Strumpfband‹ nannte, schwangen die Doppeltüren auf, und heraus trat eine große, schon etwas ältere Frau mit auffallend roten Haaren, die keineswegs nach einer Naturfarbe aussahen, wie Chris bei sich dachte.

»Tynan!« schrie die Frau.

Ty hob die Hand zum Zeichen, daß sie anhalten sollten, und ritt dann auf die Dame zu.

Chris hatte in ihrem Leben noch nie so die Ohren gespitzt wie jetzt, um zu hören, was die Dame ihm zu sagen hatte.

»Du hättest nicht hierher zurückkommen dürfen«, sagte die Rothaarige. »Du wirst dir nur Ärger einhandeln.«

Chris konnte Tys Antwort nicht verstehen. Mit seiner tiefen Stimme gelang es ihm, absolut tonlos zu sprechen, wenn er das wollte.

Nachdem er der Dame noch einen Moment zugehört hatte, schwenkte er sein Pferd wieder herum und gab den anderen beiden das Zeichen, ihm zum Hotel zu folgen.

»Sie werden dort eine Nacht bleiben, und morgen reiten wir in aller Frühe weiter.«

»Und wo werden Sie wohnen?« Das waren die ersten Worte seit Tagen, die Chris an ihn richtete.

Er sah sie eine lange Sekunde an. »Ich habe hier Freunde. Gehen Sie ins Hotel und fragen Sie, ob Sie ein warmes Bad bekommen können«, sagte er, ehe er auf dem Absatz herumschwang und sie stehen ließ.

»Was halten Sie von alledem?« fragte Chris Asher.

»Von dem Bad? Da bin ich seiner Meinung, Miss Mathison. Ich habe schon so lange kein heißes Bad mehr gesehen, daß ich gar nicht mehr weiß, wie es aussieht; aber ich glaube, das wird mir sofort wieder einfallen, wenn mir eines unter die Augen kommt.«

Chris ignorierte seinen Versuch, witzig zu sein. »Ich hatte gemeint, was Sie von dem Verhalten der Leute auf der Straße halten«, sagte sie, während sie Asher in das Hotel folgte. »Warum haben sie Tynan angestarrt? Und weshalb hat diese Frau ihn gewarnt?«

»Ich weiß es nicht und will es auch nicht wissen. Mich

interessieren nur ein warmes Bad, eine warme Mahlzeit und ein kühles, weiches Bett. Ich bin nicht neugierig, hinter die Geheimnisse unseres Pfadfinders zu kommen; denn meiner Meinung nach besteht er nur aus Rätseln. Chris, wollen Sie sich bitte ins Hotelregister eintragen, damit wir ein Zimmer bekommen können?«

In diesem Moment hätte Chris niemandem sagen können, weshalb sie in den letzten drei Tagen so deprimiert gewesen war. Sie wurde jetzt nur noch von dem Gedanken beherrscht, daß hier eine gute Story auf sie wartete. Warum gab es in der ganzen Stadt nur finstere Gesichter, als Tynan hier auftauchte? Natürlich hing das mit seinem Gefängnisaufenthalt zusammen, aber was hatte er verbrochen, daß die ganze Stadt ihn nur mit scheelen Blicken betrachtete?

»Miss«, fragte der junge Mann in der Loge, »wollten Sie sich nicht ins Register eintragen?«

»Ja«, sagte sie geistesabwesend. Sie wollte gerade zum ersten Schnörkel ihres Vornamens Christiana ansetzen, als sie einer jähen Eingebung nachgab und sich mit ihrem Pseudonym Nola Dallas eintrug.

Der junge Mann drehte gelangweilt das dicke Buch herum, und da quollen ihm plötzlich die Augen aus den Höhlen. »*Die* Nola Dallas? Ich meine, die Nola Dallas, die nach Mexiko gegangen ist?«

»Ja«, gab Chris mit ihrem süßesten Lächeln zur Antwort.

»Aber ich dachte, Sie wären eigentlich ein Mann!«

»Das denken viele.« Sie blickte ihn immer noch mit diesem strahlenden Lächeln an, mit dem sie in Mexiko einen Gefängniswärter dazu überredet hatte, ihr eine Zelle aufzusperren.

Asher meinte verdrießlich: »Wir wollen hier nur eine kurze Rast einlegen. Also sagen Sie keinem, daß sie hier im Hotel abgestiegen ist.«

»Das fällt mir nicht einmal im Traum ein«, gab der junge Mann mit geweiteten Augen zurück. »Von mir erfahren sie keinen Ton.«

Mit immer noch mürrischem Gesicht nahm Asher Christianas Arm und führte sie die Treppe hinauf, während Chris dauernd über die Schulter blickte und dem jungen Mann vom Empfang zulächelte. »Ich wünschte, Sie hätten das nicht getan«, sagte Asher, als sie vor der Tür von Christianas Zimmer anlangten. »Ihr Vater war besorgt, daß Lanier Ihnen etwas antun könnte. Zwar haben Sie nichts über ihn veröffentlicht; gleichwohl besteht die Möglichkeit...«

Chris lächelte ihn an. »Ich wollte doch nur wissen, ob mein Name auch hier, im äußersten Westen, bekannt ist. Das ist alles.«

»Nun ja, dagegen kann niemand etwas haben. Aber jetzt ruhen Sie sich lieber aus, Chris. Ich werde inzwischen für Sie ein Bad vorbereiten lassen.«

Sobald Chris in ihrem Zimmer war, blickte sie in den Spiegel. Nicht übel, dachte sie. Eine Wäsche und ein Kamm sollten sie präsentabel machen.

»Wenn du den Leuten sagst, wer du bist«, sprach sie zu ihrem Spiegelbild, »und sie das Gefühl haben, dich zu kennen, besteht die Möglichkeit, daß du von ihnen erfährst, was du wissen möchtest.«

Nach einer Stunde war sie gebadet und gekämmt und hoffte, der junge Mann vom Empfang hatte reichlich Gelegenheit gehabt, den Leuten zu erzählen, wer soeben in seinem Hotel abgestiegen war. Als sie in die Lobby hinunterkam, blieben die Leute stehen und sahen sie an. Und dann konnte sie hören, wie sie flüsterten: »Ist die das?«

Chris lächelte in sich hinein und trat hinaus ins helle Sonnenlicht. Sie schien sich an einen Laden für Damenmoden in der Hauptstraße zu erinnern. Wenn es eine Stelle gab, wo man hören konnte, was in einer Stadt so geredet wurde, dann war es dieser Laden.

»Kann ich Ihnen helfen?« fragte die Verkäuferin. Doch ehe Chris diese Frage beantworten konnte, ging die Ladentür auf, und drei Damen kamen herein. Kaum hatten sie die Tür hinter sich zugemacht, als noch zwei Ladies den Laden betraten, denen vier weitere auf dem Fuß folgten. Der kleine Laden war überfüllt, als Chris sich in eine Ecke begab, um dort ein paar Hüte anzuprobieren.

»Ihr werdet euch wundern, wer heute in unsere Stadt gekommen ist«, sagte eine der Ladies mit lauter Stimme in die Richtung, wo Chris stand. »Natürlich wollte ich es selbst erst nicht glauben, als Jimmy zu mir sagte, Nola Dallas sei bei ihm abgestiegen. Ihr wißt schon, die Lady, die sich in einer Anstalt für Geisteskranke einsperren ließ, um berichten zu können, wie es dort zugeht.«

»Und sie hat auch geschrieben, daß eine anständige Frau heutzutage nachts nicht mehr allein auf die Straße gehen kann.«

»Und in Mexiko hätte man sie fast umgebracht wegen der Sachen, die sie über die Regierung des Landes verbreitete«, sagte eine dritte Frau.

»Wie schrecklich gern ich sie doch kennenlernen würde«, seufzte eine vierte.

Darauf folgte eine lange, gespannte Pause, und Chris wußte, daß man von ihr eine Reaktion erwartete. Als hätte sie gar nicht bemerkt, daß man über sie geredet hatte, probierte sie noch einen Hut auf, setzte ihn wieder ab und ging auf die Tür zu. Sie hatte die Klinke schon in der Hand, als sie sich zu den Damen umdrehte, die sie ungeniert anstarrten, und leise sagte: »Ich bin Nola Dallas.«

Danach öffneten sich alle Schleusen. Chris wurde fast gewaltsam wieder in den Laden hineingezogen und tausend Sachen auf einmal gefragt.

»Haben Sie wirklich diese Serie über Scheidungen verfaßt?«

»Haben Sie tatsächlich diese drei Tage im Gefängnis verbracht?«

»Hatten Sie denn gar keine Angst, als Sie diesen Lobbyisten und alle diese Politiker verhaften ließen?«

Chris bemühte sich, alle diese Fragen auf einmal zu beantworten. Und dabei wartete sie auf die Enthüllungen, deretwegen sie das Ganze inszeniert hatte.

»Wir wissen natürlich, daß uns das nichts angeht; aber Sie

sollten in der Auswahl Ihrer Reisebegleiter etwas vorsichtiger sein«, sagte eine der Ladies mit in die Luft gereckter Nase.

Es wurde ganz still im Laden. »Oh?« sagte Chris mit so viel Unschuld, wie sie in diesen Ton hineinlegen konnte. »Es schienen mir so nette Männer zu sein.«

»Vielleicht trifft das auf den einen zu. Aber dieser Tynan...« Die Damen sahen sich gegenseitig vielsagend an.

Chris blickte bescheiden auf ihre Hände hinunter. »Ich weiß ja eigentlich so gut wie gar nichts von ihm.«

Die Frauen beeilten sich nun, ihr – alle auf einmal – alles mitzuteilen, was sie über den Mann wußten. Bedauerlicherweise war das nicht viel: Tynan war wegen Mordes verhaftet und noch am selben Nachmittag dazu verurteilt worden, daß er am Abend gehängt werden sollte.

»Das kommt mir aber ein bißchen arg schnell vor«, sagte Chris.

»Der Fall war sonnenklar. Er war schuldig, das konnte jeder sehen.«

»Und dennoch wurde er nicht gehängt, sondern wanderte ins Gefängnis?«

Die Damen tauschten untereinander Blicke aus.

»Am Abend beschlossen ein paar Männer, nicht so lange zu warten, bis er offiziell gehängt wurde – nicht, daß ich so etwas gut finde, aber die Art und Weise, wie sie ihn dann retteten, also nein...«

Chris wartete geduldig.

Eine der Frauen beugte sich zu Chris und wisperte: »Die – äh – äh...«

»Was Ellen Ihnen gerade zu sagen trachtet, ist, daß die Huren dieser Stadt sich zusammenrotteten und, mit Gewehren bewaffnet, diesen Mr. Tynan so lange beschützten, bis der Bundesmarshal hierherkommen konnte.«

»Sie forderten auch einen neuen Prozeß, und der Marshal sagte, es gäbe keine Beweise dafür, daß die Kugel, die den Mann tötete, aus Tynans Revolver stammte – es wurden an jenem Tag nämlich sehr viele Revolver abgefeuert –, und deshalb verurteilte der Marshal ihn zu einer Gefängnisstrafe statt zum Tod durch den Strang.«

Chris holte tief Luft. »Und wer ist diese rothaarige Frau?«

Die Damen erstarrten und zeigten so, daß Gutes und Tugend in ihnen steckten. »Das ist eine von *denen*. Dieser Tynan wohnt in ihrem Saloon, wenn er hier in der Stadt weilt.«

»Er kann aber wirklich sehr nett sein«, sagte ein hübsches junges Ding am hinteren Rand der Gruppe.

Eine Lady, die die Mutter des jungen Dings sein mußte, sah schockiert aus. Sie drehte sich zu Chris um. »Manche Mädchen hier haben keinen Verstand. Er ist ein Tunichtgut, der herumreist, den Mädchen den Kopf verdreht und sie dann weinend sitzenläßt. Sie täten gut daran, sich von solchen Männern wie ihm fernzuhalten, Miss Dallas.«

Chris bewegte sich wieder zur Tür. »Ich kann Ihnen gar nicht genug dafür danken, daß Sie mir das alles erzählt haben, meine Damen, aber nun muß ich für eine Story recherchieren.« Sie sah die Ladies an und lächelte. »Ich habe doch schon immer mal wissen wollen, wie so ein Haus der Prostitution von innen aussieht – Sie etwa nicht?«

Einen Moment lang waren die Ladies zu betroffen, um auch nur einen Ton sagen zu können; doch sie betrachteten Chris als zu ihnen gehörig. Sie hatten jahrelang ihre Artikel gelesen und meinten sie deshalb genau zu kennen.

»Ja«, meinte eine Lady am äußeren Rande seufzend, und die anderen begannen zu lachen.

»Wünschen Sie mir Glück«, rief Chris noch über die Schulter, ehe sie den Laden verließ und sich auf den Weg machte zu dem Saloon der Rothaarigen. Hinter sich hörte sie ein Gemurmel, was für ein tapferes Ding sie doch sei.

Es befanden sich nur zwei Cowboys in dem Saloon, als sie dort eintrat, die an einem Tisch saßen und lustlos Karten spielten. Ein kräftiger, großer Barkeeper mit grüner Schürze fegte den Boden auf.

»Ich suche jemand – eine Frau mit roten Haaren«, sagte Chris. »Ist sie hier?«

»Für Ladies nicht«, sagte der Barkeeper.

»Joe«, kam eine Stimme vom Kopfende der Treppe her, und als Chris hochblickte, sah sie dort die Rothaarige stehen. »Diese kleine Lady dort ist Nola Dallas, die sich als Revuemädchen verkleidete – du erinnerst dich doch an die Geschichte, nicht wahr?«

Der Barkeeper und die beiden Cowboys blickten Chris nun mit ganz anderen Augen an. »Kommen Sie herauf«, rief die Rothaarige, und Chris stieg die Stufen zu ihr hinauf.

Die Frau führte sie in ein großes Zimmer, das sehr hübsch war, wenn auch ein bißchen zu laut in den Farben für Christianas Geschmack.

»Ich bin Red«, sagte die Rothaarige und machte eine Handbewegung zu einem Roßhaarsofa hin. »Wollen Sie was trinken? Tee habe ich allerdings nich'.«

»Red?« meinte Chris fragend.

»Meiner Haare wegen. Ich hab's aufgegeben, mich mit meinem bürgerlichen Namen vorzustellen, weil mich jeder doch nur Red nannte. Warum sich also deswegen streiten? Nun – was kann ich für Sie tun?«

Chris holte ein Notizbuch und einen Bleistift aus ihrer Handtasche und bemühte sich, eine professionelle Miene aufzusetzen. »Ich habe Grund zu der Annahme, daß Sie Mr. Tynan kennen. Wissen Sie, wo er sich im Augenblick befindet?«

Red lachte. »Wie ich Ty kenne, befindet er sich in diesem Augenblick mit drei von meinen besten Mädchen in einer Badewanne.«

Chris war so schockiert, daß sie Notizbuch und Bleistift fallen ließ und sich rasch bückte, um beides wieder aufzuheben und ihr bekümmertes Gesicht zu verstecken.

Red, die am anderen Ende des Sofas saß, sagte: »Oh, gütiger Himmel, so schlimm hat es Sie erwischt? Wie lange sind Sie denn mit ihm zusammen gewesen?«

»Nur ein paar Tage«, sagte Chris, ihren Rock glättend, und sah Red mit hochrotem Gesicht an.

»Und Sie haben sich in ihn verliebt«, stellte Red nüchtern fest.

»Mehr oder weniger«, murmelte Chris, hob den Kopf, wollte etwas sagen und stand statt dessen auf. »Dieser Mann macht mich noch wahnsinnig«, bekannte sie mit leidenschaftlicher Stimme. »Ich dachte, Sie wüßten vielleicht etwas über ihn. Er sprach von Ihnen, als ob er Sie gut zu kennen schien.«

»Ich schätze, ich kenne ihn so gut wie irgendeine. Ich habe geholfen, ihn großzuziehen. Hören Sie, Honey – jeden Tag verlieben sich irgendwelche Frauen in Ty. Er sieht so unverschämt gut aus, und mit seiner Stimme kann er jede Frau zu praktisch allem überreden. Aber ich kann ihnen verraten, daß er meines Wissens noch nie etwas mit einem guten Mädchen wie Ihnen gehabt hat.«

»Genau das hat er mir auch gesagt. Oh, Miss Red«, fuhr Chris fort und setzte sich wieder auf das Sofa, »Ich bin in meinem Leben noch nie verliebt gewesen und weiß nicht einmal, ob ich es jetzt bin, aber dieser Mann hat etwas Faszinierendes an sich, und ich möchte so viel wie möglich über ihn erfahren.«

Red sah sie eine Weile stumm an. »Jedenfalls hat er Besseres verdient, als ihm das Leben bisher vergönnen wollte. Er ist ein guter Junge, hat aber in seinem Leben noch nie eine Chance gehabt, nur an Gelegenheiten, sich zu verschlechtern, mangelte es ihm nie. Können Sie mir verraten, wenn ich Ihnen von Ty erzählen soll, wie es kommt, daß er nicht mehr im Gefängnis sitzt?«

»Mein Vater hat ihn aus dem Gefängnis herausgeholt. Haben Sie schon mal was von Delbert J. Mathison gehört?«

»So oft, wie man hier täglich Bier bestellt. Tynan hat sich doch hoffentlich nicht mit einem Mann wie Mathison angelegt, oder? Der würde ihn lebendig zum Frühstück verspeisen, wenn es darauf ankäme.«

»Delbert J. Mathison ist mein Vater«, sagte Chris und winkte mit beiden Händen ab, als Red sich für ihre Bemerkung entschuldigen wollte. »Ich kenne ihn besser als jeder andere. Aus irgendeinem Grund holte er Ty aus dem Gefängnis, damit er mich aus der Wohnung meines Gastgebers entführen und nach Hause bringen sollte. Als ich Ty fragte, wie denn mein Vater auf ihn gekommen sei, antwortete er, weil er einen Weg durch den Regenwald wußte. Doch ich fürchte, mein Vater muß noch andere Gründe für seine Wahl gehabt haben, nur kenne ich sie nicht.«

Chris senkte den Kopf. »So einem Mann wie Ty bin ich noch nie begegnet, und ich mag ihn sehr. Ich spüre, daß viel mehr in ihm steckt, als man auf den ersten Blick vermutet. Ich... ich fürchte, ich habe mich ihm an den Hals geworfen. Da sagte er mir, daß mein Vater ihn ins Gefängnis zurückschicken würde, falls er mich anrührte. Unnötig zu sagen, daß ich mich in den letzten Tagen der Reise von ihm ferngehalten habe.«

»Ich sagte Ihnen ja, daß Ty keine unschuldigen Mädchen anfaßt. Denn als er das einmal gemacht hat, wurde er ins Gefängnis geworfen und wäre heute bereits tot, wenn nicht einige von unseren Mädchen sich für ihn eingesetzt hätten.«

Mit erwartungsvoller Miene wartete Chris darauf, daß die Frau ihr davon ausführlicher erzählte. Red war älter, als Chris sie anfangs geschätzt hatte: Das lag wohl auch an ihrer Haut, die noch jugendlich straff und gepflegt aussah.

Red stand auf und besorgte sich noch einen Whisky mit viel Wasser. »Gewöhnlich rühre ich zu dieser Tageszeit keinen Tropfen Alkohol an, aber das Wiedersehen mit Ty und die Sorgen, die ich mir seinetwegen wieder machen muß, wecken in mir das Verlangen, mich zu betrinken und in diesem Zustand zu bleiben. Sie hatten recht, als Sie sagten, ich scheine ihn gut zu kennen. Ich bin eine von vier Frauen, die versuchten, ihm so gut es ging, die Mutter zu ersetzen.«

Sie nahm nun Chris gegenüber Platz. »Ich schätze, es wäre Ty nicht recht, daß ich Ihnen das alles erzähle. Aber Sie haben mir mit Ihren Artikeln viel Freude gemacht, und dafür möchte ich mich erkenntlich zeigen.

Vor ungefähr neunundzwanzig Jahren, als ich in diesem Gewerbe gerade anfing – und damals war ich eben erst den

Kinderschuhen entwachsen –, brachte uns ein Minenarbeiter ein Neugeborenes in das Haus, wo ich arbeitete, und ließ es bei uns Mädchen zurück, damit wir uns um den Säugling kümmern sollten. Dieser Minenarbeiter war ein übler Bursche. Niemand mochte ihn leiden. Er hätte sogar einen Blinden um sein Geld betrogen, wenn man ihm Gelegenheit dazu gegeben hätte. Nun, er brachte uns dieses Baby ins Haus, und er hatte es nicht einmal gesäubert; denn es klebte noch der Geburtsschleim an ihm, und es war ganz schwach vor Hunger. Wir schauten uns eilends nach einer Frau um, die es stillen konnte, und kümmerten uns nach besten Kräften um das Baby, solange wir es bei uns hatten.«

»Und dieses Baby war Tynan? Wie ist der Minenbesitzer denn in seinen Besitz gekommen?«

»Das wollte er uns nicht sagen, bis wir ihm einige Runden Whisky spendierten. Dann erzählte er uns, er habe eine hochschwangere Frau im Wald getroffen, die dort herumgeirrt sei. Sie wäre vor ihm stehengeblieben – ich bin überzeugt, daß er ihr nicht seine Hilfe angeboten hat – und habe dann das Kind ganz allein auf die Welt gebracht. Sie habe nur dieses eine Wort – Tynan – geflüstert und sei dann gestorben. Da wir den Minenarbeiter kannten, betrachteten wir es als ein Wunder, daß er nicht weggegangen war und das Kind bei der Toten zurückgelassen hatte. Aber ich vermute, er wollte einen Profit für sich herausschlagen, als er das Kind in ein Tuch einwickelte und zu uns brachte.«

Red stand auf und sprach, mit dem Rücken zu Chris weiter: »Wir taten unser Bestes für den Kleinen; aber ein Hurenhaus ist nicht die richtige Erziehungsstätte für ein Kind. Alle Mädchen im Haus vergötterten ihn, und ich bin überzeugt, daß wir ihn nach Strich und Faden verwöhnten. Aber es gab Probleme, gegen die wir machtlos waren. Als Ty ungefähr zwei Jahre alt war, zogen wir ihm einen kleinen Anzug an und eskortierten ihn zur Sonntagsschule. Doch die Ladies von der Gemeinde scheuchten uns aus der Kirche. Sie wollten uns nicht glauben, daß Ty kein Zufallsprodukt unseres Berufes sei.«

Red schwieg einen Moment. »Er blieb bei mir, bis er sechs Jahre alt war. Ich habe niemals jemand mehr geliebt als diesen Jungen. Er war alles, was ich hatte.«

»Was passierte, als er sechs Jahre alt war?«

Red seufzte resigniert und drehte sich wieder zu Chris um. »Der Minenarbeiter, der ihn gefunden hatte, kam mit einem Anwalt ins Haus, sagte, daß Tynan dem Gesetz nach ihm gehöre, und nahm ihn mit. Zwei Städte weiter stellte er Ty auf einen Tisch und versteigerte ihn an den höchsten Bieter.«

Chris saß eine Weile still, um das Gehörte zu verdauen. Ein kleiner Junge wurde auf einen Tisch gestellt und versteigert, als wäre er ein Tier. Die Skalverei war schon vor etlichen Jahren abgeschafft worden. »Wer – äh – kaufte ihn?«

»Ein Farmer, der zur Ostküste unterwegs war. Zwölf Jahre lang habe ich dann nichts mehr von Ty gehört oder ihn gar gesehen. Dann war er bereits dieser große, muskulöse, gutaussehende Bursche, der er jetzt ist. Aber auch sonst hatte er sich verändert. Ich brachte ihn dazu, mir einiges mitzuteilen, was er erlebt hatte, nachdem er sich von dem Farmer getrennt hatte.« Sie hielt einen Moment inne und lächelte. »Ich glaube nicht, daß der Farmer sonderlich erfreut war über die Trennung, denn Ty hatte eine Reihe von Narben an den Beinen; und als ich ihn fragte, wo er die herhabe, sagte er, diese seien ein Andenken an die Meinungsverschiedenheiten, ob er den Farmer verlassen sollte oder nicht. Ich vermute, der Mann hatte Ty vor seinen Pflug gespannt wie einen Ackergaul. Nachdem er mit zwölf Jahren dem Bauern ausgerissen war, blieb er ganz auf sich selbst gestellt. Er reiste umher, verdingte sich als Gelegenheitsarbeiter, geriet ein paarmal in schlechte Gesellschaft, lernte den Umgang mit einem Revolver – kurz, tat alles, was Jungen in so einem Alter eben machen. Dann schien er eine Weile auf ernsthafte Schwierigkeiten zuzusteuern; aber irgend etwas brachte ihn wieder von der schiefen Bahn herunter. Ich weiß nicht, was es war oder ob es etwas Besonderes gewesen ist. Einer seiner Freunde, ein Gesetzloser, kam an den Galgen, und das mag seine Wirkung auf Ty nicht verfehlt haben. Doch das ist nur so eine Vermutung von mir. Aber was es auch gewesen ist: von diesem Tag an wurde er ehrlich.«

Red schloß einen Moment lang die Augen. »Doch daß er redlich und ehrlich sein wollte, brachte ihn fast um. Er nahm all die Arbeiten an, die niemand haben wollte oder anderen zu gefährlich waren. Er ließ sich sogar in Städten nieder, die von Verbrechern beherrscht wurden, und säuberte sie von diesen Strolchen. Aber da er in jeder Stadt eine Strecke von toten Männern zurücklassen mußte, kamen die braven Stadtbewohner jedesmal zu ihm und forderten ihn auf, er möge sich doch bitte woanders nach einer Wohnung umsehen.«

»Aber das ist nicht fair«, sagte Chris.

»Honey, von den unfairen Sachen haben wir bisher noch gar nicht gesprochen. Wie ich schon sagte, hat Ty niemals was mit sauberen Mädchen angefangen; er war immer vernünftig genug, sich von ihnen fernzuhalten. Aber das hielt die Mädchen nicht davon ab, ihn zu umschwärmen wie die Motten das Licht. Sie mögen die Art, wie er sie ignoriert. Nun, eine von ihnen, ein wirklich hübsches kleines Ding, hat ihm besonders tüchtig zugesetzt, daß er fast zusammengebrochen wäre. Dann kam sie eines Tages in den Saloon, um ihn zu holen. Ich sah sie flennen, und er wiegte sie in seinen Armen. Auf Tränen ist er schon immer hereingefallen: er konnte einfach keine Frau weinen sehen. Dann hörte ich, daß er sein Pferd gesattelt und Gewehre aus dem Schrank geholt habe. Das Mädchen hat ihm erzählt, ein mächtiger Viehzüchter aus der Umgebung würde ihren Vater angreifen, und ob Ty ihm helfen könne.«

Red nahm einen Schluck von ihrem Whisky. »Ich habe ihn beschworen, dazubleiben, weil es nicht seine Fehde sei; aber er wollte nicht auf mich hören. Es gab eine Schießerei, und als der Staub sich legte und der Pulverdampf verflog, lag der Sohn des mächtigen Viehzüchters tot am Boden, und sie schleppten Ty ins Gefängnis.«

»Und dann haben Sie ihn gerettet?«

»Sie haben wohl davon gehört, wie? Ja, wir haben ihn gerettet. Nicht er hat den Sohn des Viehzüchters erschossen, sondern das Mädchen hat es getan, und er wollte sich lieber für die Göre aufhängen lassen, als sie zu verpetzen. Anscheinend hatte sie sich heimlich von zu Hause fortgestohlen, um sich mit diesem Jungen zu treffen, und Ty nur dazu benützt, um den Jungen eifersüchtig zu machen. Obwohl Ty das wußte, war er nicht bereit, sie dem Sheriff zu verraten. Da kam ich auf den Gedanken, daß er vielleicht gar nichts dagegen hatte zu sterben. Zuweilen benimmt er sich, als glaube er, nicht viel wert zu sein.«

»Er sagte, er sei nicht gut genug für mich«, murmelte Chris. »Er sagte, ich verdiente etwas Besseres als ihn.«

»Glauben Sie das ja nicht, Honey. Es gibt *keinen*, der besser wäre als er.«

»Eben das habe ich auch gedacht«, sagte Chris mit einem Grinsen. »Glauben Sie, ich könnte ihn irgendwie dazu bringen, daß er mir gibt, was ich von ihm haben möchte?«

»Und was Sie haben möchten, ist Tynan?«

»Von ganzem Herzen und mit ganzer Seele.«

Red starrte Chris eine ganze Weile an. »Wissen Sie – vielleicht sind Sie genau das, was er bräuchte.« Sie hielt inne und bekam schmale Augen. »Vom Lesen Ihrer Artikel habe ich zwar das Gefühl, als würde ich Sie schon jahrelang kennen; aber ich warne Sie. Falls Sie sich einbilden, Ty wäre nur einer von Ihren Fällen, und Sie könnten sich nach ein paar Monaten wieder von ihm trennen, werde ich Ihnen ...«

Chris brach in ein Lachen aus. »Heißt das die Dinge nicht auf den Kopf stellen? Ist es nicht in der Regel der Vater, der den jungen Mann warnt?«

Red gab lächelnd zurück: »Zur Mutter habe ich nie recht getaugt.«

»Mir scheint, daß Sie als Mutter eine großartige Leistung vollbracht haben. Mir zumindest gefällt Ihre Arbeit. Mein Problem ist nur, daß Ty mich nicht mag. Jedenfalls nicht so, wie ich ihn. Wie kann ich diese Drohung, daß er wieder ins Gefängnis müßte, und die Erinnerung, wie ein anderes sogenanntes ›gutes‹ Mädchen ihn behandelt hat, überwinden? Überdies glaube ich, daß er wirklich einen anderen Typ von Frauen lieber mag als mich.« Chris sah an ihrem nicht mit üppigen Reizen ausgestatteten Körper hinunter.

Red bekam keine Gelegenheit mehr zu antworten, weil eine Stimme vor der Tür rief:

»Red, bist du wach?«

Es stand außer Frage, zu wem diese Stimme gehörte.

»Einen Moment noch, Ty, Baby!« rief Red zurück. »Sie kommen mit mir«, sagte sie dann leise zu Chris, nahm diese beim Arm und öffnete die Schranktür. »Das ist ein Ort für Männer, denen es nur Spaß macht, wenn sie zuschauen können. Sie bleiben hier und hören zu. Ich werde herausfinden, wie sehr oder wie wenig Ty Sie mag. Haben Sie verstanden?«

Chris lag die Frage auf der Zunge, welche besondere Bewandtnis es denn mit diesem Schrank habe. Aber sie schluckte sie hinunter. »Ja«, flüsterte sie; dann schob Red oder drückte sie vielmehr in den Sessel hinein, der im Schrank stand, und schloß die Tür.

»Ich komme schon, Ty, Honey!« rief Red, durchquerte den Raum und öffnete die Zimmertür.

Kapitel 8

Tys Haare waren noch naß, und er knöpfte sich gerade das Hemd zu.

»Zieh es noch nicht an«, befahl Red, während sie ihm die Tür aufhielt. »Ich möchte mir erst deinen Rücken ansehen.«

»Dem fehlt nichts mehr«, sagte Tynan, zog aber gehorsam wieder sein Hemd aus.

Red strich mit beiden Händen über seinen Rücken und drehte ihn ins Licht – und dem Schrank zu –, damit sie ihn besser betrachten konnte. »Ihm mag zwar nichts mehr fehlen, aber es wird noch Wochen dauern, bis er ganz verheilt ist. Und du bestehst nur aus Haut und Knochen. Wir müssen dich aufpäppeln.«

Er streifte sich das Hemd wieder über.

»Du redest wie Chris.«

»Ist das die kleine Blonde, die mit dir in die Stadt geritten ist? Das Mädchen, von der alle behaupten, sie sei Nola Dallas?«

Ty goß sich einen Whisky ein und nahm auf dem Sofa Platz. »Himmel, tut das gut. Was man im Gefängnis am meisten vermißt, ist die Freiheit; aber auch die kleinen Freuden des Lebens wie gutes Essen und Trinken, ein sauberes Bett und« – er grinste – »Frauen. Du solltest dieser Leora mehr bezahlen. Was du ihr auch gibst, es ist nicht genug.«

»Du hast meine Frage noch nicht beantwortet. Ist diese kleine Blonde, mit der du hierherkamst, Nola Dallas?«

»Ja«, gab er zurück und schaute dabei in sein Glas. »Erzähl mir mal, was in den letzten zwei Jahren so alles passiert ist. War das Geschäft gut? Du scheinst viel mehr Mädchen zu haben als früher.«

»Ich habe den Eindruck, daß einige von den Mädchen, mit denen du gebadet hast, nicht mir gehören«, sagte Red grollend. »Tynan, hör auf, mir ständig ausweichende Antworten zu geben. Warum bist du wieder hierhergekommen? Hat man dich nun endgültig aus dem Gefängnis entlassen? Oder ist es nur vorläufig?«

Er lächelte sie an. »Es ist endgültig, mehr oder weniger.«

»Was soll das heißen – ›mehr oder weniger‹?«

»Eine hübsche kleine Blondine könnte mich zurück in den Bau schicken, heißt das.«

»Oh?« tat Red überrascht und zog die Brauen in die Höhe.

»Nun tu bitte nicht so, als wärst du das einzige ahnungslose Wesen in der Stadt. Sogar die Mädchen haben mir in der Badewanne kichernd von der berühmten Nola Dallas erzählt, die im Hotel wohnt. Ist sie denn wirklich so berühmt? Ich meine, ich weiß zwar, was sie getan hat, denn ihr Vater hat mir einen Stoß von Zeitungsartikeln zu lesen gegeben, die sie geschrieben hat oder in denen über sie geschrieben wurde. Aber ich dachte, hier draußen...«

»Liebling, sie ist das, von dem jede Frau träumt: aufrichtig, tapfer, eine Kämpferin, die sich in einem Männerberuf durchgesetzt hat.«

»Mehr, als ich erreicht habe«, murmelte Tynan.

»War es wirklich so schlimm im Gefängnis?« fragte Red, sich ihm gegenübersetzend.

»Ich glaube, der alte Dickerson hatte sogar dort noch Freunde. Ich schätze, daß er sich ausgerechnet hat: Wenn ich es nicht mit einem Seil schaffe, dann mit Ketten und einer Peitsche.«

Red streckte den Arm aus und streichelte Tys Wange, und er küßte ihren Handteller. »Aber jetzt bist du frei«, sagte sie.

»Solange ich diese hübsche kleine Tochter von Del Mathison in Ruhe lasse. Und ich habe schon leichtere Auflagen gehabt.«

»Du magst sie, wie?«

»Ich möchte meinen, ja. Jeder Mann würde eine Frau mögen, die sich ihm so in den Weg stellt wie sie. Die ersten paar Male, die wir uns begegneten, hatte sie nicht einen Faden auf dem Leib.«

Red lehnte sich wieder ins Sofa zurück. »Wirklich? Ich kann mir nicht vorstellen, daß eine Frau, die so berühmt ist wie Nola Dallas, es nötig hätte, einem Mann nachzulaufen.«

»Mag sein. Aber dann machte sie bei mir eine Ausnahme. Sie sagte, sie wollte den Rest ihres Lebens mit mir verbringen.«

»Wäre das denn so übel? Ein Heim und Kinder?«

Tynan stand auf und füllte sein Glas nach. »Fängst du schon wieder damit an? Also, selbst wenn ich heiraten würde, dann nie diese Frau. Ihr Vater hat meine Entlassungspapiere. Ich bringe sie zu ihm zurück und bekomme eine volle Begnadigung. Ich fasse sie an und wandere zurück ins Gefängnis. Und dann spielt auch das Geld noch eine Rolle.«

»Das du bekommst, wenn du sie zurückbringst?«

Ty blickte Red an. »Hast du diesen Stadtfrack gesehen, der hinter mir ritt? Es ist ein anständiger, unbescholtener Bürger, der mit Eltern und silbernen Löffeln auf die Welt gekommen ist, und Mathison wünscht seine Tochter mit ihm zu verheiraten. Ich bekomme zehntausend Dollar dafür, daß ich ihm eine in Mr. Asher Prescott verliebte Tochter zurückbringe. Und da muß sie hingehen und sich in mich vergaffen!«

»Wie unangenehm für dich.«

Tynan grinste sie an. »Es war nicht meine Schuld. Ich sagte doch schon, daß sie mich auf Schritt und Tritt verfolgt hat. Ich versuchte, mich von ihr fernzuhalten; aber da war sie schon wieder – in der Regel unbekleidet. Ich bin auch nur ein Mensch, weißt du?«

»Mehr Mensch als der Rest von uns. Ist dir nie der Gedanke gekommen, daß sie dich vielleicht *mögen* könnte?«

»Ein Mädchen wie sie? Die wollte doch nur ein Abenteuer, ehe sie zu ihrem reichen Daddy zurückkehrt. Ich verbringe eine Nacht im Heu mit ihr und sitze dann den Rest meines Lebens im Gefängnis, wo ich bereuen darf. Nein, danke. Erlöse mich von den guten Mädchen. Ich denke, ich bleibe lieber bei Leora und ihresgleichen.«

»Oh, Ty«, sagte Red, stand auf und legte die Arme um seinen Rücken. »Was wirst du nur mit deinem Leben anfangen?«

»Es *nicht* mehr in einem Gefängnis verbringen. Ich dachte daran, mir die zehntausend Dollar zu verdienen und mir damit ein Stück Land zu kaufen.«

»Das Geld, das du bekommst, wenn du Miss Mathison mit diesem Mann verkuppelst? Bist du sicher, daß dir das gelingen wird?«

Ty ging zum Fenster und blickte hinunter auf die Straße. »Ich gebe zu, es ist nicht einfach – nicht mit dem, was Mathison mir als Arbeitsmaterial gegeben hat. Dieser Mann hat kein – keine Kraft, würdest du wohl dazu sagen. Er weiß nicht einmal, wie man ein Mädchen für sich einnimmt.«

»Im Gegensatz zu dir, wie?«

Er sah auf sie zurück. »Bist du etwa aus irgendeinem Grund wütend auf mich? Du machst so einen schrecklich gereizten Eindruck.«

Red setzte sich wieder. »Ty, Liebling, ich werde alt, und du bist der einzige Mensch, der einem Sohn, den ich nie haben konnte, sehr nahe kommt. Ich würde dich gern verheiratet sehen und seßhaft mit einem halben Dutzend Kinder. Ich würde mich gern mit dem Gedanken anfreunden, daß du in deinem Haus ein leeres Zimmer hast, in dem ich wohnen könnte, wenn ich mich zur Ruhe setzen möchte.«

Ty nahm sie in die Arme und küßte sie auf die Stirn. »Wo ich auch sein mag, wird es immer ein Zimmer für dich geben; aber ich kann mich nicht mit einer Frau und Kindern sehen.«

Sie schob sich von ihm weg. »Das kommt daher, weil du noch nie geliebt hast.«

»So? Vor einer Stunde war ich so sehr in Leora verliebt, daß ich...«

»Still! Du weißt genau, was ich meine. Hast du vielleicht jemals ein Mädchen gefragt, ob sie mit dir zu einem Kirchweihfest gehen möchte? Oder hast du schon einmal ein Mädchen zu einer Ausfahrt mit der Kutsche und zu einem Picknick eingeladen?«

»Hört sich recht langweilig an, wenn du mich fragst.«

»*Ist* es aber *nicht*!« rief sie, ihn anfunkelnd.

Er blickte wieder zum Fenster hinaus. »Also – eines Tages haben Chris und Prescott miteinander gesungen, und mir deuchte, das wäre gar kein so übler Zeitvertreib.«

»Du hast eine wunderbare Singstimme. Warum hast du dich den beiden nicht angeschlossen?«

Ty zuckte mit den Achseln. »Ich weiß nicht. Ich passe einfach nicht zu solchen Leuten wie ihnen. He! Hast du Schweinskoteletts im Haus? Ich würde heute abend zu gern Schweinskoteletts essen – vier oder fünf...«

»Wir haben Schweinefleisch auf Lager. Ty, wirst du versuchen, Chris mit diesem Mann zu verkuppeln?«

Er brauchte eine Weile für eine Antwort, drehte sich wieder um und schaute in sein Glas. »Das ist mein Job.«

»Aber du tust es nicht gern?«

»Sie verdient einen viel besseren Mann als ihn. Sie hat Mumm. Ihr gefiel der Regenwald. Sie war nicht zu Tode erschrocken, weil wir uns dort aufhielten. Sie ging in ihm spazieren, während er nur immer neben dem Feuer hockte. Und sie hat sich auch vor keiner Arbeit gescheut. Während er mich behandelte, als wäre ich dafür angestellt worden, ihn zu bedienen, half mir Chris immer beim Entladen der Maultiere.« Er lächelte. »Nur nicht am ersten Abend.«

Er stellte sein Whiskyglas auf den Tisch zurück. »Oh, zum Henker, sie ist nicht für mich.«

Red legte ihm die Hände auf die Arme. »Warum ist sie nicht für dich? Ist sie nicht Mathisons einziges Kind? Ich wette, wenn sie es sich in den Kopf gesetzt hat, daß sie dich zum Mann haben möchte, wird er dich gewiß nicht ins Gefängnis zurückschicken.«

»Aber es ist *mein* Hals, wenn du dich irrst, nicht wahr? Außerdem will sie mich ja gar nicht. Es war nur so, daß sie dachte, ich sei der Anführer, und der Wald kann einem das Gefühl geben, als gäbe es niemanden mehr außer dir auf der Welt. Es war die Zeit und der Ort, und nicht ich. Und die Tatsache, daß es keine Konkurrenz für mich gab.«

»Und jetzt, wo ihr wieder aus dem Wald heraus seid, wäre sie nicht mehr an dir interessiert, glaubst du?«

»Ich bin davon überzeugt.«

Red drehte sich einen Moment von ihm weg. »Weißt du was? Ich habe viel mehr Vertrauen zu der jungen Dame. Ich habe ihre Artikel gelesen, und darin macht sie mir nicht den Eindruck einer wankelmütigen Dame. Wenn sie zu dir gesagt hat, sie sei in dich verliebt, glaube ich, daß sie das auch ist.«

»Für wie lange?« fragte Ty und schüttelte sich. »Bewahre mich vor der treuen Liebe einer guten Frau!«

»Wie wäre es denn, wenn du sie auf die Probe stellen würdest?«

»Was für eine Probe?«

»Rory Sayers.«

Tynan schwieg eine Weile still. »Ist *der* hier in der Stadt?«

»Im Hotel. Willst du ihm deine Chris nicht mal vorstellen?«

»Sie ist nicht *meine* Chris.«

Red lächelte ihn an.

»Weißt du, worin dein Problem besteht, Tynan? Du hast nie dafür arbeiten müssen, eine Frau zu bekommen. Wußtest du eigentlich, daß man mit einer Frau noch andere Dinge machen kann, als mit ihr ins Bett zu gehen? Du hast vermutlich noch keine fünf Minuten mit einer Frau geredet, die keine Hure war. Ich möchte wetten, daß du nicht einmal weißt, was du außerhalb eines Schlafzimmers mit einem Mädchen anfangen sollst.«

»Ich habe mit Chris im Regenwald fast einen Nachmittag lang geredet.« Er sah sie mit schmalen Augen an. »Red, was hast du mit mir vor?«

»Ich möchte, daß du etwas tust, was dir nicht leichtfällt. Ich habe den Eindruck, daß du so halb und halb in diese Chris verliebt bist. Warum führst du sie nicht ein paarmal aus, redest mit ihr, lernst sie besser kennen? Das ist eine gute Vorübung für die Zeit, wo du dich ernsthaft nach einer Frau umschauen willst.«

»Und was ist, wenn sie fortfährt, mir zu beteuern, daß sie mich liebt? Ich gehe nicht ihretwegen ins Gefängnis zurück. Nicht wegen ihr oder irgendeiner anderen Frau. Ich möchte mich nicht selbst um die zehn Riesen betrügen.«

»Also, auf diese Weise kannst du doch selbst ein paar Gelegenheiten für die beiden anstiften, daß sie sich näherkommen. Lade Chris und Prescott zu einer Ausfahrt in der Kutsche ein. *Hilf* ihm, um sie zu werben. Du wirst von ihm lernen, und er von dir.«

»Und was wird dann aus Sayers? Was für eine Rolle soll er dabei spielen?«

»Glaubst du nicht, daß Rory der ideale Partner für deine Chris wäre? Er ist reich, etabliert, und ihm gehören all die wunderbaren Wälder rings um die Stadt. Und ganz gewiß fehlt es ihm nicht an Kraft. Vielleicht könnte er Chris dazu bewegen, daß sie ihn heiratet. Ich bin sicher, daß Methison mit ihrer Wahl einverstanden wäre, und du würdest deine zehntausend Dollar bekommen.«

Ty sagte nichts, nahm aber sein leeres Glas vom Tisch und füllte es mit Whisky auf. »Ich kann mir Chris und Sayers nicht als Ehepaar vorstellen.«

»Oh, ich schon. Rory besitzt so viel Persönlichkeit, und alle Frauen himmeln ihn an. Du könntest Chris und Rory und diesen hübschen jungen Mann, den Mathison für seine Tochter ausgesucht hat, einen Nachmittag lang aufs Land mitnehmen, dich zurücklehnen und von deinen zehntausend Dollar träumen. So leicht hat noch keiner auf der Welt sein Geld verdient.«

»Chris mag Sayers vielleicht gar nicht. Sie hat Geschmack. Sie ist eine echte Lady. Ihre Unterwäsche ist mit ihren Initialen bestickt, aber das sind nicht so knallige Sachen, wie Susie sie zu tragen pflegte; sondern winzige weiße Initialen auf weißem Stoff. Und Chris stellt eine Menge Fragen. Sie will genau wissen, mit wem sie es zu tun hat. Wenn Sayers ihr nur schön tun möchte, durchschaut sie das Spiel.«

»Aber du bist ja auch noch da, um etwaige Wogen zu glätten und Rory über die Klippen zu helfen, nicht wahr?«

»So leicht kannst du Chris nicht täuschen. Weißt du, daß sie von ganz allein darauf gekommen ist, daß ich Schmerzen litt? Und daß ich die Füße voller Blasen hatte von diesem verdammten neuen Schuhzeug? Und sie zählte zwei und zwei zusammen und sagte mir auf den Kopf zu, daß ich im Gefängnis gesessen hätte.«

»Gar nicht so wie die anderen Frauen, die du bisher gekannt hast, wie?« sagte Red behutsam.

Abrupt stellte Ty sein halbleeres Whiskyglas auf den Tisch. »Also – ich habe noch eine Menge zu erledigen. Wir sehen uns dann später beim Abendessen.«

»Ja, Honey, erledige du deine Sachen. Laß uns im Hotel speisen, und lade du deine Freunde dazu ein. Vielleicht kann ich dir dabei helfen, zu deinem Geld zu kommen. Ich werde deiner Chris zeigen, was für einen bezaubernden Gentleman man als Gatten für sie ausgesucht hat. Und vielleicht können wir auch Rory dazu einladen. Er ist so ein belebendes Element bei allen gesellschaftlichen Ereignissen.«

»Nun ja, vielleicht. Chris wird ihn trotzdem nicht mögen. Er besteht nur aus heißer Luft.« Ty legte die Hand auf die Türklinke. »Und sie ist nicht *meine* Chris.«

»Das ist sie, bis du sie an einen anderen verkaufst.«

»Warum habe ich das Gefühl, als würde ein Güterzug mit fünfundzwanzig Waggons über mich hinwegbrausen?«

»Um sechs Uhr im Hotel«, rief sie ihm nach.

Als Chris sich für das Abendessen umzog, betrachtete sie ihre Unterwäsche und die Initialen, die überall eingestickt waren, und fragte sich, wo in aller Welt Ty Gelegenheit gehabt hatte, ihre Unterwäsche zu besichtigen. Da er bereits gesehen hatte, was daruntersteckte, spielte es eigentlich keine Rolle mehr, wenn er auch noch ihre Dessous kannte, überlegte sie.

Während sie dann das herrliche blaue Samtkleid mit der engen Taille und dem ihre Schenkel knapp umschließenden Rock begutachtete, das ihr Red geliehen hatte, ging ihr wieder das Gespräch durch den Kopf, das sie am Mittag belauscht hatte. Tynan schien ein merkwürdiger Widerspruch aus Selbstvertrauen und Unsicherheit zu sein, dachte sie, ehe sie das Hotelzimmer verließ.

Am Fuß der Hoteltreppe erwarteten sie Asher und ein anderer Mann, der sofort vortrat und sich als Rory Sayers vorstellte – und Chris hatte das Gefühl, als wüßte sie in diesem Moment schon alles über ihn. Er war der Typ von Mann, den ihr Vater ihr in den ersten achtzehn Jahren ihres Lebens immer wieder vorgeführt hatte. Er war auf eine scharfe Art hübsch: scharfe Nase, scharfe Kinnlinie und die Augen von einem scharfen Blau. Und er hatte mehr Selbstvertrauen als sechs andere Männer zusammen – ein Selbstvertrauen, das, wie Chris wußte, davon herrührte, daß er von Geburt aus reich mit Geld gesegnet war.

Da saß eine Kälte hinter ihrem Lächeln, mit dem sie seinen Arm nahm und ihm gestattete, sie in den Speisesaal zu führen.

Das Dinner war eine Katastrophe. Rory beherrschte das Essen und Tischgespräch, erwähnte jedes Ereignis der letzten zwei Jahre – jener Jahre, die Ty im Gefängnis hatte verbringen müssen. Und Tynan sah aus wie ein schmollender kleiner Junge, den man damit bestrafte, daß er mit den Erwachsenen essen mußte.

Einen kurzen Augenblick lang schloß Chris die Augen und betete, daß Gott ihr Stärke geben möge.

»Davon können Sie natürlich nichts wissen, nicht wahr, alter Junge?« sagte Rory zu Tynan, der mit gesenktem Kopf vor seinem Teller voller Schweinskoteletts saß. »Sie waren ja in den letzten zwei Jahren zu sehr beschäftigt, um auch noch Zeitung lesen zu können.«

Ehe Tynan darauf antworten konnte, sagte Chris: »Ich fürchte, ich bin nicht ganz Ihrer Meinung. Mr. Sayers. Mr. Tynan hat nämlich *alle* meine Artikel gelesen. Vielleicht war er nur etwas wählerisch, was seinen Lesestoff betraf.«

Doch nicht *Mr.* Tynan«, sagte Rory mit einem Lächeln. »Ich glaube nicht, daß er überhaupt einen Nachnamen hat.«

Das war ihr zuviel. Chris konnte die Selbstgefälligkeit und die boshaften Seitenhiebe dieses Mannes nicht mehr ertragen. Sie stand vom Tisch auf. »Ich fürchte, Sie werden mich entschuldigen müssen, weil ich rasende Kopfschmerzen habe. Mr. Tynan, würden Sie mich bitte an die frische Luft begleiten? Ich glaube, ein Spaziergang im Freien könnte mir helfen, wieder einen klaren Kopf zu bekommen.

Rory Sayers stand ebenfalls auf und faßte besitzergreifend nach Christianas Arm. »*Ich* werde Sie nach draußen begleiten, Miss Mathison.«

Mit all dem Hochmut, den sie aufzubringen vermochte, entriß sie ihm ihren Arm und sagte: »Sir, Sie haben sich mir erst vor einer halben Stunde vorgestellt. Ich vertraue meine Sicherheit niemals Männern an, die ich nicht kenne. Mr. Tynan, wären Sie so liebenswürdig, mich zu begleiten?«

Rory schien entsetzt. »Ich fürchte«, sagte er und ließ dabei durchblicken, mit welcher Toleranz er ihre Unwissenheit behandelte, »daß Sie diesen Mann nicht kennen. Er ist...«

Chris war nicht umsonst jahrelang allein durch die Vereinigten Staaten gereist. Sie hatte genügend Erfahrung gesammelt, wie man mit jeder Sorte von Männern umgehen mußte. »Ich habe in der letzten Zeit viele Stunden allein mit diesem Mann verbracht und weiß alles über ihn, was ich wissen muß. Was mir dabei besonders aufgefallen ist, ist die Tatsache, daß er die Manieren eines Gentleman besitzt.«

Sie wandte sich ab und sah nun Tynan mit einem gewaltigen Grinsen neben sich stehen, der ihr seinen Arm anbot. »Die Lady hat Geschmack«, sagte er zu Rory. »Lehnen Sie sich zurück, und essen Sie in Ruhe zu Ende. Ich werde schon gut auf sie aufpassen.«

Damit führte er Chris aus dem Hotel und hinaus auf die vom Mond erleuchtete Straße.

»Warum haben Sie das getan?«

»Weil ich diesen Typ von Mann nicht ausstehen kann«, sagte sie mit Nachdruck.

»Typ? Aber ich dachte, alle Frauen mögen diese Art von Mann. Jedenfalls haben fast alle, die ich bisher gekannt habe, ihn gemocht.«

»Aber bisher haben Sie auch noch keine Frau gekannt, die mit achtzehn von zu Hause durchbrannte, um Zeitungsreporterin zu werden, nicht wahr?«

»Nein«, antwortete er mit einem Grinsen. »Das stimmt. Haben Sie wirklich Kopfschmerzen? Möchten Sie, daß ich Sie wieder ins Hotel zurückbringe?«

Sie blieb stehen und sah ihn an. »Wenn ich verspreche, nicht frech zu werden, würden Sie dann mit mir spazierengehen?«

»Frech?«

»Nun – indem ich Sie auf Schritt und Tritt verfolge, zu viele Frage stelle und Ihnen in jeder Hinsicht zu dicht auf den Pelz rücke.«

Er sah sie betroffen an, packte dann ihren Arm und zog sie in eine dunkle Gasse hinein. Ehe Chris ein Wort sagen konnte, hatte er sie in seine Arme genommen und ihren Kopf auf seine Brust gelegt. »Chris, du wirst das nicht verstehen; aber ich muß mich bei dir für das bedanken, was du eben im Hotel getan hast. Wenn vier Männer in den Speisesaal stürzten und mit dem Revolver auf meinen Kopf zielten, wüßte ich, wie ich mit ihnen umzugehen habe; aber setze mich einem verwöhnten reichen Jungen gegenüber, und ich bin verloren. Du hast mir das Gefühl gegeben...«

»Als wärst du ein Gewinner?« beendete sie seinen Satz und versuchte, zu ihm hochzusehen; aber er hielt ihren Kopf an seiner Brust fest. *»Déjà-vu«*, flüsterte sie.

»Was?«

»Ich habe das Gefühl, als hätte ich das alles schon einmal erlebt. Erinnerst du dich an unser erstes Zusammentreffen?«

»Wie könnte ein Mann so etwas jemals vergessen, Chris? Aber du mußt jetzt wieder ins Hotel zurück. Ich kann doch nicht im Dunklen mit dir spazierengehen.«

Chris wollte für immer bei ihm bleiben, und wenn er sie gefragt hätte, ob sie mitkäme, wäre sie zu ihm aufs Pferd gestiegen und fortgeritten – um im Regenwald zu hausen, wenn er es wünschte. Aber sie wußte, daß sie ihm gehorchen mußte. Er war sich über seine Gefühle für sie nicht im klaren, und sie war nicht bereit, sich ihm noch einmal aufzudrängen.«

»Also gut«, sagte sie mit großem Widerwillen in der Stimme, »gehen wir ins Hotel zurück.«

Er trat langsam von ihr weg, sah sie nicht dabei an und gab ihr Gelegenheit, zuerst aus der Gasse herauszutreten. Als Chris einen Schritt um die Hausecke herum machte, sah sie Rory mit Asher auf sich zukommen, und die beiden machten Gesichter wie eine freiwillige Bürgermiliz, die die Stadt von irgendwelchem menschlichen Ungeziefer befreien mußte. Sie drehte sich zu Tynan um. »Küsse mich«, flüsterte sie beschwörend.

Ty sah sie den Bruchteil einer Sekunde verwundert an; verlor dann aber keine Zeit mehr, ihr zu gehorchen. Er nahm sie in seine Arme und küßte sie mit einer Leidenschaft, von deren

Existenz Chris bisher nicht das geringste geahnt hatte. Sie vergaß den Grund, der sie zu ihrer Bitte veranlaßt hatte, erwiderte seinen Kuß mit der gleichen Leidenschaft, schlang ihre Arme um seinen Hals und versuchte ihn noch enger an sich zu ziehen – was gar nicht mehr möglich war, da er seinen Schenkel zwischen die ihren geschoben hatte.

»Sofort loslassen«, erklang Rorys Stimme, während er Tynan von Chris fortzerrte.

Einen Moment lang war Chris zu benommen, um die Augen zu öffnen, geschweige denn, um zu sprechen.

»Dafür sollte ich Sie zur Rechenschaft ziehen«, sagte Rory.

Chris lehnte an einer Hauswand und befand sich in einem solchen Zustand der Euphorie, daß sie sich auch nicht von der Stelle hätte rühren können, wenn ihr jemand gesagt hätte, jeden Moment würde unter ihren Füßen eine Bombe explodieren.

»Ich stehe Ihnen jederzeit zur Verfügung, Sayers«, hörte sie Tynan mit tiefer, drohender Stimme sagen.

Widerstrebend begann Chris in die nüchterne Gegenwart zurückzukehren, weil sie spürte, daß sich hier ein Streit anbahnte, den sie schlichten mußte. Aber als sie sich von der Hauswand wegbewegte, weiteten sich ihre Augen für einen Moment. Alle Knöpfe auf ihrem Rücken standen offen.

Sie stellte sich so gerade hin, wie es ihr möglich war, ohne daß ihr das Oberteil von den Schultern rutschte, und richtete nun das Wort an Rory Sayers und dessen Sekundanten Mr. Prescott.

»Mr. Sayers«, sagte sie zornig. »Ich kenne Sie nicht, und nach diesem Abend habe ich auch nicht den Wunsch, Sie kennenzulernen. Sie haben kein Recht, sich in mein Leben einzumischen, und ich darf hoffen, daß Sie das nicht ein zweites Mal tun.«

»Chris«, sagte Tynan, »halte dich da raus. Ich habe schon lange gewußt, daß es eines Tages so weit kommen würde.«

»Ich mich raushalten? Das werde ich bestimmt *nicht*«, sagte sie mit so viel Gefühl, daß ihr das Oberteil nun doch nach vorne fiel, aber sie fing es noch rechtzeitig auf und hoffte, die

Männer hätten es nicht gemerkt. Wenn sie aus dieser Sache heil herauskommen sollte, würde sie Tynan gründlich die Meinung sagen. Von allen Dreistigkeiten, die sie sich bisher von Männern hatte gefallen lassen müssen, war diese eine der schlimmsten. Sie war fast versucht, ihn Mr. Sayers zu überlassen.

»Miss Mathison, ich mußte Anstoß nehmen. Ich bin Ihrem Vater mehrere Male begegnet und kann nicht glauben, daß es ihm recht wäre, wenn seine Tochter von einem Mann dieser Sorte in einer dunklen Gasse begrapscht wird.«

Tynan machte einen Schritt auf Sayers zu, und Chris stellte sich rasch zwischen die beiden Männer. »Mein Vater hat diesen Mann zu meinem Schutz bestellt, und er tut nur das, was ihm aufgetragen wurde. Sie, Mr. Sayers, sind hier die unerwünschte Person. Mr. Tynan hat mich nämlich soeben gefragt, ob ich ihn heiraten möchte, und ich habe ihm nur zu gern mein Jawort gegeben. Nun möchte ich doch glauben, daß ein Mann ein Recht dazu hat, seine Zukünftige zu küssen, ohne dabei von den lokalen Rowdies belästigt zu werden.«

Rory Sayers wich bei ihren Worten einen Schritt zurück. »Rowdy? Verzeihen Sie, Miss, ich hatte geglaubt, Sie seien eine Lady mit höheren Idealen, die es Ihnen verbieten, sich mit so einem... einem Verbrecher einzulassen. Ich kann es mir nur dadurch erklären, daß sie nichts über ihn wissen.«

»Ich weiß, daß man ihn zwei Jahre lang ohne einen Beweis seiner Schuld im Gefängnis hat schmoren lassen.« Ihr Kleid festhaltend, den Rücken Tynan zugekehrt, trat sie noch dichter an Rory heran. »Ich weiß, daß er nie erfahren hat, wer seine Eltern sind und nie die Vorteile genießen durfte, die Ihnen Ihr Geld verschafft. Und obwohl ihm nicht einmal vergönnt war, regelmäßig die Schule zu besuchen, redet er wie ein Gentleman, liest in seiner freien Zeit Voltaire und setzt ständig sein Leben aufs Spiel, um anderen Menschen zu helfen. Können Sie dasselbe von sich behaupten, Mr. Sayers?«

Rory drückte seinen Rücken gerade. »Sie sind nicht die Lady, für die ich Sie gehalten habe«, sagte er, und nachdem er Tynan noch einen Blick zugeworfen hatte, machte er kehrt und ging, gefolgt von Asher, die Straße hinunter.

»Er kann nicht solche Sachen zu dir sagen«, sagte Tynan und wollte den beiden Männern nachgehen.

Chris baute sich vor ihm auf. »*Untersteh* dich«, sagte sie durch die zusammengepreßten Zähne, »diesen beiden Männern nachzugehen!« Sie trieb ihn in die dunkle Gasse zurück. »Und komm mir jetzt nur nicht auf die Idee, daß du meine ›Ehre‹ wiederherstellen müßtest. Was weißt du schon von der Ehre einer Lady?!«

»Chris, ich ...«

»Schau dir das an!« fauchte sie, drehte sich um und zeigte ihm die offenen Knöpfe auf ihrem Rücken. »Was fällt dir ein, mich mitten auf der Straße auszuziehen?«

»Oh«, sagte er mit einem schwachen Grinsen, »das war wohl nur die Macht der Gewohnheit. Ich habe mir wirklich nichts dabei gedacht.«

»Macht der Gewohnheit!« schnaubte sie. »Nichts dabei gedacht! Ziehst du immer die Mädchen aus, wenn du sie küßt?«

»Also«, meinte er bedächtig, noch immer vor ihr zurückweichend, »die meisten Mädchen, die ich küsse, *wollen*, daß ich ihnen das Kleid ausziehe. Und ich hatte nicht den Eindruck, daß es dir mißfallen hätte.«

»Hat man schon mal so einen eingebildeten, eitlen, anmaßenden... ich hätte Mr. Sayers erlauben sollen, dich zu erschießen. Du hättest es verdient!« Sie begann, ihr Kleid auf dem Rücken wieder zuzumachen und mühte sich mit den vielen winzigen Knöpfen ab.

»Er kann überhaupt nicht schießen. Er hat nur eine große Klappe. Komm, laß mich das machen. Ich kann sie genauso rasch zuknöpfen, wie ich sie aufmachen kann.«

»Offenbar hattest du reichlich Gelegenheit, dich darin zu üben«, sagte sie, als er sie umdrehte und sich anschickte, ihr Kleid zuzuknöpfen.

»Manchmal muß man verdammt rasch in seine Kleider kommen. Du kannst dich wieder umdrehen. Die Knöpfe sind zu. Ich hole dich morgen früh im Hotel ab.«

»Kommt überhaupt nicht in Frage. Das ist jetzt weit genug gegangen, Mr. Tynan. Sie wollen nicht ins Gefängnis zurückwandern, und ich möchte gern nach Hause zu meinem Vater. Ich denke, wir sollten uns morgen früh wieder auf die Reise nach Süden machen.«

»Wir können doch noch einen Tag länger bleiben! Ich lasse nicht zu, daß Sie mich vor der ganzen Stadt zum Narren machen. Und schon gar nicht vor Sayers. Sie sagten vorhin, wir beide seien verlobt, und ich möchte wenigstens einen Tag lang so tun, als wären wir das wirklich. Ich möchte den Leuten hier zeigen, daß ich auch ein . . .«

». . . ein ›gutes‹ Mädchen wie mich bekommen können?«, sagte sie leise und legte ihm die Hände auf die Brust. »Vielleicht habe ich falsche Erwartungen in Ihnen geweckt. Vielleicht war es der Regenwald, das Gefühl der Isolation, das mich meinen Sinn für die Realität verlieren ließ. Aber nun, da wir in die Zivilisation zurückgekehrt sind, sollten wir lieber auf Distanz bleiben. Schließlich müßten Sie ja ins Gefängnis zurück, wenn Sie mich anfaßten.«

Er faßte sie am Oberarm und brachte sein Gesicht dicht an ihres heran. »In diesem Augenblick befindet sich Sayers in einem Saloon und erzählt der halben Stadt, daß Nola Dallas diesem Mörder ein Eheversprechen gegeben hat. Und *Sie* sind diejenige gewesen, die ihm das Stichwort dazu geliefert hat.«

Sie lächelte ihn auf eine Weise an, daß er einen Schritt zurückwich. »Hm – morgen ist Sonntag. Wie wäre es, wenn wir morgen früh zur Kirche gingen und anschließend dann zu dem Picknick, das die Gemeinde veranstaltet? Und uns benehmen wie Verlobte? Natürlich nur einen Tag lang. Und am Montag treten wir dann, natürlich nicht mehr als Verlobte, die Heimreise an. Wäre Ihnen das recht?«

»Kirche?« fragte er, und selbst im Dunkel konnte Chris erkennen, wie er ganz blaß wurde im Gesicht.

»Kirche«, wiederholte sie mit fester Stimme und schob ihren Arm unter den seinen. »Wir sollten nun lieber die Gasse räumen, oder mein Ruf ist ruiniert – verlobt oder nicht verlobt. Ich sehe Sie dann morgen in aller Frühe.« Sie hatten das Hotel fast wieder erreicht. »Nun machen Sie kein so betrübtes Gesicht, Mr. Tynan. Ich werde schon dafür sorgen, daß Sie den morgigen Tag genießen können. Gute Nacht, mein Lieber«, sagte sie zu ihm und lächelte dabei einem Passanten zu. »Sie dürfen mich auf die Wange küssen«, flüsterte sie, »aber keine Knöpfe dabei aufmachen – nicht mal an den Manschetten.«

Immer noch zu benommen, um etwas sagen zu können, beugte sich Ty vor und küßte sie auf die Wange. Als er sich wieder aufrichtete, sah er drei Damen in der Lobby des Hotels stehen, die ihn mißbilligend ansahen. Einem Impuls folgend, faßte er Chris um die Taille und küßte sie ziemlich ausführlich.

Als er sie wieder losließ, mußte sich Chris an einer Stuhllehne festhalten, damit sie nicht zu Boden fiel.

»Ich sehe dich dann morgen früh, Liebling«, sagte Ty, ein Auge zukneifend, setzte seinen Hut wieder auf und verließ das Hotel.

Chris versuchte, ihre Haltung wiederzugewinnen.

»Himmel, aber manchmal geht das Temperament mit ihm durch«, sagte sie laut, während sie vorn ihr Kleid glättete. »Gute Nacht«, sagte sie dann zu den drei Damen, die sie mit offenem Mund anstarrten.

Chris pfiff leise vor sich hin, während sie die Treppe zu ihrem Zimmer hinaufstieg.

Kapitel 9

Asher Prescott erwartete sie mit einem grimmigen Gesicht vor ihrer Zimmertür. »Ich glaube, ich muß mit Ihnen reden«, sagte er.

»Ich bin ziemlich müde und ich...«, begann sie und hielt

dann wieder inne. Wenn ein Mann sich in den Kopf gesetzt hat, daß eine Frau eine Gardinenpredigt nötig hat, war es klüger, ihn reden zu lassen. Chris hatte vor vielen Jahren gelernt, daß Männer sich viel besser fühlten, nachdem sie eine Frau »belehrt« hatten. »Ja, was ist?« sagte sie und blieb geduldig stehen.

»Ich glaube nicht, daß Sie sich so betragen, wie es sich gehört. Ich glaube, Sie verlieren das Gefühl für die Verhältnismäßigkeit. Ich weiß, Sie lieben es, die Partei des gesellschaftlich Benachteiligten zu ergreifen, aber der gesellschaftlich Benachteiligte verdient zuweilen nicht, daß Sie sich für ihn in die Schanze schlagen. Ich glaube, daß man Ihnen die Augen über den Mann öffnen muß, den Sie so vehement verteidigen, Chris.

Schon mit sechzehn stand er in dem Ruf eines Revolverhelden. Da tötete er nicht nur einen, sondern gleich zwei Männer bei einer Schießerei auf der Straße. Mit zwanzig hatte er bereits so viele Feinde, wie andere in ihrem ganzen Leben nicht zusammenbekommen. Wußten Sie, daß er eine Weile mit der Chanry-Bande geritten ist? Einmal wurde er gefangengenommen und verurteilt, am Strang zu sterben; aber die Bande sprengte das Gefängnis in die Luft und holte ihn heraus. Er hat selbstmörderische Jobs übernommen und ritt ganz allein in Städte, wo er zwanzig Banditen gegen sich hatte.«

Asher begann sich für sein Thema zu erwärmen. »Und Frauen, Chris! Er hatte Hunderte von Frauen! Für einen Mann wie ihn ist eine Frau nicht etwas Besonderes, das man liebt, sondern mit der man ins Bett geht und sie dann verläßt. Sie reden von Liebe für diesen Mann, während er nicht einmal die Bedeutung dieses Wortes kennt. Er ist ein vagabundierender Tunichtgut und wird nie etwas anderes sein.«

Chris sagte kein Wort, stand nur da und sah ihn an.

»Sie sprechen davon, daß Sie ihn heiraten wollen, aber ich glaube nicht, daß Sie wissen, was eine Ehe ist. Eine Ehe bedeutet, daß Sie tagein, tagaus mit dem Mann zusammenleben. Dieser Tynan kann bezaubernd sein, wenn er möchte, aber heute abend war er verstockt und übellaunig. Er kann sich nicht unterhalten, er kennt keine zivilisierte Gesellschaft, und diese Frau, die angeblich seine Mutter sein soll... Also, ich mag kaum glauben, Chris, daß Sie sich einverstanden erklärten, mit ihr am gleichen Tisch zu essen. Ich für meine Person...«

Er bremste sich und lächelte sie dann zärtlich an.

»Wissen Sie, was ich glaube? Ich glaube, dieser Tynan ist so interessant für Sie, weil er für Sie ein Rätsel war. Sie lösen das Rätsel auf und entdecken, daß er nichts anderes ist als Dutzendware – ein ganz gewöhnlicher Revolverheld. Was Sie brauchen, Chris«, sagte er mit weicher Stimme und kam einen Schritt näher, »ist ein Ehemann aus der gleichen sozialen Schicht, aus der Sie stammen. Einen Ehemann und Kinder.«

Sie sah ihn mit großen Augen an. »So jemanden wie Sie, Mr. Prescott?«

»Ich halte Sie für eine *sehr* attraktive Frau, Chris.«

Als er sich vorbeugte und die Lider über seine Augen senkte, als habe er vor, ihr einen Kuß zu geben, öffnete Chris ihre Hotelzimmertür, schlüpfte in den Raum dahinter und machte die Tür fest hinter sich zu. »Küssen Sie *das*, Mr. Der-dafür-bezahlt-wird-daß-er-mich-heiratet-Prescott.«

Sie ging zu Bett und dachte über das Picknick nach, das am Sonntag stattfinden sollte.

Am nächsten Morgen erwartete Tynan sie bereits in der Hotelhalle. Er trug einen sauberen Anzug, lehnte an einem Fensterrahmen und las in einer Zeitung.

»Guten Morgen«, sagte sie und lächelte zu ihm hinauf.

Er lächelte ebenfalls, als er sie erblickte; aber es sah aus wie das Lächeln eines Mannes im Unglück.

Chris zog sich ihre Handschuhe an. »Sind Sie so weit, daß wir gehen können?«

Ty nickte nur, bot ihr seinen Arm und führte sie aus dem Hotel auf die Straße.

Es waren noch andere Paare unterwegs zur Kirche, und jedes blieb stehen, um Chris und Tynan ungeniert anzustarren.

In der Kirche zog Chris Tynan mit sich zur dritten Kirchenbank, weg von den hintersten Bankreihen, wo er partout Platz nehmen wollte. Er verharrte den ganzen Gottesdienst hindurch in stummer Andacht und hörte der Predigt aufmerksam zu. Er schien auch mit den Kirchenliedern vertraut zu sein und bestätigte Reds Worte: er hatte tatsächlich eine ausgezeichnete Singstimme.

Als sie die Kirche wieder verließen, schien er erleichtert zu sein, daß der Gottesdienst vorüber und alles gutgegangen war. An der Tür strengte sich dann der Pfarrer an, ihm die Hand zu geben und ihm zu sagen, daß er hier willkommen sei.

Als sie die Vortreppe hinunterstiegen, sahen sie Red, die sie in einer wunderschönen Kutsche mit großen Rädern erwartete und die Zügel eines glänzenden schwarzen Wallachs in der Hand hielt.

»Ich habe die Körbe für euer Picknick dabei«, sagte sie. »Ich wollte nicht, daß ihr mit leeren Händen dort erscheint. Ty, hilf mir aus der Kutsche.«

»Sie kommen nicht mit?« fragte Chris.

»Bei einem Picknick der Kirchengemeinde ist für unsereinen kein Platz. Ihr beide geht dorthin und amüsiert euch. Und du, Tynan, machst jetzt ein glücklicheres Gesicht, oder ich gebe dir einen handfesten Grund, mit so einer miesepetrigen Miene herumzulaufen.«

Das brachte Ty zum Lachen. Er küßte sie auf die Wange. »Vielleicht brauche ich euch *beide* als Schutz.«

Chris hängte sich bei ihm ein. »Eine genügt. Wir werden Sie vermissen, Red, aber wir sehen Sie ja heute abend wieder. Beten Sie, daß es nicht regnet.«

»Honey, ich habe nicht aufgehört zu beten, seit ihr beide in die Stadt gekommen seid. Und nun macht euch auf den Weg.«

Ty hob Chris hinauf in die Kutsche, und alsbald rollten sie mit den anderen Paaren im schnellen Tempo über die unbefestigte Straße aus der Stadt. Chris rückte dichter an Ty heran und hielt seinen Arm. »Wer sind die Chanrys?«

»Sie haben wieder in meiner Vergangenheit herumgestöbert?«

»Natürlich. Was sind das für Leute?«

»Eine Bande von billigen Gaunern. Zum größten Teil aufgehängt heute oder hinter Schloß und Riegel.«

»Gehörst du zu diesen Leuten?«

»Sie wollten es gern. Erzählten sogar den Leuten, daß ich zu ihnen gehörte.«

»Aber ich dachte, sie hätten dich gewaltsam aus dem Gefängnis befreit. Wie oft hast du eigentlich gesessen, Ty?«

»Alles in allem?« fragte er ernsthaft. »Mit den Übernachtungen in der Zelle, in der sie mich wegen Trunkenheit einbuchteten?«

»Vergiß es. Warum wurdest du mit diesen Banditen in Verbindung gebracht?«

»Das sagte ich dir doch eben. Sie wollten, daß ich mich ihrer Bande anschließen sollte, und als ich mich weigerte, wurden sie böse. Sie haben mich nicht aus dem Gefängnis befreit. Das hat ein U.S.-Marshal getan.«

»Das mußt du mir genauer erklären«, sagte sie, das Rollen der Räder übertönend.

»Es gefiel den Chanrys gar nicht, daß ich ihnen immer wieder eine Absage erteilte, gleichgültig, wieviel sie mir auch boten. Sie brauchten nämlich einen schnellen Revolverschützen, da ihr bester Mann ums Leben gekommen war. Aus Rache für meine Weigerung beraubten sie eine Bank und riefen einen der Beteiligten immer wieder bei dem Namen Tynan. Und so kam der Sheriff der Stadt zu mir. Da war nur das Problem, daß ich mit einem gebrochenen Bein in einem Zimmer saß; aber er schien das nicht als Beweis meiner Unschuld gelten zu lassen. Eine von den Frauen am Ort, bei denen ich wohnte, setzte sich mit dem Marshal in Verbindung, und er kam in die Stadt, um den Fall zu untersuchen. Als er den Sheriff nicht von seinem Vorsatz, mich zu hängen, abbringen konnte, sprengte er das Gefängnis in die Luft. Der Sheriff erzählte jedem, daß das die Tat der Chanrys gewesen sei – ein Beweis dafür, daß er mich zu Recht habe hängen wollen.«

»Tynan, du bist voll von den gräßlichsten Geschichten.«

»Wenn ein Mann vom Revolver lebt, muß er damit rechnen,

daß er von anderen Revolvermännern herausgefordert wird. Hier sind wir schon. Wie wäre es, wenn du die Körbe dorthinüber trägst und ...«

»Nein, du mußt den größten Korb tragen, und ich muß dich den Leuten vorstellen.«

»Aber ich kenne doch die meisten bereits. Das sind diejenigen, die mich damals ...«

»Es sind diejenigen, die nichts von dir wissen. Und jetzt komm.«

»Jawohl, Madam«, sagte er grinsend. »Du bist eine Frau, die einem Mann eine Schürze umbindet, wie?«

»Manchmal ist es ganz gut, wenn man einem Mann eine Schürze umbindet. Das gibt seinem Leben wenigstens einen Sinn. Und Schürzenbänder sind längst nicht so gefährlich wie Revolver.«

»Hm – an einem Strick stirbt sich's langsamer als an einer Revolverkugel.«

Sie überhörte seine Bemerkung, während sie auf die anderen zuging. Männer und Frauen teilten sich jetzt: Die Frauen breiteten Eßwaren auf gebleichten und gebügelten Tischdecken aus, während die Männer in einer Gruppe zum Fluß hinuntergingen.

Chris stellte einen Korb voll Eßwaren auf den Boden. »Ich vermute, Sie kennen meinen Verlobten, Mr. Tynan, bereits, nicht wahr?« sagte sie. »Ich würde Sie ihm gern mit Ihrem Namen vorstellen, aber da ich erst gestern in die Stadt gekommen bin, hatte ich leider selbst noch keine Gelegenheit, mich mit Ihnen allen bekannt zu machen.«

Mit einem Gesicht, als hätte man sie eben auf eine zusammengerollte Klapperschlange aufmerksam gemacht, bewegten die Damen vorsichtig den Kopf in Tynans Richtung.

»Ty, Liebling, hättest du die Güte, die übrigen Körbe hierherzustellen?« Sie gab ihm mit den Augen ein Signal, daß er sich nun den Männern anzuschließen habe.

Tynan nahm seinen Hut ab. »Es ist mir ein Vergnügen, die Damen nach zwei Jahren so gesund wiederzusehen.« Er nahm ein belegtes Brötchen von einem der aufgestellten Büfettische, blinzelte Chris zu und ging.

»Miss Dallas!« begannen die Damen, sobald Tynan außer Hörweite war. »Sie wissen nicht, was Sie da tun. Sie können gar nichts über ihn wissen, sonst würden sie nicht...«.

»Sie sollten mit Betty Mitchell reden, was er ihr angetan hat, und mit dem armen Mr. Dickerson...«

»Mitchell?« sagte Chris, die gerade einen der mitgebrachten Körbe auspackte, »war das nicht das Mädchen, das in den Jungen verliebt war, der getötet wurde?«

»Nun, sie war in ihn verliebt *gewesen*«, sagte eine der Frauen. »Dem Himmel sei Dank, daß das alles bereits vorbei war, als der Junge erschossen wurde.«

»O ja«, sagte Chris. »Zu dieser Zeit besuchte sie bereits Tynan regelmäßig im Saloon und drängte sich ihm auf, wo es nur ging. Warum hat sie denn die Verbindung zu dem jungen Dickerson aufgelöst?«

Die Frauen versuchten ihr alle auf einmal zu antworten:

»Betty ist ihm eigentlich gar nicht nachgelaufen. Es könnte zwar sein, daß sie in den Saloon gegangen ist, aber ich bin sicher, saß er sie dazu angestiftet hat.«

»Billy hatte sich mit einem Mädchen angefreundet, das aus Seattle stammte und hier auf Besuch weilte, aber diese Affäre wäre nicht der Rede wert gewesen, wenn Tynan sich nicht eingemischt hätte.«

»Tynan hat Billy getötet; das wissen wir«, sagte eine der Damen im rechthaberischen Ton.

Chris stellte eine Apfeltorte an ihren Platz. »Billy Dickerson begann also, sich mit einem anderen Mädchen zu treffen. Betty fing an, sich Tynan aufzudrängen. Dann griff Mr. Dikkerson Bettys Vater an und...«

»Nein«! rief eine der Frauen und schwieg dann wieder still.

Eine andere Frau beugte sich vor. »Betty war guter Hoffnung, und Billy wollte sie nicht heiraten.«

»Ah«, sagte Chris. »Also mischte sich Tynan ein, um

einem jungen Mädchen zu dem Mann zu verhelfen, der sich weigerte, sie zu heiraten. Und er hat diesen jungen Mann *erschossen*? Tynan muß Betty ja sehr geliebt haben, wenn er so etwas für sie getan hat.«

Die Frauen begannen, die Eßwaren auf dem Tisch hin und her zu schieben.

»Betty liebte nur Billy, und nach seinem Tod ist sie wieder irgendwohin in den Osten gegangen.«

»Aber ich dachte, sie und Tynan wären so sehr ineinander verliebt gewesen, daß er für sie einen Mann getötet hat«, sagte Chris mit großen Augen.

Die Frauen sagten eine Weile nichts.

»Ich habe den Eindruck, daß mein Sohn Ihren jungen Mann belästigt«, sagte eine Frau, die zum Fluß hin sah. Vier junge Burschen umkreisten Tynan und sahen mit begierigen Augen zu ihm auf.

»Er wird ... ihnen doch hoffentlich nichts tun, nicht wahr?« fragte eine andere Frau zögerlich.

»Nein«, antwortete Chris mit zuversichtlicher Stimme, »er ist ein sehr guter Mann. Sollen wir nun nicht alle unsere guten Männer zu Tisch rufen?«

Die Männer waren toleranter als die Frauen, und sie schienen sich keinen Deut darum zu scheren, ob und wie oft Tynan im Gefängnis gesessen hatte. Sie waren mehr an gebackenen Maiskolben und gebratenen Hühnern interessiert.

Rory Sayers tat sein möglichstes, damit Tynan sich in diesem Kreis nicht wohl fühlte.

»Besser als der Gefängnisfraß, nicht wahr, alter Junge?« sagte Rory, der Ty gegenübersaß. »Aber mit den Jahren gewöhnt man sich wohl an alles, wie?«

Als Rory die Hand nach einem Stück Huhn ausstreckte, klopfte eine Frau – die Mutter des Jungen, der sich mit Ty unterhalten hatte – ihm mit einem Holzlöffel scharf auf die Finger. Jeder, der in ihrer Nähe saß, blickte hoch, während das Gesicht der Frau sich lebhaft rötete.

»Ich kann doch den Kindern nicht beibringen, daß sie nicht

mit den Fingern essen sollen, wenn ihnen die Erwachsenen mit schlechtem Beispiel vorangehen«, sagte sie schließlich und blickte dann hoch, direkt in Christianas Augen, die sie mit einem breiten Lächeln ansah. Die Frau lächelte ebenfalls. »Noch ein paar Bohnen, Mr. Tynan?« fragte sie dann mit liebenswürdiger Stimme.

»Nun, ja, gern«, antwortete Tynan und blickte die Frau erstaunt an.

»Erzählen Sie uns doch mal, was für ein Gefühl das ist, wenn man einen anderen Mann erschießt«, sagte Rory, während die Frau Bohnen auf Tynans Teller häufte.

In diesem Moment kippte eine andere Frau ihre Tasse über Rorys Schoß aus. Als dieser aufsprang, begann einer der Männer zu lachen.

»Junge, wenn du erst einmal verheiratet bist, wirst du lernen, daß Frauen auf eine ganz besondere Art zu kämpfen wissen, daß du den Krieg bereits verloren hast, ehe du merkst, daß sie dir überhaupt den Krieg erklärt haben.«

Ein anderer Mann fing zu lachen an, und im nächsten Augenblick hallte die ganze Wiese vom Gelächter der Picknickgäste wider. Auch Tynan grinste.

»Setz dich hin, Junge«, rief jemand Rory zu. »Das wird schon von allein wieder trocken. Martha, gib Sayers ein Stück von deinem Kirschkuchen. Dann vergißt er alles andere, sogar hübsche kleine Blondinen.«

Chris interessierte sich nun sehr angelegentlich für ein Milchkännchen; aber sie konnte spüren, wie ihre Ohren warm wurden.

Eine Stunde später waren die Überreste von den Speisen wieder eingepackt, die jüngeren Kinder im Schatten der Bäume schlafen gelegt und die Erwachsenen teilten sich in Gruppen auf, während die jüngeren, die noch voller Unternehmungsgeist waren, sich lachend Möglichkeiten ausdachten, wie sie noch länger bleiben konnten.

»Möchten Sie nicht mit uns gehen?« fragte ein hübsches dunkeläugiges Mädchen, an Chris gewandt. »Wir wollen mit dem Kanu den Fluß hinunterfahren. Das bringt eine Menge Spaß.«

»Wir kommen nur zu gern mit« sagte Chris und hielt Tynan am Arm fest.

»Das sind doch noch Kinder. Ich will nicht mit...«, begann Tynan, aber Chris sah ihn nicht einmal an.

»Sie wollen mit uns reden. Hast du nicht begriffen, daß wir für sie fast so etwas wie Berühmtheiten sind? Du, der berüchtigte Revolvermann, und ich...«

»... die Lady, die sich vorsätzlich in Gefahr begibt.« Er hielt sie zurück, während die anderen in die drei Kanus stiegen. Der Picknickbereich war von dieser Stelle aus nicht mehr zu sehen. Doch als Chris in eines der Kanus steigen wollte, gab Tynan ihr einen kleinen Stoß, so daß sie stolperte und gegen ihn fiel.

»Chris«, sagte er mit einer sehr besorgten Stimme, »du hast dir ja den Knöchel verletzt! Ist er verstaucht? Du darfst nicht mit diesem Fuß auftreten. Komm, ich helfe dir!«

Ehe Chris auch nur einen Ton sagen konnte, hielt er sie bereits auf seinen Armen und trug sie zu einem Baum am Flußufer.

»Das kommt schon wieder in Ordnung«, rief er über die Schulter den anderen zu. »Ich werde mich um sie kümmern.«

Chris hörte das Kichern hinter sich und wußte, daß er niemanden von der Gruppe hatte täuschen können.

»Und was hast du nun, wo du mich hast, mit mir vor?« Er lächelte auf eine Weise, daß Chris fortfuhr: »*Das* wirst du ganz gewiß nicht tun. Wenn du mich absetzt, und es ist auch nur ein *einziger* Knopf offen, rede ich nie mehr ein Wort mit dir.«

»Keiner braucht ein Wort zu reden.«

»Tynan«, sagte sie alarmiert.

»Chris, genug ist genug. Ich habe ja nichts gegen Erwachsene; aber wenn ich den Nachmittag mit Halbwüchsigen verbringen soll, die mich angaffen, als könnte ich jeden Moment etwas Tödliches vollbringen, geht das über meine Kräfte. Ich dachte mir, wir könnten vielleicht in den Wald gehen und...«

»Und?« fragte sie mit hochgezogenen Augenbrauen.

»Ich weiß nicht«, bekannte er ehrlich. »Was tut denn ein verlobtes Paar, wenn es nicht...« Wieder brachte ihn ein Blick von Chris zum Verstummen.

»Reden. Sich gegenseitig besser kennen lernen. Du kannst mich jetzt wieder absetzen.«

Tynan ging mit ihr weiter. »Wer sind die Montgomerys? Dein Vater hat sie erwähnt.«

»Und was hat er gesagt? Nein, du kannst mir ruhig die Wahrheit sagen.«

Er stellte sie auf einen umgestürzten Baumstamm, so daß sie ungefähr mit seinem Gesicht auf gleicher Höhe war. »Mal sehen, ob ich es noch korrekt wiedergeben kann. Also, er sagte, du wärest mit ihnen verwandt, und ein eigensinnigeres, hartnäckigeres und hirnverbrannt furchtloseres Völkchen als die Montgomerys habe die Welt noch nicht gesehen. Hört sich das so an, als könnte er das gesagt haben?«

»Perfekt. Es sind die Verwandten meiner Mutter, eine sehr alte Familie, die während der Regierungszeit Heinrichs VIII. nach Amerika kam.«

»Im sechzehnten Jahrhundert?«

»Ja«, sagte sie, lächelte ihn an und streckte ihm ihre Hand hin. Er ergriff sie, und Chris begann den schmalen Grat des runden Baumstamms entlangzugehen. »Erzähle mir mehr von dem Zusammentreffen mit meinem Vater. Was hat er noch gesagt? Was haben sie gesagt, als sie dich aus dem Gefängnis entließen?«

»Nicht viel. Im Gefängnis erklären sie dir nicht groß was; sie zerren nur an deinen Ketten, und du folgst ihnen.«

»Jedesmal, wenn ich dich danach frage, wie du ins Gefängnis gekommen bist, ist es deinen Worten zufolge stets auf eine falsche Beschuldigung hin geschehen. Ich meine, hast du denn nie etwas Illegales getan?« Sie drehte sich auf dem Baumstamm und wanderte den gleichen Weg wieder zurück.

»Warum mußt du alle Geheimnisse eines Mannes wissen? Ich habe meinen Anteil an ungesetzlichen Dingen vollbracht, bei denen ich aber nie erwischt wurde, weshalb sie mich wohl dauernd beschuldigten, wenn ich unschuldig war. Sie meinten wohl, es wäre egal, wofür sie mich hängten, solange es überhaupt geschah.«

»Und wann hast du dann das Dasein eines Ungesetzlichen aufgegeben und dir auf ehrliche Weise dein Brot verdient?«

Tynan schnaubte: »Ich habe den Eindruck, Red konnte ihr großes Mundwerk nicht halten. Ich bin seit meinem zweiundzwanzigsten Lebensjahr ehrlich geblieben.«

»Also seit sieben Jahren«, sagte sie.

»Red *hat* demnach aus der Schule geplaudert. Steig vom Baum herunter; du machst mich noch ganz schwindlig! Ich weiß auch ein paar Sachen von Ihnen, Mary Christiana«, sagte er, während er sie vom Stamm herunterhob.

»Nicht so viele, wie Sie glauben«, entgegnete sie augenzwinkernd. »Ich heiße nicht Mary Christiana. Bei meiner Geburt gab man mir nach meiner Großmutter väterlicherseits den Namen Mary Ellen; aber als ich sechs Jahre alt war, wurde mein Name geändert.«

»Nun gut – jetzt ist die Reihe an dir, Geschichten zu erzählen. Setz dich hierher – nicht so nahe bei mir, und wage ja nicht, dichter an mich heranzukommen.«

Immer noch lächelnd und mit einem Gefühl, als wäre sie die begehrenswerteste Frau der Welt, setzte sie sich ins Gras und lehnte sich mit dem Rücken gegen den Baumstamm. »Ich habe das Zweite Gesicht«, sagte sie schlicht. »Bisher habe ich nur zwei Visionen gehabt; aber eine genügte schon, damit mein Name geändert wurde. Offenbar gehört es zu den Traditionen der Montgomerys, alle Frauen, die das Zweite Gesicht besitzen, Christiana zu nennen.«

»Was geschah nun, als du sechs Jahre alt warst?«

»Meine Eltern und ich waren in der Kirche, und ich kann mich wirklich nicht mehr daran erinnern, was für ein Gefühl mich vorher beschlich; doch eben stand ich noch ganz ruhig neben meiner Mutter, und im nächsten Moment rannte ich das Hauptschiff hinunter und schrie, daß sich jeder nach draußen begeben solle. Meine Mutter erzählte mir, die in der Kirche versammelten Gläubigen seien über meine Schreie so verblüfft gewesen, daß keiner sich von der Stelle rührte; doch sie kannte natürlich die Tradition ihrer Familie und wußte, daß ungefähr alle drei Generationen ein Mädchen mit dem Zweiten Gesicht auf die Welt kam. Und deshalb schrie meine Mutter das einzige Wort, welches ihr garantierte, daß das Gebäude geräumt wurde.«

»Feuer«, sagte Ty.

»Ja. Nur daß die Leute, als sie in panischer Angst aus dem Gebäude rannten und einer sogar durch ein Fenster sprang, nachdem er vorher mit einem Stuhl die kostbaren bemalten Scheiben eingeschlagen hatte, sahen, daß es überhaupt nicht brannte. Ich werde nie mehr die Gesichter der Leute vergessen, mit denen sie sich nun auf meine Mutter und mich zubewegten. Ich dachte schon, sie würden uns umbringen, und versuchte, mich in den Röcken meiner Mutter zu verstecken.«

Chris holte tief Luft. »Sie hatten uns gerade erreicht, als der Himmel sich öffnete, ein Blitz herniederfuhr und das Hauptschiff der Kirche traf, das in sich zusammenstürzte. Als der Staub sich gelegt hatte, blickten die Leute mich und meine Mutter an, als wären wir Hexen. Ich werde nie mehr den Ausdruck auf dem Gesicht meiner Mutter an jenem Tag vergessen. Einer von den Männern fragte: ›Wie konnte Mary Ellen das wissen?‹ Da reckte meine Mutter die Nase in die Luft, nahm meine Hand und sagte: ›Der Name meiner Tochter ist Christiana.‹ Und dieser Name ist mir bis heute geblieben. Natürlich war mein Vater nicht sonderlich entzückt über diese Namensänderung, da er mich ja nach seiner Mutter hatte taufen lassen; aber meine Mutter versprach ihm noch mehr Kinder, die er dann nach seinem Gutdünken benennen könne.«

»Aber es gab keine weiteren Kinder mehr.«

»Nein, nur mich. Einige Zweige der Montgomerys sind sehr fruchtbar, andere wiederum fast dürr. Es scheint da kein Mittelding bei ihnen zu geben.«

Ty lehnte sich ins Gras zurück und streckte sich dann zu seiner vollen Länge aus, die Füße Chris zugewandt. »Das hört sich ja nach einer wunderbaren Mutter an. Vermißt du sie sehr?«

Chris blickte zur Seite. »Jeden Tag meines Lebens. Sie war stark und gütig, sensibel und intelligent, klug und... kurz, alles, was man sich nur wünschen kann.«

»Ich glaube, du könntest so sein wie sie, nach allem, was ich bisher gesehen habe.«

Chris schenkte ihm ein breites Grinsen. »Dafür darfst du dich herumdrehen und deinen Kopf in meinen Schoß legen.«

»Es ist mir eine Ehre«, sagte er, während er ihrer Aufforderung nachkam. »Das ist nett«, sagte er dann, als Chris ihm die Haare aus der Stirn strich. »So einer Frau wie dir bin ich noch nie begegnet.«

»Gut. Ty, was wirst du nun, wo du frei bist, anfangen?«

»Ich bin noch nicht frei. Ich muß dich zuerst zu deinem Vater zurückbringen.«

»Schon – aber was kannst du noch neben deinen Fertigkeiten mit dem Revolver, deiner guten Figur auf einem Pferd und deinem Vermögen, dich zu betrinken und dann im Gefängnis zu landen?«

Er lächelte mit geschlossenen Augen. »Hört sich nicht nach viel an, wie? Nun, laß mal sehen, was ich noch kann. Ich schätze, Frauen zählen da nicht, wie?«

»Ganz bestimmt nicht.«

»Ich weiß«, sagte er, die Augen wieder öffnend. »Ich werde mit vier Hurenhäusern gleichzeitig fertig.«

Sie atmete geräuschvoll die Luft ein. »Also, ich kann das nicht unbedingt als berufliche Empfehlung...«

»Ich meine doch nicht die Frauen. Die überlasse ich Red, es sei denn, es kommt zu einem Streit zwischen ihnen, denn dann muß ich die Kämpfenden trennen. Nur ist Reds Buchhalter einmal bei einer Schießerei – an der ich übrigens nicht beteiligt war – aus Versehen in die Schußlinie geraten und war tot. Und da bat Red mich, mir die Bücher anzusehen, weil die Bank eines der Häuser schließen und zwangsversteigern wollte.«

»Hat die Bank zwangsversteigert?«

»Teufel, nein. Oh, pardon. Es stellte sich heraus, daß dieser kleine Halunke ihr Geld unterschlagen hatte, das ich unter der vorderen Veranda seines Hauses vergraben fand. Und ich mußte die Kunst der Buchhaltung erlernen, um das Chaos seiner Kontoführung wieder ausmerzen zu können. Und jetzt nehme ich mir jedesmal, wenn ich Red sehe, ihre Bücher vor.«

»Was für eine bewundernswerte Fähigkeit! Mein Vater sagt, daß die Hälfte seines Imperiums nichts anderes wäre als Buchführung. Du könntest von großem Nutzen für ihn sein.«

»Ich bin sicher, daß dein Vater seine Konten keinem Revolverhelden anvertrauen wird.«

»Er hat seine Tochter einem Revolverhelden anvertraut«, sagte sie leise.

»Das ist allerdings wahr«, sagte er, lächelte und begann, mit der Hand an ihrem Arm hinaufzustreichen. »Chris, glaubst du wirklich, daß er auch wußte, was er sagte, als er mir verbot, dich zu berühren? Glaubst du, er hatte eine Ahnung, was er mir da abverlangte?« Seine Hand war an ihrem Hals.

»Vielleicht hatte er von deinem Ruf als Frauenheld gehört und wollte die Keuschheit seiner Tochter vor dir bewahren.«

»Aber wenn wir beide ihm nichts davon erzählen, gibt es doch keine Möglichkeit, daß er davon erfährt, nicht wahr?« sagte er, während er ihren Kopf zu sich herunterzog.

»Aber mein Ehemann würde es in der Hochzeitsnacht erfahren.«

»Welcher Ehemann?« Sein Mund war einen Hauch von dem ihren entfernt.

»Der Mann, den ich heiraten werde. Der Mann, mit dem ich alle meine Nächte zu teilen gedenke.«

Er zog sie noch näher an sich heran; aber sie wehrte sich. »Du hast dich doch erst neulich mir angeboten.«

»Nur dachte ich damals, du könntest nicht und ich sei sicher. Ich denke, wir sollten jetzt wieder zu den anderen zurückkehren.«

»Gleich«, murmelte er und zog sie an sich.

Chris Lippen teilten sich für ihn, und wieder war sie überrascht von dem Gefühl, das sie bei Tys Berührung überschwemmte. Es war, als würden sich ihre Knochen verflüssigen, und sie fiel neben ihm nieder.

Er war ein Meister darin, ihren Körper zu manövrieren, und alsbald lag sie in voller Länge neben ihm. Und es entsprach so ganz ihrem Wunsch, als er eines seiner schweren Beine auf die ihren legte. Ihr Körper wölbte sich ihm entgegen.

Später fragte sie sich, was wohl in diesem Moment geschehen wäre, hätte er nicht die Stimme gehört und sich von ihr wegbewegt. Chris lag nur mit geschlossenen Augen da, zu benommen, um sich von der Stelle rühren zu können.

»Sie kommen von ihrem Ausflug zurück«, flüsterte Ty, hob sie vom Boden hoch und auf seine Arme. »Zieh dich an.« Als wäre sie eine Puppe, lehnte er sie gegen seine Schulter und begann, die Knöpfe auf dem Rückenteil ihres Kleides zu schließen.

»Was würde passieren, wenn ich ein Kleid trüge, was die Knöpfe vorne hat?« murmelte sie mit heiserer Stimme.

»Erhalte mir meinen Verstand und dir die Unschuld und bringe mich nicht noch mehr in Versuchung, als du bereits getan hast. Und jetzt steh auf und versuche diesen benebelten Ausdruck aus deinem Gesicht zu verdrängen. Sie kommen!«

»Ja, Tynan«, sagte sie und erlaubte, daß er sie um die Taille faßte und auf die Beine stellte.

Kapitel 10

Chris und Ty wurden von der Menge der zurückkehrenden jungen Leute mitgerissen. Überall regte sich der Wunsch, sich zu bewegen, noch etwas zu essen, Spiele zu veranstalten. Die Frauen nahmen Chris in Beschlag, um sie über die Storys auszufragen, die sie geschrieben hatte, und ließen Tynan bei den Männern und Jungen zurück – die nun wiederum Ty bestürmten, ihnen von seinen vielen Revolverduellen zu erzählen.

Chris und die Frauen verstanden sich prächtig. Die Frauen vertrauten ihrem Urteilsvermögen so sehr, daß sie bereit waren, einen Mann, von dem sie überzeugt gewesen waren, daß er ein Bösewicht sei, nun mit ganz anderen Augen zu betrachten. Eine der Frauen brachte sogar den Mut auf, Chris zu fragen, wie denn eines dieser übelbeleumdeten Häuser von innen aussähe, und Chris genoß es, die Frauen mit Geschichten von den roten Tapeten, den auf Hochglanz gebrachten Messinglampen und den Mädchen zu unterhalten, die furchtbar gelangweilt herumsaßen. Sie lachten alle, als der Schuß fiel.

Chris hoffte, daß sie sich täuschen möge, aber irgendwie war sie auch davon überzeugt, daß Tynan etwas mit dem Revolverschuß, der da eben gefallen war, zu tun hatte.

Sie raffte ihre Röcke hoch und begann zu laufen, die Frauen folgten ihr dicht auf den Fersen. Auf dem Boden, von Männern umgeben, lag Rory Sayers, eine Derringer in der Hand, während der Blutfleck an seiner Schulter immer größer wurde – und über ihm stand Tynan. Chris blickte Tynan mit ungläubigem Gesicht an.

»Ich fürchte, ich werde Sie mitnehmen müssen«, sagte ein junger Mann, den Chris mit dem Stern eines Deputy in der Stadt gesehen hatte. »Der Sheriff wird sich mit diesem Fall befassen müssen.«

Christianas Blick kreuzte sich noch immer mit dem von Tynan, und es dauerte eine Weile, ehe sie die Augen von ihm abwendete und sich umdrehte. Die Gesichter der Frauen, die hinter ihr standen, hatten alle den gleichen »Ich-habe-es-Ihnen-ja-gesagt«-Ausdruck.

Chris hob wieder die Röcke an, und sie schickte sich an, zu den Tischen zurückzugehen.

»Chris«, rief Tynan leise hinter ihr her, aber sie drehte sich nicht mehr um.

An den Tischen begann sie dann die Eßwaren einzupacken. Sie versuchte Ruhe zu bewahren, als die Männer den verletzten Rory auf die Ladefläche eines Fuhrwerks legten und mit ihm zur Stadt zurückfuhren. Sie hörte Rory schreien, daß sie ihn noch umbringen würden, und zwischendurch schrie er, daß er Tynan umbringen wolle, und daraus schloß sie, daß er diese Geschichte wohl lebend überstehen würde.

Ein paar Minuten später kam Tynan an ihr vorbei und blieb ein paar Schritte von ihr entfernt stehen; doch sie drehte sich wieder nicht um, sondern beeilte sich noch mehr als bisher, die Tische abzuräumen.

Die Frauen kamen herbei, um ihr dabei zu helfen. Sie arbeiteten alle, ohne einen Ton zu sagen. Die Frauen schickten ihr nur hin und wieder durch halbgesenkte Wimpern einen Blick zu, bis Chris das nach einigen Minuten nicht mehr ertragen konnte. Sie legte Teller und Bestecke aus der Hand, wandte sich der Straße zu und begann zu Fuß in die Stadt zurückzuwandern. Sie kümmerte sich nicht um Reds Einspänner oder um irgend etwas sonst.

Es waren etliche Meilen bis zur Stadt zurückzulegen, doch Chris schüttelte jedesmal den Kopf, wenn die Leute mit ihren Kutschen oder Fuhrwerken neben ihr hielten und sie mitnehmen wollten.

Als sie schließlich in ihrem Hotel anlangte, sahen die Leute sie dort auf eine Weise an, daß sie die Treppe zu ihrem Zimmer hinauflief, in den Raum stürmte und die Tür hinter sich zuwarf. Sie schämte sich so sehr, daß sie ins Bett kriechen, die Decken über den Kopf ziehen und nie mehr aufstehen wollte. In den letzten beiden Tagen war sie in der Stadt herumstolziert und hatte durchblicken lassen, daß sie alle Narren seien, weil sie einen Mann falsch einschätzten, der fast sein ganzes Leben lang in ihrer Mitte gelebt hatte. Sie hatte die Zuneigung, die sie sich bei ihren Lesern als Nola Dallas erworben hatte, dazu benützt, ihnen mitzuteilen, daß sie viel weniger über diesen Mann wüßten als sie, die nur eine Woche mit ihm zusammengewesen war.

Langsam begann Chris sich auszukleiden und das Kleid wegzuhängen, das Red ihr geliehen hatte.

Wie verblendet war ich, dachte sie, daß ich glaubte, ich würde ihn besser kennen als sie. Und wie eingebildet, zu glauben, ich könne einen Mann ändern, der sich für ein Leben der Gewalt und Gesetzlosigkeit entschieden hat. Wie recht mein Vater hatte, als er mich mit Männern der gleichen sozialen Schicht zusammenbrachte – Männern, die ich verstehen konnte, und nicht solchen, die zu einem Picknick gingen und Menschen niederschossen, die nicht derselben Meinung waren wie sie.

Sie schnürte ihre Sachen zu einem kleinen Bündel, zog ihr Reitkleid wieder an und brachte die beiden geliehenen Kleider zum Portier hinunter. Sie sah die Veränderung in seinen Augen. Er blickte sie nicht mehr mit dem Interesse an, das eine junge Frau in ihm weckte, die für eine bekannte Zeitung in der Großstadt arbeitete. Jetzt war sie für ihn nur noch eine von vielen, die auf einen billigen Vagabunden hereingefallen waren.

Sie ignorierte die anderen Frauen in der Lobby, die sie neugierig beäugten und nur darauf warteten, daß sie wieder nach oben ging, damit sie den anderen erzählen konnten, was bei dem Picknick geschehen war.

»Miss«, sagte ein junger Mann hinter ihr, »ich habe eine Botschaft für Sie.«

Mit niedergeschlagenen Augen nahm Chris das Stück Papier entgegen, zerknüllte es in der Hand und ging damit zurück in ihr Zimmer. Sie setzte sich aufs Bett und dachte eine Weile nach. Sie kam zu dem Schluß, daß sie ihm einen letzten Besuch schuldete, um sich von ihm zu verabschieden und ihm zu sagen, sie würde zu ihrem Vater zurückkehren und dafür sorgen, daß er seine Begnadigung bekam.

Sie schrieb ein Billett für Asher, in dem sie ihm mitteilte, daß sie morgen früh ihre Reise fortzusetzen gedenke.

Mit erhobenem Kinn ging sie wieder nach unten, übergab dem Portier das Billett für Asher und verließ das Hotel. Als sie sich in die Richtung wandte, wo das Gefängnis lag, folgten ihr alsbald eine Gruppe Neugieriger, von denen sich einige kichernd miteinander unterhielten. Da kommt so ein Mädchen aus der Großstadt hierher und will uns über einen Mann belehren, obwohl wir ihn viel besser kennen als sie, schienen die Leute hinter ihr zu wispern.

Einmal versperrte ihr ein Mann den Weg, und sie mußte zu ihm hochsehen und ihn mit einem vernichtenden Blick von Kopf bis Fuß betrachten, damit er ihr den Gehsteig wieder freigab. Er spuckte ihr einen dicken Schwall Tabaksaft vor die Füße, der fast auf ihrem Schuh gelandet wäre.

Wenn die Leute ihr Idol stürzen sehen, zu dem sie sich vorher öffentlich bekannt haben, können sie sehr, sehr böse werden.

»Kann ich Ihren Gefangenen besuchen?« fragte sie den Deputy, der hinter dem Schreibtisch saß.

»Natürlich, Miss Dallas«, sagte der Hilfssheriff und holte den Schlüsselring von einem Nagel an der Wand. »Es tut mir wirklich leid, daß so etwas passieren mußte. Der Sheriff sollte morgen wieder in der Stadt sein und die Angelegenheit bereinigen. Da ist Besuch für Sie«, sagte er zu Tynan, während er die Zelle für Chris aufsperrte.

Tynan drehte sich rasch um und sah sie mit einem prüfenden und zugleich fragenden Blick an. Ihm schien nicht zu gefallen, was er sah; denn er drehte ihr gleich wieder den Rücken zu.

»Ich habe Ihre Botschaft bekommen«, sagte sie, auf ihre Hände hinunterschauend.

»Ich habe gesehen, was ich sehen wollte; und nun können Sie wieder gehen.«

Die Kälte in seiner Stimme zwang ihren Kopf in die Höhe – und ihren Zorn an die Oberfläche. »Nun erzählen Sie mir nur wieder, daß Sie unschuldig sind. So unschuldig wie damals bei der Chanry-Bande? Haben Sie etwa die Kinder vor Rory in Schutz nehmen müssen? Was war diesmal der Anlaß, daß Sie in eine Schießerei verwickelt wurden?«

»Verlasse meine Zelle, Chris«, sagte er leise. »Ich möchte nicht auch noch mit dir streiten.«

»Weil ich keinen Revolver besitze? O ja, ich kenne den Ehrenkodex des Westens. Man zieht ihn nie gegen einen unbewaffneten Mann – oder eine unbewaffnete Frau. Wie konntest du mir das nur antun? Die Leute hier haben mir *vertraut*! Sie haben mir ihre Geheimnisse gebeichtet, und ich habe sie um noch größeres Vertrauen gebeten. Ich bat sie, dir noch eine Chance zu geben, dir einen neuen Anfang zu ermöglichen. Und sie *taten* es! Aber du hattest nichts Besseres zu tun, als ihnen zu zeigen, was du wirklich bist – was ich in meiner Blindheit nicht wahrhaben wollte!«

Er stand da, mit dem Rücken zu ihr, die Arme erhoben und gegen die Wand gepreßt, und sah zum Zellenfenster hinaus.

»Schau mich an, wenn ich mit dir rede. Wenn du schon kein Gewissen hast, solltest du wenigstens so tun, als hättest du Manieren.«

Langsam drehte er sich ihr zu, und vor ihr schien ein Mann zu stehen, den sie noch nie zuvor gesehen hatte – kühl und weit weg mit seinen Gedanken.

»Ich habe dich nie im unklaren darüber gelassen, was ich bin. Ich habe dir immer wieder gesagt, daß ich nicht zu dir passe. Aber du hast nie zugehört, wenn ich dir das sagte. Du warst so sehr damit beschäftigt, der Welt zu zeigen, wie du aus einem Verbrecher einen brauchbaren Menschen machst, daß du nie darüber nachgedacht hast, wer ich wirklich war.«

»Wahrscheinlich habe ich das inzwischen begriffen.« Sie ging zur Zellentür. »Ich werde dich nicht mehr belästigen. Ich bin nur hierhergekommen, um dir zu sagen, daß ich und vermutlich auch Mr. Prescott morgen in aller Frühe die Stadt verlassen werden. Ich werde selbstverständlich dafür sorgen, daß du deine Begnadigung von meinem Vater erhältst. Deputy!« rief sie dann.

Tynan war in der nächsten Sekunde am anderen Ende der Zelle und verstellte ihr den Ausgang.

»Sie werden nicht ohne mich aus der Stadt reiten. Ich habe Ihrem Vater geschworen, daß ich Sie bei ihm abliefern werde, und ich gedenke mein Wort zu halten.«

»Natürlich, der Mann des Westens hält stets sein Wort. Für ihn mag zwar ein Gefängnisaufenthalt und das Töten eines Menschen eine banale Alltäglichkeit sein; aber sein Wort hält er immer. Deputy, Sie können mich jetzt herauslassen.«

Tynan warf die Gittertür so heftig zu, daß der Deputy gegen die Wand flog. »Sie können die Stadt morgen früh nicht verlassen. Sie können es nicht wagen, nur in Begleitung dieses Mannes quer durch's Land zu ziehen. Er hat nicht die geringste Ahnung, wie man überleben kann.«

»Ich gebe zu, daß er nicht weiß, wie man unschuldige Leute bei einem Kirchweih-Picknick niederschießt.«

»Er hat Sayers ja gar nicht niedergeschossen«, sagte der Deputy. »Sayers hat ihn von hinten angegriffen.«

»Ich wußte doch, daß Sie unschuldig sind«, sagte Chris. »Ein Mann wie Sie läßt sich nie bei einer Ungesetzlichkeit erwischen. Deputy, bitte schließen Sie mir die Tür auf.«

Ty hielt sie zu. »Chris, Sie können die Stadt nicht eher verlassen, als bis ich hier wieder heraus bin. Sie brauchen ...«

»Mr. Tynan, wenn ich darauf warten würde, bis man Sie aus den diversen Gefängnissen wieder herausläßt, käme ich nie mehr zu meinem Vater nach Hause. Lassen Sie mich eines klarstellen. Ich werde morgen früh die Stadt verlassen und mich auf den Heimweg zu meinem Vater machen. Sie werden ihre kostbare Begnadigung erhalten und mich obendrein auch noch loswerden.« Sie packte die Gittertür, riß sie auf und trat rasch hindurch. »Und falls sie auf den Umweg über die Gefängnisse von Washington doch noch bei meinem Vater eintreffen sollten, können Sie dort möglicherweise sogar die zehntausend Dollar in Empfang nehmen, für die Sie so hart gearbeitet haben. Leben Sie wohl, Sir. Ich hoffe, wir sehen uns nie wieder.«

Kaptitel 11

Asher führte sie am nächsten Morgen vor Sonnenaufgang aus der Stadt. Sie hatte am Abend zuvor noch auf seine vielen Fragen Erwiderungen gemurmelt und ihm zu verstehen gegeben, daß ihre Verlobung mit Tynan nur eine Farce gewesen sei, die ihn vor Rorys Zorn schützen sollte. Asher schien zufrieden, daß sie ihr Verhalten angemessen bereute.

Als sie am Gefängnis vorbeikamen, sah Chris Tynan als schwarze Silhouette hinter dem Zellenfenster. Sie hielt den Kopf hoch erhoben und erwiderte seinen starrenden Blick nicht. Sie würde schon weit von hier entfernt sein, wenn er diese Zelle wieder verlassen durfte.

Weder sie noch Asher waren sonderlich gesprächig während des Ritts, auf dem sie zwar die Pferde nicht abhetzten, sich aber auch nicht so viel Zeit ließen, daß sie die Landschaft hätten genießen können. Mittags legten sie eine Rast für ihre Reittiere ein und verspeisten den muffigen Zwieback, den sie sich als Proviant eingepackt hatten.

Als dann laute, hastige Hufschläge die enge Straße herunterkamen, wäre Chris fast das Herz stehengeblieben. Aber es war weder Ty noch sonst jemand, der sich für sie interessierte. Drei kräftige Männer auf struppigen, mageren Pferden preschten mit gesenkten Köpfen an ihnen vorbei, die Gesichter hinter heruntergezogenen Hutkrempen versteckt.

»Ich bin froh, daß sie nicht uns gesucht haben«, sagte Asher, als die Männer an ihnen vorbeigaloppiert waren.

Asher, wie gesagt, redete kaum mit Chris, und sie erinnerte sich daran, wie grob sie manchmal zu ihm gewesen war. Als er ihr wieder aufs Pferd hinaufhalf, nahm sie jede Gelegenheit wahr, ihm zuzulächeln. Da Tynan nicht mehr bei ihnen weilte und Chris nicht länger von seinem Licht geblendet wurde, konnte sie Asher mit neuen Augen betrachten. Dies war der Mann, den sie nach dem Wunsch ihres Vaters heiraten sollte. Dieser Mann würde nicht gleich bei jeder Kleinigkeit seinen Revolver ziehen und jemanden totschießen.

Die Sonne stand schon tief im Westen, als sie den umgestürzten Wagen sahen, und nur weil Chris durch den aufgewühlten Boden neugierig geworden war, entdeckten sie ihn überhaupt. Da waren tiefe, frische Furchen im Gras auf der Böschung, die in das Unterholz hinunterführten.

»Lassen Sie uns hier mal kurz anhalten«, rief sie, stieg vom Pferd und rannte in die Büsche hinein. Sie war ein paar Schritte in das Gesträuch vorgedrungen, als sie einen großen alten Reisewagen auf der Seite liegen sah, und darunter lugte etwas hervor, das eine Frauenhand zu sein schien.

Sie rannte wieder den Abhang zur Straße hinauf und rief nach Asher, damit er ihr helfen sollte. »Dort unten!« Sie deutete in die Büsche. »Wir müssen den Wagen aufrichten und sie aus dieser Lage befreien.«

Er zögerte einen Moment und rannte dann mit ihr zu der Stelle, wo der Wagen lag.

Sie konnten nur den Unterarm der Frau sehen; Kopf und Leib der Frau waren unter dem Fuhrwerk begraben.

»Können Sie das anheben?« fragte Chris und deutete auf eine abgebrochene Achse. »Ich werde dann versuchen, die Frau unter dem Wagen herauszuziehen.«

Asher mußte fast seine ganze Kraft aufwenden, um den Wagen so weit hochzustemmen, daß er mit der Schulter darunterkam und nun auch die Beine als Hebel benützen konnte.

»Jetzt!« rief er und hob den Wagen etwas weiter an.

Chris verlor keine Sekunde Zeit, die Frau darunter hervorzuziehen.

Asher kniete neben der Frau nieder und zündete ein Streichholz an, da das Licht der Dämmerung nicht mehr hinreichte, um Einzelheiten zu erkennen. Sie sahen, daß die Frau ganz mit Blut bedeckt war. »Sie hat mindestens drei Einschüsse«, sagte er leise.

»Aber sie atmet noch.« Chris bettete den Kopf der Frau auf ihren Schoß. »Wir werden dich zu einem Arzt bringen«, flüsterte sie der Frau zu, als diese unruhig zu werden begann.

»Mein Mann«, stöhnte die Frau. »Wo ist mein Mann?«

Chris blickte zu Asher hoch, doch der suchte schon die Umgebung des Wagens ab. Chris konnte sehen, wo er plötzlich stehenblieb, sich umdrehte und den Kopf hin und her bewegte.

»Ihrem Mann geht es gut. Er schläft im Augenblick.«

»Können Sie uns sagen, wer Ihnen das angetan hat?« fragte Asher, als er zum Wagen zurückkam.

Die Frau hatte große Mühe beim Sprechen, aus ihren Wunden floß wieder Blut. »Drei Männer«, konnte sie endlich flüstern. »Sie wünschten uns tot, weil wir von Lionel wissen. Wir waren auf dem Weg zu Lionel, um ihn zu retten.«

Plötzlich blickte die Frau zu Chris hoch mit Augen, die so rot waren wie das Blut, das aus ihrem Körper strömte. »Hilf ihm. Hilf Lionel. Versprich mir das.«

»Ja, natürlich werde ich ihm helfen. Sobald es Ihnen wieder bessergeht, werden wir beide...« Sie stockte, weil der Kopf der Frau zur Seite gefallen war. Sie war tot.

Asher setzte sich auf die Fersen zurück. »Wir müssen den Sheriff holen. Wir lassen die Leichen liegen und bringen den Sheriff hierher.«

»Chris«, sagte er scharf, weil sie angefangen hatte, die Sachen zu untersuchen, die vom Wagen heruntergefallen waren. »Was, zum Kuckuck, machen Sie denn da?«

»Ich suche nach etwas, das uns sagen kann, wer Lionel ist.«

Er faßte sie bei den Schultern und drehte sie zu sich herum. »Ich bin nicht der Meinung, daß wir uns um Angelegenheiten kümmern sollten, die diese Frau das Leben gekostet haben. Wir reiten zu Ihrem Vater, und wir lassen uns auf dem Weg dorthin durch nichts und niemanden aufhalten. Dieser Lionel wird eben selbst auf sich aufpassen müssen. Und nun reiten wir zur nächstgelegenen Stadt.«

»Wir können sie hier nicht so liegenlassen«, sagte Chris.

Zunächst sah es so aus, als wollte er protestieren; doch dann ging er zur Leiche des Mannes, hob sie auf und trug sie die Böschung zur Straße hinauf.

Chris ging zu der toten Frau, faltete ihr die Hände auf der Brust und strich ihr die Haare glatt. Obwohl es schon fast

Brust und strich ihr die Haare glatt. Obwohl es schon fast dunkel war, konnte sie erkennen, wie jung die Frau noch gewesen war und daß das Haar unter dem Blut die Farbe von reifem Weizen hatte. Viel zu jung zum Sterben, zumal eines gewaltsamen Todes, dachte Chris.

Sie richtete sich auf und betrachtete die Bündel um sich herum – ein paar Frauenkleider in einer Reisetasche; noch eine Stofftasche mit Nähsachen, eine Tasche für Männerkleider. Diese Dinge waren vom Wagen geschleudert worden, als er die Böschung hinuntergerollt war. Und da sah sie etwas im erlöschenden Abendlicht aufblitzen. Als sie es aufhob, entdeckte sie, daß es ein kleines in Leder gebundenes Buch mit einer Messingschließe war.

Sie suchte rasch in der Reisetasche des Mannes, fand eine Schachtel mit Streichhölzern, zündete eines davon an und überflog eine Seite des Büchleins. Wie sie gehofft hatte, war es ein Tagebuch, und ehe Asher es sah, las sie die Worte: »Wir müssen ihm helfen«, und »Lionels Leben könnte in Gefahr sein. Er ist ja noch ein Kind und hat nur uns.«

Als sie Asher hinter sich hörte, klappte sie rasch das Buch zu und schob es in die Tasche ihres Reitkleides.

Sie ließen den umgestürzten Wagen und die Bündel neben der Böschung zurück, damit der Sheriff sie dort in Augenschein nehmen konnte, stiegen zurück in den Sattel und ritten nach Süden.

Sie kamen zu einem Rasthof, und Chris hörte nur mit halbem Ohr zu, als Asher über das Essen und den Schmutz klagte und sich dafür bei ihr entschuldigte. Während sie sich über einen Teller mit angebrannten Bohnen beugte, mußte sie immer wieder an das Tagebuch denken.

Als Chris endlich in ihrer Unterkunft allein war, setzte sie sich aufs Bett und begann das Tagebuch durchzulesen. Es fing vor drei Jahren an, als Diana Hamilton den Mann geheiratet hatte, den sie für den klügsten Menschen auf Erden hielt: Whitman Eskridge. Sie brauchte nur zwei Monate, um festzustellen, daß er sie nur ihres Geldes wegen geheiratet hatte. In einem halben Jahr hatte er alles ausgegeben, was sie in die Ehe mitgebracht hatte, und verlangte mehr.

Chris las, wie dieser Mann sich allmählich eine Beteiligung an den Geschäften der Hamiltons erschlichen hatte – und nachdem Dianas Vater Selbstmord begangen hatte, mußte sie entdecken, daß Whitman Firmengelder unterschlagen hatte.

Die Gesellschaft hatte Konkurs anmelden müssen, doch Diana stand in diesem Skandal und während der öffentlichen Versteigerung des Besitzes zu ihrem Mann. Als er zu ihr sagte, daß er in Zukunft bei ihren reichen Verwandten im Territorium von Washington leben wolle, hatte Diana sich widerstrebend damit einverstanden erklärt. Sie hatte ihrem Vetter, Owen Hamilton, den sie in ihrem Leben noch nie gesehen hatte, einen Brief geschrieben, in dem sie ihn um Mitleid und christliches Erbarmen bat – und um ein Dach über den Kopf für ihren Mann und sich.

Dann folgte eine Reihe von Tagen, in denen nichts eingetragen war; Diana nahm dann ihre Tagebucheintragungen mit dem Bekenntnis wieder auf, daß Whitman ihr mitgeteilt habe, Owen würde Lionel bestehlen. Chris fand das verwirrend, bis sie ein paar Seiten weitergelesen hatte. Den Angaben im Tagebuch zufolge war Lionel der eigentliche Besitzer der Hamiltonschen Liegenschaften im Washington-Territorium. Lionel war ein Knabe von elf Jahren, und alles, was er besaß, wurde von seinem Onkel als Treuhänder verwaltet, also von Dianas Vetter, den sie schriftlich um Unterkunft gebeten hatte. Und Owen Whitman hatte nun irgendeinen Beweis gefunden, daß Owen Hamilton seinen Neffen um sein Erbe betrog.

Unglücklicherweise fand Chris in dem Tagebuch keine Angabe, was das für ein Beweis war.

Es dauerte Stunden, bis sie das Tagebuch durchgelesen hatte, und dann schlief sie mit dem in Leder gebundenen Buch auf dem Schoß ein. Sie träumte, daß sie Diana Eskridge sei.

»Chris, wachen Sie auf«, sagte Asher und rüttelte sie an

der Schulter. »Ich habe sogar mit der Faust gegen Ihre Tür geschlagen, bekam aber keine Antwort. Sind Sie die ganze Nacht auf gewesen und haben dieses Buch durchgelesen?«

Gähnend nickte Chris.

»Ich hoffe, die Lektüre hat sich wenigstens gelohnt. Ich bin eben erst aus der Stadt zurückgekommen und wollte Ihnen nur mitteilen, daß der Sheriff die beiden Leichen geborgen hat. Ich werde mich jetzt zum Schlafen niederlegen. Wir sehen uns dann beim Dinner.«

Chris war zwar müde; aber diesmal wollte sich kein rechter Schlaf mehr einstellen. Sie konnte nur noch an das Tagebuch denken und träumte von den Dingen, die sie darin gelesen hatte. Es war so ungerecht, daß eine so hübsche junge Frau nur Schlimmes in ihrem Leben erfahren hatte. Und was würde nun aus dem armen kleinen Jungen werden, dessen Erbe sie hatte retten wollen? Lionel hatte nun keinen anderen Verwandten mehr außer seinem betrügerischen Onkel.

Bis zum Abend war sie dann davon überzeugt, daß sie dieser jungen Frau, die in ihren Armen gestorben war, etwas schuldig sei. Ihre Leiden und Schmerzen sollten nicht vergeblich gewesen sein.

Beim Abendessen bat sie Asher dann um eine genaue Beschreibung der jungen Frau.

»Chris, wie kann man nur so morbide sein?«

»Glauben Sie, daß sie eine Figur hatte wie ich? Hatte sie auch sonst irgendeine Ähnlichkeit mit mir?«

Als er einsehen mußte, daß sie nicht eher Ruhe geben würde, bis er ihre Fragen beantwortet hatte, tat er ihr den Willen. »Warum erzählen Sie mir nicht, was Sie mit Ihren Fragen bezwecken?« sagte er leise.

Chris erstickte fast daran, daß sie ihm alles viel zu rasch vortragen wollte. Als sie sich einigermaßen beruhigt hatte, begann sie von vorn. Zunächst erzählte sie ihm von dem Tagebuch und der elenden Ehe der Diana Eskridge. »Sie hatte nie eine Chance, glücklich zu sein. Und sie war auf dem Weg zu einer sehr guten Tat. Sie wollte ihren Vetter retten, den ein böser Onkel um seinen Besitz brachte, als sie ermordet wurde.«

Asher blickte auf seinen Teller hinunter. »Ist Ihnen nicht der Gedanke gekommen, daß es vermutlich der böse Onkel war, der sie umbringen ließ?«

»Natürlich ist mir dieser Gedanke gekommen. Doch die Bitte der Sterbenden lautete, daß ich ihr helfen sollte, Lionel zu beschützen.«

»Und wie gedenken Sie das zu tun? Indem sie zu seinem Onkel gehen und sagen: ›Entschuldigen Sie, aber Sie bestehlen Ihren Neffen? Und falls das zutrifft, würden Sie dann so liebenswürdig sein, sich für den Rest Ihres Lebens in ein Gefängnis zu begeben?‹ Wirklich, Chris! Das ist doch absurd!«

Chris holte tief Luft. »Ich hatte mir gedacht, daß ich mich vielleicht als Diana Eskridge ausgeben könnte, da der Vetter seine Kusine ja nie gesehen hat.«

Asher fiel die Kinnlade herunter. Er starrte sie an und sagte: »Aber wenn der Onkel ihres Vetters derjenige war, der diese Diana umbringen ließ – meinen Sie dann nicht, daß er sofort mißtrauisch werden muß, wenn Sie ihm ins Haus schneien?«

»Ich glaube nicht, daß er sich vor mich hinstellen und sagen könnte, ich sei tot – oder?«

»Doch nicht *Sie*, sondern Diana Eskridge! Damit werden Sie nicht durchkommen. Es gibt zu viel, was Sie nicht von ihr wissen. In welchem Verwandtschaftsgrad stehen Sie überhaupt zu diesem Vetter und Onkel? Vielleicht hatte diese Diana ein Muttermal als Familienkennzeichen. Es gibt tausenderlei Dinge, über die Sie nicht Bescheid wissen. Warum hat sie diesen Onkel nicht schon früher kennengelernt? Nein, Sie werden in dieser Rolle niemals überzeugen können.«

Chris blickte auf ihren Teller nieder und versuchte sich zu beherrschen; aber sie spürte, wie ihr die Tränen kamen.

»Aber was haben Sie denn, Chris?« fragte Asher und langte nach ihrer Hand.

»Tynan«, war alles, was Chris schluchzend hervorbringen

konnte. Sie hörte, wie Asher geräuschvoll Luft holte, und da merkte sie, daß sie zum erstenmal ein Geständnis abgelegt hatte, wie groß die Zuneigung zu ihrem Pfadfinder tatsächlich gewesen war. Aber im Augenblick spielten Geheimnisse für sie keine Rolle. Sie konnte nur noch an Tynan denken.

Asher hielt ihre Hand fest. »Wenn Sie nun Diana Eskridges Vetter wirklich besuchen würden – was ist dann mit ihrem Ehemann? Würde Owen Hamilton nicht erwarten, daß sie beide zu ihm kommen? Sie können ihm doch nicht erzählen, daß Ihnen der Ehemann auf dem Weg in den Westen abhanden gekommen ist, oder?«

»An ihn habe ich gar nicht gedacht«, sagte Chris, sich mit dem Handrücken die Augen wischend. »Vielleicht könnte ich als Witwe zu ihm kommen. Die Windpocken haben ihn dahingerafft, ein tollwütiger Hund hat ihn gebissen, oder vielleicht haben ihn auch die Indianer der Prärie umgebracht...«

»Und wenn Sie nun *mit* ihm kämen?« unterbrach Asher sie. »Was ist, wenn Sie ihm *mit* Ihrem Mann ins Haus schneien würden?«

»Sie meinen, ich sollte Tynan dazu überreden, daß er als mein Ehemann fungiert? Obwohl er eine so schlechte Meinung vom Ehestand hat? Wahrscheinlich würde er Owen schon am ersten Tag mit einem Revolver bedrohen. Er würde zweifellos...«

»Könnten Sie sich diesen Mann nicht mal für eine Sekunde aus dem Kopf schlagen?« fragte Asher wütend. »Ich habe an mich selbst gedacht.«

»Sie als mein Mann?« fragte Chris und musterte ihn ungläubig.

Asher gab ihren Blick verärgert zurück. »Wollen Sie diesem Lionel nun helfen oder nicht?« forschte er.

»Ja doch; aber... nein. Sie können das wirklich nicht machen. Ich bin sicher, daß Sie zu dieser Zeit längst woanders sein müssen, und einen Ort, wo Sie für jemanden, den Sie gar nicht kennen, Ihr Leben aufs Spiel setzen müßten, wäre wohl das letzte, was Sie sich wünschten. Nein, diese Mission muß ich ganz allein übernehmen. Ich werde sagen, mein Mann wurde von durchgehenden Pferden getötet, als der Zug hielt, um frisches Wasser aufzunehmen. Oder vielleicht ist ihm das Brunnenrohr auf den Kopf gefallen, hat ihn bewußtlos geschlagen, und er ist mitten in der Wüste ertrunken. Ich werde mir einen ganz schlimmen Tod für Mr. Whitman Eskridge ausdenken. So, wie er seine Frau behandelte, hat er nichts Besseres verdient.«

»Chris, wenn Sie mich nicht mitnehmen, damit ich auf Sie aufpassen kann, werde ich Ihrem Vater erzählen, wo Sie sich aufhalten und was Sie sich vorgenommen haben.«

»Das würden Sie nicht tun«, hauchte sie.

»Dann lassen Sie es doch darauf ankommen«, erwiderte er mit schmalen Augen.

Chris bewegte sich von ihm weg, und erst jetzt wurde ihr bewußt, mit welcher Heftigkeit er zu ihr gesprochen hatte. Er hatte schon mehrmals den Versuch gemacht, ihr zu zeigen, wie sehr er sie mochte, doch diesmal spürte sie, daß er aufrichtig wünschte, ihr zu helfen.

Asher lächelte ihr zu. »Natürlich muß ich erst das Tagebuch lesen, bevor wir aufbrechen, damit ich weiß, was für ein Hundesohn... oh, pardon.« Er grinste. »Glauben Sie, daß Sie die gehorsame kleine Ehefrau spielen können, die ihrem Mann immer recht gibt, egal, was er tut?«

Christianas Lippen wurden schmal wie ein Strich. »Ich kann jede Rolle spielen, wenn das die Umstände erfordern. Woher sollte Owen Hamilton wissen, wie ich mich als Frau verhalte?«

»Wenn er der Mann ist, für den Sie ihn halten – ein Schuft, der ein Kind um sein Erbe betrügt und seine Verwandten umbringen läßt – dann wird er auch alle Menschen, mit denen er sich abgeben muß, vorher gründlich ausforschen lassen. Bestimmt weiß er längst, daß Dianas Vater Selbstmord verübte, und er wird auch von den Unterschlagungen gehört haben« – er zwinkerte ihr zu –, »die ich begangen habe.«

»Sie sind willens, Ihr Leben für eine Sache aufs Spiel zu setzen, die Sie gar nichts angeht?« Sie mochte immer noch nicht glauben, daß er bei diesem Unternehmen mitmachen *wollte*. Hatte er sie tatsächlich so gern? Oder dachte er dabei nur an das Geld ihres Vaters?

»Wenn Sie als Nola Dallas nicht so oft ihr Leben auf Spiel gesetzt hätten, müßten wir heute auf viele Reformen, die Sie damit erreicht haben, verzichten. Chris, es ist mir eine Ehre, Ihr Ehemann zu sein – ob nur für eine Nacht oder für immer.«

»Oh«, hauchte Chris mit zuckenden Lidern.

»Wollen wir jetzt damit beginnen, einen Plan für dieses Unternehmen zu entwerfen?« fragte Asher. »Ich würde vorschlagen, daß wir heute und vielleicht auch noch morgen hierbleiben, das Tagebuch laut vorlesen und uns dabei über alle Wesenszüge von Diana Eskridge und deren Ehemann klarwerden. So werden Sie wenigstens gut vorbereitet in dieses gefährliche Abenteuer gehen. Einverstanden?«

Chris blickte durch den Vorhang ihrer Wimpern zu Asher hinüber, der lächelte, als bewegten ihn überaus erfreuliche Vorstellungen. Morgen um diese Zeit würde dieser Mann ihr Gemahl sein – gewissermaßen.

Als er sich ihr wieder zudrehte und sie ansah, bemerkte sie zum erstenmal, was für dicke Wimpern er hatte. Und der Blick, mit dem er sie musterte, machte sie ziemlich nervös. Sie bewegte sich unruhig auf ihrem Stuhl, während sie zuhörte, wie er sich das Ganze vorstellte.

Kapitel 12

Owen Hamiltons Haus war ein dreistöckiges Anwesen an der Pazifikküste von Washington, nicht weit vom Meer entfernt. Sie hatten sich drei Tage Zeit für ihre Vorbereitungen genommen, ehe sie in einen Reisewagen stiegen, der fünfzehn Jahre alt sein mußte, und nach Westen fuhren.

Asher und sie hatten auf dem Weg zu Hamiltons Haus sehr viel miteinander geredet und sich gegenseitig immer wieder an

Einzelheiten erinnert, die sie wissen mußten, wenn sie dieses Abenteuer erfolgreich überstehen wollten. Sie verbrachten die Nacht in einem Rasthaus in getrennten Zimmern und brachen dann ganz früh am Morgen zur letzten Etappe auf.

Als sie nur noch wenige Meilen von Hamiltons Haus entfernt waren, wandte sich Asher noch einmal mit den Worten an sie: »Das ist deine letzte Chance, Chris. Wenn du lieber von der Sache zurücktreten möchtest, ist jetzt noch Gelegenheit dazu.«

»Nicht, wenn du es nicht willst.«

Asher lachte leise. »Für mich geht ein Männertraum in Erfüllung. Ich werde Tag und Nacht mit einer schönen jungen Lady zusammensein und etwas Nützliches mit meiner Zeit anfangen, statt von einer Bank zur anderen zu fahren und um Kredite zu bitten, die sie mir sowieso nicht geben wollen. Vielleicht ist es mir sogar vergönnt, etwas von dieser Befriedigung zu empfinden, die dir zuteil wird, wenn du anderen Menschen hilfst. Kann ich mir noch mehr wünschen?« Er schielte aus dem Augenwinkel zu ihr hin. »Nebenbei bemerkt, möchte ich die Zeit auch nützen, um dich für mich zu gewinnen. Wenn wir hier wieder abreisen, habe ich mir vorgenommen, sollst du in mich verliebt sein.«

»Was willst du – mich oder mein Geld?« fragte sie mit einer hochgezogenen Braue.

»Hat dein Revolverheld dir das erzählt?«

»Nein«, sagte sie wahrheitsgemäß, »aber stimmt es etwa nicht, daß mein Vater dich in der Hoffnung, daß ich mich in dich verlieben würde, mit dieser Rettungsmission betraut hat? Es ist der sehnlichste Wunsch meines Vaters, daß ich heirate, zu Hause bleibe und Kinder bekomme.«

Er lächelte sie an und ließ die Zügel auf den Pferderücken klatschen, damit es schneller trabte. »So war es anfangs gewesen, wo ich sogar einen dreiköpfigen Straußenvogel geheiratet hätte, wenn ich überzeugt gewesen wäre, damit meine Selbstachtung zurückzugewinnen. Doch in Wahrheit hat das alles für mich eine viel größere Bedeutung gewonnen, Chris. Du bist die mutigste Frau, die mir in meinem Leben begegnet ist. Du bist die... die interessanteste Frau, die mir jemals begegnet ist. Und wenn wir neunzig Jahre miteinander lebten, würde ich mich keinen Tag mit dir langweilen, glaube ich.«

Chris mußte lachen. »Ich glaube, das war eines der nettesten Komplimente, die ich in meinem Leben bekommen habe.«

»Und nun, da dieser aufgeblasene Kriminelle aus dem Weg ist, glaube ich eine Chance zu haben. Ich werde nie begreifen, warum Ihr Ladies auf so einen Typ hereinfallt.«

Chris sah, wie er mit den Achseln zuckte. War Tynan wirklich nur ein Typ? überlegte sie. Sie hatte doch in ihm etwas Besonderes, Einmaliges gesehen. Vielleicht war sie nur durch seine außerordentliche äußere Schönheit geblendet worden. Ein Pferd, das sie im Galopp überholte, ließ ihr Herz einen Schlag aussetzen; aber es war nur ein Cowboy. Sie sank gegen die Rücklehne des Kutschsitzes zurück und entspannte sich so weit, wie das bei dem ungefederten Fuhrwerk möglich war. »Sie haben meine Erlaubnis, es zu versuchen, Mr. Prescott«, sagte sie. »Es zu wagen.«

Zwei Stunden später trafen sie in dem Haus von Owen Hamilton ein.

»Und vergiß jetzt nicht, daß du Diana Eskridge bist, eine sich bescheiden gebende Frau von sanftem Wesen, und nicht die berühmt-berüchtigte Nola Dallas. Wenn du aus der Rolle fällst, werde ich dich zurechtweisen.«

Chris sah mit großen Augen zu ihm hoch, aber ehe sie etwas sagen konnte, erschien eine dicke, mit einer Schürze bekleidete Frau unter der Haustür, und Chris ließ den Kopf sinken. Sie hatte sich ein Kleid angezogen, das ihrer Meinung nach Dianas Geschmack entsprochen hätte: aus bescheidenem Kalikostoff mit kleinen Mustern, von gedeckter Farbe und gänzlich aus der Mode. Das war das Kleid einer Frau, die ihrem Mann erlaubte, ihr das Leben so sauer wie möglich zu machen.

»Sie müssen die Eskridges sein«, sagte die dicke Frau mit dem breiten Gesicht. »Wir erwarten Sie schon seit Tagen und haben uns Sorgen Ihretwegen gemacht. Stellen Sie nur Ihre Taschen so lange hierher, bis ich Mr. Owen geholt habe.« Sie ging geradewegs auf eine Treppe zu und hielt auf halber Höhe noch einmal an. »Übrigens, ich bin Unity«, rief sie über die Schulter.

Chris machte noch ein paar Schritte in den Raum hinein. Sie befand sich in der Eingangshalle, mit einem Musikzimmer zu ihrer Rechten und einem Salon zu ihrer Linken, ein Stück weiter sah sie rechts den Durchgang in ein Speisezimmer. Sie blickte hoch, als ein Mann die Treppe herunterkam. Er war groß und breitschultrig und trug ein schmales Bärtchen über vollen Lippen. Man würde wohl alles hinter dieser Erscheinung vermutet haben, nur keinen Schuft und Mörder. Er lächelte auf eine so angenehme Weise, daß Chris ihm am liebsten gesagt hätte, wer sie beide wirklich waren.

»Du mußt Diana sein«, sagte er mit einer tiefen Stimme, zu der man unwillkürlich Vertrauen faßte. »Endlich lernen wir uns persönlich kennen.«

Sie gab ihm die Hand. »Ja, endlich«, murmelte sie. »Darf ich dir meinen Gatten Whitman vorstellen? Wir können dir nicht genug danken, daß du uns in dein reizendes Haus eingeladen hast.«

Er lächelte sie beide mit echter Wärme an. »Sage so etwas nicht. Ich bin froh, wenn ich Gesellschaft bekomme und Unity endlich jemand hat, den sie verwöhnen kann. Du wirst vermutlich erschöpft sein von der Reise. Ich werde dir dein Zimmer zeigen. Ungefähr in einer Stunde gibt es Essen, aber später werdet ihr mich wohl entschuldigen müssen, denn ein Berg unerledigter Briefe wartet auf mich. Zudem hat sich unerwarteterweise ein Käufer aus dem Osten für übermorgen angesagt, und ich muß mich auf seinen Besuch vorbereiten. Macht es euch hier bequem. Hinter dem Haus ist ein Garten, der euch vielleicht gefällt. Hier sind wir schon.« Er öffnete die Tür zu einem großen, geräumigen Zimmer mit einem riesigen Himmelbett für zwei Personen, einem Schrank und einer Sitzbank unter einem Erkerfenster. Chris bemerkte voller Erleichterung eine

Couch an einer Wand, die zur Ersten Hilfe bei Ohnmachtsanfällen diente. Asher folgte ihrem Blick und blinzelte ihr zu, daß sie ganz rot im Gesicht wurde.

»Das ist mehr, als wir für unsere Zwecke benötigen«, sagte Ash. »Vielen Dank.«

»Wenn ihr etwas braucht, müßt ihr nur rufen. Wir legen keinen Wert auf Förmlichkeiten. Unity hält sich in der Regel unten in der Küche auf, aber zuweilen könnt ihr mich auch im Obergeschoß finden. Dort habe ich Billardtische aufstellen lassen und eine komplette Bar eingerichtet – mir einen großen Luxus im Leben geleistet. Ich sehe euch also um halb eins im Speisezimmer.« Er schloß die Tür hinter sich und ließ die beiden allein.

Asher setzte sich auf das Bett und wippte auf und nieder, um die Federn zu prüfen. »Ich möchte nicht, daß es quietscht. Die meisten Ehen sind an zu lauten Matratzen gescheitert...«

»Er hat Lionel mit keinem Wort erwähnt«, sagte Chris, Ash unterbrechend. »Glaubst du, daß Lionel sich hier im Haus befindet? Oder hältst du es für möglich, daß ihm bereits etwas zugestoßen ist?«

»Du meinst, ob er ihn unter den Rosenbüschen verbuddelt hat? Owen sieht mir nicht danach aus, als würde er anderen nach dem Leben trachten. Tatsächlich ist mir noch kein Mann begegnet, der seinen mittellosen Verwandten mit so offenen Armen empfing wie dieser Owen. Wie wäre es mit einem kleinen Nickerchen vor dem Dinner?«

»Ich möchte doch sehr hoffen, daß du nicht ständig Anspielungen machst auf die... die Intimitäten eines Ehepaares. Ich denke, ich werde mich mal im Garten umsehen, den Owen erwähnte. Ein elfjähriger Junge könnte sich dorthin zum Spielen zurückgezogen haben.«

Chris ging die Treppe zur Küche hinunter. Sie traf Unity nicht dort an. Aber die Speisen, die auf dem Herd standen, dufteten herrlich. Chris hatte ein Gefühl, als habe sie seit Jahren keine ordentliche Mahlzeit mehr gegessen.

Der Garten hinter dem Haus war wunderschön, voller Azaleen, wilder Gebirgsblumen und Knollenpflanzen. Er war offensichtlich die große Liebe eines der Hausbewohner, und Chris tippte auf Owen Hamilton. Sie entdeckte eine große, geschwungene Steinbank unter einer Douglastanne, nahm darauf Platz, lehnte sich gegen den Stamm zurück und schloß die Augen. Noch nie hatte sie ein so großes Heimweh gehabt wie in diesem Moment. Ihre Mutter hatte früher so einen Garten gehabt, aber nach ihrem Tod hatte ihn ihr Vater verwildern lassen. Sooft sie nach Hause zu Besuch kam, hätte sie fast geheult, wenn sie den von Unkräutern überwucherten Garten sah. »Du solltest eben zu Hause bleiben und dich darum kümmern«, pflegte ihr Vater dann jedesmal zu sagen.

»Du darfst hier nicht sitzen. Das ist *meine* Bank.«

Chris öffnete die Augen und sah einen Jungen vor sich stehen. Er hatte eine entfernte Ähnlichkeit mit Owen; aber während Owens Gesicht vor Liebenswürdigkeit strahlte, zeigte dieser Knabe Unmutsfalten.

»Du mußt Lionel sein«, sagte sie lächelnd. »Ich bin ...«

»Ich weiß, wer du bist. Du bist eine arme Verwandte, die hier von meinem Geld leben möchte. Und jetzt steh auf und verdrück dich.«

Chris blieb sitzen und sah ihn nur an.

Lionel verfärbte sich dunkelrot. »Ich habe dir doch gesagt, daß du aufstehen sollst! Das ist *meine* Bank; das ist *mein* Garten! Muß ich erst meinen Onkel rufen, damit du meinem Befehl gehorchst?«

»Nun, ich denke, das wirst du wohl tun müssen«, sagte Chris und fragte sich, wie Owen sich wohl verhalten würde, wenn man ihn von seinen Schreibarbeiten wegrief, damit er einem Gast des Hauses sagen sollte, er habe seinen Sitzplatz für einen ungezogenen kleinen Jungen zu räumen.

Lionels Gesicht nahm allmählich wieder eine normale Färbung an, aber Chris merkte, daß sein Zorn jeden Moment wieder ausbrechen konnte. »Du hast mir zu gehorchen.«

»So? Und warum?«

»Weil mir hier alles gehört und du von meiner Mildtätigkeit lebst.«

Chris lächelte ihn vielsagend an. »Du scheinst mir aber in diesem Moment diese Bank nicht zu besitzen. Manieren allerdings auch nicht. Sollen wir noch einmal von vorn anfangen? Ich bin deine Kusine Diana Eskridge.«

Lionel wich einen Schritt zurück, bückte sich blitzschnell, nahm eine Handvoll Erde aus einem Blumenbeet und schleuderte sie gegen ihr frischgebügeltes Kleid. Ehe Chris einen Ton sagen konnte, rannte er davon.

Chris stand von der Bank auf, besah sich ihr Kleid und ging dann zum Haus zurück.

Unity, die gerade eine Backform mit Maisbrot aus dem Ofen nahm, sah hoch. »Wie ich sehe, haben Sie Lionel eben kennengelernt. Setzen Sie sich hierher, Honey, und ich mache Ihnen das Kleid gleich wieder sauber. Dieser Junge wird uns noch alle ins Grab bringen.«

»Ich weiß, es geht mich nichts an – aber hat jemand diesen Jungen schon mal übers Knie gelegt?« Sie nahm Unity das feuchte Tuch ab, das diese ihr zureichte.

»Ich habe ihn schon so oft dermaßen verprügelt, daß mir fast die Hände abgefallen sind. In meinem Alter weiß man, daß Kinder so verschieden sein können wie Tag und Nacht. Manche kann man mit einem Blick zum Gehorsam bringen, die meisten mit einer Birkenrute – und dann gibt es noch Lionel. Bei dem schlägt *nichts* an. Glauben Sie mir – sein Onkel hat alles bei ihm versucht.«

»Und wie wäre es mit Güte?« fragte Chris, die sich den Lehm vom Kleid putzte. »Schließlich ist er ein Waisenkind.«

»Sie sind ja erst eine halbe Stunde hier. Aber Sie werden schon noch merken, daß Mr. Owen die Güte in Person ist. Ihm bricht fast das Herz, wenn er den Jungen mit einem Rohrstock vertrimmen muß. Jahrelang weigerte er sich, ihn zu züchtigen. Er sagte immer, es wäre sein Wunsch, daß sich der Junge hier so wohl fühlen soll, wie es bei seinen leiblichen Eltern der Fall wäre. Aber ich habe Lionel ja schon als Säugling gekannt.«

Chris wußte nicht, ob Diana über Lionels Vergangenheit unterrichtet war; doch sie mußte die Frage riskieren: »Sie sind schon mit Lionel zusammengewesen, ehe er zu seinem Onkel kam?«

»Oh, ich vergesse immer wieder, daß Sie gar nichts über uns wissen.«

»Wenn Sie mir die Schüssel mit den Erbsen herüberreichen, werde ich sie für Sie enthülsen«, sagte Chris.

»Also – das soll mir aber nicht einreißen. Sie gehören schließlich zur Familie. Doch heute dürfen Sie mir ausnahmsweise helfen. Wo war ich stehengeblieben? Ach so, ja – ich habe für Mr. Owens Bruder und Schwägerin gearbeitet und war in jener Nacht zugegen, als Mrs. Laura mit dem kleinen Lionel niederkam. Das ist eine frohe Nacht gewesen. Doch nur sechs Monate später kamen sie dann in diesem Feuer um. Lionel war also erst sechs Monate alt, als er den ganzen Besitz erbte, und Mr. Owen sollte ihn verwalten, bis Lionel einundzwanzig wurde. Er hat sein Bestes getan, aber dieser Junge...« Sie überließ es der Phantasie von Chris, sich auszumalen, was ungesagt blieb.

Mehr konnte Chris nicht aus der Frau herausbekommen, die den Rest der Zeit, die sie zusammen in der Küche verbrachten, nur von Owen schwärmte und was für ein Glück sie habe, daß sie für ihn arbeiten durfte. Chris dachte, es wäre wohl der Wunschtraum jedes Hauseigentümers, eine ihm so ergebene Angestellte zu finden.

Lionel fand sich mit schmollendem Gesicht verspätet zum Mittagessen ein. Owen begrüßte ihn und stellte ihn seiner Kusine Diana und deren Mann Whitman vor; doch Lionel musterte die beiden nur mit einem finsteren Blick und begann dann, das Essen auf seinem Teller hin und her zu schieben. Zweimal ertappte Chris ihn dabei, wie er sie besonders feindselig anstarrte, was sie beide Male mit einem Lächeln quittierte.

»Was für ein verzogener Fratz«, sagte Ash, als sie allein waren in ihrem Zimmer im Oberstock. »Hat denn noch keiner diesem Früchtchen die Rute zu schmecken gegeben? Und weshalb ißt er überhaupt mit den Erwachsenen am selben Tisch?«

»Vermutlich, weil ihm das Haus gehört«, sagte Chris, während sie ihre bescheidene Garderobe in den Schrank hängte.

Asher fuhr mit der Hand über das Möbelstück. »Ich hätte nie gedacht, daß ich mich in einen Schrank verlieben könnte. Erinnerst du dich noch, wie ich dich kennenlernte? Ich sagte zu Tynan, daß wir uns unmöglich im Schlafzimmer einer Frau verstecken könnten, doch er meinte, wir müßten dich entführen, ohne daß du Lärm schlägst. Wir dachten, du würdest im Bett liegen, aber das war leer, und als wir dich kommen hörten, verbargen wir uns rasch im Kleiderschrank.«

»Ich möchte nicht an ihn erinnert werden.«

»An wen? An ihn? Du meinst doch nicht diesen billigen Revolverhelden, oder? Ich glaubte, du wärst längst über diese Geschichte hinweg? Ich dachte, du wolltest ihn nach diesem Vorfall beim Picknick nie mehr wiedersehen.«

»Will ich auch nicht. Könnten wir nicht über was anderes reden? Zum Beispiel darüber, wie wir herausfinden können, was in diesem Haus eigentlich vorgeht? Worüber ist dieses Kind so unglücklich?«

»Er ist verwöhnt bis auf die Knochen – das fehlt ihm. Wenn du selbst Kinder hättest, würdest du das wissen.«

»Hast du denn Kinder, weil du dich in diesem Punkt für so kompetent erklärst?«

»Ich kenne mich zumindest so gut in dieser Materie aus, daß ich weiß, was ich sehe. Man hat ihm jeden Wunsch erfüllt; aber er erwartet noch mehr. Chris, laß uns nicht wegen dieses Früchtchens streiten, sondern die Zeit genießen, die wir hier zusammen verbringen.« Er streckte beide Arme nach ihr aus, und seine Hände berührten sie fast. Doch sie wich ihm im letzten Moment aus.

»Ich gehe in den Garten hinunter. Ich sehe dich dann später. Vielleicht kannst du dich inzwischen bei Owen nützlich machen und etwas aus ihm herausbekommen. Wir sind hier, um für eine Story zu recherchieren, und genau das werde ich tun.«

Chris verließ mit einem Seufzer der Erleichterung das Zimmer. Sie hatte nicht viel Zeit an den Gedanken verschwendet, daß sie hier mit einem Mann zusammenleben und Tag und Nacht das gleiche Zimmer mit ihm teilen mußte. Doch nun erkannte sie bereits das Problem, vor das dieser Zustand sie stellte.

Im Erdgeschoß fand sie dann Owen und Unity mit betretenen Gesichtern vor. »Ich werde mich darum kümmern«, hörte sie Unity sagen. »Gehen Sie nur wieder an Ihren Schreibtisch zurück, wo Sie hingehören.«

Chris biß sich auf die Zunge, damit sie nicht ihrer Neugierde nachgab und fragte, was Lionel denn nun wieder angestellt habe. Sie bot nur höflich ihre Hilfe an, falls es irgendwelche Probleme gäbe.

»Nur eine von diesen Komplikationen im Haushalt, die immer mal auftreten können«, sagte Owen. »Aber heute muß ich tatsächlich meine Arbeit erledigt haben, ehe dieser Kunde aus dem Osten eintrifft, und habe keine Zeit, mich ...«

»Kann ich da nicht helfen?« fragte Chris. »Ich habe meinem Vater jahrelang den Haushalt geführt.«

»Wir können dich unmöglich bitten ...«, begann Owen und hielt dann wieder inne. »Diana, ich wäre dir ewig dankbar, wenn du helfen könntest. Unity hat alle Hände voll zu tun und kann sich nicht auch noch darum kümmern. Vor fünf Minuten hat mir mein Gärtner gesagt, er müsse nach San Francisco reisen, um sich um seine kranke Schwester zu kümmern, und er habe seinen Vetter engagiert, damit er an seiner Stelle den Garten pflegt – nur kenne ich diesen Mann überhaupt nicht und bräuchte Tage dazu, ihm zu erklären, was ich von ihm als Gärtner erwarte.«

»Überlaß das nur mir«, sagte Chris. »Ich werde mich um alles kümmern. Wo sind die Gärtner? Der alte und der neue, meine ich? Ich werde mir von dem alten Instruktionen holen und sie an den neuen weitergeben – und mir auch die Zeugnisse dieses Vetters zeigen lassen.«

Owen betrachtete sie mit schiefgelegtem Kopf, und Chris dachte bei sich: Vielleicht habe ich eben einen Fehler gemacht. Diana Eskridge sollte doch eine Maus von einer Frau sein, und nicht eine, die sich sofort zutraute, einem anderen Mann den Haushalt zu führen. Doch andererseits fanden Männer auch nichts Besonderes daran, daß Frauen ihnen den Haushalt versorgten. Eine Frau konnte einen ganze Armee von Angestellten befehligen und vermochte dennoch ihren Mann nicht von dem Vorurteil abzubringen, daß sie zu dumm sei, mit einem Zwanzigdollarschein richtig umzugehen.

»Diana, ich wäre dir wirklich sehr zu Dank verpflichtet, wenn du mir in dieser Krise helfen könntest. Bei Haushaltsproblemen bin ich wirklich überfragt.«

Chris erwiderte mit einem schüchternen Lächeln: »Ich helfe dir gern, soweit ich das kann.«

»Al erwartet mich mit seinem Vetter im Garten. Ich überlasse das alles jetzt dir.«

Chris war froh, daß sie etwas tun durfte, und ging mit einem zufriedenen Lächeln hinaus in den Garten. Vielleicht konnte sie etwas von Owen erfahren, wenn sie während der Arbeitszeit öfter mit ihm zusammen war. Sobald sie ihm half, wo sie konnte, durfte sie logischerweise erwarten, daß er ihr gegenüber mitteilsamer wurde.

Sie bog um eine Hausecke und sah sich einem Mann gegenüber, dem sie unter keinen Umständen wiederbegegnen wollte. »Sie!« fauchte sie. »Verschwinden Sie von hier!« Sie machte auf der Stelle kehrt und ging zum Haus zurück.

Tynan lief ihr nach und faßte sie am Arm. »Behandeln Sie neue Angestellte immer so? Wollen Sie Hamilton mitteilen, daß Sie mich nicht engagieren können und aus welchem Grund nicht?«

Sie blieb stehen und funkelte ihn an. »Ich habe Ihnen doch gesagt, daß ich Sie nie mehr wiedersehen möchte.«

»Und ich habe Ihnen gesagt, daß ich für Sie verantwortlich bin, bis ich Sie gesund und wohlbehalten bei Ihrem Vater abgeliefert habe. Ich werde Sie nicht eher in Ruhe lassen, als bis diese Bedingung erfüllt ist.«

»Sie sollten doch auch dafür sorgen, daß ich mich in Asher verliebe. Das werde ich wohl noch aus eigener Kraft fertigbringen. Ich wohne hier mit Asher zusammen und habe mir vorgenommen, mich in ihn zu verlieben.«

»Gut! Großartig! Froh, das zu hören. Ich wünsche Ihnen beiden nur das Beste, aber Sie bleiben dennoch in meiner Nähe, bis ich Sie heil und gesund bei Ihrem Vater abgeliefert habe.«

»Das mögen Sie sich zwar einbilden, aber ich werde jetzt sofort zu Owen gehen und ihm mitteilen, daß sie sich absolut nicht zum Gärtner eignen. Ich werde ihm sagen, daß sie äußerst unzuverlässig sind und zu befürchten ist, daß Sie den Garten mit einem Revolver umgraben.«

»Ich hoffe sogar, daß Sie ihm das sagen«, entgegnete er, während er neben ihr herging. »Ich hatte sowieso keine Lust, Gärtner zu werden. Ich werde diesem Hamilton nur noch mitteilen, wer Sie wirklich sind, dann können wir die Reise zu Ihrem Vater fortsetzen. Dort werde ich meine Verantwortung für Sie los und erhalte meine endgültige Begnadigung. Sie können Ihren kostbaren Mr. Prescott heiraten, und ich werde das Geld einstreichen, das man mir für meine Kuppeldienste versprochen hat. Das kann mir nur recht sein.«

Sie blieb stehen. »Ich möchte hierbleiben und herausfinden, ob Lionel in Gefahr ist. Das habe ich einer sterbenden Frau versprochen.«

»Ah, ich verstehe! Das Wort, das Sie jemandem gegeben haben, den Sie überhaupt nicht kannten, ist heilig, aber mein Versprechen Ihrem Vater gegenüber ist nichts wert, wie?«

»Damit drehen Sie mir das Wort im Mund um. Sie gaben Ihr Wort aus eigensüchtigen Motiven, ich nicht.«

»Eine Geschichte, die Ihre Leser zu Tränen rührt und den Ruf von Nola Dallas weiter festigt, soll ein selbstloses Motiv sein?«

»Gehen Sie weg von mir«, sagte sie, lief aber nicht länger auf das Haus zu. »Ich bin hier absolut sicher und habe nicht vor, mich in Gefahr zu begeben. Ich werde meinem Vater einen Brief schreiben, in dem ich ihm mitteile, daß Sie Ihre Verpflichtungen erfüllt haben und er Ihnen Ihre Begnadigung und das Geld geben soll. Ich werde Ihnen das Geld sogar aus dem Erbe meiner Mutter bezahlen. Also – werden Sie nun gehen?«

»Und Sie hier ohne Schutz zurücklassen? Glauben Sie etwa, daß Hamilton vor Gewalttätigkeiten zurückschrecken wird, wenn Sie entdecken sollten, daß er etwas Gesetzloses tut?«

»Asher kann mich ja beschützen.«

Tynan gab ein Geräusch von sich, das einem spöttischen Lachen nahekam. »Und wer beschützt ihn? Sie können wählen: entweder bleibe ich als Gärtner hier und halte ein wachsames Auge auf Sie, oder wir beide reisen sofort ab.«

Chris versteckte die geballten Fäuste in den Falten ihres Kleides. »Wie haben Sie meinen Aufenthaltsort entdeckt?«

Er brachte sein Gesicht näher an das ihre heran. »Indem ich drei Pferde und drei Sättel zuschanden ritt. Lady, ich habe in den letzten Tagen nichts anderes getan, als Ihnen zu folgen und herauszufinden, wo sie sich versteckt haben könnten. Dann konnte mir endlich ein Sheriff auf die Sprünge helfen.«

»Was konnte der denn schon wissen?« gab Chris, ihn anfunkelnd, zurück.

»Mehr, als Sie ahnen! Er hatte schon von diesem Owen Hamilton gehört. Dieser Hamilton wickelt große Geschäfte ab und verfügt über beträchtliche Geldsummen. Sie haben es hier nicht mit so einem Einfaltspinsel wie Prescott zu tun, den Sie um den kleinen Finger wickeln könnten.«

»Ich kann Asher um den kleinen Finger...« sie hielt inne, denn plötzlich tauchte zwischen den Bäumen eine außerordentlich schöne Frau mit dunklen Haaren und Augen auf, mit einer perfekten Figur und einem anmutigen Gang, der zugleich etwas ungemein Erotisches hatte. »Wer ist denn das?«

»Mein Leibwächter. Wenn Sie sich eine neue Identität zulegen, dachte ich, kann ich das auch. Pilar erklärte sich dazu bereit, für die Dauer dieses Fiaskos meine Frau zu sein. Und ich denke, wenn Sie mit diesem tapferen Mr. Prescott zusammenleben und ich mit Pilar, wird so etwas wie im Regenwald nicht mehr passieren. Ich möchte nicht wieder ins Gefängnis zurück.«

»Als Ehefrau?« flüsterte Chris. »Ihre Ehefrau?«

Tynan sah sie mit schmalen Augen an. »Ja, der Gärtner hat eine Frau. Pilar wird im Haus aushelfen, während ich hier im Garten arbeite. Wenn wir beide auf Sie aufpassen, dachte ich, sollten wir hoffentlich in der Lage sein, Sie zu beschützen.«

»Wo werden Sie wohnen?«

»Im Gärtnerhaus natürlich. Hören Sie, Chris, wenn Sie Ihre Rolle spielen wollen, damit Sie zu Ihrer Story kommen, sollten Sie jetzt lieber damit anfangen. Sie sind beauftragt, mir zu sagen, was ich hier tun soll?«

»Ich würde Ihnen nur zu gern sagen, was Sie tun sollen, Mr. Tynan«, sagte sie mit einem falschen Lächeln, drehte ihm den Rücken zu und ging zum Haus zurück.

»Soll ich Sie denn nicht wenigstens mit Pilar bekannt machen?« rief er ihr mit einem Lachen in der Stimme nach.

Chris ging weiter.

Kapitel 13

»Diana«, wies Asher sie im scharfen Ton zurecht, »dein Vetter spricht mit dir.«

Chris sah von ihrem Teller hoch und blickte Owen Hamilton einen Moment verwirrt an, als wüßte sie nicht, wer er sei.

»Da siehst du, wie schwer ich es zuweilen mit ihr habe«, hörte sie Asher sagen. »Sie kann einem manchmal schrecklich auf die Nerven gehen.«

»Nun, ja...«, sagte Owen vorsichtig. »Wie bist du mit dem neuen Gärtner zurechtgekommen, Diana?«

Unity stellte eine große Schüssel mit Karotten auf den Tisch.

»Ein Mann, der so aussieht wie er, kommt mit jeder Frau zurecht. Ich weiß nicht, ob ich Als häßliches Gesicht jetzt noch ertragen könnte.«

Owen warf seiner Haushälterin einen tadelnden Blick zu.

»Er scheint zu wissen, was er tut«, murmelte Chris. »Ich glaube, er hat auf einer Farm gearbeitet.«

»Ich glaube *nicht*, daß er ein Farmer ist«, sagte Lionel. »Ich denke, er ist ein *Räuber*. Ich glaube, er beraubt Banken und schießt Menschen tot.«

»Es gibt noch Schlimmeres als Räuber«, murmelte Unity, ehe sie das Zimmer wieder verließ.

Asher warf einen forschenden Blick zu Chris hinüber, während sie nicht mehr von ihrem Teller hochsah. Eine halbe Stunde später, als die Tafel aufgehoben wurde, packte er sie am Arm. »Komm mit mir vors Haus. Ich muß mit dir reden.«

Er zerrte sie buchstäblich hinaus in den Garten, damit die Leute im Haus ihn nicht hören konnten: »Nun heraus mit der Sprache – wer ist dieser Farmer, der wie ein Bankräuber aussieht? Ist es der, an den ich denke?«

»Ja«, sagte sie, »aber ich hatte keine Ahnung, daß er uns folgen würde. Er sagt, er sei für mich verantwortlich, bis er mich bei meinem Vater abgeliefert habe.«

»Also habe ich ihn wieder auf dem Hals. Chris, ich hoffe, du vernarrst dich nicht noch einmal in ihn. Ich kann mir nicht vorstellen, daß es zu der Rolle der zahmen Diana passen würde, wenn sie dem Gärtner nachstellt.«

Sie war froh, daß es schon dunkel wurde und er ihr errötendes Gesicht nicht sehen konnte. »Nein, ich werde nicht noch einmal so dumm sein. Außerdem hat er eine Frau mitgebracht. Er will mit mir genausowenig zu tun haben wie ich mit ihm. Beruhigt das deine Eifersucht? Könnten wir wieder ins Haus zurückgehen? Ich bin schrecklich müde.«

Asher blickte auf etwas, das sich über ihrem Kopf befand, und dann packte er sie plötzlich und preßte seinen Mund auf den ihren. Chris dachte, daß das wohl ein Kuß sein sollte, sich aber gar nicht so anfühlte. Seine Augen waren offen und starrten auf etwas, das sich hinter ihr befand. Sie begann, sich gegen ihn zu stemmen; aber dann hörte sie jemand hinter sich pfeifen und wußte sofort, wer das war. Sie zog Asher fester an sich und versuchte ein bißchen Leidenschaft in ihren Kuß hineinzulegen. Das schien bei Asher zu funktionieren, weil er nun seine Augen zumachte und sie ebenfalls fester an sich zog; doch Chris war sich nur Tynans Gegenwart bewußt.

»Aha – frisch Verheiratete«, sagte Tynan, als er an ihnen vorbeikam. »Es tut gut, Leute zu sehen, die ineinander verliebt sind.«

Chris drängte nun Asher mit einiger Gewalt zur Seite, reckte das Kinn in die Luft und ging an Ty vorbei, ohne ihn eines Blickes zu würdigen.

Als Asher in ihr gemeinsames Zimmer zurückkam, packte Chris gerade Laken und Decken auf die Couch. »Ich *hasse* diesen Mann. Ich verabscheue ihn! Ich wünschte, er wanderte zurück ins Gefängnis und würde dort verrotten!«

»Es sah mir aber nicht so aus, als würdest du ihn hassen«, sagte Asher steif. »Ich hatte eher den Eindruck, als wolltest du mich dazu benützen, ihn eifersüchtig zu machen.«

»Eifersüchtig? Er behauptete, es wäre ihm unerträglich, mich mit anderen Männern zusammen zu sehen, aber es macht ihm überhaupt nichts aus. Er hat nur das Geld im Sinn, das mein Vater ihm versprochen hat.«

»Vielleicht war er eifersüchtig, nachdem er aus dem Gefängnis entlassen worden war und noch kein ... kein solches Haus besucht hat, wie Red es besitzt.«

Chris' Augen wurden ganz groß. »Ehe er mit dieser lieblichen Pilar zusammengezogen ist.« Sie schlug mit der Faust auf ein Kissen. »Wie ich diesen Mann *hasse*! Ich wünschte, ich hätte ihn nie in meinem Leben gesehen. Ich wünschte, ich müßte ihn nie mehr sehen. Ich ...«

Asher faßte sie bei den Schultern und drehte sie zu sich um. »Chris, du protestierst zuviel. Ich wüßte eine Methode, wie du ihn vergessen kannst.« Er begann, seinen Kopf zu ihr hinunterzusenken. »Du bist von ihm besessen, weil du nichts hast, was du an seine Stelle setzen könntest.« Er berührte ihren Hals mit seinen Lippen. »Verbringe die Nacht mit mir. Ich werde dafür sorgen, daß du ihn vergißt. Ich werde dafür sorgen, daß du alles vergißt – bis auf uns beide. Wir würden ein echtes Paar sein, und wenn wir dieses Haus verlassen und zu deinem Vater zurückkommen, lassen wir uns trauen.«

Chris versuchte, an der Art, wie er ihren Hals küßte, Gefallen zu finden. Er sah gut aus, er roch gut, da war absolut nichts Verkehrtes an ihm – nur daß kein Funken übersprang. Sie hätte im Stehen einschlafen können, während er sie küßte. Da sie höflich war, unterdrückte sie nur ein Gähnen.

»Bitte, Asher, wir wollen nichts überstürzen. Ich... ich bin noch nicht mit mir im reinen. Ich habe doch eben erst mit einem Mann schreckliche Erfahrung gemacht und bin mit meinem Gefühl noch nicht so weit, daß ich einem anderen Vertrauen schenken könnte. Habe bitte Verständnis dafür.«

Er löste sich von ihr mit einem verletzten Blick, der Schuldgefühle bei ihr weckte. Sie haßte es zu lügen, und sie haßte es ganz besonders, Asher zu belügen, der immer so nett zu ihr gewesen war.

Er trat einen Schritt von ihr weg. »Also gut. Doch ich werde nicht aufgeben, es zu versuchen.«

»Das hoffe ich«, erwiderte sie mit einem Lächeln. Da es keinen Wandschirm gab im Zimmer, öffnete sie die Schranktür und zog sich dahinter aus, sich nur zu sehr bewußt, daß Asher im Himmelbett lag und sie beobachtete. Das machte sie nervös und ein wenig ängstlich; weckte aber nicht das Verlangen in ihr, zu ihm ins Bett zu steigen. Sie begann sich vorzustellen, wie es wäre, wenn Tynan an seiner Stelle läge – mit nacktem Oberkörper, die Hände im Nacken verschränkt. Ihr wurde ganz heiß, wenn sie nur daran dachte.

Sie holte ein paarmal tief Luft, ehe sie wieder hinter der Schranktür hervortrat. Ash trug ein langes Nachthemd und beobachtete sie wie die Katze eine Maus. Chris sagte leise gute Nacht, blies die Laterne aus und legte sich auf die

Couch. Sie war hart und unbequem, aber immer noch besser als ihre Alternative.

Sie erwachte am nächsten Morgen von Ashers Küssen auf ihrem Gesicht. Einen Moment lang genoß sie seine Liebkosungen, bis sie sich daran erinnerte, wer sie küßte. »Um Gottes willen!« rief sie, ihn von sich stoßend. »Sie werden sich doch hoffentlich beherrschen können, Mr. Prescott. Ich kann es nicht vertragen, wenn Sie ständig über mich herfallen.«

»Ich habe Ihnen doch gesagt, daß ich alles versuchen werde, Sie in mich verliebt zu machen.«

»Und Sie glauben das zu erreichen, indem Sie mich bei jeder Gelegenheit begrapschen?«

Asher richtete sich auf. Er trug einen Morgenmantel über seinem Nachthemd, und seine Haare waren vom Schlaf zerzaust. »Genauso hat sich auch Ihr Revolverschwinger ausgedrückt: begrapschen.« Er drehte sich von ihr weg. »Heute werden Sie meine Nähe nicht ertragen müssen, weil Ihr Vetter mich bat, in die Stadt zu fahren und dort bestellte Sachen abzuholen. Ich glaube, dieser Mann beabsichtigt, uns so viel Arbeit wie möglich aufzuhalsen.«

»Und was ist daran verkehrt?« fragte sie, während sie ihren Morgenmantel über ihrem Nachthemd anzog, ehe sie die Zudecke zurückschlug. »Wir haben ihn ja gebeten, uns zu ernähren. Das mindeste, was wir als Gegenleistung bieten können, ist tatkräftige Hilfe bei seiner Arbeit.«

»Sie helfen Ihrem Gesetzlosen bei der Gartenarbeit, und ich verschwinde von der Bildfläche. Das paßt Ihnen wohl ins Konzept, wie?«

»Es ist nicht *mein* Gesetzloser, und ich habe meine Hilfe im Garten angeboten, ehe ich wußte, daß *er* der Gärtner ist. Sie können mir das nicht zum Vorwurf machen. Wäre es vielleicht möglich, daß wir uns wie ganz normale Menschen miteinander unterhalten? Und Sie mir nicht erst einen Heiratsantrag machen, um mir in der nächsten Sekunde vorzuwerfen, ich hätte etwas mit einem anderen Mann?«

Asher antwortete nicht, sondern fing an, sich anzuziehen –

hinter der offenen Schranktür. Chris wußte nicht, ob aus Scham oder um sie nicht in Verlegenheit zu bringen. Sie machte sich im stillen Vorwürfe, daß sie alles kritisierte, was er tat. Als er sich angekleidet hatte, verließ er das Zimmer.

Beim Frühstück im Erdgeschoß begann sie nun einen anderen Owen kennenzulernen. War er bisher ein Ausbund an Liebenswürdigkeit und Herzlichkeit gewesen, so erteilte er nun Chris und Asher mit der Autorität eines Generals Befehle.

»Ich möchte, daß auf dem Acker im Norden die neue Saat ausgebracht wird, Und die zweihundert Blumenzwiebeln, die ich bestellt habe, müssen bis heute abend in der Erde sein. Whit, du bekommst von mir eine Liste, was du noch alles in der Stadt für mich besorgen mußt. Du fährst mit dem Wagen zuerst zur Sägemühle. Und wenn du nicht trödelst, kannst du alles an einem Tag schaffen. Lionel, iß deine Spiegeleier. Hast du dem neuen Hausmädchen schon gezeigt, was sie tun muß, Unity? Ich möchte, daß im Obergeschoß die Zimmerdecken abgewaschen werden.«

Niemand sonst sagte mehr als zwei Worte am Tisch. Später begleitete Asher Chris nach draußen. »Sie müssen nicht machen, was er Ihnen aufgetragen hat. Denken Sie daran, wer Sie sind und daß wir jede Minute zu Ihrem Vater heimreiten können. Ich will nicht, daß Sie hier wie eine gewöhnliche Magd arbeiten.«

»Das ist freundlich von Ihnen; aber mich stört diese Arbeit nicht.«

Plötzlich rückte Asher von ihr ab. »Diana, selbst du bist nicht zu dumm dazu, ein bißchen zu arbeiten. Also geh jetzt dort hinüber und benimm dich so, als wärst du eine vernünftige Frau.«

Chris drehte sich um und sah Owen mit Tynan näher kommen. Beide Männer taten so, als hätten sie nicht gehört, was Asher zu ihr gesagt hatte; aber sie wußte, daß das Gegenteil der Fall war. Das war ja auch Ashers Absicht gewesen.

Owen sagte noch ein paar Worte zu Tynan, die Chris nicht hören konnte, und sah dann Ash prüfend an. »Komm mit«, befahl er dann und ließ Tynan bei Chris zurück.

»Sie konnten sich wohl nicht für eine Arbeit in der Waschküche oder im Stall entscheiden, wie?« sagte Tynan. »Nein, der Garten mußte es sein!«

Sie wirbelte auf den Absätzen herum und funkelte ihn an. »Hätte ich gewußt, daß Sie für den Garten verantwortlich sind, hätte ich mich lieber zum Kohleschaufeln gemeldet. Wie wäre es, wenn wir mit der Arbeit begännen? Ich habe Besseres zu tun, als mir Ihre Beleidigungen anzuhören.«

»Ich hatte den Eindruck, daß der Mann, den Sie als Ihren Gatten ausgeben, Sie schlimmer beleidigt hat, als ich das je könnte.«

»Das gehört zu seiner Rolle. Diana Eskridge war eine Frau, die sich von ihrem Mann schikanieren ließ. Asher und ich tun nur das, was unsere Rolle glaubhaft macht.«

»Da müssen Sie sich aber schon noch etwas mehr anstrengen; denn Sie sehen so gar nicht wie eine Frau aus, die sich von jemandem schikanieren läßt. Jedesmal, wenn er mit Ihnen in diesem Ton spricht, machen Sie ein Gesicht, als wollten Sie ihn in Brand stecken. Hier, nehmen Sie das.« Er gab ihr eine Kiste mit Blumenzwiebeln. »Wissen Sie, wie man diese Dinger pflanzt?«

»Man möchte meinen, daß er mehr als nur einen Gärtner anheuern würde für diese Arbeit. Der Garten meines Vaters ist nur halb so groß wie dieser, doch als er ihn noch pflegte, beschäftigte er vier Männer dafür.«

»Ah! Aber dafür mußte er ihnen ja auch einen Lohn bezahlen nebst freier Wohnung und Verpflegung auf seiner Ranch. Hamilton braucht seinen armen, dankbaren Verwandten lediglich ein Dach über dem Kopf zu verschaffen und etwas zu essen.«

»Aber er scheint doch so ein reizender Mensch zu sein.«

»Die Menschen sind nie das, was sie zu sein scheinen«, erwiderte Ty mit kalter Stimme.

»Sollte sich das auf jemanden beziehen, den ich kenne?« sagte sie und stellte eine Kiste mit Blumenzwiebeln neben sich auf den Boden.

»Nur wenn Sie sich den Schuh anziehen wollen. Ich dachte, ich hätte mal ein gutes Mädchen kennengelernt, das nicht so ist wie die anderen. Irrtum! Sie sind nicht besser als der Rest. Sie finden es aufregend, mit einem Mann zusammenzusein, der einen Ruf als Revolverheld hat, und wollen ihn für sich ausnützen. Doch als er in eine kritische Lage kommt, schlagen Sie sich auf die Seite seiner Gegner. Nein, danke, ich habe genug von den sogenannten guten Mädchen. Sie und Prescott sind wie geschaffen füreinander.«

»Ich habe mich nicht auf die Seite Ihrer Gegner geschlagen. Sie haben mich verraten! Ich habe Ihnen vertraut, und Sie schießen bei einem Picknick einen Mann nieder. Wissen Sie, wie mir zumute war, als sich plötzlich alle Leute gegen mich wandten? Sie schauten mich an, als wäre ich ein Stück Dreck. Ein Mann hat mir auf der Straße sogar vor die Füße gespuckt.«

Tynan musterte sie eine lange Sekunde. »Ja, ich weiß, was für ein Gefühl das ist. Ich habe es mein ganzes Leben lang gekannt. Warten Sie, bis Ihnen ein Mann ins Gesicht spuckt und dann einen Revolver zieht.«

»Hat Rory Sayers das bei Ihnen getan?« flüsterte sie.

»Ich drehte ihm den Arm um, damit er mich nicht niederschießen konnte, und dabei ging seine Waffe los.«

»Aber warum hat dann der Deputy sie ins Gefängnis gesteckt, wenn das alles nur Rorys Schuld war?«

Er sah sie mit schmalen Augen an. »Aus dem gleichen Grund, aus dem Sie mich verurteilten, ohne die Tatsachen zu kennen. Auf Grund meines Rufes. Weil ich nicht einer von diesen ›guten‹ Leuten bin, zu denen Rory und Sie gehören.«

Chris nahm ein Pflanzeisen aus der Werkzeugkiste, die neben Tynans Füßen stand, und begann die weiche Erde aufzugraben, um die erste Zwiebel zu setzen. »Ich glaube, ich habe einen Fehler gemacht.«

»Nein«, sagte er und kniete neben ihr nieder. »Sie hatten

recht. Menschen wie Sie und ich passen nicht zusammen. Sie verdienen jemanden wie Prescott, keinen so namenlosen Niemand wie mich.«

»Ich fürchte, ich verdiene gar keinen, nachdem ich einen Freund verraten habe«, flüsterte sie mehr zu sich selbst. »Tynan, glauben Sie, Sie können mir je verzeihen, daß ich Ihnen nicht vertraut habe?«

Er schaute sie an. »Nein«, sagte er schlicht. »Es mag eine Weile dauern, bis ich eine Lektion begreife, aber nun habe ich sie gelernt. Ich denke, ich werde in Zukunft einen noch größeren Abstand zu solchen Frauen, wie Sie eine sind, halten als bisher.«

Daraufhin rückte er gründlich von ihr ab und überließ ihr die eine Hälfte des frischgepflügten Feldes, während er am entgegengesetzten Ende zu arbeiten begann. Die Sonne stieg am Himmel empor und trieb ihr den Schweiß aus den Poren, und wenn ihre Haut mit Erde in Berührung kam, fing sie zu jucken an. Doch sie achtete nicht darauf, während sie die Ereignisse der letzten Wochen noch einmal vor ihrem inneren Auge vorüberziehen ließ. Seit Tynan aus ihrem Schrank gesprungen war und sie nackt in seinen Armen gehalten hatte, war sie nicht mehr die vernünftige junge Frau, die nur an einer Story interessiert war, sondern eine Amazone, die schamlos hinter einem Mann herjagte. Sie hatte sich diesem Mann im Regenwald an den Hals geworfen, hatte einer Frau, die ihr vertraute – Red –, geschworen, daß sie ihn nie verraten würde, um ebendas schon bei der nächsten Gelegenheit zu tun. Sie führte sich auf wie ein verzogenes kleines Gör: Sie haßte ihn in dieser Sekunde, um ihn dann in der nächsten zu lieben.

Chris setzte sich auf die Fersen zurück, wischte sich den Schweiß von der Stirn und sah zu der Stelle hinüber, wo er mit einer Sichel das Unkraut unter den Büschen entfernte. Sein Hemd war naßgeschwitzt, und sie konnte seine Muskeln unter dem dünnen Stoff spielen sehen. Ihr schien, als habe er in den letzten Wochen ein wenig zugenommen. Gegen ihren

Willen erinnerte sie sich nun wieder an die blutigen Striemen auf seinem Rücken.

Sie dachte daran, wie die ganze Stadt sich gegen sie gewandt hatte, als sie den Fehler beging, einem jungen Mann helfen zu wollen, der so aussah, als wäre er schuldig. Wie mußten die Leute diesen Mann erst an anderen Orten behandelt haben, wenn er dort auftauchte und als Übeltäter verrufen wurde. Und wie unmöglich es die ›guten‹ Leute so einem Mann machten, von diesem Ruf herunterzukommen.

Sie fing an, die Blumenzwiebeln zu setzen, als hinge ihr Leben davon ab. Sie hatte sich keinen Deut anders verhalten als diese ›guten‹ Leute. Sie hatte einmal für eine Reportage über Frauen recherchiert, die unter den schrecklichen Bedingungen eines Ausbeuterbetriebes arbeiten mußten, und große Sympathien für deren Lage gezeigt. Und da hatte eine dieser Frauen zu ihr gesagt: ›Sie können sich dieses Mitleid auch leisten, weil Sie nie unter solchen Bedingungen leben mußten wie wir.‹ Diese Bemerkung hatte damals keinen sonderlichen Eindruck auf sie gemacht; doch nun begann sie zu verstehen, was die Frau damals wirklich gemeint hatte: Es war so einfach, ein Urteil abzugeben und zu sagen, was man tun würde, falls man in so eine Situation käme.

Sie hatte Tynans Freund sein wollen, ja, sogar seine Geliebte, als die einzige Person, gegen die sie Stellung beziehen mußte, ein Mann war, der zugab, er habe sie schon heiraten wollen, ehe er sie überhaupt gekannt hatte. Aber als sie sich dem Spott einer ganzen Stadt gegenübersah und den Ruf einer Nola Dallas aufs Spiel setzen mußte, hatte sie nicht so großartig abgeschnitten. Sie hatte Tynan beim ersten Anzeichen von Schwierigkeiten im Stich gelassen.

So schlecht wie in diesem Moment war sie sich noch nie in ihrem Leben vorgekommen. Da hatte sie fast das Vertrauen eines Mannes erworben, der keinen so rasch an sich heranließ, um ihn dann zu verraten. Sie war nicht besser als jenes Mädchen, das ihn lieber hängen sehen wollte, als die Wahrheit zu sagen.

Und nun hatte sie ihn verloren. Er war von ihr weggegangen, als hätte es die Tage, die sie zusammengewesen waren, nie gegeben. Die zarten Wurzeln aufkeimender Neigung waren für immer zerstört.

Sie stand auf, drückte die Hand gegen den schmerzenden Rücken, ging zur Wasserpumpe und füllte einen Eimer mit Wasser. Sie tauchte eine Kelle ein, trank daraus, beschattete die Augen mit der Hand und sah zu ihm hinüber. Er bereitete jetzt ein Stück Brachland neben den Büschen für eine neue Saat vor.

Sie schöpfte noch eine Kelle Wasser und brachte sie ihm. »Durstig?« fragte sie.

Er drehte sich mit einem Lächeln um, doch dann fing er sich wieder, und das Lächeln erlosch. Er nahm ihr wortlos die Kelle aus der Hand.

»Es scheint Ihnen ja mächtig heiß zu sein. Warum setzen Sie sich nicht eine Weile in den Schatten?«

»Nein, vielen Dank, und überdies ist das gar nichts im Vergleich zu den zwei Jahren, die ich hinter mir habe.«

»Im Gefängnis?«

»Dort, wo solche bösen Menschen wie ich eben hinkommen. Treten Sie zur Seite, damit Sie nicht von der Sichel getroffen werden.«

Sie gehorchte, und während sie beiseite trat, sah sie den Schweiß in Strömen über sein Gesicht laufen und hinuntertropfen in seinen offenen Hemdkragen. Einem Impuls folgend, hob sie den Eimer mit dem Wasser hoch, das noch die angenehm kühle Temperatur seiner unterirdischen Quelle hatte, und schüttete es über seinen Hinterkopf.

Tynan stöhnte leise unter dem Schock des kalten Wassers und drehte sich dann wütend zu ihr um.

Chris wich mit einem leisen Kichern vor ihm zurück. »Ich dachte, Sie hätten eine kleine Abkühlung nötig.«

»Bestimmt nicht von Ihnen. Von Ihnen brauche ich gar nichts.« Er begann auf sie zuzugehen.

Chris barg die Hände auf dem Rücken und wich mit einem

breiten Grinsen vor ihm unter die Bäume zurück. »Das habe ich ohne irgendwelche Hintergedanken getan. Ehrlich, Ty.«

»Sie haben ja nie Hintergedanken, wenn Sie etwas tun, nicht wahr? Auch nicht im Regenwald, wo sie mich fast wahnsinnig gemacht hätten.«

»Hätte ich das?« sagte sie mit unschuldiger Stimme. »Aber gestern abend schien Sie das nicht sonderlich aufzuregen, als ich mit einem anderen Mann zusammen war.«

»Mit diesem Schwächling? Ich werde mir Gedanken machen, wenn ich sie mit einem *Mann* zusammen sehe.« Da war ein Hauch eines Lächelns auf seinen Lippen, als er weiter auf sie zuging und sie sich immer tiefer in den Schatten der Bäume zurückzog.

Und dann fand sich Chris mit dem Rücken an einem Baum wieder und machte keine Anstalten, sich von ihm wegzubewegen, als Tynan auf sie zukam. Doch sie tat so, als habe sie Angst vor ihm, obwohl man ihr anmerkte, daß die Angst nur gespielt war.

Er faßte sie um die Taille und begann, sein verschwitztes Gesicht an ihrem zu reiben. Er hatte sich an diesem Morgen nicht rasiert, und die scharfen Stoppeln zerkratzten ihr die Haut. Sie quietschte, bat, daß er damit aufhören solle, und versuchte, von ihm abzurücken, aber er hielt sie fest. Dann gelang es ihr, sich von dem Baum und ihm zu lösen und ein paar Schritte weit zu rennen. Doch er fing sie wieder ein, warf sie zu Boden und fuhr fort, sein Gesicht an ihrem Hals und ihren Wangen zu reiben.

Chris quietschte vor Entzücken, als er plötzlich innehielt.

Sie sah lächelnd zu ihm hoch, als er aufstand und mit ernstem Gesicht zu ihr hinuntersah. »Steh auf«, befahl er.

Sie streckte ihm die Hand hin, damit er ihr aufhelfen sollte, und er tat es mit einigem Widerstreben. Sie suchte sich einen Moment lang an ihn zu lehnen, doch er erlaubte ihr das nicht. Schweigend drehte sie ihm den Rücken zu, damit er die Knöpfe dort wieder schließen konnte.

»Halt dich von mir fern, Chris«, sagte er. »Du spielst mit meinem Leben, und das gefällt mir nicht.«

Sie drehte sich wieder um, so daß seine Hände nun auf ihren Schultern lagen. »Es war mein Fehler, fortzureiten und dich zu verlassen. Ich hätte bei dem Picknick an deiner Seite stehen sollen. Ich hatte mich geirrt, und ich möchte, daß du mir bitte verzeihst.«

Er wich einen Schritt vor ihr zurück. »Es ist besser, wenn wir getrennt bleiben. Tatsächlich halte ich es für besser, wenn wir die Maskerade hier beenden. Ich hatte zunächst geglaubt, dieses Theaterspiel könnte nicht schaden, weil Sie so etwas ja schon öfter gemacht haben. Aber es gefällt mir nicht. Morgen möchte ich Sie zu Ihrem Vater zurückbringen. Wenn ich Sie bei ihm abgeliefert habe, können Sie ja, wenn Sie wollen, wieder hierher zurückkommen. Das geht mich dann nichts mehr an, weil ich nicht mehr für Ihre Sicherheit verantwortlich sein werde. Aber so kann das nicht gutgehen; das habe ja ich eben wieder erlebt. Begeben Sie sich ins Haus zurück, waschen Sie sich und packen Sie Ihre Sachen. Ich werde tun, was getan werden muß.« Damit drehte er sich um und ging wieder hinaus in die Sonne, um Unkraut zu jäten.

Schweigend schickte sich Chris an, ins Haus zurückzukehren.

Kapitel 14

Als Chris sich dem Haus näherte, sah sie Owen in eine Kutsche steigen und fortfahren. Lionel attackierte einen jungen Baum mit einer stumpfen Axt, Unity und diese liebliche Pilar hängten Wäsche an der Leine auf, und da Asher ja auswärts Besorgungen machte, hatte Chris das Haus für sich.

Sie wusch sich, zog sich ein frisches Kleid an und begann über die Tatsache nachzudenken, daß sie morgen heimreiten würde. Sie wollte sich nicht einmal mit Tynan darüber streiten, ob sie in Hamiltons Haus bleiben sollte. Vielleicht war es wirklich nicht ihre Sache, herauszufinden, was Owen mit seinem Neffen anstellte – wenn er überhaupt etwas gegen ihn unternahm.

Als sie sich mit den Knöpfen an ihrem Kleid abmühte, wurde ihr bewußt, daß sie ganz allein im Haus weilte. Und daß dies eine günstige Gelegenheit sei, in Owens Büro zu spionieren.

Sie stieg die Treppe, die sich in unmittelbarer Nähe ihres Zimmers befand, in das nächsthöhere Stockwerk hinauf und mußte drei Türen öffnen, ehe sie Owens Büro fand. Es war vollgestopft mit Papieren, und in einer Ecke stand ein mächtiger Aktenschrank aus Eiche. Sie hatte keine Ahnung, wonach sie suchte, aber vielleicht konnte sie es dort im Schrank finden. Oder doch wenigstens einen Beleg dafür, was Owen über die Eskridges wußte.

Sie hatte gerade den Aktenschrank geöffnet und darin einen dicken Ordner mit dem Namen Diana Eskridge darauf entdeckt, als sie Stimmen auf der Treppe hörte – und eine davon war das tiefe Organ von Owen Hamilton.

Christianas Herz begann heftig zu pochen, während sie sich nach einem Fluchtweg umsah. Da war nur ein Fenster in diesem Büro, und das stand offen. Ohne erst nach unten zu sehen, schob sie die Beine über das Fensterbrett und kletterte hinaus. Die Tür zum Büro ging in dem Moment auf, als sie ihren Rock aus dem Sichtfeld entfernte.

Sie stand auf dem winzig kleinen Mauersims – er besaß etwa nur die Breite einer Regenrinne –, und unter ihr gähnte ein drei Stockwerk tiefer Abgrund.

Sie preßte ihren Rücken gegen die Wand des Erkers, der das Fenster von Owens Arbeitszimmer enthielt, und klammerte sich mit den Händen links und rechts am Mauerwerk fest.

»Diese Reise war besonders ekelhaft«, drang eine Stimme aus dem Zimmer zu Chris, die sie nicht kannte. »Sind Sie sicher, daß Sie alle nötigen Informationen beisammenhaben? Ist er es auch wirklich?«

»Daran besteht kein Zweifel. Wenn ich Ihnen erzähle, wieviel Mühe es mich kostete, das alles zusammenzutragen, werden Sie mir glauben. Samuel Dysan ist der Name, nicht wahr?«

Chris beugte sich zum Fenster. Da war etwas an dem Ton, in dem sie redeten, was in ihr den Wunsch weckte, ihnen genauer zuzuhören.

»Und wie steht es mit Lionel?« fragte der Fremde. »Haben Sie den Namen dieses kleinen Bastards auf die Dokumente bringen können?«

»Warten Sie eine Sekunde, damit ich das Fenster schließen kann. Es wohnen zu viele Leute in diesem Haus, so daß ich nicht weiß, wo sie sich gegenwärtig überall herumtreiben.«

Chris zog sich wieder an die Seitenwand des Erkers zurück, als Owen das Fenster schloß und verriegelte. Nun war sie hier auf dem Sims gefangen und hatte keine Möglichkeit mehr, ins Haus zurückzugelangen.

Die Männer blieben eine Stunde lang im Büro beisammen – es war die längste Stunde ihres Lebens. Hinter sich konnte sie die gedämpften Stimmen von Owen und dem Fremden hören, aber nicht verstehen, was die beiden sagten. Sie hörte, wie Schubladen aufgezogen und wieder geschlossen wurden, Schranktüren knarrten und klapperten, und sie konnte nur hier stehen und verhindern, daß der Wind ihren Rock vor die Scheiben des Fensters wehte.

Als die Männer dann endlich den Raum verließen, versuchte Chris sofort, das Fenster zu öffnen. Doch da es fest verriegelt war, gelang ihr das nicht.

»Nun sitze ich in der Patsche«, murmelte sie. Was für eine Entschuldigung konnte sie wohl vorbringen, daß sie sich außerhalb dieses besonderen Fensters befand? Wenn Owen sich wirklich auf Kosten seines Neffen Lionel bereicherte, konnte es sehr gefährlich für sie werden, wenn er erfuhr, daß sie sich für seine Bürounterlagen interessierte.

Mit einem Seufzer drehte sie sich wieder vom Fenster weg, und dabei rutschte sie vom Sims ab. Es gelang ihr zwar noch, sich festzukrallen, ehe sie endgültig abstürzte, doch sie merkte, daß sie sich dabei die Haut an den Händen abgeschürft hatte.

Die Zähne vor Schmerzen zusammenbeißend, zog sie sich am Fenstersims wieder in die Höhe. Sie war völlig außer Atem, als sie wieder mit beiden Füßen auf dem Mauervorsprung stand und sich mit den Händen an der Dachrinne festhalten konnte.

Da verharrte sie nun eine Weile, voller Angst, sich von der Stelle zu bewegen, als sie unter sich Geräusche hörte. Ein paar Sekunden später sah sie das obere Ende einer Leiter am Erkerfenster vorbeischweben und sich gegen den Dachvorsprung lehnen. Mit angehaltenem Atem sah sie nach unten, wer da zu ihrer Rettung heraufkam – oder zu ihrer Bestrafung.

Ihre Erleichterung, als sie Tynan auf der Leiter auftauchen sah, war groß. »Wie haben Sie das gewußt?« fragte sie.

Er legte nur den Finger auf die Lippen zum Zeichen, daß sie schweigen müsse, und deutete ihr dann durch Zeichen an, daß sie ihm die Hand geben solle. Er führte sie um den Sims herum und stellte sie dann, den Arm schützend um ihre Taille gelegt, auf die Leiter.

Als sie schließlich, er immer unter ihr kletternd, den sicheren Boden erreicht hatten, klammerte sie sich einen Moment lang an ihm fest. »Ich hatte ja solche Angst.«

»Sie werden noch mehr Angst haben, wenn Hamilton herausfindet, daß Sie ihn bespitzeln«, sagte er, während er ihre Arme von seiner Taille schälte. »Und nun wollen wir uns von hier verdrücken, ehe Hamilton uns entdeckt.«

Chris wandte sich ab, gerade noch rechtzeitig, um einen Schatten um die Hausecke huschen zu sehen. »Ty! Da ist jemand gewesen!«

»Das ist nur Lionel. Er hat mir ja verraten, wo Sie stecken. Kommen Sie!«

Sie rannte hinter ihm her auf einen Pfad, den sie vorher noch nicht gesehen hatte, zu einem kleinen Haus, das unter Bäumen versteckt lag. Als Ty dort die Leiter an zwei Bügeln unter der Dachrinne aufhängte, entdeckte sie Blut auf der Rückseite seines Hemds.

»Ty, Sie bluten ja!«

»Nein, das sind Sie«, sagte er, nahm ihr Handgelenk, drehte

ihre Handfläche nach außen und betrachtete die Stelle, wo sie sich die Haut abgeschürft hatte. »Kommen Sie ins Haus, damit wir die Wunde reinigen und Sie mir erklären können, was Sie dort oben im Dachgeschoß suchten.«

»Ich habe gelauscht«, sagte sie, während er sie ins Haus hineinzog. Das ›Haus‹ bestand nur aus einem Raum – die eine Hälfte mit einem Herd, die andere mit einem großen Doppelbett ausgerüstet. »Leben Sie hier mit Pilar?« fragte sie leise.

»Ja«, antwortete er, während er ihre Hand über eine Schüssel mit Wasser hielt und die wunden Stellen zu säubern begann.

»Kennen Sie sie schon lange?«

»Seit Jahren.«

»Und sie hat Sie niemals verraten?«

»Dazu bestand wohl kein Grund. Wir standen auf derselben Seite. Halten Sie die Hand still, damit ich sie untersuchen kann.«

»Auf derselben Seite?« wiederholte Chris mit großen Augen. »Soll das bedeuten, daß Sie eine weibliche Gesetzlose ist?«

»Klar. Sie kann schneller ziehen als jeder Revolverheld.«

»Oh! Sie machen sich über mich lustig!«

Er blickte zu ihr hin, den Kopf über ihre Hand gebeugt. »Das war sehr unklug von Ihnen, daß Sie aus dem Fenster gestiegen sind. Wenn Hamilton sie dort entdeckt hätte...«

»Aber es hat sich gelohnt. Ich hörte, wie Owens Besucher sich nach Lionel erkundigte. Er sagte – und jetzt zitiere ich wörtlich: ›Haben Sie den Namen des kleinen Bastards schon auf die Dokumente bringen können?‹ Hört sich das nicht so an, als hätten sie schlimme Dinge mit ihm vor?«

Ty öffnete eine kleine Zinnschachtel auf einem Wandbrett neben dem Herd und entnahm ihr saubere Bandagen. »Nein, das hört sich so an, als habe er Lionel persönlich kennengelernt. Der Junge *ist* ein kleines Scheusal.«

»Warum hat er Ihnen dann geholfen... Au!«

»Wenn Sie die Hand stillhalten würden, täte ich Ihnen auch nicht weh. Lionel und ich haben ein Abkommen.«

»Er sagte, er glaubt, Sie wären ein Bankräuber.«

»Hin und wieder. Schlaues Bürschchen. Setzen sie sich hin, während ich Ihnen Milch und ein paar Plätzchen bringe. Ich brauche eine Stärkung.«

»Habe ich Ihnen Angst gemacht? Warum hat Lionel mich nicht verraten? Und warum kam er zu Ihnen? Wer hat die Plätzchen gebacken?«

»Pilar hat die Plätzchen gebacken«, sagte er und setzte sich ihr gegenüber an den rohgezimmerten Tisch. »Und Lionel ist mein treuester Helfer, seit ich ihm die Peitschenschnur um den Hals geringelt habe.«

Chris nahm ein Plätzchen vom Teller, legte es dann aber wieder zurück. Sie merkte, daß ihre Hände zitterten, und langte nach Tynans Whiskyglas. Im Austausch dafür trank er ihre Milch und begann die Plätzchen aufzuessen.

»Wir reiten morgen nach Hause«, sagte Ty, ohne sie anzusehen.

»Und überlassen Lionel seinem Schicksal, nicht wahr?«

»Das ist nicht Ihr Problem.«

»Haben Sie schon jemals etwas von Samuel Dysan gehört?«

»Nein, und wechseln Sie mir jetzt nicht das Thema. Morgen verlassen wir dieses Haus.«

»Und wenn Asher nicht damit einverstanden ist? Das wären dann zwei Stimmen gegen eine.«

»Prescott kann meinetwegen hierbleiben, aber morgen brechen Sie und ich zur Wohnung Ihres Vaters auf.«

»Nur wir beide?« fragte sie und fuhr mit dem Zeigefinger an dem Whiskyglas entlang.

Er nahm ihr das Glas weg und leerte es mit einem Zug. »Es wird Zeit, daß Sie ins Wohnhaus zurückkehren. Sie können Owen Hamilton ja sagen, daß Sie sich die Hand an einem scharfen Stein verletzt haben und deshalb nicht weiterarbeiten konnten.«

Chris machte keine Anstalten, zum Haus zurückzukehren. Sie nahm statt dessen ein Plätzchen vom Teller. Sobald sie in seiner Nähe war, wollte sie dort auch bleiben. »Wie geht es Ihrem Rücken?«

»Er verheilt gut dank Pilars behutsamer Pflege. Chris, gehen Sie jetzt ins Haus zurück.«

Sie sah mit traurigen Augen zu ihm auf. »Es war mein Fehler, daß ich Sie allein ließ. Ich hätte mit Ihnen ins Gefängnis gehen sollen.«

»Die Welt ist voller *hätte*.« Er stand vom Tisch auf. »Ich gehe jetzt zurück an die Arbeit, und ich möchte, daß Sie ins Haus zurückkehren und sich nicht mehr in fremde Angelegenheiten einmischen.«

»Vielleicht sollte ich mich dort mit Asher im Schlafzimmer einschließen.«

»Wenn Ihnen das nicht zu langweilig ist?« erwiderte er, setzte seinen Hut auf und stampfte aus der Hütte.

Da mußte Chris, ob sie wollte oder nicht, ebenfalls den Rückweg zum Haus antreten. Die Sonne hatte sich hinter Wolken versteckt. Regen lag in der Luft.

»Es wird ein Gewitter geben«, sagte Unity, als Chris in die Küche kam. »Was haben Sie denn mit Ihrer Hand gemacht?«

Chris blickte hoch – und direkt in die dunklen, hübschen Augen von Pilar hinein.

»Ein Schnitt«, brachte Chris nach einer Weile über die Lippen. Kein Wunder, daß Ty diese Frau mochte. Sie war wirklich wunderschön.

»Möchten Sie vielleicht etwas Kaltes trinken?« fragte Pilar mit sanfter Stimme. »Wir haben uns eben einen Kräutertee gemacht. Er schmeckt recht gut.«

»Nein«, antwortete Chris und war gar nicht glücklich, daß diese Frau so nett zu ihr war.

»Sie sehen ein bißchen blaß aus«, sagte Unity. »Ich habe zu Mr. Owen gesagt, daß er Sie nicht in der prallen Sonne arbeiten lassen sollte. Sie sind auch zu schmächtig für die Arbeit im Freien.«

Chris hatte keine Ahnung, warum Sonne einer grazilen Figur mehr schaden konnte als einer üppigen, aber solche Bemerkungen hatte sie sich ihr Leben lang anhören müssen. »Ja, ich würde doch gerne etwas trinken.«

»Pilar hat Plätzchen gebacken. Nehmen sie sich welche davon.«

»Nein, danke, ich habe bereits welche gegessen«, sagte Chris, ohne erst nachzudenken, und blickte dann Pilar an. Sie sah, daß diese ihre Bemerkung richtig interpretiert hatte. »Ich werde mich ein bißchen hinlegen. Vielleicht hat der Blutverlust mich ein wenig schwindlig gemacht.«

Chris verließ die Küche und war gerade auf dem Weg nach oben, als Owen sie anrief.

»Diana, könntest du einen Moment zu mir hereinkommen? Da ist jemand, den ich dir vorstellen möchte«, rief Owen durch die offenstehende Salontür.

Chris wußte, daß es sich um den Besucher handeln mußte, den sie vor einer Stunde oben im Büro hatte sprechen hören, und sie wollte diese Person auch gern kennenlernen – aber sobald sie ihn zu Gesicht bekam, stand sie ganz still und konnte sich nicht mehr von der Stelle rühren. Nicht, daß der Mann häßlich gewesen wäre oder in irgendeiner sichtbaren Weise abstoßend, aber sie spürte sofort, daß dieser Mann böse war. Er war großgewachsen und brünett, und sein Gesicht mußte vor Jahren sogar einmal schön gewesen sein. Doch irgendwann hatte er sich dann das Nasenbein gebrochen, und eine Messernarbe lief mitten durch eine Braue. Trotz dieser Entstellung war er immer noch ein gutaussehender Mann – doch Chris hätte sich geweigert, mit ihm allein in einem Zimmer zu bleiben.

»Diana, nun sei nicht so schüchtern«, sagte Owen neben ihr. »Das ist ein Freund von mir, Mr. Beynard Dysan. Er wird eine Weile bei uns wohnen.«

»An ... angenehm!« brachte Chris schließlich mit einer Flüsterstimme über die Lippen und reichte dem Mann die Hand, obwohl sie diese lieber auf dem Rücken versteckt hätte.

»Ich freue mich, Sie kennenzulernen. Owen hat mir von dem unglücklichen Tod Ihres Vater erzählt. Mein Beileid.«

»Ja, danke«, murmelte sie. »Ich habe mich heute morgen an der Hand verletzt«, sagte sie dann und zeigte die bandagierte

Stelle vor. »Und ich fühle mich ein bißchen schwach auf den Beinen. Wenn Sie mich jetzt bitte entschuldigen wollen?« Damit floh sie aus dem Zimmer, ehe einer der beiden Männer protestieren konnte.

Oben lehnte sie sich dann eine Weile mit dem Rücken gegen die Zimmertür. Bis jetzt war sie nicht sicher gewesen, ob in diesem Haus etwas Ungehöriges oder Ungesetzliches geschah. Aber nachdem sie Beynard Dysan kennengelernt hatte, wußte sie, daß er in üble Machenschaften verwickelt war.

Sie schrak zusammen, als sie draußen die Stimmen der beiden Männer auf der Treppe hörte. Sie lauschte und öffnete die Tür einen Spalt, als die Männer ins nächsthöhere Stockwerk zu Owens Büro hinaufstiegen.

»Ich werde in einer halben Stunde fertig sein zum Ausreiten«, hörte sie Dysan sagen. »Dann können wir uns ungestört unter vier Augen unterhalten.«

Chris machte ihre Zimmertür wieder zu. Die Männer wollten sich also an einen Ort begeben, wo sie sich unbelauscht fühlen konnten, und wenn sie herausfinden wollte, was in diesem Haus vorging, war das ihre einzige Chance; denn morgen wollte Tynan sie zu ihrem Vater zurückbringen.

Sie zog sich rasch ihr Reitkleid an, schlich dann auf Zehenspitzen die Treppe hinunter und verließ das Haus durch die schmale Tür im Musikzimmer. Sie wollte nicht, daß jemand Zeuge wurde, wie sie sich aus dem Haus stahl. Im Stall sah sie den Jungen damit beschäftigt, zwei Pferde zu satteln, und sie schlich an den Boxen entlang, bis sie eine schwarze Stute mit guten Fesseln und Proportionen entdeckte. Diese sattelte sie in ihrem Verschlag und schmuggelte sie dann durch eine Seitentür ins Freie.

Es war nicht schwierig, sich anschließend so lange unter Bäumen zu verstecken, bis sie Owen und Dysan aus dem Stall kommen und in die Sättel steigen sah. Es war auch leicht, ihnen in einem bestimmten Abstand zu folgen. Die beiden Männer ritten langsam, in eine Unterhaltung vertieft, nebeneinander her, und Owen deutete hin und wieder mit der Hand auf irgend etwas in ihrer Nähe.

Sie folgte den beiden Männern ungefähr vier Meilen weit, über eine Brücke die einen tiefen Fluß überspannte, dann eine schmale Straße hinunter, als sie plötzlich in einen Pfad einbogen und verschwanden. Chris wartete eine Weile an der Stelle, wo der Pfad von der Straße abzweigte, und ritt ihnen dann vorsichtig hinterher. Die Bäume standen hier zu dicht beisammen, als daß sie genügend weit hätte sehen können, und ihr Herz begann wieder laut zu pochen, weil sie jeden Moment in die beiden Männer hineinreiten konnte.

Mit vorgebeugtem Kopf lauschte sie angestrengt. Plötzlich hörte sie vor sich ein lautes Lachen und zügelte sofort ihre Stute. Dann schwang sie sich rasch aus dem Sattel, ließ das Pferd im Gebüsch stehen und bewegte sich vorsichtig durch die Sträucher auf die Stelle zu, wo sie das Lachen vernommen hatte.

Sie hatte vielleicht ein Dutzend Schritte gemacht, als sie tief in die Hocke ging. Vor ihr auf einer Kuppe standen Owen und Beynard Dysan.

»Wann lerne ich Sam kennen?« fragte Beynard.

»Bald. Ich möchte keine Schwierigkeiten in der Nähe meines Hauses haben.«

Beynard sah Owen grinsend an. »Sie wollen sich Ihre Schwierigkeiten für Ihren Neffen aufsparen! Ich habe noch nie ein so widerwärtiges Kind erlebt.«

Owen lächelte. »Nicht wahr? Niemand wird ihm eine Träne nachweinen, wenn ihn sein Schicksal ereilt. Sehen Sie den Wald dort vorn? Nächstes Jahr um diese Zeit gehört er mir.«

»Und wie wollen Sie das bewerkstelligen?«

»Sein Vetter wird das für mich tun. Eskridge hat bereits Geld unterschlagen, einen Mann in den Selbstmord getrieben, und er schlägt seine kleine Frau. Es sollte ein leichtes sein, ihm auch einen Mord in die Schuhe zu schieben.«

»Und was wird mit der Frau?«

Owen und Beynard wechselten kurz einen Blick. »Sie hat

ihren Zweck erfüllt. Sollen wir nicht lieber wieder umkehren? Ich möchte zu Hause sein, bevor das Gewitter losbricht.«

Zu Christianas großem Schrecken machten die Männer wie auf Befehl kehrt und kamen auf sie zu. Es sah fast so aus, als wüßten sie, wo sie sich versteckt hielt. Das war natürlich unmöglich, und so duckte sie sich nur noch tiefer – und die Männer kamen immer näher.

Da ertönte plötzlich ein Pfiff irgendwo seitlich im Unterholz, und die beiden Männer blieben stehen – einen knappen Meter von Christianas Versteck entfernt.

»Hallo!« hörte sie Tynans laute Stimme, und Chris hätte vor Erleichterung losheulen können. »Ich vermute, diese beiden Pferde gehören Ihnen, Mr.Hamilton!«

»Was machen Sie denn hier?« fauchte Owen.

Chris hob ein wenig den Kopf, damit sie Ty sehen konnte. Über der Schulter trug er zwei tote Kaninchen.

»Unity hat mich losgeschickt, Kaninchen zu jagen.«

Chris wischte sich die ersten Regentropfen aus dem Gesicht, die eben vom Himmel gefallen waren.

»Und ich wollte, daß Sie im Garten arbeiten«, sagte Owen.

Chris bemerkte, daß Dysan, der zum Wald hinübergesehen hatte, währen Owen mit Tynan sprach, sich nun zu Tynan umdrehte.

»Und erwarte, daß Sie auch schleunigst wieder dorthin zurückkehren.«

»Und mir Unitys Zorn zuziehe?« erwiderte Tynan munter und blinzelte, weil nun der Regen kräftig auf ihn herniederrauschte. »Nein, danke. Ich werde so lange hierbleiben, bis ich die drei Kaninchen erbeutet habe, wie es mir aufgetragen wurde.« Er hielt inne, als ein Blitz das Tal vor ihnen erhellte. »Sie werden noch ganz naß, wenn Sie jetzt nicht nach Hause reiten, Gentlemen«, sagte Tynan dann mit gedehnter Stimme.

Einen Moment lang hielt Chris den Atem an, denn die

drei Männer sahen sich an, als wollten sie sich gegenseitig niederschießen. Aber warum? fragte sie sich im stillen.

Dysan gab als erster nach. »Gehen wir«, sagte er, und Owen folgte ihm stumm.

Chris kauerte sich noch tiefer in die Büsche, um sich vor dem Regen zu schützen und vor Tynans Blicken zu verbergen.

Aber vor ihm gab es kein Verstecken. Keine zwei Minuten nachdem die beiden Männer fortgeritten waren, packte er ihren Arm und zog sie unter den Büschen hervor. »Ich sollte Sie dafür eigentlich übers Knie legen«, sagte er. »Wissen Sie, daß die beiden Sie hätten umbringen können?«

Das Wasser lief von seiner Hutkrempe auf ihr Gesicht hinunter. »Woher wußten Sie, wo ich war?«

»Pilar hat Sie weggehen sehen und mich benachrichtigt.« Er hatte einen scheußlich harten Griff, als er sie am Oberarm hinter sich herzerrte. »Und jetzt kommen Sie mit mir.«

»Aber mein Pferd! Es ist...«

»Sie glauben, die Männer haben es hier für Sie stehenlassen?« Er schob sie den Abhang hinunter, aber nicht in die Richtung, aus der sie gekommen war.

Sie hielt den Kopf gesenkt, damit der Regen ihr nicht in die Augen peitschte, und stolperte hinter ihm her.

»Wohin gehen wir?«

»Nach Hause. Zu Ihrem Vater. Sie haben mich schon zwanzig Jahre meines Lebens gekostet, und viel mehr bleiben mir nicht.«

»Aber was wird aus Asher? Sie wollen Lionel umbringen und den Mord dann Asher anlasten.«

»Das ist seine Sorge, Sie sind meine.« Er hielt bei einem gesattelten Pferd an, hob sie in den Sattel und stieg dann hinter ihr aufs Pferd.

»Kommen wir auf diesem Weg zum Haus zurück?«

»Wir kommen auf diesem Weg zu Ihrem Vater zurück.«

»Tynan«, sagte sie, sich im Sattel umdrehend, und schlang die Arme um seine Brust. »Wir können Asher unmöglich allein zurücklassen. Wir müssen ihn wenigstens warnen. Bitte!« Sie sah mit flehenden Augen zu ihm auf.

Er sah sie einen Moment lang schweigend an. »Also gut, verdammt noch mal. Wir werden ihn warnen. Doch dann reiten wir zu Ihrem Vater.«

»Jawohl, Tynan«, sagte sie und klammerte sich noch immer an ihm fest, während sie ritten.

Er ritt so rasch, wie das Pferd die doppelte Last zu tragen vermochte, als dessen vordere Hufe plötzlich in die Luft stiegen und Ty Mühe hatte, das Tier wieder unter Kontrolle zu bringen und gleichzeitig zu verhindern, daß sie aus dem Sattel flog.

»Verdammt«, sagte er in einem Ton, der Chris zwang, sich zu ihm umzudrehen. Ein Blitz war in die Brücke gefahren, und der Fluß war zu einem reißenden Strom angeschwollen, den sie unmöglich durchwaten konnten.

Wir müssen eben den anderen Weg benutzen«, sagte Chris und sah zu ihm hoch.

»Auf dem anderen Weg gibt es keine Brücke über den Fluß.«

Er hielt die Zügel des Pferdes straff. Sie waren beide bis auf die Haut naß, und Blitze zuckten ununterbrochen um sie herum. Doch Tynan machte keine Anstalten, sich von der Stelle zu bewegen.

»Sollten wir nicht besser weiterreiten?« fragte Chris und rieb sich das Wasser aus den Augen. »Das Unwetter wird von Minute zu Minute schlimmer.«

»Es gibt nichts, wo wir hinreiten könnten«, antwortete Tynan. »Wir sind von der Fahrstraße abgeschnitten, und im Norden von uns gibt es nur Urwald.«

»Ty! Es wird bereits dunkel. Wir können nicht die ganze Nacht hier vor dem Fluß stehenbleiben. Gibt es denn keine Unterkunft hier in der Nähe? Wenn das Gewitter vorbei ist, wird der Fluß auch bald wieder abschwellen. Dann kommen wir hinüber ans andere Ufer.«

Ty sagte nichts, sondern starrte stumm in das brodelnde, reißende Wasser.

»Tynan«, überschrie Chris das Donnern. »Laß uns wieder

unter die Bäume reiten. Vielleicht finden wir einen überhängenden Felsen, der uns Schutz vor dem Regen gewährt.«

»Es gibt eine Blockhütte in der Nähe.«

»Was hält uns dann noch hier auf?«

Das Pferd tänzelte nervös, und es goß wie aus Kübeln, und doch wollte sich Tynan nicht von der Stelle rühren.

»Was ist denn los?« schrie sie. »Was hält uns noch davon zurück, zu dieser Blockhütte zu reiten?«

»*Du* bist es, der mich davon zurückhält!« schrie er zurück, wendete dann aber das Pferd und ritt nach Norden.

Kapitel 15

Die Blockhütte war einst für einen Landvermessungstrupp gebaut worden, der in diesen Wäldern gearbeitet hatte. Seither war die Hütte in brauchbarem Zustand erhalten worden, vermutlich von Owen, da ihm der Wald gehörte – oder vielmehr Lionel, wie ihn Chris energisch zurechtwies. Die Hütte bestand aus einem kleinen Raum, in dem sich eine Herdstelle und ein Stapel Feuerholz befanden. Irgendwelche Möbel gab es nicht.

Tynan hatte das Pferd in einem Anbau an der Hinterseite der Hütte untergestellt, dann ein Feuer in der primitiven Herdstelle entfacht und die Kaninchen ausgenommen und abgehäutet, die nun an einem Spieß über dem Feuer brieten. Trockenes Feuerholz gab es hier in Hülle und Fülle. Dann hatte Ty den Sattel mit der Bettrolle auf den Boden geworfen, damit Chris sich darum kümmern konnte, während er das Pferd versorgte.

Sie entfernte die Decke aus der Bettrolle und freute sich, daß sie relativ trocken geblieben war. Sie schüttelte die Decke aus und erschauerte in ihren nassen Kleidern. Ihr wurde plötzlich bewußt, warum Tynan sich scheute, bei ihr in der Hütte zu bleiben. Da der Regen draußen ununterbrochen vom Himmel rauschte, das Feuer in der Hütte lustig prasselte und sie im

Begriff war, ihre nassen Kleider auszuziehen, an deren Stelle sie sich nur eine Decke um den Leib wickeln konnte, wurde ihr klar, wohin das führen mußte.

Mit einem leisen Seufzer ließ sie sich auf den Sattel fallen, die Decke auf ihren Knien. Was würde ihre Mutter gesagt haben, wenn sie gewußt hätte, was ihr einziges Kind nun vorhatte? Würde sie entsetzt sein? Würde Judith Montgomery diesen Tynan geliebt haben – diesen Mann ohne Nachnamen, für den der Begriff »Heim und Herd« ein Fremdwort war?

Chris drehte die Kaninchen über dem Feuer und versuchte so ruhig und besonnen wie möglich zu überlegen. Sie hatte noch nie zuvor in ihrem Leben mit dem Gedanken gespielt, einen Mann zu verführen. Zuweilen dachte sie, was für eine Ironie es doch war, daß sie ihr ganzes Leben hindurch Männer von sich abgewehrt hatte. Das hatte schon als kleines Kind begonnen, als ihre Mutter sie davor gewarnt hatte, von fremden Männern Süßigkeiten anzunehmen, und sie später ermahnte, bis zu ihrem Hochzeitstag immer nein zu sagen. Wie konnte sie also jetzt etwas anderes sagen? Und noch wichtiger: Wie sollte sie eine Frage mit ja beantworten, die ihr überhaupt nicht gestellt wurde?

Sie stand einen Moment vor dem Herd und starrte in die Flammen. Vielleicht wollte Tynan sie gar nicht haben; möglicherweise war das sogar der Grund dafür, daß er all ihren Avancen widerstand. Vielleicht genügte ihm die schöne Pilar vollkommen.

Sie erschauerte abermals in ihren nassen Kleidern und begann sich diese vom Körper zu schälen, während sie sich, immer noch in das Feuer starrend, fragte, was sie tun sollte und ob sie es tun sollte. In diesem Augenblick kam Tynan in die Hütte zurück.

Instinktiv zog sie die Decke in die Höhe, um ihre Blöße zu verstecken.

Ty, der nur kurz in ihre Richtung schaute, hängte den Zügel an einen Nagel an der Tür, nahm dann seinen Hut ab und schüttelte das Wasser aus der Krempe. »Sieht so aus, als würde das Gewitter die ganze Nacht andauern. Sind die Kaninchen schon gar?«

Chris wickelte die Decke um ihren Leib und ging zum Herd, um das Fleisch zu kosten. »Ich denke ja, aber ganz sicher bin ich mir nicht.«

Sie sah hoch, bemerkte, daß Tynan sie anstarrte, und wurde sich bewußt, daß die Decke oben und unten klaffte. Sie senkte den Kopf, damit er ihr Lächeln nicht bemerkte, und sah dann wieder auf die Kaninchen. Wenigstens machte sie etwas Eindruck auf ihn, dachte sie, wenn sie auch nur seinen Blick auf sich zog.

»Ich werde das Fleisch kosten«, sagte Ty.

Sie blickte durch ihre Wimpern zu ihm auf.

»Treten sie zurück«, sagte er gewaltsam. »Stellen Sie sich an die Wand. Nein, nicht an diese, sondern an die entfernte. Dort bleiben Sie so lange, bis ich das Fleisch geprüft habe.«

»Tynan«, sagte sie erbost, »Sie benehmen sich so, als hätte ich eine ansteckende Krankheit. Ich kann Ihnen versichern, daß ich absolut frei von irgendwelchen Leiden oder Beschwerden bin.«

»Hmm!« machte er nur und riß eine saftige Keule aus dem Kaninchenbraten. Seine Kleider waren naß und klebten an seinem muskulösen Körper, so daß jeder Hügel und jedes Tal auf seinem Rücken deutlich zu erkennen waren. Sie konnte sehen, wo die Peitsche Narben hinterlassen hatte. »Sie sind schlimmer als jede Krankheit, Lady – Sie sind Gift.«

»War es wirklich so schlimm im Gefängnis?« fragte sie mit sanfter Stimme.

»Leider vergißt man viel zu schnell. Hier, nehmen Sie das«, sagte er, als er die Kaninchen von den Spießen nahm. »Oder besser – Sie holen sich das Fleisch, wenn ich mich dort in die Ecke gesetzt habe.«

»Du meine Güte, Tynan! Ich werde Sie schon nicht umbringen! Sie benehmen sich, als würde ich mit einem geladenen Gewehr auf Ihren Kopf zielen.«

Er musterte sie eine halbe Sekunde lang von Kopf bis Fuß.

»Ich hätte es lieber mit zwanzig Gewehren zu tun als mit Ihnen. Essen Sie das Fleisch, und legen Sie sich dann dort drüben hin, um zu schlafen. Wir werden morgen früh sehr zeitig aufbrechen, damit Sie noch vor dem Morgengrauen Prescott warnen können. Dann reiten wir sofort weiter. Ich möchte Sie keine Sekunde länger in der Nähe von Hamilton lassen.«

Chris streckte sich auf dem harten Holzfußboden aus, kaute auf ihrem Stück Fleisch herum und versuchte, es sich bequem zu machen. Vergeblich. Die Decke war klein und ließ ihre Beine von den Knien abwärts frei. Sie suchte sie unter dem Stoff zu bergen, enblößte dabei jedoch nur ihre Schultern, so daß sie oben herum fror. Und wenn sie sich oben bedeckte, fror sie unten.

»Wollen Sie nicht endlich stillhalten?« rief Tynan plötzlich.

Sie sah überrascht hoch. Er saß auf dem Sattel, knabberte an seiner Kaninchenkeule und starrte ins Feuer. »Also, ich versuche nur, so zu liegen, daß ich nicht erfrieren muß, und das ist unter den gegebenen Umständen gar nicht so einfach.«

»Es war Ihre Idee, in dieser Hütte zu übernachten. Also hören Sie auf, sich zu beschweren, und machen Sie das Beste daraus. Versuchen Sie zu schlafen.«

»Wie soll ich denn schlafen können, wenn ich hier vor Kälte schlottere? Und warum haben sie immer noch Ihre nassen Kleider an?« Sie setzte sich auf. »Schauen Sie mal Ihre Haut an! Sie ist blau vor Kälte. Gibt es denn hier nichts, was wir als Kaffeetopf verwenden können? Ich werde Ihnen etwas kochen, das Sie wärmt.«

Er machte sich nicht die Mühe, ihr zu antworten, sondern saß nur da, kaute auf seinem Fleisch herum und hielt den Blick auf die Flammen gerichtet, als wäre sie gar nicht vorhanden.

Chris setzte sich vor ihm hin, und als er fortfuhr, über sie hinwegzusehen, nahm sie seine Hände in die ihren. »Stimmt etwas nicht? Erinnert diese Hütte Sie an etwas Schlimmes, das Ihnen früher widerfahren ist? Vielleicht an eine Bande von Gesetzlosen, mit der Sie ritten? Oder an den Mann, der Ihr Freund war und aufgehängt wurde?«

Ty sah mit einem Gesicht auf sie hinunter, das zu fragen schien, ob sie nun völlig den Verstand verloren habe.

Seine Hände waren so kalt wie ein Stück Eisen, das man im Schnee vergessen hatte. Sie begann sie zu reiben, darauf zu hauchen und sie auf jede denkbare Weise zu erwärmen.

»Chris«, sagte er mit einer heiseren Flüsterstimme. »Ich glaube nicht, daß ich das noch länger ertragen kann. Also setzen Sie sich jetzt dort drüben in die Ecke und lassen Sie mich in Ruhe.«

»Es wird Ihnen nicht warm werden, wenn Sie weiter in Ihren nassen Kleidern herumsitzen. Sie sollten sie lieber ausziehn.« Sie sah zu ihm hoch und wußte, daß sich das, was sie für ihn empfand, in ihren Augen spiegelte. Doch er schien überhaupt nicht darauf zu reagieren. Er saß nur da und sah sie an, und wenn sich etwas in seinen Augen spiegelte, dann war es Trauer.

Sie wollte gerade etwas sagen, als er sich plötzlich bewegte, sie in seine Arme nahm, sie zu sich emporzog und seinen Mund auf ihre Lippen preßte. Wenn Tynan schon ein Meister im Öffnen von Knöpfen war, so konnte er mit Decken noch meisterlicher umgehen. Ehe sein Gesicht mit dem ihren in Berührung kam, flog die Decke schon in eine Ecke der Hütte. Chris stöhnte leise, als sie Tys kalte, nasse Kleider auf ihrer warmen, nackten Haut spürte; doch sie legte ihm die Arme um den Hals und zog ihn noch fester an sich.

»Tynan«, flüsterte sie, als er hungrig ihren Hals zu küssen begann, seine Hände an ihrem Rücken hinauf- und hinunterglitten, seine Finger ihr Gesäß umspannten.

Er nahm ihren Kopf in seine Hände und blickte sie an. »Chris«, murmelte er, »ich habe noch nie ein so großes Verlangen nach etwas gehabt wie jetzt nach dir. Das ist deine letzte Chance, nein zu sagen, weil es dann für mich kein Zurück mehr geben kann.«

Ihre Nasen berührten sich, so daß sie ihr Gesicht ein wenig drehte, damit sie ihm rasch einen Kuß geben konnte. »Ja«, sagte sie mit freudiger Stimme, »ja und ja und ja.« Und bei jedem Ja gab sie ihm einen Kuß.

Da huschte ein Lächeln über sein Gesicht – ein warmes, verführerisches Lächeln, daß Chris ein prickelnder Schauer über den Körper lief. Das war also das Gesicht von Tynan, dem Liebhaber, dachte sie.

Mit einem breiten Grinsen wühlte er in ihren nassen Haaren, beugte sich vor und knabberte sacht an ihrer Unterlippe. Das kam für Chris überraschend. Sie wußte zwar über die elementaren Vorgänge bei der menschlichen Paarung Bescheid, doch daß man dabei auch die Zähne benutzte, davon hatte sie bisher noch nichts gehört.

»Komm her, du kleine verführerische Elfe«, sagte er und zog sie noch weiter in die Höhe. Sie war nun zwischen seinen Beinen, und seine nasse Hose drückte gegen ihre Rippen, hielten sie fest, während er ihr Ohrläppchen küßte, ihren Hals, ihre Schultern, mit Zähnen und Lippen ihren Arm liebkoste.

Chris spürte, wie ihr der Kopf in den Nacken sank. »Oh, das tut gut«, murmelte sie mit geschlossenen Augen. Seine Hände begannen ihren Körper zu reiben, sie zu erwärmen. Sie schienen überall zugleich zu sein – an ihren Sohlen, an ihren Waden, an ihrem Gesäß, und dann massierten seine Fingerspitzen ihre Wirbelsäule.

Nach einer Weile spürte sie seine kalten Kleider nicht mehr, sondern nur noch seine heißen Hände auf ihrer Haut, seine Lippen, die sich über ihren Körper bewegten – einen Körper, der noch nie zuvor die Lippen eines Mannes gekannt hatte.

Und er konnte mit ihrem Körper genauso geschmeidig behend umgehen wie mit den Knöpfen ihres Kleides. Sie wußte gar nicht, wie sie in die Rückenlage gekommen war, spürte aber um so mehr seine Lippen, die zum ersten Mal ihre Brüste berührten. Ihre Augen flogen auf, und sie betrachtete ihn staunend.

Der dunkle Raum, die Herdflammen hinter ihm, die ihn mit einem leuchtenden Saum umgaben, ließen ihn noch besser aussehen als sonst, und es war ihr, als wäre Zeus, der Göttervater, vom Olymp herabgestiegen, um sie zu lieben. Sie vergrub ihre Hand in seinen dunklen Haaren und zog seinen Kopf zu ihrem Gesicht empor, damit sie ihn küssen konnte. »Ich liebe dich, Tynan«, sagte sie, schlang ihre Arme um ihn und küßte ihn. Sie war nicht überrascht, als sie merkte, daß er kein Hemd mehr trug. Zweifellos konnte er sich selbst genauso rasch und geschickt entkleiden wie eine Frau.

Seine Hände fuhren fort, ihren Körper zu streicheln und zu liebkosen, glitten über ihren Bauch, an ihren Schenkeln hinunter und wieder hinauf zu ihren Brüsten. Er fühlte sich so gut an – seine kräftigen breiten Schultern; die Art, wie seine Muskeln unter ihren Händen lebendig wurden, wenn er sich bewegte; dieses sanfte Schaukeln seiner Hüften an ihrer Hüfte.

Chris spürte, wie ihr das Herz bis in den Hals hinauf schlug, als seine Hände anfingen, das weiche Fleisch an der Innenseite ihrer Schenkel zu streicheln und zu kneten und weiche, ruhende Muskeln zu berühren. Ihre Beine begannen sich ganz von selbst zu öffnen.

»Ty«, flüsterte sie, »mein herrlicher Ty.«

Er sagte kein Wort, begann aber mit seinen Lippen an ihrem Leib hinunterzuwandern, während Chris den Kopf weit zurück in den Nacken bog in Erwartung dessen, was da kommen mußte. Sein heißer, feuchter Mund schloß sich um ihre Brust und entlockte ihr ein leises Stöhnen. Und während er fortfuhr, ihre Brüste mit seinen Lippen zu liebkosen, strichen seine Hände über ihre Beine hin.

Als er sich über sie schob, faßte sie mit beiden Händen nach ihm und umklammerte instinktiv seinen Leib mit ihren Beinen. Sacht löste er ihre Beine wieder von seinen Hüften und legte sie neben sich, angewinkelt mit den Knien nach oben.

Als er in sie eindrang, wimmerte sie leise und öffnete die Augen, um ihn anzuschauen. Er lag immer noch auf ihr, lächelte sie an, als wäre das alles ganz mühelos und unbeschwert, dabei standen ihm dicke Schweißperlen auf der Stirn.

Sie war auf einen Schmerz vorbereitet gewesen. Doch sie spürte keinen, nur Überraschung darüber, wie sich der Liebesakt nun wirklich anfühlte. Sie blinzelte ein paarmal und hob dann leicht ihre Hüften an, auf Ty zu, und sah, wie er nun die

Augen schloß, den Kopf in den Nacken legte und ganz in sie eindrang.

Chris meinte, das Herz würde ihr jeden Moment aus der Brust springen, als er sich in ihr zu bewegen begann – so sacht und so langsam zunächst, daß sie ein absolut himmlisches Gefühl dabei hatte. Langsam, tief und rhythmisch bewegte er sich, und sie hatte das Empfinden, als würde er sie verschlingen, während sie sich auszudehnen und immer größer zu werden schien, bis sie meinte, nun müsse sie jeden Moment explodieren.

»Tynan?« sagte sie, und da lag eine leise Angst in ihrer Stimme, weil sie nicht wußte, was nun passieren würde.

Er nahm ihre Beine, legte sie sich, wie anfangs, um seine Hüften und hob dann ihr Becken an, so daß die Hälfte ihres Körpergewichts von seinen Hüften getragen wurde. Dann fing er an, sich rascher zu bewegen, um möglichst noch tiefer zu gelangen. Chris hob die Hände, um die kräftigen Muskeln auf seiner Brust zu berühren, sich an ihn zu klammern, ihre Fingerkuppen in seine Muskeln zu graben, als wollte sie sich in seinem Fleisch festkrallen. Ihr Kopf bewegte sich vor und zurück, und sie gab leise, helle Töne von sich.

Tynans Bewegungen wurden noch schneller, und nun dachte Chris wirklich, sie würde explodieren.

Danach lag sie still, immer noch an ihn geklammert, und wollte ihn nicht mehr loslassen.

»Du kannst doch, nicht wahr?« sagte sie schließlich.

Mit einem leisen Lachen löste sich Ty von ihr, hielt sie aber fest, einen Arm unter ihrem Kopf, einen Schenkel auf ihren Schenkeln.

»Das war wunderbar«, sagte sie, sich streckend. »Habe ich es richtig gemacht? Du warst nicht enttäuscht, nein?«

»Nein«, murmelte er.

»Du schläfst doch jetzt nicht, oder?«

»Nicht, wenn du fortfährst, mich auszufragen. Chris, wir müssen morgen früh sehr zeitig aufstehen und haben einen sehr anstrengenden Tag hinter uns, wenn ich dich an unsere Kletterpartie erinnern darf. Deshalb hätte ich jetzt ganz gern geschlafen.«

»Schlafen?« Sie stemmte sich mit dem Ellenbogen hoch, damit sie ihn ansehen konnte. »Aber ich habe schrecklichen Hunger, und wir haben so viel zu bereden: Wie du herausgefunden hast, daß wir zu Owen geritten sind; wann wir heiraten werden, und was wir Lionels wegen unternehmen sollen, und daß Pilar jetzt aus dem Haus muß und ...«

»Moment mal!« Seine Augen waren auf sie gerichtet. »Heiraten? Wer hat etwas von Heiraten gesagt!«

»Aber ich dachte... ich meine, nach dem, was wir eben getan haben ...«

Er rollte von ihr weg und zog seine Hose an.

Sie sah ihm zu, die Decke an den Leib gedrückt, wie er Holz nachschürte und die Kaninchen an den Spießen über die Flammen hängte, damit das Fleisch wieder heiß wurde. Dann riß er ein großes Stück davon ab und reichte es ihr, ehe er sich an der Hüttentür aufstellte, sich umdrehte und sagte:

»Ich habe das niemals gewollt. Ich war entschlossen die Hände von dir zu lassen, wie dein Vater es von mir verlangte.«

»Wenn du dir wegen deiner Begnadigung Sorgen machst«, sagte sie mit vollem Mund, »kann ich dich beruhigen. Mein Vater schickt dich nicht ins Gefängnis zurück. Dafür verbürge ich mich.«

»Merkst du denn nicht, daß es hier um mehr geht?« fragte er gereizt. »Jemand wie ich kann eine Frau wie dich nicht heiraten, und außerdem *will* ich auch gar nicht heiraten.«

Chris hörte auf zu kauen. »O, Tynan, du hast eine so schlechte Meinung von dir!«

»Du ebenfalls, sobald der Wind dir ins Gesicht bläst.«

Chris hätte sich fast verschluckt. »Ich habe einen Fehler gemacht und entschuldige mich dafür. Das wird nicht noch einmal passieren. Schon gar nicht, wenn du mein Ehemann bist.«

»Aber das werde ich eben nicht sein!« sagte er, sich wieder

von der Tür entfernend. »Wenn ich jede Frau heiraten würde, mit der ich...«

»Schon gut, ich habe verstanden«, unterbrach sie ihn rasch. »Aber ich liebe dich, Tynan!«

»Du glaubst, in das verliebt zu sein, was du siehst. Ich versuche freundlich zu dir zu sein, Chris. Was heute abend passiert ist, passiert immer, wenn eine Frau und ein Mann zusammen eine Nacht in einer einsamen Hütte verbringen. Das war unvermeidlich.«

Chris warf den abgenagten Knochen ins Feuer, stand auf und wickelte sich die Decke um den Leib. »Vielleicht ist das in deiner Welt unvermeidlich, aber nicht in meiner. Als ich gegen die mexikanische Regierung ermittelte, verbrachte ich drei Nächte allein mit einem mexikanischen Wächter in einem Raum, aber er hat mich nicht angerührt.«

»Und wie viele Gewehre hast du auf ihn gerichtet?«

»Nur eine sehr kleine Pistole«, sagte sie mit einem Lächeln. »Tynan, ich...«

»Es gibt nichts mehr zu sagen. Ich möchte, daß du dich hinlegst und schläfst. Am besten vergessen wir, was heute abend hier geschehen ist.«

»Vergessen? Aber...«

»Was verlangst du von mir? Verlangst du, daß ich dir die *Wahrheit* sage? Die *Wahrheit* lautet, daß du für mich nichts anderes bist als ein heißes, appetitliches Ding, von dem ich mir ein Stück abgebissen habe. Du bist für mich nicht mehr und nicht weniger als ein Freifahrtschein aus dem Gefängnis. Und du machst einem mehr Scherereien als ein Stall voller Sheriffs. Alles, was ich möchte, ist, dich deinem Vater zu übergeben und meine Begnadigung dafür zu erhalten – wenn er sie mir noch gewährt, nachdem ich seine Tochter geschändet habe –, und mich dann so rasch wie möglich von dir und deinesgleichen zu entfernen. Habe ich mich jetzt klar und deutlich ausgedrückt?«

Sie wollte nicht, daß er sah, wie entsetzlich sie sich fühlte. Langsam drehte sie ihm den Rücken zu und begann sich ihre feuchten Kleider wieder anzuziehen.

»Was machst du denn da?«

»Nichts, was deiner Begnadigung schaden könnte.«

»Chris, warte ...«

Sie blickte ihn nicht an. »Du hast gesagt, was du sagen wolltest, und wenn du nichts dagegen hast, möchte ich jetzt nichts mehr hören. Du kannst deine Decke wiederhaben. Ich möchte dir nicht noch mehr Scherereien machen. Ich werde bis zum Morgen hier in dieser Ecke bleiben.«

Sie sah ihn nicht mehr an, als sie sich mit dem Rücken zur Wand in eine Ecke kauerte.

Kapitel 16

Die Morgendämmerung brach viel zu rasch herein. Chris hatte sehr wenig geschlafen und litt unter furchtbaren Kopfschmerzen. Zweimal hatte Tynan versucht, mit ihr zu reden, doch sie hatte sich wortlos zur Seite gedreht. Draußen hatte es zu regnen aufgehört, und schweigend verließen sie die Hütte. Tynan wollte ihr aufs Pferd helfen, doch sie wich seiner Hand aus und stieg ohne seine Unterstützung in den Sattel.

Sie mußten ziemlich weit reiten, ehe sie eine Stelle im Fluß fanden, die sie als Furt benutzen konnten. Die ganze Zeit über war Chris bemüht, jede Berührung mit Tynan zu vermeiden. Und sie redete nicht ein Wort mit ihm.

Als sie endlich das Haus von Hamilton erreichten, kam ihr sein Anblick wie eine Erlösung vor.

»Wir brechen in einer Stunde auf«, sagte Tynan, doch sie weigerte sich, ihn anzusehen. Er faßte sie am Arm, als sie von ihm weg zum Haus gehen wollte. »Hast du gehört? Ich bringe dich in einer Stunde von diesem Haus weg und heim zu deinem Vater, wo du hingehörst.«

Chris riß sich von ihm los. »Ich habe jedes Wort gehört, das du mir zu sagen hattest«, erwiderte sie, während sie sich von ihm wegdrehte und wieder auf das Haus zuging. Sie verhielt kurz am Rand des Gartens bei dem Gedanken, wie man sie jetzt wohl dort im Haus empfangen würde, wenn Owen wußte, wo sie gewesen war, oder jemand nach ihr gesucht hatte. Sie bückte sich, pflückte eine Margerite, drehte sie zwischen den Fingerspitzen und reckte das Kinn in die Höhe, ehe sie weiterging. Als sie den Garten an der Hinterseite des Hauses betrat, sah sie Owen und Asher, der ihr den Rücken zukehrte.

Owen hörte zu reden auf, seine Augen weiteten sich, und im nächsten Moment drehte sich Asher um, sah sie und rannte mit ausgestreckten Armen auf sie zu. Er umarmte sie heftig, hob sie in die Höhe und schwenkte sie im Kreis herum.

»Chris«, sagte er, mit seinem Gesicht an ihrem Hals, »ich habe mir entsetzliche Sorgen um dich gemacht. Bist du verletzt? Fehlt dir etwas?«

Sie erwiderte begeistert seine Umarmung. Es tat so gut, so unendlich gut, wenn man gebraucht und vermißt wurde. Sie spürte, wie ihr die Tränen kamen, und flüsterte an seinem Hals: »Es ist alles okay.«

Doch im nächsten Moment vergaß sie ihre Tränen, als ein Schuß fiel. Sie konnte den heißen Atem der Kugel spüren, als diese an Ashers Hinterkopf vorbeipfiff. Chris blickte hinunter auf die Margerite, die plötzlich ihre Blüte verloren hatte, und dann auf Tynan, der ein paar Meter entfernt stand, einen rauchenden Revolver in der Hand. Er hatte die Margerite vom Stengel geschossen, die sie in der Hand hielt, als Asher sie umarmte.

Unity kam aus der Küche herbeigerannt. »Was ist los? Ich habe soeben einen Schuß gehört.«

Tynan blickte Chris an, und sie gab seinen Blick wütend zurück, den Arm noch immer um Ashers Hals gelegt.

»Ich habe nur ein Unkraut beseitigt, Ma'am«, sagte er in näselndem Ton, ehe er sich umdrehte und davonging.

»Was hatte das denn zu bedeuten?« fragte Asher.

Chris warf die geköpfte Blume auf den Boden, als wäre es Gift. »Nichts. Gar nichts«, antwortete sie. Sie sah hoch, als Owen auf sie zutrat.

»Diana, wir haben uns große Sorgen um dich gemacht. Niemand wußte, wo du stecken könntest. Wir haben die ganze Nacht nach dir gesucht.«

Zum ersten Mal betrachtete sie die beiden Männer etwas genauer und bemerkte, daß sie übernächtigt, schmutzig und unrasiert aussahen.

»Ich hatte mein eigenes Pferd gesattelt, als ich das Anwesen verließ«, murmelte sie. »Als das Gewitter losbrach, habe ich eine Unterkunft gefunden. Kann ich dich einen Augenblick sprechen?« sagte sie, sich dem Mann zudrehend, der die Rolle ihres Ehemannes spielte.

»Aber natürlich, Liebes. Du mußt schrecklich müde sein.« Wie ein besorgter Gatte nahm er jetzt ihren Arm, führte sie ins Haus und dann die Treppe hinauf zu ihrem Zimmer.

»Also«, sagte er, als sie allein in ihrem Zimmer waren, »ich möchte jetzt wissen, wo Sie gewesen sind und was sich dort zugetragen hat. Hat dieser Tynan Ihnen etwas angetan?«

»Nicht mehr, als ich von ihm forderte. Drehen Sie den Kopf zur Seite, ich möchte mich umziehen. Ich bin Owen und diesem schrecklichen anderen Mann, Beynard Dysan, in den Wald gefolgt.«

»Was macht ihn denn so schrecklich? Er hat genauso lang und gewissenhaft nach Ihnen gesucht wie die anderen auch.«

»Schauen Sie aus dem Fenster, wenn ich bitten darf. Ich weiß nicht, warum er mir vom ersten Augenblick an unsympathisch war, aber als ich die beiden belauschte, fand ich meinen Eindruck bestätigt. Er und Owen beabsichtigen, Lionel zu ermorden und Ihnen die Tat in die Schuhe zu schieben.«

»Mir? Aber was habe ich denn mit diesem Fratz zu tun?«

»Nicht Sie, aber Whitman Eskridge, der Gelder veruntreut hat und seine Frau schlägt...«

»Seine Frau schlägt?« wiederholte Asher mit einem Staunen in der Stimme. »Davon wußte ich ja noch gar nichts.«

»Nun, ich hoffe, Sie werden dieses Gerücht gar nicht erst bestätigen«, sagte sie rasch. »Aber ich hörte, wie Owen es diesem Beynard Dysan erzählte, als ich hinter ihnen in den Büschen kauerte und sie belauschte.«

»Sie sind den beiden nachgeritten, und die haben das nicht bemerkt?«

Chris dachte an jene Sekunden, ehe Tynan aufgetaucht war. Da hatte sie durchaus den Eindruck gehabt, die beiden Männer wüßten genau, wo sie sich versteckt hielt, und wollten sie aus den Büschen herausholen. Doch das mußte sie sich wohl eingebildet haben. »Es fing gerade an zu regnen, und im Getöse des Gewitters haben sie mich natürlich nicht hören können. Bleibt nur das Problem, daß sich dieser... dieser Mann nicht davon abbringen läßt, daß ich dieses Haus sofort zu verlassen hätte. Tatsächlich wollte er am liebsten gleich mit mir aus dem Wald heim zu meinem Vater reiten, ohne erst hierherzukommen und Sie zu warnen.«

Asher sagte nichts.

»Nun?« fuhr Chris fort. »Sie sehen doch ein, daß wir unmöglich von hier wegreiten können, nicht wahr? Wir müssen Lionel beschützen.« Sie hatte sich inzwischen umgezogen und stellte sich nun vor ihm hin.

Ash blickte auf sie hinunter. »Wie hat Tynan Sie gefunden?«

»Ich weiß nicht. Er ist mir vermutlich gefolgt.«

Asher legte ihr beide Hände auf die Arme. »Chris, ich glaube, Ty hat recht. Sie sollten eigentlich schon längst wieder zu ihrem Vater unterwegs sein. Wenn Sie jetzt nicht zurückgekommen wären, würde ich noch zwei Tage nach Ihnen gesucht und mich dann ebenfalls auf den Weg zu Ihrem Vater gemacht haben. Dann wären wir alle in Sicherheit gewesen. Es war nicht sehr klug von Ihnen, in dieses Haus zurückzukommen, wenn Sie wissen, daß hier ein Mörder wohnt.«

Sie trat von ihm weg. »Aber was wird aus Lionel? Macht es denn keinem etwas aus, daß er sich in Lebensgefahr befindet?«

»Wir brauchen doch nur dem zuständigen Sheriff Bescheid zu sagen. Wenn er Hamilton verhört, wird das für Owen eine Warnung sein.«

»So daß er Lionel auf eine sehr umsichtige Weise beseitigen

läßt? Ich bin sicher, es wird wie ein Unfall aussehen, und Owen wird in dem Moment, wo Lionel stirbt, weit entfernt sein von der Unfallstelle.«

»Das ist nicht meine Sorge. Meine Sorge sind Sie. Ich denke, wir sollten so rasch wie möglich von hier fortreiten. Heute noch.« Er ging zum Schrank und holte ihre Reisetasche heraus. »Ich möchte, daß Sie sofort Ihre Sachen packen. Ich werde Owen sagen, daß die Umgebung dieses Hauses für eine Lady wie Sie zu gefährlich ist und ich daher beschlossen habe, Sie wieder in den Osten zurückzubringen, wo Sie hingehören.«

»Ich werde aber nicht gehen«, sagte sie, ihn anfunkelnd.

»Dann werde ich ihm sagen, wer Sie wirklich sind. Ich glaube nicht, daß wir danach noch in diesem Haus willkommen sind. Packen Sie Ihre Sachen, ruhen Sie sich aus, und ich komme in ungefähr einer Stunde wieder, um Sie abzuholen. Ich will mich erst mit Tynan besprechen.«

»Reden sie nicht mit ihm!«, sagte Chris wütend. »Dem geht es nur darum, mich so rasch wie möglich wieder loszuwerden.«

Asher blieb an der Tür noch einmal stehen. »Auf dem Rückweg möchte ich, daß Sie mir erzählen, was zwischen Ihnen beiden gewesen ist, weil Sie die ganze Nacht weggeblieben sind. Um Sie aber jetzt daran zu hindern, noch etwas Tapferes oder Törichtes zu versuchen, werde ich diese Tür absperren. Ich sehe Sie also in ungefähr einer Stunde wieder.«

Ehe Chris antworten konnte, war er durch die Tür, und sie hörte, wie sich der Schlüssel im Schloß drehte. Einen Moment lang lehnte sie sich gegen die Tür und verfluchte alle Männer der Welt. Doch dann fiel ihr Blick auf das weiche Bett, das mit frischen, angenehm duftenden Laken bezogen war, und sie ging darauf zu, als befände sie sich in Trance. Sie war schon fast eingeschlafen, ehe sie sich auf das Bett fallen ließ.

Sonnenlicht fiel ins Zimmer. Chris schlief tief und fest, als sich eine Hand über ihren Mund legte. Ihre Augen flogen auf – und sie sah einen Mann mit einer schwarzen Kapuze über dem Gesicht vor sich stehen.

»Seien Sie still, Missy, dann wird Ihnen nichts passieren. Sie werden jetzt einen kleinen Ausflug mit uns machen.«

Sie kannte weder die Stimme noch die Gestalt dieses Mannes und versuchte, sich gegen ihn zu wehren, aber er drückte sie mühelos nieder, verpaßte ihr einen Knebel und fesselte dann ihre Hände. Als sie ihn zu treten versuchte, packte er ihre Knöchel mit seinen mächtigen Händen und wickelte ein dünnes, elastisches Seil darum, das ihr in die Haut schnitt, wenn sie eine heftige Bewegung machte. Und dieses Seil wickelte er ihr auch um den Leib, als wäre sie eine Leiche, die auf See bestattet werden sollte. Als er mit dem Verschnüren fertig war, lagen nur noch ihre Augen frei; selbst ihr Haar war auf dem Rücken festgebunden.

Mühelos hob der geheimnisvolle Besucher ihren Körper vom Bett auf, warf ihn sich über eine Schulter und trug ihn zum Fenster. Dort stand eine Leiter bereit, und er trug Chris hinunter, als wäre sie ein zusammengerollter Teppich.

Chris versuchte den Kopf zu drehen, um festzustellen, ob jemand in ihrer Nähe war. Doch die Verschnürung machte jede Bewegung unmöglich. Ein Pferd erwartete ihn unter den Bäumen, und er warf sie quer über den Sattel, ehe er sich hinter ihr auf das Pferd schwang. Dann ritt er behutsam tiefer in den Wald hinein, damit keiner die Hufschläge hörte. Chris dachte, daß sie bisher stets, wenn sie sich heimlich entfernen wollte, von irgendwelchen Leuten gesehen worden war, aber jetzt, da sie Hilfe brauchte, wollte keiner sie bemerken.

Dann dachte sie nichts mehr, weil ihr Entführer dem Pferd, auf dem sie lag, die Sporen gab und der Sattel gegen ihren Magen schlug. In den nächsten Stunden war sie ausschließlich damit beschäftigt, ihren Magen daran zu hindern, seinen Inhalt von sich zu geben.

Es wurde schon dunkel, als sie entdeckte, daß noch ein Reiter neben ihr galoppierte. Sie wußte nicht, wann er zu ihnen gestoßen war, aber als das Pferd, auf dem sie lag, endlich anhielt, hörte sie den Mann, der sie gefesselt hatte, zu dem anderen Reiter sagen:

»Hat sie dir Schwierigkeiten gemacht?«

»Nein. Deine?«

»Nicht im geringsten. Binde sie los. In diesem Zustand würde sie den Tag nicht überleben.«

Ihr Entführer zog sie vom Pferd herunter und stellte sie auf den Boden. Aus dem Augenwinkel konnte sie sehen, wie ein zweites verschnürtes Bündel, das sich ebensowenig bewegen konnte wie sie, von dem anderen Pferd heruntergehoben wurde. Der andere Reiter legte das Bündel neben ihr ab, aber da Chris den Kopf nicht bewegen konnte, wußte sie nicht, wer darin verpackt war. Erst als ihr Entführer ihr das Seil vom Körper zu wickeln begann und ihr Kopf freilag, konnte sie das Bündel betrachten – und erschrak.

Pilar lag neben ihr und sah sie ebenso erschrocken an.

Ihr Entführer entfernte den Knebel aus ihrem Mund. »Was machen Sie denn hier?« schrie Chris.

»Mund halten?« rief der Mann, der sie gefangengenommen hatte. Der andere Reiter war groß und hager. »Wir wollen nicht euer Geschnatter hören. Wollt ihr etwas zu trinken haben oder nicht?«

Mit zitternden Händen nahm Chris dem Mann den schmutzigen Zinnbecher ab.

»Wer sind Sie?« fragte sie den Mann. »Was wollen Sie von uns?«

»Hast du Sehnsucht nach deinen Stricken?«

Chris wollte etwas darauf erwidern, spürte aber im selben Moment Pilars Hand auf ihrem Arm. Sie blickte die dunkelhaarige Frau an und sah, daß diese stumm den Kopf schüttelte. Chris wandte den Blick wieder von ihr ab, sagte aber kein Wort mehr. Ein paar Minuten später packte der Mann, der sie entführt hatte, sie bei den Schultern, riß sie vom Boden hoch und warf sie in den Sattel.

»Ich mag keine geschwätzigen Frauen«, rief er ihr ins Ohr. »Solange du deinen Mund hältst, werden wir uns gut vertragen. Machst du ihn aber auf, werde ich ihn wieder mit einem Knebel verstopfen. Hast du mich verstanden?«

Sie sah, wie er seine schwarze Kapuze auf die Erde warf, drehte sich aber nicht im Sattel, um sein Gesicht zu sehen. Sie hatte genug damit zu tun, nicht den Halt zu verlieren und die zudringlichen Hände des Mannes abzuwehren.

»Chris und ich werden in einer knappen Stunde dieses Haus verlassen«, sagte Tynan zu Asher. Sein Mund war ein dünner Strich, seine Augen voller Zorn.

»Moment mal – ich will mit Ihnen reden.«

»Dazu habe ich keine Zeit«, sagte Tynan und wandte sich zum Gehen. »Sie können mitkommen oder hierbleiben. Das bleibt ganz Ihnen überlassen.«

Asher hielt ihn am Arm fest. »Ich möchte wissen, was heute nacht passiert ist. Wo seid ihr beide die Nacht über gewesen? Und was sollte dieser Schuß vorhin bedeuten? Die Kugel ist verdammt nahe an meinem Kopf vorbeigeflogen. Ich sollte ...«

»Was, Prescott? Was sollten Sie?«

Asher wich einen Schritt zurück. »Hören Sie, Tynan, wir sind Partner bei dieser Sache. Mathison hat Sie dafür angeheuert, daß Sie mich zu Chris bringen und mir dabei helfen, sie als Ehefrau zu gewinnen. Doch bisher haben Sie alles getan, um Chris für sich selbst zu behalten. Und nun sind Sie sogar nachts mit Chris zusammen und treiben weiß Gott was mit ihr.«

»Das ist richtig: Nur Gott weiß was, weil ich es Ihnen bestimmt nicht auf die Nase binden werde. Und jetzt sage ich es Ihnen noch einmal: Chris und ich werden spätestens in einer Stunde aufbrechen, und es steht Ihnen völlig frei, mitzureiten oder hierzubleiben.«

»Ich werde pünktlich mit meinem Gepäck zur Stelle sein«, sagte Asher. »Damit Sie sich keine falschen Hoffnungen machen.«

Mit einem wütenden Gesicht ging Asher ins Haus zurück und die Treppe zu dem Zimmer hinauf, das er mit Chris teilte. Verdammt! Was sich dieser Mann alles herausnahm. Er war zwar ein ausgezeichneter Pfadfinder, aber zuweilen vergaß er, wer er eigentlich war.

Asher bemühte sich, seine Fassung wiederzugewinnen, ehe er zu Chris hineinging. Er hatte sie ungern in ihrem Zimmer eingeschlossen, wußte aber, daß das die einzige Möglichkeit war, sie von einer Dummheit abzuhalten.

Ganz leise drehte er den Schlüssel im Schloß. Es wurde nun wirklich Zeit, daß sie ihm ihr Jawort gab, verdammt noch mal! Nach allem, was er ihretwegen durchgemacht, und nach den Anstrengungen, die er unternommen hatte, um ihr zu gefallen! Doch in diesen Augenblick konnte sie ihm das Jawort nicht geben, weil sie gar nicht vorhanden war. Sein erster Gedanke war, sie müsse aus dem Fenster geklettert sein, doch ein Blick auf den schmalen Mauerstein darunter genügte, um ihm zu sagen, daß sie das unmöglich hatte wagen können.

Er dachte nicht einen Moment an den Streit oder den Ärger mit Tynan, als er wieder aus dem Zimmer rannte, die Treppe hinunter und dann durch den Garten zu dem Häuschen, das Tynan bewohnte. Der dunkelhaarige Mann holte gerade ein paar Werkzeuge aus dem Schuppen hinter dem Gärtnerhaus.

»Sie ist fort. Ich hatte Angst, sie würde wieder etwas Dummes anstellen, und habe sie deshalb in unserem Schlafzimmer eingeschlossen. Dennoch ist es ihr gelungen, daraus zu entkommen. Sie hatte sich ernsthafte Sorgen dieses Kindes wegen gemacht.«

Noch während Asher redete, schob Tynan sich an ihm vorbei und eilte durch den Garten zum Wohnhaus. Er hielt nur kurz am Eingang seines Häuschens an, um sich seinen Revolver umzuschnallen. Im Wohnaus nahm er immer zwei Stufen auf einmal, als er die Treppe hinaufjagte.

»Ich wünschte, sie würde nicht ständig solche Sachen machen«, rief Asher hinter ihm her. »Es ist schon schlimm genug, daß sie eine ganze Nacht mit einem ...« Er beendete den Satz nicht, als er merkte, was er da zu sagen im Begriff war, während Tynan den Sims unter dem Schlafzimmerfenster untersuchte. »Sehen Sie dort etwas? Wie hätte sie denn durch dieses Fenster entweichen können? Es liegt doch viel zu hoch über dem Boden!«

»Sie hätte. Glauben Sie mir! Hier hat vor kurzem eine Leiter an der Hauswand gelehnt. An zwei Stellen ist der Verputz abgebröckelt.« Tynan ging zum Bett im Zimmer zurück, betrachtete nachdenklich die Zudecke, die auf dem Boden lag, und die zerwühlten Laken. »Wo ist Hamilton?«

»Ich weiß es nicht. Vermutlich in seinem Büro. Glauben Sie, daß er Chris durch sein Fenster beobachtet hat? Ich könnte mir vorstellen, daß sie die letzte Person ist, die er sehen möchte.« Asher folgte Ty wieder aus dem Zimmer. »Hat sie Ihnen auch erzählt, daß sie Hamilton belauscht hat, wie er sagte, er beabsichtige seinen Neffen zu ermorden? Nicht daß ich auch nur ein Wort davon geglaubt hätte; denn ich bin ja nur mit ihr in dieses Haus gekommen, damit ich ihren Ehemann spielen kann. Ich meine, ein Mann sollte jeden Vorteil nützen, der sich ihm bietet.«

Tynan blieb mitten auf der Treppe stehen. »Wenn Sie jetzt Ihre Klappe nicht halten, muß ich sie mit Gewalt schließen.« Dann schwang er auf den Absätzen herum und lief weiter die Stufen hinauf.

Owen Hamilton saß in seinem Büro und studierte diverse Papiere, die auf seinem Schreibtisch lagen. Tynan machte die Tür hinter sich zu, drehte den Schlüssel herum, ging dann seelenruhig zum Fenster und warf den Schlüssel auf den Rasen hinunter.

Asher stand, den Rücken gegen das Holz gepreßt, an der Tür und hielt den Atem an, doch Owen sah nur mit hochgezogenen Brauen von seiner Lektüre auf. »Was oder wem verdanke ich denn diese Scharade? Sind Ihnen die Blattläuse in den Kopf gestiegen?«

»Wo ist sie?« fragte Tynan mit leiser, aber entschiedener Stimme.

»Ich habe nicht die leiseste Ahnung, wen Sie meinen«, antwortete Owen, ein Bild der Unbekümmertheit, während er in seinen Unterlagen blätterte. »Wenn sie sich einbilden, ich hätte etwas mit Ihrer Frau ...«

Er konnte den Satz nicht beenden, weil Ty ihn am Kragen packte und aus seinem Stuhl zerrte. »Ich möchte wissen, wo sie steckt, und wenn Sie glauben, Sie könnten mit uns Ihr Spielchen treiben, werden Sie Ihre Meinung bald ändern. Wenn Sie mir nämlich die Antwort verweigern, werde ich Ihnen nach und nach alle Körperteile wegschießen, bis Sie mir sagen, was ich wissen möchte.«

»Ich habe keine Ahnung, wovon Sie eigentlich reden.«

»Von Chris!« rief Asher. »Von Diana, meine ich. Wo steckt sie? Sie ist nicht in ihrem Zimmer, wo ich sie eingeschlossen hatte.«

»Wer ist Chris?« fragte Owen.

Tynan schlug den Mann ins Gesicht, »Ich weiß zwar nicht, wieviel Sie wissen, aber ich vermute, es ist eine Menge. Ich habe bereits Bücher, die Sie so nebenbei führen, einem Freund übergeben, der Experte auf diesem Gebiet ist. Ich denke, er wird rasch herausfinden, um wieviel Geld Sie bisher Ihren Neffen bestohlen haben.«

»Bücher? Was für Bücher?«

Tynan schlug ihn abermals ins Gesicht, so daß eine Ecke von Owens Mund zu bluten anfing. »Ich habe Ihre Lügen jetzt satt. Mir ist es im Grunde egal, was Sie innerhalb Ihrer Familie anstellen, aber für dieses kleine Mädchen bin ich verantwortlich, und ich möchte jetzt wissen, wo es steckt.«

»Wer ist dieses Mädchen? Diana Eskridge ist tot.«

Tys Hände zogen den Kragen um Owens Hals fester zusammen. »Ermordet – von Ihnen, wie ich vermute. Aber das zu klären wird Aufgabe des Sheriffs sein. Wo steckt Chris?«

Als Hamilton ihm keine Antwort geben wollte, schlug Ty ihn zum drittenmal, zog dann seinen Revolver und setzte ihn Hamilton an den Kopf. »Was möchten Sie als erstes verlieren, eine Hand oder einen Fuß? Ich glaube, ich kann lange genug verhindern, daß Sie verbluten, bis ich die Wahrheit weiß. Und jetzt zum letztenmal: wo steckt sie?«

»Dysan hat sie mitgenommen.«

Tynan war offensichtlich so überrascht von dieser Neuigkeit, daß er den Griff an Owens Hals lockerte. »Was will Dysan denn von ihr?«

»Das weiß ich nicht. Er kam in der Angelegenheit eines Vetters zu mir...« – Owens Blick ging zur Seite – »...und beschloß, die Frau mitzunehmen, die sich als Diana ausgab...« Er sah auf Tynan zurück. »Er hat auch Ihre Frau in seiner Gewalt.«

»Pilar?« rief Tynan. »Wer ist dieser Mann?«

Tys Griff war inzwischen so locker geworden, daß Owen seinen Kopf zurückziehen, sich den Hals massieren und ein Taschentuch an den blutenden Mundwinkel drücken konnte. »Es handelt sich um einen Mann, mit dem Sie sich bestimmt nicht anlegen möchten. Ich weiß nicht viel über ihn. Er tut sehr geheimnisvoll, was seinen Aufenthalt und seine Herkunft betrifft. Er taucht einmal im Jahr hier auf, kauft Pferde und Holz von mir und verschwindet wieder. Ich habe nie gewagt, ihn über seine persönlichen Verhältnisse auszufragen.«

»Aber er hat Chris mitgenommen«, sagte Asher. »Glauben Sie, daß er für sie ein Lösegeld erpressen möchte?«

»Ein Lösegeld?« explodierte Hamilton. »Wer ist sie denn, daß man für sie ein Lösegeld erpressen könnte?«

»Del Mathisons Tochter«, antwortete Tynan mit tonloser Stimme.

»Gütiger Himmel!« stöhnte Owen und ließ sich schwer in seinen Stuhl fallen. »Ich dachte, sie wäre eine tingelnde Schauspielerin, die sich ein Zubrot verdienen will.« Er blickte Ty an. »Wo haben Sie meine anderen Kontobücher gefunden?«

Tynan machte sich nicht die Mühe, diese Frage zu beantworten. »Ich will alles über Dysan wissen. Ich will wissen, wo ich ihn finden kann.«

»Ich sagte doch schon, daß ich kaum etwas über ihn weiß. Er taucht einfach auf und verschwindet wieder. Er sagte zu mir, daß er die beiden Frauen haben möchte, und ich war damit einverstanden. Schließlich habt ihr ja alle versucht, mich zum Narren zu halten, seid mir heimlich gefolgt, habt mein Büro durchsucht und so getan, als wärt ihr meine Verwandten. Was kümmerte es mich also, was er mit den beiden Frauen vorhatte? Wenn er sie haben wollte, okay. Ich war froh, sie loszuwerden. Ich hatte keine Ahnung, daß eine der beiden Mathisons Tochter ist. Wenn dieser Mann das erfährt...« Owens Stimme erstarb.

»Machen Sie Ihre Kasse auf«, sagte Ty. »Wir werden diesen Burschen verfolgen und brauchen deshalb etwas Kapital.«

»Ich möchte mich aber nicht zum Komplizen eines Raubes machen«, sagte Asher.

»Dazu hat Sie auch niemand aufgefordert. Hamilton, ich würde an Ihrer Stelle meine Geduld nicht zu sehr strapazieren. Holen sie das Bargeld, das wir brauchen.«

Owen beeilte sich, Tynans Aufforderung nachzukommen, und sperrte einen kleinen Safe auf, der hinter einem Bild an der Wand versteckt war. »Sie werden diesen Mann niemals finden. Sie gehören nicht in die Dysan-Liga. So billige Ganoven wie Sie verspeist er zum Frühstück.«

Ty nahm ihm den dicken Packen Banknoten ab. »Dann holt er sich das schlimmste Bauchgrimmen seines Lebens. Und jetzt schnallen Sie Ihren Gürtel ab.«

Tynan nahm das Taschentuch aus der Schreibtischschublade und verband damit Hamilton den Mund. Dann wickelte er ihm den Gürtel um die Hände und nagelte das Ende mit den eingestanzten Löchern an die Decke. »Das genügt, um Sie hier ein paar Stunden festzuhalten. Der Buchprüfer wird anschließend Ihre Kontobücher den Anwälten übergeben, die Lionels Erbe verwalten. Ich habe das Gefühl, daß die Kontobücher, die Sie Lionels Anwälten zeigen, ganz anders geführt sind als jene, die ich entdeckt habe. Und den Mord an den Eskridges sollten wir auch nicht vergessen.«

Owen versuchte sich von dem dicken Leder loszureißen, das seine Hände auf dem Rücken festhielt, während seine Füße gerade noch mit den Zehenspitzen den Boden berührten.

»Außerdem werde ich Unity mit dem Jungen zu Del Mathison schicken, bis die Angelegenheiten hier geklärt sind. Ich hatte ursprünglich vor, die beiden zu Mathison zu begleiten, aber inzwischen hat sich die Situation ja geändert. Ich hoffe nur, daß in den nächsten Stunden jemand bei Ihnen auftaucht und Sie von diesem Leder befreit. Falls nicht, könnte diese Haltung für Sie auf die Dauer sehr schmerzhaft werden.«

Asher trat von der Tür weg, als Tynan darauf zuging, und zur Überraschung des blonden Mannes zog Tynan nun einen Schlüssel aus seiner Hosentasche, sperrte die Tür auf und als sie im Flur waren, von außen wieder zu.

»Aber ich dachte, daß ...«

»Sie dürfen nicht immer alles glauben, was sie sehen oder hören«, sagte Ty, während sie nebeneinander die Treppe zur Küche hinuntergingen.

Unity saß mit bleichem Gesicht und schreckgeweiteten Augen in der Küche. Lionel stand neben ihr und sagte:

»Ich möchte nicht weg von hier. Das ist mein Haus. Die können mich nicht dazu zwingen, es zu verlassen.«

Ty sagte kein Wort, sondern faßte den Jungen nur um die Taille und trug ihn hinaus, wo ein mit zwei Pferden bespanntes Fuhrwerk wartete. »Du wirst mit diesem Wagen wegfahren und Unity beistehen. Und Prescott wird euch begleiten und dafür sorgen, daß ihr heil und gesund am Ziel ankommt. Es tut mir leid, aber ich kann nicht mit euch fahren.«

Asher faßte Ty am Arm. »Ich möchte mit Ihnen reiten.«

»Kommt nicht in Frage. Ich kann keinen Mann gebrauchen, der sich ständig mit mir anlegt. Und außerdem«, fuhr er mit verächtlicher Stimme fort, »käme nur ein Begleiter in Frage, der weiß, wo bei einem Revolver vorn und hinten ist.«

»Darf ich?« fragte Asher und deutete mit dem Kopf auf Tys Holster.

Ty gab ihm seinen Revolver.

Asher nahm die Waffe entgegen, und ehe Tynan zweimal blinzeln konnte, hatte er das ganze Magazin von Tys Revolver verschossen, wobei er mit jeder Kugel einen dünnen Zweig an einem Baum in ihrer Nähe um zwei Zentimeter kürzte. Dann gab er Tynan den rauchenden Revolver zurück. »Es gab noch andere Gründe, warum Mathison mich bat, seine Tochter heimzuholen. Ich habe schon jede Waffe in der Hand gehabt, die man heutzutage kaufen kann. Ich kann einem Sperling mit einem Gewehr die Schwanzfedern abschießen. Ich habe vielleicht nicht so viel Erfahrung mit Waffen wie Sie, aber ich kann mit ihnen umgehen!«

Tynan lud seelenruhig seinen Revolver nach und blickte dann zu Unity hoch. Lionel saß auf dem Kutschbock und starrte die beiden Männer mit offenem Mund an. »Prescott wird mich begleiten. Gibt es jemand, der mit Ihnen reisen könnte?«

»Ich ... ich weiß nicht, wem ich jetzt noch trauen könnte«, sagte Unity mit einer den Tränen nahen Stimme. »Aber mein Bruder wohnt ungefähr zehn Meilen von hier entfernt. Vielleicht kann er ...« Sie hielt inne, als Ty ein Bündel Banknoten aus der Tasche zog.

»Engagieren Sie Ihren Bruder als Begleiter. Und wenn Sie zu Mathison kommen, erzählen Sie ihm, was hier vorgefallen ist. Vielleicht wird er jemanden herschicken wollen, aber das müssen Sie ganz allein ihm überlassen. Sagen Sie ihm, daß ich hinter den Entführern seiner Tochter her bin, und falls ich nicht mit ihr zurückkomme, liegt es nur daran, daß ich tot bin – nichts sonst wird mich aufhalten. Und sagen Sie ihm, er hätte diesmal wirklich Grund zur Sorge – mächtig viel Grund, sich um seine Tochter zu sorgen.« Er blickte Lionel an. »Und wenn ich auch nur ein Wort der Klage über dich höre, bekommst du es mit mir zu tun. Sobald du bei Mathison bist, kannst du dich meinetwegen so benehmen wie hier – der wird dir dann schon die Hosen strammziehen. Und jetzt ab mit dir!« Tynan schlug dem einen Pferd mit der flachen Hand gegen die Hinterbacke, und das Fuhrwerk rollte davon.

Ty drehte sich um, blickte Asher an und schüttelte kurz den Kopf. »Ich hoffe, ich habe keinen Fehler gemacht. Wenn Sie einen Revolver besitzen, holen Sie ihn jetzt. Ich erwarte Sie dann mit zwei von Hamiltons besten Pferden vor dem Stall.«

Kapitel 17

Drei Tage lang schleppten die beiden Männer Chris und Pilar quer durch das Land. Die Gefangenen bekamen wenig zu essen, blieben niemals unbeaufsichtigt und durften nicht eine Stunde schlafen. Nachts fesselten die Männer den Frauen die Hände, zogen sie ihnen über die Köpfe und banden sie dann an Bäume fest, so daß es ihnen unmöglich war, Schlaf zu finden. Auch war es Chris und Pilar verboten, miteinander zu sprechen. Am Morgen ging es dann in nordöstlicher Richtung weiter, wobei die Frauen gefesselt blieben und zusammen auf einem Pferd ritten, mit dem einer der beiden Männer plötzlich aufgetaucht war – vermutlich war es gestohlen, dachte Chris bei sich.

Trotz ihrer Erschöpfung versuchte Chris die Richtung, in die sie ritten, im Kopf zu behalten. Doch am zweiten Tag verbanden die Männer Chris die Augen und überließen es Pilar, auf die Richtung zu achten und darauf, ob das Pferd in ein Loch zu treten drohte, so daß sie Chris im Sattel festhalten konnte. Am Nachmittag durfte Chris dann Pilars Rolle übernehmen, dafür wurden ihr die Augen verbunden.

Obwohl die Frauen nie miteinander sprachen, begannen sie sich doch zu ihrem Schutz aufeinander zu verlassen. Anfangs benahm Chris sich sehr feindselig Pilar gegenüber, wollte ihr nicht helfen, mochte sich nicht von ihr anfassen lassen und haßte es, mit ihr auf einem Pferd sitzen zu müssen.

Pilar schien Christianas Einstellung zu verstehen und ließ Chris in Ruhe – bis diese einmal fast vom Pferd gestürzt wäre und sich an der anderen Frau festhalten mußte.

»Wir fahren besser damit, wenn wir uns nicht gegenseitig wie Feinde behandeln«, flüsterte Pilar Chris zu und wurde von einem der Männer ins Gesicht geschlagen, weil sie gewagt hatte, das Redeverbot zu durchbrechen.

Danach gab Chris ihre feindselige Haltung gegenüber Pilar auf. Was hatte sie auch für einen Grund, ihr böse zu sein? Tynan war das einzige Band, das sie mit dieser Frau verknüpfte, und er hatte ihr doch nur zu deutlich zu verstehen gegeben, daß er nichts mit ihr zu tun haben wollte. Wenn Tynan sich für Pilar entschied, war das sein freier Wille.

Es war schon spät am Abend des dritten Tages, als die Männer endlich die Pferde zügelten und die zwei erschöpften Frauen auf den Boden herunterzerrten, sie dann bei den Handgelenken packten und in den Flur eines dunklen Hauses hineinzogen, von dem Chris so gut wie gar nichts sehen konnte. Die Männer schleppten sie hinter sich her eine Treppe hinauf, und als Pilars Arm gegen einen Geländerpfosten schleuderte, zogen sie nur noch heftiger an ihren Handgelenken.

»Wir können schon noch allein gehen!« sagte Chris und streckte die Hand aus, um Pilar zu stützen.

Der Mann, der sie an den Handgelenken festhielt, sagte kein Wort, sondern stieß sie nur drei Treppen hoch vor sich her bis in den dritten Stock hinauf. Dort nahm Pilars Entführer einen Schlüsselring von der Wand, sperrte eine Tür auf, die aus mindestens vier Zoll dickem Eichenholz zu bestehen schien, und schob die Frauen in den Raum hinein.

Es war kein Licht in dem Zimmer; doch Christianas Augen gewöhnten sich rasch an die Dunkelheit, nachdem die Tür hinter ihnen wieder verschlossen worden war. Sie begann die Umrisse eines großen weichen Bettes in der Mitte des Zimmers auszumachen.

Mit einem ungläubigen Seufzer und Tränen in den Augen stolperte sie auf das Bett zu, Pilar dicht hinter ihr. Sie fiel auf die Decken und war sofort eingeschlafen.

Die Sonne stand schon wieder tief am Himmel, als Chris am nächsten Tag aufwachte, und zeigte ihr, daß es bereits später Nachmittag war. Einen Moment lang lag sie still, sah durch eines der winzigen Fenster hinaus und bewegte jeden Muskel, um festzustellen, ob er nur schmerzte oder für alle Zeiten zerstört war. Sie hielt ihre Arme hoch und sah, daß sie zerkratzt und an den Handgelenken bis auf das rohe Fleisch durchgescheuert waren, wobei die Wunden teils mit

Schorf, teils mit getrocknetem Blut bedeckt waren. Daneben entdeckte sie noch eine Unzahl von Moskitostichen.

Sie bewegte den Kopf und sah Pilar neben sich, noch schlafend, auf dem Bauch liegen. Chris fragte sich, ob sie wohl auch so mitgenommen aussah wie ihre Leidensgenossin. Pilar war schmutzig, hatte tiefe schwarze Ringe um die Augen, und was von ihrem Körper unter dem schlammbedeckten Kleid hervorlugte, schien nur aus Kratzwunden zu bestehen.

Pilar öffnete ein Auge. »Verschwinde«, murmelte sie und drehte sich auf die andere Seite.

Chris lag still und wartete, und ein paar Sekunden später drehte Pilar sich wieder zu ihr um.

»Das kann doch nicht wahr sein«, sagte sie. »Ich dachte, ich träumte nur schlecht!« Pilar versuchte, sich mit beiden Armen hochzustemmen, stöhnte vor Schmerz und fiel auf das Bett zurück. »Wo sind wir? Noch wichtiger: *Warum* sind wir da, wo wir uns jetzt befinden? Und weißt du, ob es hier irgendwo ein Nachtgeschirr gibt?«

Chris stützte sich auf die Ellbogen und bewegte dann ihren Kopf im Kreis, um ihre verkrampften Nackenmuskeln zu lockern. »Da steht ein Wandschirm in einer Ecke. Vielleicht ist dahinter ein Nachtgeschirr versteckt.«

»Ich schätze, das ist eine Sache, die ich ganz allein erledigen muß«, murmelte Pilar, wälzte sich ächzend vom Bett herunter und bewegte sich zum Wandschirm.

Chris verließ ebenfalls das Bett und brauchte einige Sekunden, ehe sie gerade stehen und ein paar Schritte machen konnte, ohne zu taumeln. »Oh«, sagte sie, »ich glaube, so gut wie vorher werde ich nie mehr gehen können.«

Es war ein rundes Zimmer mit drei kleinen Fenstern in der Wand, die dem Bett gegenüberlag, einer Tür rechts und einem Wandschirm links. Das Bett war das einzige Möbelstück im Zimmer.

Chris bewegte sich langsam auf eines der Fenster zu. Darunter sah sie nur einen dichten Wald. Kein Baum schien hier geschlagen worden zu sein, kein Unterholz gelichtet. Und als sie in die Tiefe sah, bemerkte sie, daß ihr Zimmer mindestens drei Stockwerke über dem Boden lag.

»Wie ich sehe, ist die Flucht aus diesem Zimmer ein Kinderspiel«, meinte Pilar mit einem schiefen Grinsen, als sie hinter dem Wandschirm hervorkam und die Baumwipfel vor dem Fenster bemerkte. Sie blieb vor dem mittleren Fenster stehen und drehte Chris das Gesicht zu. »Sehe ich auch so schlimm aus wie du?«

»Noch viel schlimmer«, gab Chris ihr ernsthaft zur Antwort.

Pilar seufzte tief, ging zum Bett zurück und schob sich ein Kissen in den Nacken. »Hast du vielleicht eine Ahnung, was das alles bedeuten soll?«

»Nein«, rief Chris hinter dem Wandschirm. »Ich hoffte, du würdest es wissen. Hat man denn nichts zu dir gesagt, als du aus deinem Häuschen entführt wurdest?«

Pilar wartete, bis Chris wieder hinter dem Wandschirm hervorgekommen war. »Ich denke, du weißt mehr als ich. Tynan muß einen Grund gehabt haben, daß er sich bei Hamilton als Gärtner bewarb, nur hat er ihn mir nicht verraten.«

»So? Du bist einfach mit ihm zusammengezogen, als er den kleinen Finger hob und winkte?«

»Ich war ihm einen Gefallen schuldig – genauer gesagt mehrere. Hör mal – wollen wir jetzt wieder Katz und Maus spielen oder in dieser Sache zusammenarbeiten? Ich hätte mich nämlich gern schlau machen wollen, was und wer hinter dieser Entführung steckt, aber wenn du dich mit mir wegen einem Mann streiten möchtest, sag mir Bescheid, damit ich aussteigen kann.«

»Ich habe keinen Grund, mich mit dir wegen Mr. Tynan zu streiten. Für mich ist er gestorben. Er gehört dir.«

Chris tat so, als bemerkte sie Pilars kritischen Blick unter hochgezogenen Brauen nicht. »Ich bin Reporterin und schreibe unter dem Namen Nola Dallas für Zeitungen. Ich ging nach ...«

»*Die* Nola Dallas? Die sich in Schwierigkeiten bringt, damit sie darüber berichten kann?«

Pilar streckte Chris ihre Rechte hin. »Ich freue mich, Sie kennenzulernen. Handelt es sich um eine Ihrer Eskapaden, und können wir damit rechnen, daß jeden Moment ein Retter kommt, der uns aus den Händen dieser Schurken befreit?«

Chris lächelte schwach. »Ich glaube, es ist besser, wenn ich Ihnen reinen Wein einschenke.« Und nun erzählte sie Pilar alles von dem Moment an, als sie die sterbende Diana Eskridge neben der Leiche ihres Mannes Whitman fand, bis zu dem Augenblick, wo Tynan zu ihr sagte, daß sie in einer Stunde Hamiltons Haus verlassen würden.

Pilar setzte sich im Bett auf und umklammerte mit beiden Händen ihre Knie. »Ich glaube, Ty hat etwas in Hamiltons Haus entdeckt. Jede Nacht ist er nämlich davongeschlichen und stundenlang weggeblieben, und eines Nachts kam er mit einem großen Buch unter dem Arm zurück, über dem er dann bis zum frühen Morgen saß. Aber bis ich ihm das Frühstück gemacht hatte, war es verschwunden, und ich habe es danach nie mehr gesehen.«

»Was war das für ein Buch?«

»Eines mit Zahlen. So eines, wie Red es hat. Sie wissen schon.«

»Red?« fragte Chris. »Meinen Sie damit die Bekannte von Tynan, die in der Stadt ...«

»... diese Hurenhäuser hat, ja.« Pilar blickte Chris mit schmalen Augen an. »Die Häuser, wo ich arbeitete.«

»Oh«, war alles, was Chris dazu zu sagen wußte.

Natürlich würde sich Tynan so eine Art von Frau als Gattin wünschen – oder als angebliche Gattin, oder was sie sonst darstellte. Sie kehrte mit ihren Gedanken wieder zum eigentlichen Thema zurück. »Vielleicht ist das der Grund für unsere Entführung, daß Tynan ein Kontobuch aus Hamiltons Büro gestohlen hat. Es könnte aber auch ... Haben Sie schon mal von Del Mathison gehört?«

Pilar lächelte schwach. »Das ist freilich einige Jahre vor meiner Zeit gewesen; aber ich habe Geschichten über ihn gehört. Ein Haus hat ihm am Tag vor seiner Hochzeit ein großes Abschiedsfest gegeben.«

Christianas Mund wurde schmal wie ein Strich. »Mathison ist mein Vater.«

»Das tut mir leid«, sagte Pilar, sah aber gar nicht so aus, als ob es ihr leid täte. Dann ruckte ihr Kopf in die Höhe. »Wenn Sie Mathisons Tochter sind, müssen Sie sehr reich sein. Vielleicht hat man Sie entführt, um ein Lösegeld von Ihrem Vater zu erpressen.«

»Dieser Gedanke ist mir auch schon gekommen. Mein Vater hatte immer einen Horror davor gehabt, daß man mich entführen könnte. Einer von unseren Weidereitern meinte, das käme davon, wenn man so viele Feinde hätte. Aber welche Gründe es auch dafür geben mag: ich war stets auf so etwas vorbereitet.«

»Und weshalb bin ich dann hier?« fragte Pilar ein wenig ungehalten. »Glauben Sie, man hat mich mitgenommen, damit ich Sie bedienen soll?«

»Keine Ahnung! Aber ich hoffe, daß unsere Entführer wenigstens für unsere Ernährung sorgen.«

»Und uns auch heißes Wasser bringen. Ich glaube, ich habe eine ungefähr drei Zoll dicke Lehmschicht auf meiner Haut.«

Kaum hatte Pilar den Mund wieder zugemacht, als ein Geräusch von der Tür her kam. Im nächsten Moment schwang die schwere Eichentür nach innen, und die beiden Männer, die sie entführt hatten, standen auf der Schwelle, und hinter ihnen zwei Frauen mit verstörtem Blick, die zwei Tabletts mit Speisen trugen. Die Männer forderten Chris und Pilar mit einer schroffen Handbewegung auf, an die Fensterwand zurückzutreten, während die beiden Frauen die Tabletts auf den Boden stellten. Als nächstes trugen sie Waschschüsseln und Kübel mit heißem Wasser ins Zimmer. Dann wurden zwei Kleider aufs Bett geworfen und eine Nähkiste danebengestellt.

Eine der beiden Frauen blieb am Türpfosten stehen. »Ihr sollt diese Kleider heute abend tragen. Wenn sie nicht passen, könnt ihr sie ändern.« Damit waren sie schon wieder aus der Tür. Die Männer drängten nach und sperrten ab.

»Erst das Essen oder das heiße Wasser?« fragte Chris ihre Leidensgenossin, als sie wieder allein waren.

»Beides zugleich«, antwortete Pilar, und das taten sie dann auch: sich mit einer Hand waschen und mit der anderen essen.

»Es ist möglich, daß meine Entführer gar nicht wissen, wer ich bin«, sagte Chris mit vollem Mund, während sie ihren linken Arm wusch. »Vielleicht halten sie mich für Diana Eskridge, und Owen Hamilton wollte mich aus dem Weg haben, damit er ungestört seine schmutzige Arbeit verrichten und Lionel beseitigen kann.«

»Das erklärt aber noch nicht, warum ich auch entführt wurde«, sagte Pilar. »Ich hatte keine Ahnung von all diesen Plänen und Machenschaften.«

»Aber das konnten die Leute, die uns entführten, nicht wissen. Wenn Tynan nachts Sachen aus Hamiltons Haus stahl, mußte es doch so aussehen, als ob Sie auch von Owens Plänen wußten, da Sie doch jede Nacht bei ihm schliefen.« Chris hatte große Mühe bei der Formulierung dieses Satzes: Nicht weil sie noch irgendein Gefühl für Tynan aufbrachte – das hatte sie in der kleinen Blockhütte in der Gewitternacht abgewürgt –, sondern weil sie Niederlagen haßte.

»Wenn das stimmt«, sagte Pilar nachdenklich, »haben sie vermutlich auch Tynan gefangen und verschleppt. Glauben Sie, daß er sich ebenfalls mit Ihrem jungen Mann hier in der Nähe befindet?«

»Mit Asher? Ich kann mir nicht vorstellen, weswegen sie Asher entführt haben sollten. Der kam doch nur mit, weil ich für meine Rolle einen Ehemann brauchte.«

»Was auch der Grund gewesen sein mag, ich verstehe ihn noch immer nicht. Ich bin nach wie vor der Ansicht, daß man Sie entführt hat, um ein Lösegeld zu erpressen, und die Männer mich mitnahmen, weil... Ehrlich gesagt, ich weiß es nicht, weshalb ich hier bin. Ich habe nichts, was jemand sich wünschen könnte.«

Pilar stand nun im Licht, größtenteils unbekleidet, das lange schwarze Haar aufgelöst auf dem Rücken, der Körper fest und wohlgerundet, und Chris dachte bei sich: ›Du hast etwas, das sich jeder Mann wünscht.‹

»Ich bin hier, weil man sich von mir Geld verspricht, und du vermutlich, weil dein Entführer sich in dich verliebt hat«, sagte Chris leise und bemüht, nicht ihren Neid und ihren Schmerz durchschimmern zu lassen.

Pilar schwieg und fuhr fort, sich zu waschen.

Als die beiden Frauen sauber waren und sich mit den Speisen, die man ihnen ins Zimmer gestellt hatte, gestärkt hatten, betrachteten sie die Kleider auf dem Bett.

»Nicht unbedingt mein Stil«, sagte Chris, die ihr Kleid hochhob. Über der Gürtellinie war es mit dem Stoff nicht mehr weit her.

»Also – mich dürfen Sie gar nicht anschauen. Ich habe so etwas schon seit Jahren nicht mehr getragen. Ihres ist zu lang und an manchen Stellen, fürchte ich, auch zu weit.«

Chris seufzte, weil Pilar recht hatte. »Vielleicht hat man Sie mitgenommen, weil Sie gut mit einer Nähnadel umgehen können.«

»Nun ja – machen wir uns gleich daran, es zu ändern.«

»Allein für das Oberteil werden wir Stunden brauchen«, murmelte Chris.

Sie nähten, bis die Sonne unterging, und zogen sich dann beim Mondlicht an, das durch die Fenster sickerte. Sie hatten keine Kerze, keine Kämme, um ihre Haare von Kletten befreien zu können, keinen Schmuck und keine Ahnung, wohin man sie bringen würde.

Als die Eichentür wieder aufgeschlossen wurde, waren sie so gut vorbereitet, wie das unter diesen Umständen möglich war. Chris merkte gar nicht, wie sehr sie zitterte, bis Pilar ihre Hände nahm und sie fest drückte, um ihr Mut zu machen.

Einer der Männer stieß Chris nach vorn und Pilar hinterher, und die beiden Frauen stiegen die Treppen hinunter.

»Woher wissen Sie denn, in welche Richtung wir reiten müssen?« rief Asher Tynan nach, als sie im vollen Galopp einen Weg hinuntersprengten.

Tynan gab sich gar nicht erst die Mühe, ihm zu antworten, sondern ritt in scharfem Tempo immer in südöstlicher Richtung, bis er zu einem schmutzigen kleinen Platz kam, auf dem Zelte standen. Dieser Platz verdiente die Bezeichnung ›Ortschaft‹ nicht. Die Straßen waren vom Gewitterregen, der kurz vorher gefallen war, so aufgeweicht, daß man bis zu den Waden im Schlamm versank, und als sie an einem Zelt vorbeiritten, an dem ein großes Schild mit dem einzigen Wort ›Frauen‹ hing, sahen sie zwei sich prügelnde Männer, die sich im Schlamm wälzten. Ashers Pferd machte einen Satz zur Seite, als die beiden ineinander verkeilten Männer auf ihn zurollten. Er hatte einen Moment lang Mühe, das Tier wieder unter Kontrolle zu bringen, ehe er wieder aufblicken konnte und Tynan eben in einem der größeren Zelte verschwinden sah. Asher schwang sich hinunter in den Modder und folgte ihm.

Tynan lehnte an der Theke, als habe er es überhaupt nicht eilig. Mehrere Tische standen im Zelt, an denen Männer saßen und pokerten. Ty beobachtete einen Mann, der im Vergleich zu den übrigen Männern sauber aussah mit seiner goldbestickten Weste und den zwei Revolvern mit Perlmuttgriffen.

Asher bestellte sich ein Bier und hatte eben einen langen Schluck aus seinem Glas genommen, als sich die Pokerrunde auflöste. Sofort blickte der Mann mit der goldbestickten Weste zu Tynan hoch.

»Ich dachte, du wärest wegen irgendeiner Geschichte im Knast.«

»Sie haben mich wegen derselben Geschichte wieder freigelassen«, antwortete Ty. »Und nun bin ich hier, um eine Schuld einzukassieren.«

Der Mann mit der bestickten Weste nickte kurz und stellte sich dann neben Ty an die Theke. »Zwei Whisky«, rief er und senkte dann die Stimme: »Was verlangst du von mir?«

»Auskünfte.«

»Die kommen teuer.«

»Ich habe bereits dafür bezahlt«, sagte Tynan. »Hast du schon mal von einem Mann namens Beynard Dysan gehört?«

Der Spieler verschluckte sich fast an seinem Whisky. Als er den Hustenanfall überwunden hatte, blickte er Tynan an. »Vor dem mußt du dich in acht nehmen. Der ist schlimm, wirklich schlimm.«

»Er hat etwas, das mir gehört, und ich will es mir zurückholen. Wo kann ich ihn finden?«

»Laß es ihm! Was es auch sein mag: es lohnt nicht. Ja, wenn du nur dein Leben dabei zu verlieren hättest, würde ich nichts sagen, aber dieser Mann kann dir mehr nehmen als nur das Leben.«

Tynan schwieg eine Weile, ehe er sagte: »Willst du mir jetzt eine Antwort geben oder so tun, als wärst du meine Mutter?«

»Es war wirklich nett, dich gekannt zu haben, Tynan. Ich werde dir Blumen zur Beerdigung schicken. Ich weiß nicht viel über ihn, nur was die Leute sich so hinter vorgehaltener Hand zuflüstern. Er hat irgendwo nördlich von hier eine Niederlassung. Es gibt eine Stadt dort, die Sequona heißt, und wenn jemand etwas über ihn weiß, dann sind es die Leute in dieser Stadt. Du kannst dich ja schon auf dem Weg dorthin nach ihm erkundigen, aber dann riskierst du, eine Kugel in den Kopf zu bekommen – höchstwahrscheinlich in den Hinterkopf. Dieser Mann liebt es, im Verborgenen zu leben. Er kann es nicht leiden, wenn ihm jemand in die Karten guckt.«

Der Mann mit der gestickten Weste leerte sein Glas. »Was hat er, das dir gehört?«

»Del Mathisons Tochter.«

Der Mann ließ ein leises Pfeifen hören. »Mathisons Macht gegen Dysans Macht. Das kann ein Krieg werden, der alle Kriege beendet. Aber sei vorsichtig, wer hinter dir steht. Dysan hat überall seine Finger drin, und er engagiert Revolvermänner, die jeden für ihn beseitigen, der ihm im Wege steht oder unbequem wird. Du solltest es Mathison selbst überlassen, sich seine Tochter zurückzuholen.«

»Er hat mich dafür engagiert. Vielen Dank, Frank. Du kannst deine Schuld als getilgt betrachten.« Damit drehte sich Ty von der Theke weg und verließ das Zelt. Asher trank rasch sein Bier aus und folgte ihm.

Tynan blieb einen Moment vor dem Zelt stehen und sagte, ohne Asher dabei anzusehen: »Sie haben gehört, was Frank mir erzählt hat. Sie können jetzt immer noch aussteigen. Wenn Sie bei dieser Geschichte mit dem Leben davon kommen, könnte es sein, daß Sie danach nicht mehr derselbe Mann sind.«

»Aussteigen und Mathisons Tochter verlieren?« sagte Asher noch, ehe eine Kugel knapp an Tynans Kopf vorbeischwirrte. Ty ließ sich zu Boden fallen, sein Arm schoß vor und zog Asher mit hinunter in den Schlamm. Asher, der darauf nicht vorbereitet war, fiel mit der Nase in den Dreck. Er kam hoch, den Mund voller Schlamm, und spuckte. Eine zweite Kugel pfiff zwischen ihren Köpfen hindurch, und Asher tauchte mit dem Gesicht wieder im Modder unter. Hinter ihnen ertönte das laute Poltern umstürzender Tische und ein Brüllen aus Männerkehlen, als die beiden Kugeln im Zelt einschlugen.

Asher blickte auf Tynan, auf das saubere Gesicht, das er aus dem Schlamm heraushielt, und auf den Revolver in dessen Hand. Hinter ihnen rief eine Stimme:

»Ich möchte wetten, das ist Dysan.«

Asher drehte sich um und sah Frank, den Spieler, mit einem Revolver in der Hand geduckt im Zelteingang stehen.

»Wartet hier, und ich werde sehen, ob ich euch helfen kann!«

Kurz darauf konnte Asher den Spieler schreien hören: »Sie haben eben eine frische Ladung Huren im Zelt gegenüber abgeladen – alles Jungfrauen!«

Tynan rief Asher zu, daß er sich rasch zur Seite rollen sollte, und Ash war froh, daß er diese Anweisung befolgte, denn in der nächsten Sekunde kamen alle Männer in wildem Galopp aus dem Zelt und jagten über die Straße. »Jetzt!« hörte Asher Tynan rufen, und er kämpfte sich durch den zähen Schlamm zur Rückseite des Zeltes. Er war ein wenig verwirrt, was er denn nun als nächstes tun sollte, als Tynan mit den Pferden erschien. »Wir wollen weiterreiten«, war alles, was Ty sagte, ehe er sich in den Sattel schwang und die Zeltstadt und das, was sich wie ein Aufstand anhörte, hinter sich ließ.

Tynan ritt jetzt nach Norden, und zwar in einem so scharfen Tempo, daß der trocknende Schlamm von seinen Kleidern abblätterte und Asher um die Ohren flog. Am frühen Nachmittag lenkte er sein Pferd unter die Bäume und auf einen Pfad, den Asher erst bemerkte, als er sich schon darauf befand. Sie ritten hügelan, während die ersten Regentropfen fielen, weshalb die beiden Männer sich die Hüte tiefer ins Gesicht zogen.

Es war schon dunkel, als Tynan endlich anhielt und vom Pferd stieg. »Dort drüben sehe ich eine Höhle. Wir werden sie als Nachtlager benutzen«, rief er, das Rauschen des Regens übertönend.

Ein paar Minuten später hatten sie ein kleines Feuer entfacht, kochten Bohnen und Kaffee, und die Kleider, die sie trugen, waren schon fast wieder trocken.

»Glauben Sie, daß wir sie finden werden?« fragte Asher, während er mit einem Stock im Feuer herumstocherte.

»Ich habe es jedenfalls vor«, sagte Tynan. Er lehnte sich gegen seinen Sattel zurück, den Hut über dem Gesicht.

»Wenn Dysan nur Geld will, wird er Chris doch wohl nichts tun, oder?«

»Oder Pilar.«

»O ja«, sagte Ash. »Ich kann mich erinnern, sie in der Küche gesehen zu haben. Sie macht sauber, nicht wahr?«

Tynan schob sich den Hut wieder aus dem Gesicht, und nach einem Blick auf Ashers Hinterkopf nahm er die Bohnen vom Feuer und verteilte sie gleichmäßig auf zwei Blechteller.

Ash nahm ihm einen Teller und einen Becher mit Kaffee ab. »Ich schätze, Sie haben bereits einen Plan, nicht wahr? Ich meine, Sie *wissen* schon, wie Sie Chris retten müssen. Denn ihr Vater wäre außer sich, wenn Sie zuließen, daß ihr etwas zustößt.«

»Und Sie würden Ihr Geld verlieren«, sagte Tynan.

»Chris ist eine sehr attraktive junge Dame, vielleicht zuweilen ein wenig eigenwillig, aber dennoch attraktiv. Und ich sehe wirklich nicht, was daran verkehrt ist, wenn ich die Leitung der Betriebe ihres Vaters übernehme. Er hat keinen Sohn, und Chris ist offensichtlich nicht daran interessiert, jemand zu finden, der die Geschäfte für sie führt.« Er warf Tynan einen scharfen Blick zu. »Sie denken doch wohl nicht daran, sie selbst zu heiraten, oder? Mathisons Geld würde eine recht gute...«

»Wir würden viel besser miteinander auskommen, wenn Sie Ihre Meinung für sich behielten. Und jetzt löschen Sie das Feuer, und legen Sie sich aufs Ohr. Wir reiten morgen früh sehr zeitig weiter.«

Es war noch nicht Morgen – noch lange nicht –, als Tynan Asher weckte, indem er ihm eine Hand auf den Mund legte. Der Blick aus Tys Augen verriet Asher, daß er sich ganz still verhalten mußte, als er ihm ein Zeichen gab, ihm aus der flachen Höhle zu folgen. Sie trugen ihre Sättel und Taschen hinaus und führten die Pferde so leise wie möglich den Hügel hinunter. Es nieselte immer noch.

»Welche Stunde haben wir?« fragte Asher gähnend.

»Unsere letzte hier auf Erden, wenn wir nicht so rasch wie möglich von hier verschwinden. Da war jemand draußen vor der Höhle.«

»Ich habe niemanden gehört.«

»Gut. Sie können ja hierbleiben. Ich reite.«

Asher warf einen Blick auf den ihn umgebenden dunklen Wald, stieg in den Sattel und ritt hinter Tynan her.

Sie ritten den ganzen Tag hindurch bis in die Nacht hinein, so daß Asher im Halbschlaf im Sattel hin und her pendelte. Als Tynan dann endlich anhielt, vermochte Asher nicht einmal den Stall zu erkennen, in dem sie sich beide befanden.

»Nehmen Sie Ihrem Gaul das Lederzeug ab«, befahl Ty. »Oder wollen Sie hier auf Ihrem gesattelten Pferd sitzen bleiben?«

Langsam gehorchte Asher, schob Hafer und Heu zu seinem Pferd in den Verschlag und folgte Ty dann blind hinaus in die Nacht und die Treppe auf der Rückseite des Hauses hinauf. Er stellte nicht einmal Fragen, als Ty sich auf das Dach hinaufschwang, geduckt darüber hinlief und dann mit einem Sprung auf das nächste Hausdach übersetzte. Asher war froh, daß es schon dunkel war, so daß er nicht sehen konnte, wie tief er fallen würde, wenn er das nächste Dach verfehlte. Nachdem sie auf diese Weise drei Dächer hinter sich gebracht hatten, zog Tynan einen Schlüssel aus der Tasche, schloß damit eine Falltür auf und stieg dann die Sprossen von etwas hinunter, das vermutlich eine Speichertreppe war. Sobald sie sich im Innern des Gebäudes befanden, ging Tynan leise einen langen Korridor hinunter und öffnete die dritte Tür auf der linken Seite.

Eine junge Frau drehte sich im Bett herum und blickte verschlafen zur Tür. »Alice, das ist Asher, und er braucht einen Platz zum Schlafen.«

Die Frau zog sich die Zudecke wieder über die Schultern, drehte sich auf die Seite und schlief weiter. Tynan schob Asher in das Zimmer hinein, machte die Tür hinter ihm zu, ging dann noch an zwei Türen vorbei und öffnete die letzte auf der linken Seite.

Dort stieg Red gerade aus dem Bett und zog sich einen Morgenmantel über. »Dachte ich mir doch, daß ich jemanden draußen auf dem Flur gehört hatte.«

»Warum ist es denn heute hier so ruhig?« fragte Ty und goß sich einen Whisky ein.

»Vier Männer kamen hierhergeritten und schossen im Haus wild um sich. Ich habe es daraufhin für heute geschlossen. Ty, die vier sind deinetwegen hier gewesen.«

Tynan trank sein Glas in einem Zug leer. »Sie reiten schon seit zwei Tagen auf meiner Spur. Hast du etwas zu essen für mich?«

Red öffnete einen Schrank und holte Brot und Käse heraus. »Ich habe mir schon gedacht, daß du hierherkommen würdest. Nur kannst du hier nicht bleiben.« Red setzte sich auf ein Sofa. »O Ty, was hast du denn nun schon wieder angestellt? Ich dachte, du würdest eine Weile ehrlich bleiben.«

»Sie sind nicht hinter mir her, sondern wollen nur verhindern, daß ich Chris wiederfinde«, sagte er mit vollem Mund.

»Chris« – Reds Kopf ruckte in die Höhe – »dieses doppelzüngige kleine Biest? Ich vertraute ihr, und sie lief davon und hätte dich im Gefängnis verrotten lassen, obwohl du unschuldig warst.«

»Nun ja, da siehst du mal, was wahre Liebe ist. Was sie mir auch angetan haben mag – ich bin dafür verantwortlich, daß sie wieder nach Hause kommt zu ihrem Vater.«

»Auch auf die Gefahr hin, daß du dein Leben verlierst?«

Ty gab ihr darauf keine Antwort, kaute nur weiter und sagte dann: »Hast du irgendwo ein leeres Bett für mich? Ich habe Prescott bei Alice einquartiert.«

»Du kannst mein Bett haben«, sagte Red mit einem Seufzer. »Heute nacht werde ich sowieso keinen Schlaf mehr finden. Und wen möchtest du dazu haben? Das letzte Mal scheint es ja prächtig geklappt zu haben mit dir und Leora.«

»Nur schlafen«, sagte Ty und füllte sein Glas mit Whisky auf. »Keine Frauen.«

Er merkte gar nicht, wie Red dastand und ihn mit offenem Mund anstarrte. »Also gut«, sagte sie nach einer Weile. »Dann gib mir deine Kleider, damit ich sie waschen lassen kann.«

Sie stand schweigend dabei, während er sich bis auf die Unterwäsche auszog. Sie sah ihm zu, als er ins Bett schlüpfte. Sie saß bei ihm und strich ihm die Haare aus der Stirn, als er einzunicken begann. Und als er eingeschlafen war, küßte sie ihn auf die Stirn und schlich auf Zehenspitzen aus dem Zimmer.

»Tynan!« rief Red aufgeregt, als sie in sein Schlafzimmer kam. »Sie sind wieder hier und suchen dich!«

Ty warf die Zudecke beiseite und schwang die Beine aus dem Bett. »Wo, zum Teufel, sind meine Hosen?«

»Naß. Du hast erst drei Stunden geschlafen, aber du mußt das Haus verlassen. Es sind diesmal sechs Männer, die unten stehen und nach dir fragen.«

Tynan fuhr sich mit der Hand durchs Haar. »Drei ganze Stunden? Dysan läßt ja nun wirklich nichts anbrennen.«

»*Dysan*?« rief Red. »Du bist hinter Beynard Dysan her?«

»Ich brauche jetzt niemand, der mich bemuttert, sondern ein Paar trockene Hosen. Besorge mir etwas zum Anziehen.«

»Ich sollte mich weigern. Ich sollte den Sheriff holen, um dich vor dir selbst zu retten, indem er dich einlocht.«

Ehe Tynan etwas darauf erwidern konnte, stürzte eine der Frauen ins Zimmer und rief entrüstet: »Er ist tot! Habe ich nicht gleich gesagt, daß er sich übernimmt, wenn er es gleich mit dreien von uns auf einmal...« Sie hielt inne und sah mit großen Augen zum Bett hin. »Nanu! Ich habe ja gar nicht gewußt, daß du hier bist, Tynan!«

»Und er wird auch nicht lange hierbleiben«, sagte Red, schob die Frau wieder aus dem Zimmer und machte die Tür hinter ihr zu. »Nun wird bald jeder im Haus wissen, daß du hier bist und...« Sie stockte und bekam ganz helle Augen. »Setz dich hin. Rühr dich nicht von der Stelle. Ich habe eine Idee.« Damit ging sie aus dem Zimmer, während Tynan nach etwas suchte, das er als Hose benutzen konnte.

Knapp eine Minute darauf kehrte Red mit einem Anzug aus weißem Leder und Fransen an den Säumen ins Zimmer zurück. »Dieser Mann, der eben das Zeitliche segnete, war bei einer Wildwest-Show beschäftigt und braucht diese Klamotten nicht mehr.« Damit hielt sie die verrücktesten und auffallendsten Kleider in die Höhe, die ein Cowboy im Zirkus oder auf der Prärie jemals getragen hatte: eine weiße Lederjacke mit meterlangen perlenbestickten Fransen, die von der Schulter bis zu den Handgelenken hinunterreichten, dazu eine Hose aus dem gleichen Material mit Silbertalern an den Hosenbeinen und einen Hut, dessen Band mit pfenniggroßen falschen Diamanten besetzt war.

Tynan warf nicht einmal einen Blick auf das seltsame Kostüm. »Wenn du mir nicht ein Paar Hosen beschaffst, werde ich...«

»Hier!« rief Red und warf ihm die lederne Hose zu.

»So was trage ich nicht!« erwiderte Tynan und legte die

Hände auf den Rücken, so daß die Hose vor ihm auf dem Boden landete.

»Moment mal, Tynan! Unten warten sechs Männer, und du bist allein. Außerdem haben sie das Haus umstellt. Rachel erzählte mir, sie hätte ein Gewehr auf einem Nachbardach gesehen. Also mußt du schlimmstenfalls mit einem ganzen Dutzend Leuten rechnen. Wenn du aus der Tür kommst, hast du nicht die kleinste Chance. Aber sie lauern natürlich auf einen Mann, der so aussieht wie du, nicht auf einen fetten ollen, betrunkenen Schlangenölhändler.«

Tynan setzte sich aufs Bett. »So was ziehe ich nicht an.«

»Du willst also lieber sterben als so etwas tragen?« meinte Red entsetzt.

»In meinen eigenen Hosen und Stiefeln. Denke nur, ich würde in so einer Kluft begraben!«

Red verdrehte die Augen und sah zur Zimmerdecke. »So etwas Dummes habe ich in meinem ganzen Leben noch nicht gehört! Paß auf, Ty, Liebling – wie willst du denn dieses Mädchen retten, wenn du tot bist? Und genau das wirst du sein, wenn du in deinen eigenen Klamotten aus dem Haus gehst. Doch in diesem Kostüm kannst du sogar unbesorgt den Hauptausgang benutzen. Jeder wird von den Silbertalern und den Diamanten so geblendet sein, daß sich keiner die Mühe macht, dein Gesicht näher zu betrachten. Und du hast ja noch gar nicht mal alles gesehen; denn da gehören noch weiße Stiefel dazu und silberbeschlagene Revolver mit silbernen Patronen! Ein wahrhaftiges Prunkstück ist das.«

Ty saß mit zusammengepreßten Kiefern auf dem Bett.

»Wenn du dich dort draußen umbringen läßt, werde ich dafür sorgen, daß du in *diesem* Kostüm begraben wirst!« sagte Red.

Ty schüttelte den Kopf. »Ich hoffe nur, daß Mathison zu würdigen weiß, was ich alles seinetwegen auf mich nehme, damit er seine Tochter wiedersieht.«

»Ja, doch jetzt mußt du erst einmal von meinem Bett aufstehen, damit wir dich auspolstern können, weil dir sonst die Sachen nicht passen.«

Eine Stunde später stand Tynan oben im Salon, umgeben von kichernden Damen. Asher, eine Zigarre von einem Zoll Durchmesser im Mundwinkel, saß in einem Sessel mit Alice auf dem Schoß.

»Das steht Ihnen gut, Tynan«, sagte Asher. »Es paßt ausgezeichnet zu Ihnen.«

Red legte rasch ihre Hand über Tynans Hand, die auf dem Griff des silberbeschlagenen Revolvers ruhte, während sie seine Haare prüfte, die sie mit Talkpuder weiß gefärbt hatte.

Die Frauen hatten Kissen in die Hose des verblichenen Zirkusdarstellers genäht, damit Ty das Kostüm auch richtig ausfüllte. Er hatte nun einen Bauch, der über den Gürtel mit der Silberschnalle hinausquoll, und der Zwickel der Hose hing ihm fast zwischen den Knien.

»Zu schade, daß wir das hier kaschieren mußten«, sagte Leora und fuhr ihm mit der Hand über die Pobacken.

»Jetzt«, sagte Red, »siehst du zwar echt aus, doch fehlt es dir noch an der richtigen Stimmung. Der Mann kam mit knallenden Pistolen ins Haus, und genauso mußt du es wieder verlassen.«

»*Ich* habe es gern, wenn du mit deiner Pistole ballerst«, sagte Leora laut in Tynans Ohr.

»Dazu hat er jetzt keine Zeit«, sagte Red. »Sind Sie so weit, Mr. Prescott?«

»Jederzeit.«

»Dann können Sie ihm durch die Tür auf die Straße hinaushelfen. Denn du bist viel zu betrunken, Ty, um ohne Begleitung noch gehen zu können. Hast du mich verstanden?«

Ty nickte stumm.

»Ist das Pferd bereit?« fragte Red.

»Was für ein Pferd?« fragte Ty.

»Sie werden es wissen, wenn Sie es sehen«, sagte Asher lachend. »Und übersehen können Sie es nicht.«

Red schob ihre Arme unter Tys Achseln: »Honey, ich

möchte dich wiedersehen – und das ist die einzige Möglichkeit, mir diesen Wunsch zu erfüllen. Und jetzt küsse mich und geh.«

Ty hielt sie eine Minute lang fest, küßte sie auf die Wangen und verließ dann den Salon. Seine prächtigen langen Sporen klirrten über den Parkettboden. Auf der Treppe über der Halle hielt er an, zog die beiden silberbeschlagenen Pistolen und schoß damit in die Decke. Dann stiefelte er, mit Frauen behangen, hinunter ins Erdgeschoß.

Dort brüllte er: »Ich bin tückischer als eine Schlange und doppelt so schnell!«, torkelte nach vorn, fiel einer Frau um den Hals und schoß dabei mit einer Pistole in die Decke, mit der anderen auf einen Tisch, der von Männern besetzt war. Er traf zwei volle Biergläser und verfehlte nur knapp einen Hünen von Cowboy.

Der Cowboy stand auf und wollte auf Tynan losgehen, doch Asher verstellte ihm den Weg.

»Er ist betrunken«, sagte Asher. »Es war ein Unfall.«

»Dann schaff ihn möglichst rasch hier raus«, sagte der Cowboy grollend, die Hand an dem Holster, »bevor er einen Unfall erleidet...«

»Ich bin so stark wie ein Grislybär und so scharfäugig wie ein Falke«, brüllte Ty.

»Komm, Falke, laß uns gehen«, sagte Asher zu ihm und schob ihn auf den Ausgang zu.

»Ich kann schneller reiten und schießen als jeder andere...«

Asher, der bemerkte, daß Ty schon wieder mit seiner Pistole auf den Tisch zielte, wo die Cowboys – vermutlich von Dysan gedungene Männer – saßen und ihn beobachteten, schlug Tys rechten Arm in die Höhe, so daß die Kugel das Gemälde über der Bar traf und ein Loch in den ansehnlichen Hintern der nackten Schönheit riß, die sich dort auf einem Pfuhl räkelte.

»Ich bin so rank wie eine Tanne und so häßlich wie ein Muli, aber die Mädchen reißen sich um mich, weil er so groß ist und so hart steht wie ein Steven«, grölte Ty, während Asher ihn zur Vordertür hinausschob.

»Steigen Sie auf dieses verdammte Pferd«, zischelte Asher, »ehe Sie uns alle beide umbringen«.

Vor ihm stand ein schneeweißer Schimmelhengst mit hellroten Augen und weißem Sattel. Ty zögerte keine Sekunde, sondern sprang in den Sattel, wickelte den Zügel um den Sattelknopf und zog das Gewehr, das rechts neben ihm im Sattelschuh steckte. Sich in den Steigbügeln aufstellend, daß die Fransen wie Standarten hinter ihm herflatterten, ballerte Ty mit dem Gewehr auf die Dachtraufen, während das Pferd in nördlicher Richtung aus der Stadt galoppierte. Ein paar von den Männern, die sich auf den Dächern versteckt hatten, standen auf, um nachzusehen, was da unten los wäre, und Ty schoß nur wenige Zentimeter an ihren Köpfen vorbei.

Asher, der Ty auf einem zweiten Pferd folgte, war überzeugt, daß sein Gesicht so weiß sein müsse wie Tynans Lederkostüm. Doch die Männer auf den Dächern dachten, daß ihnen hier eine Wildwest-Show gratis geboten würde, und einige von ihnen bedankten sich dafür, indem sie gleichfalls ihre Gewehre gen Himmel richteten und die Magazine leerschossen.

Asher wagte erst wieder durchzuatmen, als sie bereits meilenweit von der Stadt entfernt waren und Tynan plötzlich hinter ein paar Bäumen verschwand. Als Asher zu ihm stieß, wühlte Ty wie besessen in den weißen Satteltaschen.

»Was ist denn los?« fragte Asher, sich von seinem Pferd herunterschwingend.

»Ich hatte gehofft, sie hätten mir noch ein paar vernünftige Sachen eingepackt. Verdammt! Red hat mir nicht mal meine Hosen mitgegeben!«

»Mich deucht, die Hosen, die Sie jetzt anhaben, hätten Sie immerhin gesund bis hierher gebracht. Ist Ihnen eigentlich klargeworden, daß Sie um ein Haar einen von Dysans Männern erschossen hätten?«

»Ich habe alles in allem elf Männer gezählt. Und Sie?«

»Was ich?«

»Wieviel Sie gezählt haben? Weshalb, glauben Sie wohl, habe ich einen solchen Lärm gemacht? Ich wollte, daß sie alle aus ihren Löchern herauskommen, um nachzusehen, was dieser Krach zu bedeuten habe. Vier von ihnen saßen im Puff in der Halle, fünf auf den Dächern entlang der Straße, und zwei kamen noch aus den Hinterhöfen. Ich schätze, daß noch einige von ihnen im Süden der Stadt auf mich lauern. Ich gebe ihnen zwei Stunden Zeit, bis sie begriffen haben, daß ich in diesen weißen Lederklamotten stecke. Also haben wir zwei Stunden Zeit, damit ich mir neue Sachen besorgen und das da loswerden kann.« Er blickte das rotäugige Pferd ungläubig an. »Sonst könnten wir ebensogut versuchen, einen Berg in einer Puppenstube zu verstecken. Ich wünschte, wir fänden jemanden, der diese Klamotten für mich anzieht. Dann könnten Dysans Männer ihn verfolgen und mir eine Verschnaufpause gönnen.«

Asher schnaubte: »O ja, und wo finden wir so einen Trottel? Ich wüßte keinen, der selbst gegen gute Bezahlung so ein Kostüm anziehen würde. Und wenn Sie versuchen, es jemandem zu schenken, wird er sofort mißtrauisch und fragt nach dem Grund. Am besten wäre es, wir würden die Sachen verbrennen. Wir können nicht erwarten, jemand zu finden, der dumm genug ist, sie zu tragen.«

»Ich weiß nicht«, sagte Ty, der sich wieder auf den Schimmel schwang und fluchte, weil er sich erst noch die Fransen unter dem Hintern hervorziehen mußte. »Die Welt ist voll von allen möglichen Typen.«

Kapitel 18

Tynan stand wie angewurzelt an der weißen Wand eines Hauses, als hoffte er, sich auf diese Weise unsichtbar machen zu können. Asher nahm sich verdammt viel Zeit, neue Kleider für ihn zu finden, damit er sie gegen die weiße Lederkluft vertauschen konnte. Einige Minuten lang hatte Ty sogar ernsthaft daran gedacht, Asher das lose Maul zu stopfen – vielleicht sogar mit einem Knebel. Doch dann war es ihm gelungen, Asher davon zu überzeugen, daß es auch in seinem eigenen Interesse sei, wenn er ihm zu neuen Kleidern verhülfe.

Vorsichtig schob Ty den Kopf um die Hausecke herum, um zu erkunden, ob jemand in der Nähe war. Als er sicher war, daß sich niemand auf der Straße befand, ging er die zwei Schritte bis zum Pferdetrog und steckte den Kopf hinein. Asher hatte sich nicht entblöden können, anzügliche Bemerkungen über den strengen Veilchenduft zu machen, der Tys Haaren entströmte und offenbar auf Reds weißen Talkumpuder zurückzuführen war.

Als er eben den Kopf wieder aus dem Wasser heben wollte, spürte er etwas Kaltes im Nacken, das vom Stahl einer Waffe herrühren mußte.

»Sprich ein Gebet«, sagte der Mann, der ihm die Waffe ins Genick drückte, »denn das ist die letzte Minute deines Lebens.«

»Lester Chanry«, sagte Tynan, den Kopf drehend, um den Mann hinter sich ansehen zu können: Dieser war so groß und so dünn wie eine Bohnenstange und hatte rote Haare, die ihm bis zu den mageren Schultern hinunterreichten. Sein Gesicht war von Sommersprossen bedeckt, die ihm etwas Farbe verliehen; denn seine Brauen und Wimpern waren so hell, daß man zweimal hinsehen mußte, um ihr Vorhandensein zu bemerken. Er trug ein hellrotes Hemd mit einer vier Zoll breiten indianischen Perlenstickerei auf den Schultern und drei Silberconchos in den Haaren. »Lester, es tut gut, dich wiederzusehen. Tatsächlich habe ich erst vor zehn Minuten über dich gesprochen.«

»So-so. Hast du davon gesprochen, wie du meinen Bruder getötet hast?«

»Das war ein Unfall.«

Lester drängte Tynan gegen die Hausmauer. »Du hast ihn umgebracht, und dafür wirst du nun bezahlen.«

»Ich war es nicht, und das weißt du auch.«

»Dieser Sheriff war hinter dir her, und daher hättest du ihn ebensogut töten können. Deshalb bist du auch derjenige, der dafür bezahlen wird. Bist du bereit zu sterben?«

»Nur wenn du mir versprichst, mich in meinem neuen Anzug zu beerdigen.«

Zum erstenmal blickte Lester auf die prächtige Lederkluft hinunter, mit der Ty bekleidet war, und Tynan beobachtete Lesters Gesicht. »Du versprichst mir doch, daß du mich darin beerdigst, nicht wahr, Lester? Das ist mein letzter Wunsch, und der letzte Wunsch eines Sterbenden sollte immer respektiert werden.«

»Wo hast du denn diese Klamotten her?« fragte Lester mit ehrfürchtiger Stimme.

»Ein Mann mußte erst sein Leben aushauchen, ehe ich sie haben konnte«, sagte Tynan. »Du versprichst mir doch, daß du mich darin beerdigst, Lester?«

»Nun... vielleicht würdest du sie mir vorher noch verkaufen. Ich mag nämlich solche Sachen.«

»Verkaufen! Was soll ich denn mit dem Geld, wenn ich tot bin? Wie wäre es, wenn wir uns auf einen Handel einigten? Ich schenke sie dir, und du läßt mich dafür laufen.«

Lester stieß Ty wieder zurück gegen die Hauswand. »Ich werde dich erschießen und sie mir dann einfach nehmen.«

»Ich bin aber ein starker Bluter. Ich brauche mich nur beim Rasieren zu schneiden, und schon ist alles voller Blut. Ich würde den Anzug so versauen, daß du ihn nicht mehr tragen könntest, und außerdem entginge dir das dazu passende Pferd.«

»Pferd?« fragte Lester. »Belügst du mich auch nicht, Ty? Denn wenn du das tust, werde ich dir...«

»Lester, ich kämpfe um mein Leben. Du läßt mich laufen und bekommst dafür diesen weißen Lederanzug und ein weißes Pferd mit einem weißen Sattel.«

»Weißen Sattel?« sagte Lester atemlos. »Ich habe in meinem ganzen Leben noch keinen weißen Sattel gesehen. Tynan, wenn du mich auf den Arm nehmen willst, werde ich dir...«

»Nun, fuchtle bitte nicht so viel mit deinem Revolver herum, Lester, sondern laß dich von mir zu der Stelle bringen, wo das weiße Pferd versteckt ist, und ich gebe dir das alles einschließlich einem Kaufvertrag, damit die Sache auch legal ist. Aber wenn du mich erschießt, bekommst du nur einen blutigen Anzug – und du weißt ja selbst, wie steif Leder von Blut wird –, und du wirst auch niemals das weiße Pferd finden, sondern irgendein Bauernlümmel, der dann den einzigen weißen Ledersattel besitzt, den es auf der Welt gibt. Habe ich dir eigentlich schon gesagt, daß am weißen Zaunzeug lauter kleine silberne Medaillons hängen?«

Lester brauchte einige Sekunden, um zu verdauen, was Tynan zu ihm gesagt hatte, während Tynan einen Arm hochhob, damit er die langen Lederfransen bewundern konnte, die vom Ärmel herunterhingen.

»Also schön, ich nehme das Angebot an. Aber wenn du versuchen solltest, mich zu betrügen, werde ich . . .«

»Ich und einen Chanry betrügen? Lester, ich bin nicht so alt geworden, weil ich ein Narr bin. Komm, laß uns gehen. Es wird mir leichter fallen, mich von meinem Anzug zu trennen, wenn wir nicht so lange darüber reden«, sagte Ty mit einem Seufzer.

Als Chris die Treppe hinunterstieg, versuchte sie das Oberteil ihres Kleides etwas über ihre Brüste hinaufzuziehen; doch der Stoff reichte nicht hin, um das zu bedecken, was bedeckt werden sollte. Mit einem Blick auf Pilar bemerkte sie, daß diese Frau mehr heraushängen ließ, als sie selbst in ihrem ganzen Leben zu entblößen nicht hoffen durfte.

Am Fuß der Treppe blieben die beiden Männer stehen und ließen die beiden Frauen plötzlich in einem großen Raum mit einem aus Ziegeln bestehenden Fußboden allein. Er war mit schweren Möbeln eingerichtet, die mit seidenen Schärpen bedeckt waren. Außer ein paar Sesseln und einem kleinen Tisch an einer Wand konnten sie nicht viel von der Einrichtung sehen.

Links befand sich eine Tür mit einem Fenster daneben. Sogleich eilte Chris zur Tür und probierte die Klinke aus, aber die Tür war verschlossen. Als sie eben zum Fenster gehen wollte, hörte sie eine Stimme hinter sich.

»Sie werden alle Ausgänge blockiert finden, Miss Eskridge.« Es war eine Stimme, die sie kannte. »Sie!« rief sie, auf den Absätzen herumwirbelnd.

»Ich dachte, das hätten Sie inzwischen längst erraten«, sagte Beynard Dysan, »nachdem Sie mir im Haus und auch im Wald nachspioniert haben. Ich dachte, Sie würden sofort wissen, daß nur ich derjenige sein kann, der Sie entführen ließ.«

»Ich habe Owen nachspioniert«, sagte sie mit einem halben Flüstern, »nicht Ihnen«.

»Und ich sollte davon nichts wissen, nicht wahr? Wollen die Damen jetzt die Freundlichkeit haben, mich zum Dinner zu begleiten?«

Unwillkürlich wich Chris einen Schritt vor ihm zurück.

»Nur zu gern«, sagte Pilar rasch, faßte nach Christianas Hand und zog sie mit sich, während sie die andere Hand unter Dysans Arm schob. »Wir verhungern schon fast.«

Chris überließ es Pilar, mit Dysan zu reden, während er sie beide in ein Speisezimmer führte. Sie mußte ihr Gleichgewicht wiederfinden und ihre instinktive Abneigung gegen diesen Mann überwinden, wenn sie erfahren wollte, was er mit seiner Entführung bezweckte. Als Dysan dann am Tisch einen Stuhl für sie zurechtrückte, konnte sie sich schon so gut beherrschen, daß sie nicht gleich zurückzuckte, als seine Hand ihren Arm streifte.

Als sie alle am Tisch Platz genommen hatten und die Speisen aufgetragen waren, blickte Dysan Chris an, die am anderen Ende der langen Tafel saß, während Pilar rechts neben ihm Platz genommen hatte und sagte: »Nun erzählen Sie mal, warum Sie im Haus der Hamiltons spioniert haben. Was glaubten Sie denn dort zu entdecken?«

Chris nahm sich Zeit mit ihrer Antwort. Ehe sie diesem Mann etwas erzählte, mußte sie erst erfahren, ob er etwas von den wahren Zusammenhängen wußte. »Mein Vater...«, begann sie und schob sich dann einen Bissen in den Mund, den sie bedächtig zerkaute.

»Ja«, sagte Dysan. »Ich weiß, daß Ihr Vater Selbstmord beging. Aber da hatte doch auch Ihr Mann mitgeholfen, nicht wahr?«

Nun war Chris sich sicher, daß Dysan keine Ahnung von ihrer wahren Indentität hatte und sie tatsächlich für Diana Eskridge hielt. »Whit und ich haben...« Sie sah auf ihren Teller nieder und brachte es fertig, zwei Tränen unter ihren Wimpern hervorzupressen. »Ich liebe ihn wirklich; aber mein Vater...«

Sie blickte durch feuchte Wimpern zu Dysan hinüber und bemerkte, daß er sie mit großer Ungeduld und abfällig gekräuselten Lippen betrachtete. Gut, dachte Chris bei sich, soll er doch glauben, daß ich ein schüchternes, feiges kleines Ding bin. Pilar, die ihr einen ungläubigen Blick zugeworfen hatte, sah nun wieder auf ihren Teller.

»Was hofften Sie in Hamiltons Haus zu finden?« fragte Dysan zum zweitenmal und sagte das in einem Ton, als könnte er ängstliche Frauen nicht ausstehen.

»Mein Vetter Lionel war in Gefahr. Ich wollte ihm nur helfen. Warum haben Sie uns entführen lassen? Was haben Sie mit uns vor? Ich hatte doch nur Lionel helfen wollen. Und Pilar hat mit der ganzen Sache überhaupt nichts zu tun.«

Dysan begann zu essen. »Betrachten Sie sich als meine Gäste. Ich fürchte, ich kann Sie zwar nicht frei in meinem Haus herumlaufen lassen, aber solange Sie hier wohnen, soll es Ihnen an Bequemlichkeit nicht mangeln.«

»Aber *warum* sind wir hier?« sagte Chris, sich vorbeugend.

Dysan sah sie nur an, sagte aber kein Wort mehr.

»Sie werden unserer Spur folgen, das wissen Sie doch«, sagte Pilar leise in die Stille hinein.

»Meinen Sie damit Ihren Mann? Glauben Sie wirklich, er kommt hierher, um Sie zu retten? Will er mich mit einer Gartenharke bedrohen?«

»Mit einer...«, begann Chris, fing sich dann aber rasch und sagte: »Jemand kommt bestimmt hierher und findet uns.«

Dysan lehnte sich in seinem Stuhl zurück und legte seine Gabel auf den Teller. »Ich habe über hundert Männer ausgeschickt, die das Gelände zwischen hier und Hamiltons Haus absuchen. Sie sollen jeden töten, der es auch nur wagt, nach Ihnen oder nach mir zu fragen. Ich garantiere Ihnen, daß niemand hierherkommen und Sie retten wird.«

»Dann ist es also Lösegeld, was Sie für uns verlangen wollen?« fragte Chris, ohne erst nachzudenken.

»Und wie könnte ich ein Lösegeld für Sie erhalten?« fragte Dysan, als wäre er sehr an einer Antwort interessiert. »Wer würde für Sie beide Geld bezahlen?«

»Niemand würde für uns Geld bezahlen«, sagte Pilar leise. »Aber jemand könnte bereit sein, mit seinem Leben zu bezahlen, um uns wiederzufinden. Und das wird ihm auch gelingen.«

Dysan musterte Pilar ein paar Sekunden mit einem hitzigen, hochmütigen Blick. »Sie mögen recht haben, aber das wollen wir doch erst einmal abwarten, nicht wahr? Und jetzt, fürchte ich, habe ich keine Zeit mehr für Sie. Man wird Sie wieder in ihr Zimmer hinaufbringen, und dort werden Sie warten.«

»Warten worauf?« fragte Chris.

»Auf meinen Beschluß, was mit Ihnen geschehen soll«, sagte Dysan, ehe er aufstand und das Zimmer verließ. Chris wickelte rasch ein paar Scheiben von dem Braten in ein Taschentuch und schob das Päckchen in die Tasche ihres Kleides. Kurz darauf kamen schon die beiden Männer, die sie entführt hatten, und geleiteten sie zurück in den Vorraum und dann die Treppe zu ihrem Zimmer hinauf.

»Was haben wir nun herausgefunden, außer daß wir unsere Mahlzeiten abbrechen müssen, wenn wir ihn ärgern?« fragte Pilar, als sie wieder allein in ihrem Zimmer waren. »Glauben Sie, daß er tatsächlich *hundert* Männer ausgeschickt hat, die auf unserer Fährte lauern und jeden Verfolger abfangen sollen? Oder meinen Sie, daß das nur eitle Prahlerei gewesen ist?«

Chris blickte aus dem Fenster und schätzte die Entfernung bis zum Boden hinunter. »Ich glaube, dieser Mann ist zu jeder Bosheit fähig. *Weshalb* sind wir hier?« jammerte sie mit einem

Schluchzen in der Stimme. »Er weiß nicht, wer mein Vater ist; also hält er uns nicht fest, weil er ein Lösegeld will. Ich dachte, da er uns diese Kleider aufs Zimmer schickte, er wollte vielleicht etwas... etwas Körperliches von uns. Doch das scheint ihn nicht zu interessieren. Was will er dann von uns?«

»Vielleicht wissen Sie etwas, das er von uns erfahren möchte?«

»Natürlich«, antwortete Chris. »Er glaubt, ich wüßte, wo der verlorengegangene Schatz der Inkas ist. Wenn er etwas von uns wissen wollte, warum hat er uns dann beim Essen nicht danach gefragt?«

»Aber er fragte uns doch, ob wir meinten, daß Tynan uns hierher folgen würde«, sagte Pilar nachdenklich. »Glauben Sie, er hat es auf Ty abgesehen?«

Christianas Mund wurde zu einem Strich. »Mir scheint, die einzigen Leute, die es wirklich auf Tynan abgesehen haben, sind jene, die auf der Seite des Gesetzes und der Ordnung stehen. Ich glaube nicht, daß Dysan Tynan für ein Verbrechen oder für etwas festnehmen möchte, das er in den letzten acht Tagen mal wieder angestellt hat.«

Pilar blickte Chris eine Weile stumm an. »Sie haben ja einen mächtigen Zorn auf ihn. Was hat er Ihnen denn getan?«

»Oh – nur eine Närrin aus mir gemacht. Das ist alles.« Chris setzte sich aufs Bett. »Ich glaube nicht, daß Dysan hinter Tynan her ist. Wenn ja, hätte er keine so umständliche Methode gewählt, sondern sich seiner auf eine viel leichtere Art bemächtigen können. Er hätte ihn nur beim Picknick zu einem Duell mit dem Revolver einzuladen brauchen, und Tynan hätte diese Aufforderung mit Freuden angenommen. Nein, da muß es schon noch einen anderen Grund geben. Ich glaube, Dysan *weiß*, wer mein Vater ist, und wir werden festgehalten, weil er ein Lösegeld für uns verlangen will. Dann ergeben auch diese hundert bewaffneten Männer einen Sinn, die etwaige Verfolger abfangen sollen, denn Dysan möchte natürlich verhindern, daß jemand erfährt, daß er uns beide in seinem Haus gefangenhält.«

»Uns?« gab Pilar zurück. »Sie haben mir nie eine Erklärung geben wollen, warum ich hier gefangengehalten werde.«

»Wer weiß? Pilar, glauben Sie, daß wir den Boden erreichen könnten, wenn wir unsere Bettücher zusammenbinden?«

»Sind Sie wahnsinnig?« sagte Pilar, die ans Fenster getreten war. »Sehen Sie denn nicht die Männer mit den Gewehren dort draußen? Glauben Sie, die wollen Ihnen nur damit zuwinken, wenn sie aus dem Fenster klettern?«

»Und wenn wir mitten in der Nacht aus dem Fenster klettern?«

»Chris«, antwortete Pilar mit geduldiger Stimme, »lassen Sie uns hier sitzen und warten, bis Ihr Vater das Lösegeld bezahlt hat, und dann sind wir frei.«

Chris blickte die dunkelhaarige Frau eine Weile an. »Frei, damit wir Dysan als Kidnapper identifizieren können? Daß wir zu einem Bundesmarshal gehen und ihn als Kaptialverbrecher anzeigen und gegen ihn aussagen können? Nein, ich glaube nicht, daß er uns freilassen wird. Dysan wird vielleicht ein Lösegeld für uns kassieren; er kann aber nicht riskieren, uns freizulassen, damit wir jedem erzählen können, wer uns gefangennehmen ließ.« Sie schwieg einen Moment still und hielt Pilars Blick fest. »Ich glaube, er wird uns töten, sobald er das Geld von meinem Vater erhalten hat. Er kann es sich nur noch nicht leisten, uns umzubringen, falls mein Vater von ihm einen Beweis verlangt, daß ich noch am Leben bin.«

Pilar ging zum Bett zurück und ließ sich darauf fallen. »Wie lange haben wir also Ihrer Meinung nach noch zu leben?«

»Mein Vater wird Himmel und Hölle in Bewegung setzen, um das Geld aufzutreiben, das Dysan von ihm fordern wird, und ...« Sie stockte, da ihr die Tränen in die Augen stiegen. Vielleicht würde sie ihren Vater nie mehr wiedersehen – vielleicht war das letzte, was sie auf dieser Erde sehen würde, die Innenwände dieses Zimmers. »Er wird das Geld so rasch hierherschaffen, wie Roß und Reiter die Strecke bewältigen können. Wenn Dysan einen Brief mit seiner Lösegeldforderung nach Süden schickte, während wir nach Norden gebracht wurden, schätze ich, daß es noch ungefähr achtundvierzig Stunden dauern wird, bis das Lösegeld hier eintrifft.«

»Zwei Tage«, wiederholte Pilar erschrocken, und dann ruckte ihr Kopf in die Höhe. »Das bedeutet, daß Tynan schon heute abend hier sein könnte.«

»Damit können wir nicht rechnen«, sagte Chris und legte ihre Hand auf Pilars Rechte. »Wollen Sie mit mir fliehen oder hier warten und hoffen, daß ich mit jemandem zurückkomme, der mir hilft, Sie hier herauszuholen?«

»Ich möchte, daß wir beide hierbleiben und warten«, sagte Pilar und seufzte dann. »Also gut. Ich werde hierbleiben. Vielleicht kann ich für eine Weile die Tatsache vor diesen Männern geheimhalten, daß sie aus unserem Gefängnis entflohen sind.«

»Sobald Dysan meine Flucht entdeckt, sagen Sie zu ihm, daß Sie Christiana Mathison wären. Dann wird er Sie bestimmt so lange in Ruhe lassen, bis mein Vater ihm das Lösegeld geschickt hat. Wollen sie mir jetzt helfen, die Bettücher zu zerreißen und zu einem Seil zusammenzubinden?«

»Wenn ich muß«, sagte Pilar und entdeckte zu ihrem Mißvergnügen, daß ihre Hände zitterten. »Ich werde Ihnen helfen, wenn ich muß.«

Tynan hob die Hand, damit Asher sein Pferd zügeln sollte, als sie den Rand der kleinen Stadt Sequona erreichten. »Ich möchte, daß Sie zuerst in die Ortschaft hineinreiten. Begeben Sie sich zu dem großen Saloon, den Sie dort in der Mitte der Straße auf der rechten Seite sehen können, und nehmen Sie sich einen Ecktisch. Bestellen Sie sich nur ein Bier und warten Sie auf mich. Und reden Sie mit niemandem ein Wort, verstanden?«

»Machen Sie sich meinetwegen keine Gedanken. Ich komme schon zurecht.«

»Nehmen Sie dort Ihren Revolver aus dem Holster, legen Sie ihn unter Ihren Hut und warten Sie ab. Ich will, daß sie sofort eingreifen können, wenn die Schießerei losgeht.«

»Schießerei?« flüsterte Asher. »Wie können Sie so sicher sein, daß es zu einer Schießerei kommen wird?«

»Was soll diese Frage? Wie können Sie nur so alt geworden sein, ohne das zu wissen? Sind Sie bereit?«

Asher nickte nur, als er sein Pferd wieder antrieb, die lange, staubige Straße entlangtrabte und vor dem Saloon anhielt. Als er hineinging, flog jemand auf die Straße hinaus und verfehlte ihn nur knapp.

»Und bleib draußen!« rief ein Mann, der eine grüne Schürze trug und seine kräftigen Muskeln an seinen dicken Armen spielen ließ.

Asher wartete, bis die Pendeltüren frei waren, und ging dann in den Saloon hinein. Er mußte eine Weile an der Theke stehen, bis die Männer am Ecktisch ihr Pokerspiel beendeten und ihre Stühle räumten, und nahm dann mit seinem Bierglas dort Platz. So unauffällig wie möglich zog er seinen Revolver aus dem Holster und versteckte ihn unter seinem Hut, der auf dem Tisch lag. Asher lehnte sich auf seinem Stuhl zurück, die Augen halb geschlossen, als Tynan hereinkam, und sofort, wie er bemerkte, drehten sich ein halbes Dutzend Augenpaare in die Richtung des Neuankömmlings. Ty hatte also recht behalten, dachte Asher: sie wurden hier schon von mehreren Männern erwartet.

Tynan bestellte einen doppelten Whisky, und während er sein Glas leerte, kam ein Saloonmädchen auf ihn zu, legte ihm einen Arm um die Taille und strich ihm mit einer Hand über den Rücken.

»Wie wär's, wenn du einer Lady einen Drink spendieren würdest?«

Asher richtete sich in seinem Stuhl auf und tat so, als interessierte er sich für den Inhalt seines Bierglases, in Wahrheit aber versuchte er die Männer in seiner Nähe zu beobachten. Da saß ein dicker, schmutziger Cowboy rechts von ihm, dessen Hand immer näher an seinen Holster herankroch. Geh aus dem Schußfeld, schien er in Gedanken das Mädchen dort vorne zu beschwören.

Tynan bewegte sich ein kleines Stück von dem Saloonmädchen weg. »Honey, ich würde gern mit dir noch mehr teilen als nur einen Drink. Glaubst du, das ließe sich einrichten?«

Die Frau lächelte, daß ihre Augen fast gänzlich in der Schminke verschwanden.

»Warum gehst du nicht schon nach oben und wartest dort auf mich? Ich muß mir nur erst die Kehle ein bißchen anfeuchten, dann komme ich gleich nach.«

Das Saloonmädchen in dem schmutzigen rot-schwarzen Kleid warf der Handvoll Frauen, die im Gastraum verteilt waren, einen triumphierenden Blick zu und schickte sich dann an, die Treppe hinaufzusteigen. Als sie die halbe Strecke zur Galerie zurückgelegt hatte, drehte sich Ty zum Barkeeper um und sagte laut: »Was ich wirklich brauche, ist eine Auskunft. Wissen Sie, wo ich Beynard Dysan finden kann?«

Es verstrichen höchstens drei Zehntel Sekunden, ehe der erste Schuß fiel. Tynan, der offensichtlich den Gastraum im Spiegel über der Theke beobachtet hatte, wirbelte auf seinen Absätzen herum, knickte in den Knien ein und schoß dem fetten Cowboy, der rechts neben Asher saß, in den Bauch. Asher sprang vom Tisch auf, riß seinen Revolver unter dem Hut hervor und erschoß einen zweiten Mann oben auf der Galerie, die freies Schußfeld auf den Gastraum darunter gewährte. Eine Kugel schwirrte nur wenige Zentimeter an Ashers Ohr vorbei, und er warf sich auf den Boden, stürzte den runden Tisch, der vor ihm stand, um, und ging dahinter in Deckung.

Während er mit Schüssen aus seinem Revolver zwei andere Männer niederhielt, versuchte er auszumachen, wo Ty sich in diesem Moment befand, um ihm notfalls Feuerschutz zu geben. Ty bewegte sich, rückwärts gehend, auf einen Ausgang zu und duckte sich immer wieder, um ein möglichst kleines Ziel für die herumschwirrenden Kugeln abzugeben.

In dem Augenblick, als Ty die Tür erreichte, sah Asher den Kopf eines Mannes in einem Fenster links neben Tynan auftauchen. Asher richtete sich auf und brüllte: »Tynan!«

Ty drehte sich blitzschnell um und schoß. Der Mann hinter dem Fenster taumelte nach hinten und stürzte. Ty verließ den Saloon just in dem Moment, als Asher einen sengenden Schmerz in seinem linken Bein spürte, ehe er sich wieder hinter seinem Tisch in Sicherheit gebracht hatte.

Nun war Asher im Saloon ganz auf sich allein gestellt, und alle Revolver richteten sich nun auf ihn, ballerten ununterbrochen und nagelten ihn hinter dem kleinen runden Tisch fest. Die Vordertür des Saloons war nur ein paar Schritte von ihm entfernt, unter diesen Umständen jedoch für ihn unerreichbar. Er machte sich ganz dünn hinter dem Tisch, um seinen Revolver nachzuladen, und betrachtete das Blut, das aus seinem Hosenbein sickerte, als er den gedämpften, aber um so tödlicheren Knall eines Gewehrs im Saloon hörte.

Er schielte um den Tischrand und sah Ty im Eingang stehen, ein Gewehr an der Schulter. »Der nächste, der sich bewegt, fängt eine Kugel ein. Komm zu mir, Prescott«, rief er mit lauter Stimme.

Als Asher die Deckung hinter dem runden Tisch verließ, schoß Tynan auf einen Mann in einer Ecke, und ein Revolver polterte über die Dielen.

»Ich suche Beynard Dysan, und ich möchte wissen, wo ich ihn finden kann. Halte mir den Rücken frei«, setzte er leise, an Asher gewendet, hinzu.

Jetzt befanden sich nur noch vier Männer – und fünf Leichen im Saloon. Die anderen, die sich im Saloon aufgehalten hatten, waren entweder ins Freie gerannt, als die Schießerei begann, oder lagen tot auf den Brettern.

»Du!« sagte Ty zu einem großen, kräftigen Mann mit einer Narbe über den Augen. »Du wirst der erste sein. Ich werde dir in ungefähr zwei Sekunden dein linkes Bein um drei Zoll verkürzen, wenn du mir nicht sagst, was ich wissen möchte. Wo finde ich Dysan?«

Tynan zog das Gewehr fester in die Schulter.

»Er hat ein großes Haus zehn Meilen nördlich von hier«, antwortete der Mann. »Aber es ist gut bewacht, und wen er dort nicht sehen möchte, dem wird es niemals gelingen, in seine Wohnung einzudringen.

»Das ist mein Problem.« Ty fing an, sich wieder rückwärts aus dem Saloon hinauszubewegen, während Asher, seinen Rücken an Tynans Rücken, vor ihm herging und die Menge beobachtete, die sich draußen auf der Straße anzusammeln begann. Ihre Sattelpferde warteten bei der Zügelstange.

»Reite, wie du noch nie in deinem Leben geritten bist«, rief Tynan Asher zu, ehe er in nördlicher Richtung aus der Stadt hinaussprengte.

Asher folgte Ty dichtauf, der sein Pferd in einen Wald hineinlenkte, und eine Weile glaubte Asher, Ty wüßte genau, welche Route sie nehmen müßten, bis er nach kurzer Zeit vom Pfad abwich und sein Pferd zwischen die Bäume hineintrieb. Er sah auch, daß Ty dort mehrere Male anhielt und sich umblickte. »Du kennst diese Gegend gar nicht – oder doch?« fragte Asher.

»Wenn ich sie kennen würde, hätte ich auch gewußt, wo Dysan wohnt. Steig vom Pferd. Ich glaube, das ist die richtige Stelle.«

»Was für eine Stelle? Wo sind wir?«

»Dort, wo wir jemanden treffen werden.«

»Wen?« fragte Asher, bekam aber diesmal keine Antwort, während Ty sich von seinem Pferd herunterschwang und die Satteltaschen abschnallte. Die Zähne vor Schmerz zusammenbeißend, schwang auch Asher sich aus dem Sattel.

»Laß mich mal dein Bein sehen«, sagte Ty, als Asher sich vorsichtig auf die Erde hinunterließ. Nach einer groben, aber gründlichen Untersuchung holte Ty eine Whiskyflasche aus seiner Satteltasche. »Das wird zwar höllisch brennen, aber damit ist auch jede Möglichkeit einer Bleivergiftung gebannt. Du hast Glück gehabt. Das ist eher eine Verbrennung als ein Streifschuß. So eine Wunde heilt rasch wieder, wenn sie dir auch vorläufig Beschwerden machen wird.«

Ash hätte fast laut aufgeschrien, als Tynan ihm den

Whisky in die offene Fleischwunde goß, doch gelang es ihm, sich zu beherrschen.

»Deine erste Schußwunde?« fragte Ty amüsiert.

»Die erste in dieser Woche«, antwortete Asher und versuchte, seinen Atem wiederzufinden.

Eine Stunde später lagen beide Männer lang hingestreckt unter einem Baum, als Asher ein Geräusch hörte, das sich Tynan von rückwärts näherte. Er blickte Ty an, doch der sah ihn nur warnend an, damit er stumm bleiben sollte. Dann tat Tynan so, als würde er schlafen, und Ash beobachtete fasziniert, wie eine Frau, nicht mehr ganz jung, aber auch noch nicht alt, sich von hinten an Ty heranpirschte und dabei so wenig Geräusche zu machen suchte, wie das einem Menschen im Wald nur möglich war.

Als sie eben Ty erreichte, der, seinen Hut über dem Gesicht, zu schlafen schien, langte er mit dem Arm rasch hinter sich, packte sie und zog sie auf seinen Schoß.

»Laß mich los!« schrie sie ihn an.

»Aber, Belle, solltest du noch immer einen Zorn auf mich haben?«

»Ich würde dir ein Messer zwischen die Rippen stechen, wenn ich könnte!«

Tynan hielt sie mühelos fest, rang nur mit ihren Händen, mit denen sie ihm offentsichtlich ins Gesicht fassen und die Wangen zerkratzen wollte. »Du weißt, daß ich nie die Absicht hatte, dir etwas anzutun, aber das Mädchen war erst dreizehn Jahre alt. Ich konnte nicht zulassen, daß du es an diesen alten Bock verkaufst.«

»Du hättest nicht mein ganzes Haus zusammenschießen müssen, um die Kleine zu retten. Ich habe damals alles verloren und mußte zurück auf die Straße, um für den Schaden aufkommen zu können, den du angerichtet hast.«

Tynan begann, ihren Hals zu liebkosen. »Ich wette, du hast dabei ein Vermögen verdient.«

»Habe ich nicht!« schrie sie ihn an, beruhigte sich dann aber etwas. »Nun ja, vielleicht habe ich mir etwas damit verdienen können. Was machst du denn hier? Und nach Dysan zu fragen – bist du etwa lebensmüde?«

»Ich möchte ihn nur finden. Weißt du etwas über ihn?«

»Nicht genug, daß ich mein Leben verlieren möchte, indem ich dir etwas über ihn sage. Was hat er dir angetan?«

»Er hat Chris Mathison entführt«, mischte Asher sich hier ein. »Erlauben Sie, daß ich mich vorstelle? Asher Prescott, stets zu Ihren Diensten, Ma'am!« rief er und nahm seinen Hut ab.

Die Frau versuchte, ihre Hände aus Tynans Griff zu befreiein, doch der ließ das nicht zu. »Also gut – was verlangt ihr von mir?« Und mit einem Seufzer fügte sie hinzu: »Eines Tages wird es ein Gefallen zuviel sein, um den du mich bittest, Tynan!«

»Was mir an euch Frauen so gut gefällt, ist eure Gebefreudigkeit«, sagte Tynan.

Da wurde die Frau auf Tynans Schoß plötzlich ganz steif. »Chris? Ist das etwa deine Frau? Tynan, wenn du mich hierhergelockt hast, damit ich dir helfen soll, eine andere Frau zu finden, dann ist das ...«

Ty küßte sie, um sie zum Schweigen zu bringen. »Diesmal ist es rein geschäftlich. Ihr Vater hat mich engagiert, daß ich sie ihm nach Hause bringe, und nun hat Dysan sie in seine Gewalt gebracht.«

»Dann bist du besser dran, wenn du Sie dort läßt, wo sie sich im Augenblick befindet. Sie wird nicht mehr viel wert sein, wenn Dysan mit ihr fertig ist.«

Tynan runzelte die Stirn. »Sprichst du aus eigener Erfahrung?«

»Ich habe ein Mädchen gesehen, nachdem er mit ihr fertig war. Er mag keine Frauen. Tatsächlich mag er niemanden außer sich selbst. Er hat eine Wohnung nicht weit von hier, aber meines Wissens hält er sich dort nicht oft auf. Ich glaube, er fährt sehr häufig in den Osten, und ich könnte dir beim besten Willen nicht sagen, warum er sich überhaupt so einen gottverlassenen Winkel als Wohnung ausgesucht hat. Er hat genügend Geld, um überall in der Welt wohnen zu können, wo es ihm gefällt.«

Tynan ließ ihre Hände los, hielt sie jedoch immer noch auf seinem Schoß fest. »Wie ich hörte, soll er hier in der Nähe geschäftlich zu tun haben.«

»Die Leute munkeln, daß er an allen üblen Geschäften beteiligt ist, die man sich überhaupt nur vorstellen kann; doch bisher hat ihm noch keiner etwas Unrechtes nachweisen können. Die Gesetzeshüter haben Angst vor ihm.«

Tynan schwieg eine Weile. »Du hast gesagt, seine Wohnung sei bewacht. Wie gut bewacht?«

»Ein Fort der Armee könnte noch von ihm lernen. Er hat Männer, die Tag und Nacht um sein Haus herum patrouillieren – und nachts führen sie auch Hunde an Leinen mit. Wenn sich jemand dem Haus nähert, lassen sie die Hunde los. Die Bestien sollen so scharf sein, daß sie jeden in Stücke reißen.«

»Ist es schon mal *irgendeinem* gelungen, in das Haus einzudringen?« fragte Asher.

»Warum sollte jemand so dumm sein, diesen Versuch zu wagen?« fragte die Frau, von einem zum anderen sehend.

»Belle, *kennst* du jemand, der schon mal in seinem Haus gewesen ist? Jemand, den wir fragen können?«

Belle blickte auf ihre Hände hinunter. »Um die Wahrheit zu sagen: Ich bin im letzten Jahr einmal in seinem Haus gewesen. Mit ein paar anderen Mädchen, um ... Tynan, ich möchte nicht gern an jene Nacht erinnert werden.«

Tynan zog die Frau an sich und barg ihr Gesicht an seiner Schulter. »Dysan hält im Augenblick eine junge Frau gefangen. Prescott und ich haben vor, sie aus seiner Gewalt zu befreien, und deshalb brauchen wir jede Hilfe, die wir bekommen können. Wenn du mir irgend etwas sagen kannst, das dir im Gedächtnis haften geblieben ist: über den Eingang, den Grundriß, irgend etwas, das dieses Haus betrifft und uns weiterbringt, werde ich dir ewig dafür dankbar sein.«

Belle schob sich von seiner Schulter weg. »Du verdienst meine Hilfe nicht, nachdem du mein eigenes Haus ruiniert hast, aber ich werde tun, was ich kann.« Sie blickte ihn auf eine verführerische Weise an. »Ich werde es tun im Gedenken an jene Zeit unten in San Antonio. Erinnerst du dich noch daran?«

»An jeden Tag meines Lebens«, antwortete Ty lächelnd. »Ich benutze sie, um alles andere daran zu messen. Prescott, hast du ein Stück Papier bei dir? Belle wird uns einen Plan des Hauses aufzeichnen.«

Ty schob sie von seinem Schoß herunter, während Asher sich bemühte, sein steif werdendes Bein in Gang zu setzen, um zu den Pferden zu gelangen. Minuten später saßen die drei über eine Skizze gebeugt, die Belle anfertigte, und eine Stunde darauf bestiegen die beiden Männer wieder ihre Gäule.

Belle blickte zu Tynan hoch. »Und damit ich es nicht vergesse: Da kam gestern jemand in die Stadt, Ty, der sich nach dir erkundigte.«

»Wie sah denn dieser Jemand aus?«

»Groß und hager, mit langen roten Haaren. Er trug den rechten Arm in der Schlinge, zog das rechte Bein nach und schien wirklich ein großes Bedürfnis zu haben, dich zu sehen.«

Ty beugte sich vom Pferd zu ihr hinunter und gab ihr einen langen Kuß. »Sag ihm bitte, daß du mich vierzig Meilen südlich von hier gesehen hast, wenn du ihm wieder begegnest, ja?«

Sie lächelte zu ihm hinauf. »Vielleicht sage ich ihm das. Es könnte mir einfallen, ihm das auszurichten, wenn du auf dem Rückweg wieder durch die Stadt kommst und mich für das entschädigst, was du damals in meinem Saloon angerichtet hast.«

»Ich könnte es einrichten.« Ty lächelte ihr noch einmal zu und galoppierte dann nach Norden, wo sich Dysans Haus befand.

Kapitel 19

Pilar saß auf dem Boden, gegen die Bettstatt gelehnt, und schlief trotz ihrer guten Vorsätze so fest, daß sie nicht hörte, wie jemand ins Zimmer kam, bis sich eine Hand über ihren Mund legte und sie aus dem Schlaf schreckte.

»Tynan?« fragte sie ungläubig. »Bist du es?«

»Wo ist Chris?« fragte er sofort.

Pilar setzte sich kerzengerade auf. »Ich weiß es nicht. Sie ist schon seit Stunden fort. Ich hörte zwar die Hunde bellen und Männer rufen, doch keinen Laut mehr von ihr. Ty, ich mache mir schreckliche Sorgen ihretwegen.«

Tynans Gesicht zeigte, was er darüber dachte, daß Chris das Zimmer verlassen hatte. »Wie hat sie aus diesem Zimmer entweichen können?«

Pilar begann, sich an der Bettstatt hochzuziehen. »Wir haben die Laken in Streifen gerissen. Sie seilte sich damit aus dem Fenster in den Hof ab. Du bist ja verletzt, Ty! Setz dich, daß ich mir die Wunde...«

»Dafür habe ich jetzt keine Zeit. Ich muß Chris finden, und zwar rasch. Laß das, es ist nichts Schlimmes – nur ein paar Hundebisse. Warum, zum Teufel, hast du sie aus dem Fenster klettern lassen? Von ihr konnte ich keine Vernunft erwarten, dafür um so größere Besonnenheit bei dir, Pilar! Hatte ich dir nicht gesagt, daß du über sie wachen sollst?«

»Wie hätte ich sie denn an der Flucht hindern können? Dysan erzählte uns, er habe über hundert Männer ausgeschickt, die jeden töten sollten, der nach ihm fragt oder sich nach seiner Wohnung erkundigt. Du hättest tot sein können nach allem, was wir wußten. Und dann sagte Chris noch zu mir, Dysan würde uns nie mehr in die Freiheit entlassen, weil wir ihn sonst als Entführer identifizieren und gegen ihn aussagen könnten.«

»Hat er sich bereits mit Mathison in Verbindung gesetzt?«

»Das ist ja das Seltsame an der Geschichte: Ich bin mir gar nicht sicher, daß Dysan weiß, wer Chris ist. Er sprach davon, daß ihr Vater Selbstmord begangen habe und ihr Mann ein

Betrüger sei. Wenn er nicht weiß, daß Chris eine wohlhabende Frau ist, warum hat er uns dann entführen lassen.«

»Ich werde mir später Gedanken darüber machen, was in dem Kopf dieses Mannes vorgeht. Im Augenblick sind seine bewaffneten Leute meine größte Sorge. Hast du beobachten können, was Chris tat, als sie den Hof erreichte? Hat sie versucht, das Grundstück zu verlassen, oder ist sie wieder ins Haus hineingegangen? Sie schnüffelt ja zu gern in den Papieren anderer Leute herum.«

»Ich weiß es nicht, weil ich damit beschäftigt war, das Seil wieder einzuholen. Doch ich glaube, daß sie sich wohl ins Haus zurückziehen mußte, denn schon Sekunden nachdem sie den Boden erreicht hatte, kamen die Hunde um die Hausecke. Sie hatte vorher ihre Schuhe in Stoffetzen eingewickelt und diese mit Fleischfett eingerieben. Sie wollte die Stoffetzen wegwerfen, sobald sie den Waldrand erreicht hatte.«

»Das scheint wohl nicht funktioniert zu haben, denn ich habe draußen weder sie noch Stoffreste gesehen. Nun möchte ich, daß du mir zuhörst und genau befolgst, was ich dir sage. Prescott – der Mann, der mit ihr in Hamiltons Haus zusammen war – wird jede Minute hier sein, und ich will, daß du dir von ihm zur Flucht verhelfen läßt. Er wird dich über das Dach entführen.«

»Und was machst du inzwischen?«

»Ich werde nach Chris suchen.« Mit dieser Bemerkung ging er zum Fenster und kletterte an einem Seil, das von oben herunterhing, auf das Dach hinauf. Pilar konnte seine Schritte über ihrer Zimmerdecke hören, und dann wurde es wieder still.

Tynan gab Asher ein Zeichen, der hinter einem Erkertürmchen auf dem hohen Haus kauerte, band nun das Seil um einen etwas entfernt stehenden Kamin und kletterte daran wieder nach unten. Dank Belles Skizze wußte er recht gut über die Räume im Haus Bescheid und suchte jetzt das Fenster von Dysans Büro zu erreichen. Das war das Zimmer, das Chris vermutlich am ehesten aufsuchen und erkunden würde.

Im Büro war es stockdunkel. Tynan fand auch keine Spuren,

daß hier vor kurzem noch jemand gearbeitet oder etwas gesucht hatte – keine Dokumente oder Briefe, nur ein paar Bücher, jedoch keine Journale mit verräterischen Bilanzen und schon gar keine hübschen kleinen Blondinen, die darin herumschnüffelten.

Vorsichtig schlich Tynan sich nun aus dem Büro hinaus in den dunklen Korridor. Er lauschte angestrengt und vernahm Stimmen im Erdgeschoß, aber sie klangen nicht sonderlich aufgeregt, wie das zu erwarten gewesen wäre, wenn man Chris soeben beim Herumschnüffeln in einem der Zimmer ertappt hätte. Mit dem Rücken zur Wand begann er vorsichtig die Treppe hinunterzusteigen und hielt alle paar Stufen an, um wieder zu lauschen, ob sich irgendwo im Haus etwas Verdächtiges rührte.

Nach Belles Schilderung war es ein weitläufiges Gebäude, und Ty wußte nicht recht, wo er nun weitersuchen sollte. Doch schien sich nun die Bibliothek als vielversprechende Möglichkeit anzubieten – nicht weil Dysan dort etwas Wichtiges versteckt haben mochte, sondern weil Chris sich ganz bestimmt dort umschauen würde.

Er bleib zweimal auf einem Treppenabsatz stehen und lauschte. Da er aber nichts Verdächtiges hörte, durchquerte er das Eßzimmer zu der verschlossenen Tür, die seines Wissens nach auf den Korridor hinausführte. Immer wieder horchend und so leise wie eine Katze auftretend, öffnete er die Tür und trat hinaus in den Korridor. Die erste Tür rechter Hand führte in die Bibliothek.

Sobald er sich dort Zutritt verschafft hatte, blieb er stehen, lehnte sich mit dem Rücken gegen die Türfüllung und lauschte. Er war sich nicht sicher, was es war, aber er war überzeugt, daß hier etwas nicht stimmte. Er stand so still, daß er mit den Schatten, die ihn umgaben, eins zu werden schien.

Das Geräusch eines Streichholzes, das angerieben wurde, zwang seinen Kopf zur Seite – und er sah Beynard Dysan in einem Sessel schräg neben sich sitzen, der das brennende Streichholz an die Spitze einer Zigarre führte.

»Bravo!« sagte Dysan. »Sie waren fast so leise wie eine Fledermaus.« Er beugte sich vor, um die Flamme an den Docht einer Laterne zu bringen, die vor ihm auf einem Tisch stand.

In diesem Licht vermochte Tynan nun Chris in einem Sessel neben Dysan zu erkennen, mit gefesselten Händen und Füßen und einem Knebel im Mund. Ihre Augen waren wild und verstört, als habe sie etwas Schreckliches mit ansehen müssen.

»Ich würde so etwas nicht wagen«, sagte Dysan, als Ty einen Schritt auf ihn zu machte. »Ich halte eine Waffe auf sie gerichtet und würde mich nicht scheuen, sie abzudrücken.«

Tynan blieb an der Tür stehen, bewegte keinen Muskel, versuchte aber, sich im Raum umzublicken.

Dysan lächelte. »Ich kann Ihnen versichern, daß es hier keinen Fluchtweg gibt. Sie sind nur in dieses Haus eingedrungen, weil ich das geschehen ließ.« Er nahm die Zigarre aus dem Mund und betrachtete sie. »Ich fragte mich nämlich, welche von den beiden Frauen Sie zuerst aufsuchen würden.«

Dysan stand auf und trat hinter Chris, drückte einen Revolver gegen ihre Schläfe, fuhr mit der Hand an ihrem Hals entlang und zog ihren Kopf nach hinten. »Warum habe ich nur so ein Gefühl, als ob sie nicht das ist, was sie zu sein scheint? Hamilton behauptete, sie sei seine Kusine, ein mausiges kleines Ding, das sich von ihrem Mann schlagen ließ; aber hier ist sie nun, nachdem sie sich im Dunkeln aus dem dritten Stock mit den zusammengeknoteten Streifen eines Bettlakens abgeseilt hat, und das brachte mich auf den Gedanken, daß sie unmöglich sein kann, was sie zu sein scheint.«

»Was verlangen Sie? Wenn es um Geld geht, werden Sie es bekommen. Alles, was Sie dafür tun müssen, ist, sie freizulassen.«

»Geld?« sagte Dysan in einem ehrlich überraschten Ton. »Sie haben Geld bei sich, um Sie auszulösen?«

»Ich kann es beschaffen.«

Dysan trat wieder von Chris fort, aber nicht so weit, daß er sie nicht sofort hätte erschießen können, falls Tynan einen Befreiungsversuch wagte. »Und was besitzen Sie schon, das Sie mir im Tausch gegen diese Frau geben könnten? Verfügen einige der Prostituierten, die Sie kennen, etwa über ein Vermögen? Oder werden sie ihre kranken Körper so lange zu Markte tragen, bis sie das Geld beisammenhaben, das Sie brauchen? Oder ist etwa dieser Goldgräber, den Sie kennen, endlich auf eine Goldader gestoßen?«

Tynan blickte den Mann an, ohne ein Wort zu sagen.

»Aha, der tapfere Ritter, der seine Söhne retten will, möchte mir nicht sagen, was er weiß. Was muß ich tun, um seine Zunge zu lockern? Ein paar Teile dieser kleinen Lady abschneiden?«

Tynan bewegte sich noch immer nicht von der Stelle.

Dysan trat wieder näher an Chris heran und begann seine Hände über ihre Arme gleiten zu lassen. »Haben Sie etwas dagegen, daß andere Männer sie anfassen? Bestehen Sie etwa darauf, daß diese Dame Ihnen allein gehört?«

»Machen Sie mit ihr, was Sie wollen«, sagte Tynan. »Sie ist nur ein Auftrag für mich. Ich werde dafür bezahlt, sie zu ihrem Vater zurückzubringen.«

»Und wer ist der Vater, der für so einen Auftrag sogar bezahlt?«

Tynan ließ sich Zeit mit seiner Antwort. »Del Mathison«, sagte er dann in die Stille hinein.

Das einzige Zeichen, mit dem Dysan zu erkennen gab, daß er den Namen verstanden hatte, war eine leichte Erschütterung der Zigarre, die er in der Hand hielt.

Nach längerem Schweigen, das Dysan dazu benützte, Tynan durchbohrend anzusehen, sagte er: »Ich fürchte, ich habe sie unterschätzt. Ich glaubte, Sie würden sich nur für Huren interessieren.«

»Das stimmt. Ich möchte nichts zu tun haben mit so einem Mädchen wie ihr. Sie hat mir die ganze Zeit über nichts als Scherereien gemacht. Wenn Sie also glauben, ein Hühnchen mit mir rupfen zu müssen, können Sie die Lady aus dem Spiel lassen.«

Dysan fuhr mit beiden Händen an Christianas Armen entlang. »Soll ich die Probe aufs Exempel machen? Soll ich mich davon überzeugen, wie wenig Sie für diese kleine Lady übrighaben?«

»Mathison würde nicht gerade begeistert sein, wenn Sie seine Tochter mißhandelten, und ich bezweifle, daß Sie mächtig genug sind, sich mit einem Mann wie ihm anzulegen.

Dysan schien über Tynans Worte nachzudenken. Doch nach einigen Sekunden ging er zur Tür, den Revolver immer auf Chris gerichtet, und sah rasch auf den Korridor hinaus. Sofort kamen zwei Männer in die Bibliothek.

»Bringt die beiden in den Keller und sperrt sie dort ein.«

Tynan trat zurück und sah zu, wie die Männer Chris die Fesseln abnahmen. Als sie davon befreit war, fiel sie nach vorn. Einer der beiden Männer packte sie am Arm und riß sie brutal in die Höhe. Ty verharrte regungslos auf der Stelle, während sie zu ihm hochsah, als die Männer sie zur Tür zerrten.

Ohne gegen diese Behandlung zu protestieren, folgte Ty Chris aus der Bibliothek, während ein dritter Mann, der mit einem Gewehr auf Tynans Rücken zielte, die Nachhut bildete.

Sie wurden hinuntergeführt in ein tiefes Kellergeschoß und vor eine Tür in einer Mauer. Einer der drei Männer holte einen Schlüssel aus der Tasche und sperrte die Tür auf, während der andere Chris in den dunklen, feuchten Raum dahinter stieß. Tynan begab sich freiwillig in dieses Verlies und blieb bei der Tür stehen, bis die Männer sie wieder zugesperrt und verriegelt hatten.

Da hatte er auch schon den kleinen Raum durchquert und tastete im Dunkel nach ihr. »Chris, Chris«, flüsterte er immer wieder, während er mit beiden Händen über ihren Körper fuhr, als müsse er sie genau untersuchen. »Bist du verletzt?« fragte er leise.

Chris klammerte sich an ihn wie eine Ertrinkende. »Das ist ein furchtbarer Mann«, schluchzte sie und schluckte dann rasch ihre Tränen hinunter. »Er hat mir von drei Frauen erzählt, die hier gewesen sind. Er hat mir genau beschrieben, wie er eine davon so lange mit der Reitpeitsche schlug, bis ...«

»Sst«, sagte Ty und streichelte ihren Rücken. »Das ist jetzt vorbei.«

Chris bekam einen Schluckauf. »Er hat sie *getötet*. Er hat sie umgebracht! Er hat mir genau beschrieben, was er alles mit ihr anstellte und wie er die anderen beiden Frauen dazu zwang, ihm dabei zuzuschauen. Die Frau ist verblutet!«

»Chris, hör auf zu weinen. Er wird dir jetzt nichts mehr tun.«

»Aber wie kann ein Mensch nur so etwas mit einem anderen Menschen machen? Er hat mir alles genau beschrieben und nichts davon bereut. Warum wurde er nicht dafür bestraft?«

»Ich weiß nicht. Solange er sich nicht an dir vergriffen hat...«

Es dauerte einige Sekunden, bis Chris sich so weit gefaßt hatte, ihn zu fragen: »Und wenn er es getan hätte – was bedeutet Ihnen das schon?« Sie schob ihn von sich und wich bis zu der hinteren Wand zurück. »Ich bin nicht in einer so schlechten Verfassung, daß Sie befürchten müßten, ich könnte nicht zu meinem Vater weiterreisen. Wenn das Ihre ganze Sorge ist, kann ich Sie beruhigen.« Sie schniefte.

Ty nahm die Hände von ihren Armen und sagte mit resignierender Stimme: »Ich werde mal nachsehen, ob ich etwas finde, womit ich Licht machen kann.«

Sie lehnte sich gegen die Wand und hörte, wie er den kleinen Raum systematisch mit den Händen abtastete. Ihr Kopf schmerzte, und sie hatte Brandwunden an den Handgelenken und den Knöcheln von dem Seil, das sie aus den Bettüchern fabriziert hatte. Dysans schreckliche Geschichten gellten ihr noch in den Ohren und dazu Tynans Worte, daß er nicht das mindeste für sie übrighabe.

Sie sah zu, wie er ein Streichholz anrieb und dann eine Kerze anzündete. Es war ein armseliger kleiner Raum, in dem sie sich befanden – mit Lehmwänden an drei Seiten und einer dicken Holztür in der vierten gemauerten Wand. An der einen Seite stand ein primitiv zusammengefügter hölzerner Schrank, dessen Tür schief an zwei Lederschlaufen hing und ihnen seinen

Inhalt präsentierte: ein paar Gläser mit eingemachten Früchten und ein paar zur Hälfte heruntergebrannte Kerzen. Abgesehen von ein paar Pflanzen, die versuchten, im spärlichen Licht an den Wänden eine kümmerliche Existenz zu fristen, war der Raum kahl – und kalt.

»Lassen Sie mich das mal anschauen«, sagte Tynan mit kalter Stimme und verkniffenem Gesicht.

Chris wich seinen Händen aus, die nach ihr greifen wollten. »Fassen sie mich nicht an. Mir fehlt nicht das geringste. Meinetwegen brauchen Sie sich keine Sorgen zu machen.«

Ty setzte sich auf die Fersen zurück. »Wir werden viel besser fahren, wenn wir zusammenarbeiten. Wenn Sie mich bekämpfen, werden wir nicht weit kommen.«

»Nicht zu meinem Vater kommen, wollten Sie vermutlich sagen, damit Sie Ihr Geld kassieren können, nicht wahr? Vielleicht läßt Dysan Sie jetzt wieder frei, nachdem Sie ihm gesagt haben, wer ich wirklich bin. Vielleicht können Sie sich das Lösegeld sogar mit ihm teilen.«

»So etwas Undankbares habe ich doch in meinem ganzen Leben noch nicht...! Ich sollte Sie wirklich hier allein lassen und...«

»Bitte, dort ist die Tür!«

Tynan öffnete den Mund, um etwas darauf zu erwidern, und klappte ihn dann wieder zu. Er sand auf, ging zur Tür und untersuchte sie genauer.

»Sie haben sich inzwischen schon wieder neue Kleider besorgt«, sagte Chris nach einer Weile. Tynan gab ihr keine Antwort, sondern fuhr fort, die Tür zu betrachten.

Chris versuchte, sich auf die Beine hochzurappeln, und benützte die Wand als Stütze. »Ich vermute, daß Sie Pilar vorher in Sicherheit gebracht haben.«

»Wären Sie in Ihrem Zimmer geblieben, wären Sie jetzt auch in Sicherheit.«

»Er wußte doch, wann Sie sich im Haus befanden. Wie kommen Sie also auf den Gedanken, er hätte nicht gewußt, wann Sie sich in dem Zimmer im dritten Stock aufhielten?«

Ty blickte nicht zu ihr hin, sondern untersuchte nun die Wände des Raumes genauer, dann die Decke, die immer feucht zu sein schien, und den Boden, der aus gestampftem Lehm bestand.

»Dysan behauptete, er habe hundert Männer ausgeschickt, die jeden daran hindern sollten, uns zu finden. Wie ist es Ihnen denn gelungen, hierherzukommen?«

»Das Geld Ihres Vaters war ein mächtiges Lockmittel. Es hat mich durch Wolken aus Gewehrkugeln getragen.«

Chris lehnte sich gegen die feuchte Wand und bewegte ihre schmerzenden Knöchel. »Schön, vielleicht war ich ein wenig grob zu Ihnen, und ich entschuldige mich dafür. Ich danke Ihnen, daß Sie versucht haben, mich zu retten, und es tut mir leid, daß ich schuld bin an Ihrem... daß ich schuld bin an allem, was uns widerfahren ist und wird.«

Er drehte ihr das Gesicht zu. »Ich glaube, die Erwähnung, daß Sie Mathisons Tochter sind, wird ihn zwingen, alles abzublasen, was er mit Ihnen anstellen wollte. Und nun würde ich Ihnen vorschlagen, sich hinzusetzen und sich, so gut es geht, auszuruhen, weil ich glaube, daß er uns hier herausholen wird, sobald der Morgen anbricht.«

Chris setzte sich auf den Boden und schwieg eine Weile still. »Sie hätten sich retten können. Bevor er die beiden Männer in die Bibliothek rief, hätten Sie ohne weiteres flüchten können. Warum haben Sie das nicht getan?«

Tynan streckte sich aus, den Rücken gegen die Tür gelehnt, die Augen halb geschlossen. »Vielleicht hätte ich das, vielleicht auch nicht. Warum versuchen Sie jetzt nicht ein bißchen zu schlafen? Morgen früh werden Sie eventuell ein Stück weit Ihre Beine in die Hand nehmen müssen.«

Chris konnte keinen Schlaf finden; aber sie schwieg, während sie Tynan betrachete, der ihr gegenüber an der Tür lehnte. Seit der gräßlichen Nacht in der Blockhütte hatte sie sich bemüht, nicht mehr an diesen Mann zu denken, sich nicht mehr daran zu erinnern, wie er aussah, wie er roch, wie er sie angerührt hatte. Doch nun, da er ihr wieder greifbar nahe war, konnte sie gar nicht vermeiden, daß alles, was sie mit diesem Mann erlebt hatte, ihr wieder gegenwärtig war.

Und mit diesen angenehmen Erinnerungen kamen auch seine Worte zurück: Er wolle sie nur zu ihrem Vater zurückbringen, sei lediglich an der Aussicht einer endgültigen Begnadigung interessiert, und daß sie nur eine von Hunderten sei, mit denen er geschlafen habe – nicht mehr und nicht weniger. Voller Scham dachte sie an ihre eigenen Worte, mit denen sie ihn zur Heirat hatte überreden wollen. In diesem flackernden Wechsel aus Licht und Dunkelheit konnte sie spüren, wie ihr Gesicht sich blutrot färbte. Wie kindisch war sie gewesen, wie unreif!

Und wie kindisch benahm sie sich auch jetzt, indem sie sich immer wieder in den Gedanken verrannte, er habe sie verraten, während er doch in Wahrheit mehr als aufrichtig zu ihr gewesen war und nie mehr verlangt hatte als einen Job und ein paar schöne Stunden.

Während sie ihn betrachtete, öffnete er die Augen und sah sie an, und eine Sekunde lang war Chris versucht, sich ihm in die Arme zu werfen. Was sie auch für ihn empfinden mochte: es wurde nicht erwidert, und sie sollte sich lieber an diese Tatsache gewöhnen. Er liebte sie nicht, und sie würde aufhören, ihn zu lieben – auch wenn sie das umbringen sollte.

»Möchten Sie sehen, was ich gefunden habe?« fragte sie.

Er nickte nur, saß da und betrachtete sie mit heißen Augen.

Er denkt vermutlich daran, daß er mich schon einmal gehabt hat und eine Wiederholung nicht schaden könne. Kommt gar nicht in Frage, Cowboy!

Sie drehte sich von ihm weg, knöpfte ihre Bluse auf und holte einen langen schmalen Gürtel hervor, der sich aus kleinen silbernen Maschen zusammenzusetzen schien. »Er gehört mir«, sagte sie, ihn streichelnd und sich viel Zeit mit ihm nehmend, ehe sie ihn Tynan hinüberreichte.

»Er sieht abgenützt und alt aus. Wo hatten Sie ihn aufbewahrt? In Ihrer Reisetasche?«

»Nein«, sagte sie, als sie den Gürtel wieder in Empfang nahm. »Ich fand ihn hier, als ich in Dysans Sachen stöberte. Er hatte mehrere solcher Schätze in einem kleinen Schrankfach. Ich vermute, es handelt sich um Strandgut – angschwemmt von einem untergegangen Schiff. Aber ich wußte sofort, daß er mir gehört, und nahm ihn an mich.«

Tynan blickte sie einen Moment verwirrt an. »Wollen Sie damit sagen, daß Sie diesen Gürtel noch nie zuvor gesehen, aber sogleich gewußt haben, daß er Ihr Eigentum ist?«

Sie sah ihn trotzig an.

»Ist das wieder Ihr Zweites Gesicht gewesen?« fragte er unbeirrt mit einem Lachen in der Stimme weiter.

Chris sagte nichts, schob das Kinn vor und versteckte den Gürtel wieder unter ihrer Bluse.

»Wozu ist er noch nütze?«

»Ich denke, ich werde versuchen, jetzt zu schlafen«, sagte Chris und reckte die Nase in die Luft.

»Ich wollte damit nicht...«, begann Ty, stockte dann aber mitten im Satz. »Sie wollten doch wissen, warum ich schon wieder neue Kleider trage, nicht wahr?« sagte er dann nach einer kurzen Pause.

Chris versuchte, ihre Neugierde zu zügeln, aber es gelang ihr nicht. Sie war Reporterin bis in die Fingerspitzen und konnte der Versuchung, daß ihr hier vielleicht Stoff für eine Geschichte geboten wurde, nicht widerstehen. Sie nickte verhalten.

Er begann mit dem Moment, wo er sich über das Dach in Reds Haus eingeschlichen hatte, und berichtete dann von den Männern, die draußen auf ihn gewartet hatten. Er erzählte von seinem Widerstreben, sich das weiße Lederkostüm eines Schaustellers anzuziehen, und wie er schließlich doch nachgegeben hatte.

Chris hörte ihm mit angehaltenem Atem zu, mehr aus Ehrfurcht vor dem, was er ihr nicht erzählte: wie schwierig es nämlich gewesen war, bis zu ihr vorzudringen. Sie lachte auch nicht, als er ihr von Chanry erzählte und wie sehr der Mann in das Lederkostüm verliebt gewesen sei.

»Aber würden die Männer ihn nicht jagen, sobald er den

weißen Lederanzug trug, und würden sie nicht glauben, daß Sie darin steckten?«

Ty sah sie grinsend an. »Das war ja der Trick.«

»Oh, Ty, wie abscheulich von Ihnen. Dieser Mann könnte getötet werden.«

»Hmmm! Wäre es Ihnen lieber, ich hätte den Anzug behalten, damit man mich erschießt?«

»So habe ich es nicht gemeint, und das wissen Sie sehr gut!«

»Dann wird es Sie sicherlich freuen, von mir zu hören, daß Chanry, wie ich inzwischen erfahren habe, ihnen entkommen ist – ein wenig lädiert zwar, aber immerhin lebendig.«

»Und jetzt zweifellos wieder auf der Suche nach Ihnen.«

»Ich scheine ein gefragter Zeitgenosse zu sein«, sagte Ty.

»Haben Sie eine Ahnung, was Dysan von Ihnen möchte? Er schien sehr an Ihnen interessiert zu sein.«

»Das bezweifle ich. Er wollte nur wissen, ob es gelingt, durch die Maschen des Netzes zu schlüpfen, das er um sein Haus herum aufgespannt hat. Chris, da dies vielleicht unsere letzte Nacht ist, könnten wir da nicht ...«

Er konnte den Satz nicht beenden. »Von allen unverschämten, abscheulichen Dingen, die ich mir bisher habe gefallen lassen müssen, ist das wohl der Gipfel! Nach allem, was Sie zu mir gesagt haben! Wie können Sie es da wagen, mir so einen Antrag zu machen? Für wen halten Sie mich eigentlich? Für eine ...«

»Aber in der Blockhütte ...«

»In der Hütte hatte ich mir eingebildet, daß ich in Sie verliebt wäre, und geglaubt, Sie würden mich heiraten. Das war, bevor ich herausfand, was für ein elender, niederträchtiger Bursche Sie in Wirklichkeit sind. Und daß Sie nicht mehr Gefühl für eine Frau haben als das, was sie Ihnen zu geben bereit ist. Aber ich kann Ihnen versichern, daß Sie von mir nie, *niemals* mehr etwas Derartiges bekommen werden.«

»Ich dachte nur, ich könnte ja mal fragen«, sagte er, und da war der Schatten eines Lächelns in seinen Zügen. »Dann wollen wir wenigstens versuchen, noch ein paar Stunden zu schlafen.«

Chris sagte keinen Ton mehr, aber Schlaf fand sie auch nicht. Sie saß mit kochendem Blut da und dachte: Wie konnte er nur? Wie konnte er nur so unverschämt sein, sich zu erdreisten, zu fragen, ob sie nicht...

Sie war immer noch wütend, als die Tür ihres Verlieses aufgesperrt und geöffnet wurde.

Kapitel 20

Ein Mann packte Chris am Arm, ehe sie durch die Tür gegangen war, und stieß sie brutal auf die Treppe zu.

»Du gehörst uns, sobald er mit dir fertig ist«, flüsterte der Mann ihr ins Ohr, als sie die Stufen hinaufstolperte. »Und nachdem er deinen hübschen Jungen umgebracht hat«, setzte er hinzu, womit er Tynan meinte, der hinter ihnen ging. Abermals bildete ein Mann mit einem Gewehr die Nachhut.

Am Kopfende der Treppe wurden sie dann ins Speisezimmer hineingestoßen, wo Dysan sie bereits erwartete. Dysan sagte kein Wort, während die Männer Tynan an einen Stuhl fesselten und dann das Zimmer wieder verließen.

Dysan zündete sich eine Zigarre an und betrachtete Chris, die am Ende des Tisches stand, und dann Tynan, der gefesselt auf einem Stuhl am Fenster saß.

»Ich habe lange auf diesen Augenblick gewartet«, sagte er schließlich. »Ich habe viele Jahre über einem Plan gebrütet – was ich tun würde und wie ich es tun würde. Ich hätte mir nicht träumen lassen, daß ihr mir die Antwort so einfach in die Hände liefert.«

Während Dysan sprach, blickte er Tynan an. Es war, als befände sich Chris gar nicht in diesem Zimmer, doch sie hatte den Eindruck, sie sei die Antwort, auf die er soeben angespielt hatte. Daß sie das Instrument war, welches er benutzen wollte, um ihm das anzutun, was er ihm anzutun sich vorgenommen hatte.

»Bevor wir... sterben«, sagte Chris, »können Sie uns da nicht sagen, warum? Was haben wir Ihnen getan?«

Dysan nahm einen tiefen Zug aus seiner Zigarre. »Ich habe nicht die Absicht, Ihnen irgend etwas zu verraten. Morgen wird dieses Haus nur noch ein Berg rauchender Asche sein, und in dieser Asche wird man die verkohlten Leichen zweier Menschen finden. Niemand wird diese Leichen mehr identifizieren können. Ihr Vater wird nie erfahren, was aus seiner kleinen Tochter geworden ist.«

»Und wie steht es mit der restlichen Welt? Will die nicht wissen, was mit Nola Dallas passiert ist?«

Dysan schwieg eine Weile, ehe er erwiderte: »Sie stecken wirklich voller Überraschungen.« Er drehte sich wieder Tynan zu, der stumm und regungslos auf seinem Stuhl saß. »Ganz anders als die Frauen, mit denen Sie sich sonst abgeben.«

»Was haben Sie eigentlich gegen Tynan? Und wenn Sie glauben, daß er mich für irgend etwas benötigte, irren sie sich. Ich bedeute ihm nichts, absolut nichts.«

Dysan zeigte ein kleines, entzücktes Lächeln. »Natürlich bedeuten Sie ihm nichts. Und jetzt kommen Sie her.«

Chris wurde ganz steif. »Das werde ich nicht tun.«

»Für jeden Befehl, den Sie mir verweigern, verkürze ich sein Leben um eine Stunde. Wenn Sie gehorchen, lebt er länger.«

»Ich kann nicht...«, begann Chris und stockte wieder beim Anblick von Dysans Gesicht. Sie wagte nicht, Tynan anzusehen, weil sie spürte, daß sie schon wieder der Zorn gegen ihn ergriff. Warum machte er denn so gar keinen Versuch, in irgendeiner Form zu protestieren? Hatte er so wenig für sie übrig, daß er einfach geschehen ließ, was dieser Mann sich für sie ausgedacht hatte?

Chris bemühte sich, klaren Kopf zu behalten. Von Tynan war also keine Hilfe zu erwarten. Der sagte nicht einmal etwas, das Dysan entmutigen konnte. Nur sie allein konnte ihre Lage verbessern. Was würde sie also tun, wenn sie mit diesem angriffslustigen Mann allein im Zimmer war?

Sie versuchte sich im Zimmer umzusehen, ohne daß Dysan es

merkte, und entdeckte auf der Anrichte zwei eingebaute Sammelbehälter für Silberbestecke. Darunter mußte sich auch ein Messer befinden, das man zum Vorschneiden des Bratens benützte. Wenn sie Dysan dazu bringen konnte, sich dorthin zu begeben...

Sie begann sich auf Dysan zuzubewegen, und sein Blick ließ sie keine Sekunde los. »Wie kommen Sie auf die Idee, ich hätte auch nur einen Funken für ihn übrig? Er ist doch nur ein Cowboy, den mein Vater angeheuert hat, damit er mich durch den Regenwald brächte. Wußten Sie eigentlich, daß er im Gefängnis saß und mein Vater ihn aus einer Zelle herausholen mußte, damit er diesen Auftrag übernehmen konnte? Er ist wahrhaftig nicht mein Typ.«

Dysan beobachtete sie, und Chris war froh, als sie merkte, daß sein Blick immer wieder zu ihren Hüften hinunterging – kein Wunder, da sie auch heftig damit wackelte.

»Ich schätze einen Mann von Einfluß und Macht.« Sie stand nun dicht vor ihm, und sie befanden sich beide in unmittelbarer Nähe der Anrichte. »Wissen Sie eigentlich, wie reich mein Vater ist? Können Sie sich vorstellen, wie groß Ihr Imperium wäre, wenn Sie Ihres mit seinem vereinigten?«

Dysan machte ein amüsiertes Gesicht. »Versuchen Sie etwa, mich zu verführen? Meinen Sie, es würde Ihnen gelingen, mich vergessen zu lassen, was ich wirklich will? Sie sind nur eine Nebenfigur, die zufällig ins Schußfeld geraten ist.«

Chris war jetzt nur noch wenige Zentimeter von ihm entfernt, ihr Gesicht unter dem seinen. »Ich bemühe mich nur, meinen Hals zu retten. Wenn Sie und ich uns zusammentun, haben wir Macht über viele und vieles. Wenn Sie mich jedoch umbringen, wird mein Vater Sie bis ans Ende der Welt verfolgen. Ihr Leben wird die Hölle sein.«

»Und er?«

»Was spielt er schon für eine Rolle? Lassen Sie ihn laufen. Wir brauchen ihn nicht.«

Dysan lächelte zu ihr hinunter. »Ein hübscher Versuch, Prinzessin, aber er zieht bei mir nicht. Ihr werdet beide sterben. Mathison würde niemals einem Mann, der einmal sein kleines Mädchen bedroht hat, Zutritt zu seinem Königreich gewähren.«

Plötzlich packte er Chris um die Taille, zog sie an sich, preßte seinen Mund auf den ihren, zwang ihre Lippen auseinander und schob seine Zunge in ihren Mund. Als er sie wieder losließ, konnte man den Abscheu in ihrem Gesicht lesen.

Er stieß sie von sich. »Und du glaubst, du könntest mir etwas vormachen?«, sagte er mit schmalen Lippen. »Ich mag es nicht, wenn man mich für so dumm hält, daß ich auf irgendein Theater hereinfalle. Und jetzt komm her.«

Nun hatte Chris wirklich Angst vor Dysan. Er hatte ihr Spiel durchschaut, daß sie angeblich eine Schwäche für ihn habe. Er würde sie vor Tys Augen quälen und foltern und anschließend Tynan auf eine ähnlich grausame Weise umbringen – und wollte ihr nicht einmal sagen, warum sie sterben mußte.

Sie bezwang ihren Widerwillen, ging noch einmal auf ihn zu, und als sie vor ihm stand, legte sie ihm freiwillig die Arme um den Hals. Sie fing an, seinen Hals zu küssen, bewegte ihren Mund über seine Lippen und versuchte, ihn ganz auf sich zu konzentrieren – und während sie ihn küßte, bemühte sie sich, den im Büfett eingebauten Besteckkasten hinter ihm zu erreichen.

Die Leidenschaftliche mimend, als er wieder die Zunge in ihren Mund steckte, gelang es ihr, den Deckel des Besteckfaches zu öffen, und während sie ein Auge öffnete, sah sie, daß dort sechs silberne Tafelmesser mit dem Griff nach oben in ihren Halterungen steckten. Nun mußte sie nur noch eines von diesen Messern in die Hand bekommen. Sie hatte ihr Ziel fast erreicht, als Dysan sich plötzlich umdrehte und das Gelenk ihrer rechten Hand packte, deren Fingerspitzen nur einen Zentimeter über einem Messergriff schwebten.

»Wolltest mir das in den Rücken stechen, nicht wahr, meine Teure?« sagte er, ehe er ihr eine schallende Ohrfeige gab.

Chris flog zu Boden, und ihre Hand ging zum rechten Mundwinkel, aus dem Blut sickerte.

Dysan rückte gegen sie vor, und Chris rutschte auf dem Boden vor ihm bis zur Wand zurück.

Und genau in dem Moment, als Dysan sie erreichte und mit der Hand zum nächsten Schlag ausholte, sprang Tynan aus seinem Stuhl heraus, packte Dysan am Hals und hielt dem Schurken ein kleines Messer an die Kehle. »Ich denke, es wird Zeit, daß du dir für deine Spielchen einen Mann von deiner Größe aussuchst«, sagte Tynan.

Bei diesen Worten schwenkte Ty den Mann herum und knallte ihm die Faust ins Gesicht.

Dysan stürzte über einen Stuhl und fiel neben Chris zu Boden. Tynan gab ihm keine Gelegenheit, zu Atem zu kommen, sondern packte ihn bei den Schultern und knurrte: »Du jämmerlicher Feigling!« Erneut begann er ihn mit beiden Fäusten zu bearbeiten.

Chris stand vom Fußboden auf und versuchte Tynan daran zu hindern, Dysan mit bloßen Fäusten zu erschlagen, doch Tynan war so wütend, daß er nicht hörte, was sie sagte. Und so sah sie beständig zur Tür, aus Sorge, einer ihrer Wächter könnte jeden Moment hereinkommen und sie in den Keller zurückbringen. Sie mußten fliehen, solange für sie eine Chance zur Flucht bestand.

Und so sprang sie Ty einfach auf den Rücken, in der Hoffnung, ihr Gewicht würde wenigstens Eindruck auf ihn machen.

Doch Tynan schüttelte sie einfach ab, so daß sie abermals über den Boden schlitterte. Eine endlose Sekunde verging, ehe Tynan begriff, was er da soeben gemacht hatte. Er stieß Dysan weg, daß dieser an der Wand entlangrutschte und als blutende Masse zu Boden sackte, und kam Chris zu Hilfe.

»Man springt niemand von hinten an«, sagt er vorwurfsvoll, ihr vom Boden aufhelfend.

Chris schüttelte den Kopf, um den Nebel daraus zu vertreiben. »Wir müssen aus dem Haus, solange das noch möglich ist. Warum haben Sie so lange gebraucht, sich von Ihren Fesseln zu befreien?«

»Haben Sie schon mal versucht, anderthalb Zentimeter dicke

Stricke mit einem Federmesser zu durchschneiden? Und es sah ja auch gar nicht danach aus, als wären Sie in Nöten. Wollen Sie nicht lieber bei Dysan bleiben, statt mit mir zu fliehen? Vielleicht gelingt es Ihnen doch noch, zwei Imperien miteinander zu verschmelzen, sobald Sie diesen Cowboy los sind.«

»Könnten Sie Ihre Eifersuchtsausbrüche vielleicht für später aufheben? Ich möchte nämlich dieses Haus gern lebend verlassen, und dazu müssen wir erst an den Wachen und dann an den Hunden vorbei.«

Nachdem Tynan Chris vom Boden aufgeholfen hatte, ging er zu Dysan und zerrte ihn auf die Beine. »Du kommst mit uns, und falls uns die Hunde zu nahe kommen, werde ich dich ihnen zum Fraß vorwerfen. Chris, geben Sie mir den Strick dort.«

Während Tynan Dysan fesselte, sah Chris zum Fenster hinaus. »Wie, glauben Sie, stehen unsere Chancen? Draußen wimmelt es nur so von Wächtern.«

»Ich hoffe, daß Pilar und Prescott flüchten konnten.«

»Das konnten sie nicht. Sie befinden sich in meinem Keller«, sagte Dysan, ehe Tynan ein schmutziges Taschentuch aus seiner Gesäßtasche ziehen und ihm damit den Mund zubinden konnte.

»Dann müssen wir erst die beiden befreien«, sagte Chris und lief zu der Tür, die auf die Kellertreppe hinausging.

Tynan warf Dysan wieder gegen die Wand und haschte nach Christianas Arm. »Warum glauben Sie alles, was er sagt? Wenn Sie wirklich im Keller eingesperrt sind, komme ich wieder zurück, nachdem ich Sie in Sicherheit gebracht habe, und hole sie heraus. Allein! Haben Sie mich verstanden?«

»Weil Sie ins Gefängnis zurückwandern, wenn Sie mich nicht heil zu Hause abliefern? Pilar und Asher bedeuten Ihnen wohl nichts, wie?«

Tynan schloß für einen Moment die Augen, drehte sich dann wieder Dysan zu, begann ihn zu durchsuchen und entdeckte eine kleine Derringer-Pistole in der Innentasche seines Jacketts. »Schön, gehen wir. Chris, ich steige zuerst mit ihm durchs Fenster, und ich möchte, daß Sie uns auf dem gleichen Weg folgen, sobald das gefahrlos für Sie ist.« Er hielt einen Moment inne und blickte sie an. »Und ich möchte, daß Sie mir jetzt versprechen, daß Sie nichts Dummes anstellen werden, wozu auch solche Einfälle gehören, in den Keller hinunterzugehen, um die anderen zu befreien. Haben Sie mich verstanden?«

Chris nickte, mußte dabei aber an Pilar und Asher denken, die in dem dunklen Kellerloch eingesperrt waren. Wäre es denn nicht gescheiter, wenn sie zunächst daran gingen, die beiden aus dem Verlies zu befreien, statt daß Tynan später allein zurückkam und dasselbe versuchte?

»Chris!« zischelte Tynan vor dem Fenster. Dysan machte ihm Schwierigkeiten, und er dämpfte dessen Aktivitäten mit einem Faustschlag seitlich gegen den Kopf.

Hinter dem Haus befand sich eine niedrige Ziegelmauer, die einen Garten für Schnittblumen und Küchenkräuter begrenzte. Ty duckte sich dahinter und zwang Dysan, vor ihm in die Hocke zu gehen. Dabei sah er sich ständig nach Chris um, als erwartete er, daß sie jeden Moment verschwinden könne und er ihr so rasch wie möglich nachspringen mußte, bevor er sie gänzlich aus den Augen verlor.

Sie waren am Ende der Mauer angelangt, als Ty stehenblieb und den Kopf hob. Der Waldrand war noch etliche Meter entfernt, und Chris konnte Männer hören, die sich in ihrer Nähe auf der anderen Seite der Mauer unerhielten, und japsende Hunde, die an der Mauer entlangliefen. Es konnte nur noch Sekunden dauern, bis die Wächter sie entdeckten.

Tynan lehnte sich gegen die Mauer zurück und überzeugte sich, daß Dysans Derringer auch geladen war. »Chris, ich will, daß du direkt hinter uns bleibst. Ich werde Dysan als Schild benützen, damit wir den Wald erreichen. Glauben Sie, daß es Ihnen gelingt, sich strikt an meine Anweisung zu halten? Ich möchte nicht noch mehr Schwierigkeiten erleben, als wir sowieso schon haben. Also bitte kein Versuch, wieder umzukehren und die anderen zu holen!«

Offenbar hatte er ihr nicht geglaubt, als sie ihm versicherte, sie würde seinen Anordnungen gehorchen.

Tynan blickte einen Moment zum Wald hinüber und dann auf Dysan zurück. »Und wenn Sie versuchen, mir Schwierigkeiten zu machen, schieße ich Ihnen den Kopf weg.

»Also – hinüber in den Wald!« sagte er dann, packte Dysan am Kragen und riß ihn in die Höhe. Sie verließen ihre Deckung hinter der Mauer und traten hinaus auf den ungeschützten Geländestreifen, blieben dort jedoch wieder stehen, weil sich niemand für sie interessierte. Sie konnten ungefähr ein Dutzend Wachen sehen – einer mit vier Hunden an einer Leine – doch kein einziger sah zu ihnen hin. Die Wächter schienen an den Stellen, wo sie sich gerade befanden, Wurzeln zu schlagen, und starrten auf etwas, das sich hinter der Ecke des Gebäudes befand.

Chris konnte das helle Läuten von Glöckchen in der Ferne hören.

»Zurück!« raunte Tynan Chris ins Ohr und schob Dysan wieder hinter die niedrige Ziegelmauer.

»Was hat das zu bedeuten?« fragte Chris.

»Ich glaube, da kommt ein Trödler- und Gauklerwagen«, antwortete Ty. »Pilar ist früher mit so einem Fuhrwerk über Land gefahren. Wenn Pilar und Asher auf dem Wagen sitzen, sollten wir lieber mit ihnen das Grundstück verlassen. Denn die Hunde nehmen im Nu unsere Fährte auf, wenn wir zu Fuß in den Wald flüchten.«

»Aber wie sollen wir es anstellen, zu dem Fuhrwerk zu gelangen? Wir können doch nicht einfach hingehen. Und was machen wir mit ihm?«

»Wir lassen ihn hier und versuchen dann, die Vorderseite des Hauses zu erreichen. Wir werden schon eine Möglichkeit finden, Prescotts Blicke auf uns zu lenken.«

Chris schaute zu, wie Tynan Dysans Knöchel mit einem Seil an eine aus der Mauerkrone ragende Eisenstange band und das Seil so lang machte, daß Dysan zwar nicht mit den Füßen in der Luft schwebte; aber große Mühe hatte, mit den Beinen auf dem Boden zu bleiben. »Etwas sagt mir, daß ich dich jetzt lieber töten sollte«, murmelte Ty. »Ich fürchte, wir haben nur

Schlimmes von dir zu erwarten, wenn ich dich am Leben lasse, und es wird eine Zeit kommen, wo ich bitter bereuen werde, daß ich diese Chance ausgelassen habe.« Er blickte Chris an. »Sind Sie bereit?«

»Ty, sind Sie sicher, daß Asher und Pilar auf dem Trödelwagen sitzen? Vielleicht ist es tatsächlich ein Gaukler, und die beiden sind unten im Keller eingesperrt.«

Ty antwortete nicht, sondern faßte sie am Arm und schob sie wieder auf das Haus zu. Er blickte durch das Speisezimmerfenster, überzeugte sich davon, daß es leer war, und half Chris dann über den Fenstersims in den Raum hinein.

Sie folgte ihm, als er sie durch das Haus führte, den Rücken an die Wand gedrückt, wie er es ihr befohlen hatte, während er bei jedem Zimmer, an dem sie vorbeikamen, erst nachsah, ob es von einem Wächter besetzt war. Einmal schlich er sich in ein Zimmer hinein, und Chris hörte einen dumpfen Laut, als würde ein Körper zu Boden stürzen; und dann kam er in den Korridor zurück und gab ihr ein Zeichen, ihm wieder zu folgen.

Chris fragte ihn nicht, wie es kam, daß er sich so gut in diesem Haus auskannte, sondern vertraute ihm blindlings. Er blieb in einem Schlafzimmer an der Hinterseite des Hauses stehen.

»Es ist wirklich Pilar«, sagte er, nachdem er dort einen Blick aus dem Fenster geworfen hatte. »Sie ist auf dem Wagen und tanzt, und Prescott lenkt das Fuhrwerk. Ich weiß nicht, wieviel Zeit wir noch haben, ehe die Wächter müde werden, ihr zuzuschauen. Allerdings könnte es sein, daß wir für den Rest der Woche unbeobachtet bleiben, wenn ich bedenke, was Pilar anhat.«

Er drehte sich zu Chris um. »Wie schnell können Sie laufen?«

»Ich... ich weiß es nicht. Wenn mich jemand jagt, kann ich ziemlich schnell laufen.«

»Ich werde die Wächter mit einem Manöver ablenken, während Sie hier aus dem Fenster steigen, zum Wagen rennen und sich hinten auf dem Fuhrwerk verstecken. Glauben Sie, Sie können das schaffen?«

»Aber was wird aus Ihnen? Ich kann nicht einfach davonlaufen und Sie hier zurücklassen.«

»Nachdem Sie Dysan so leidenschaftlich geküßt haben, werden Sie sich doch meinetwegen keine grauen Haare wachsen lassen.«

»Dysan?« gab sie verwirrt zurück. »Ich wollte doch nur an die Messer im Büfett herankommen. Ich mußte ihn auf irgendeine Weise ablenken. Sind Sie etwa eifersüchtig, Tynan?«

»Ganz gewiß nicht! Wollen wir nun aus diesem Haus entkommen oder unsere Chance mit Reden vertrödeln und hier umkommen?«

Sie nickte zögernd, war aber dennoch nicht sonderlich glücklich über sein Vorhaben. Sie fürchtete, er könne mit seinem Manöver Dysans Wächtern zum zweitenmal in die Hände fallen. Und sie glaubte nicht, daß Dysan sich noch einmal so leicht übertölpeln ließ.

»Gutes Mädchen«, sagte er und wandte sich bereits wieder von ihr ab, als er sich plötzlich noch einmal umdrehte und sie in seine Arme zog. Sein Kuß war heftig – und schnell – so schnell, daß er dabei nur drei Knöpfe auf ihrem Rücken öffnen konnte, aber es war ein an Gefühlen reicher Kuß. Er ließ sie genauso abrupt wieder los, wie er sie an sich gerissen hatte. »Mir passiert schon nichts«, sagte er über die Schulter. »Und du springst aus dem Fenster, sobald du die Schüsse hörst.«

Für Chris schienen das die längsten Minuten ihres Lebens zu sein, als sie am Fenster auf Tys Revolverschüsse wartete. Sie kauerte unter dem Fensterbrett, spähte durch die Scheiben und sah dort draußen einen hohen, bunt bemalten Wagen, der von bewaffneten Männern umringt war. Auf diesem Wagen tanzte Pilar, mit einer seltsam unförmigen Pumphose aus blauer Seide und einem winzigen Oberteil aus dem gleichen Stoff bekleidet. Es war überdeutlich, daß das Kostüm nicht für jemand angefertigt worden war, der Pilars Maße besaß, weil der Stoff ihr oben so straff anlag, daß er jeden Moment zu platzen drohte. Vermutlich war die Faszination der Männer größtenteils auf die Erwartung zurückzuführen, daß die Säume platzten, während sie Pilar beim Tanzen zuschauten.

Während Chris beobachtete, wie Pilar wellenförmige Bewegungen mit ihrem Bauch machte, hörte sie plötzlich das Knattern von Revolverschüssen an der Rückseite des Hauses, was eine sofortige Reaktion bei den Wächtern hervorrief. Sie rannten alle auf die Stelle zu, aus der der Lärm zu kommen schien.

Chris verlor jetzt keine Zeit, aus dem Fenster zu klettern. Sie rannte über den Rasen, öffnete die Tür auf der Rückseite des Fuhrwerks und stieg ein. Sie hörte noch, wie Prescott Asher zurief: »Sie ist drin!«, und dann rollte das Fuhrwerk auch schon in halsbrecherischem Tempo davon.

Chris hielt sich links und rechts an den Streben des Kastenwagens fest. Das Fuhrwerk war mit Waren jeglicher Art beladen: mit Stoffrollen, Pfannen, Töpfen, Ackerwerkzeugen, und fast alles war irgendwo festgebunden, damit es nicht durcheinander flog, wenn das Fuhrwerk über unebenen Boden dahinrollte.

Die Hintertür des Kastenaufbaus flog in dem Moment auf, als Chris ihr Gleichgewicht wiederfand. Als sie die Tür wieder schließen wollte, sah sie, daß sie sich sehr schnell von Dysans Haus entfernten.

»Nein!« stöhnte sie; aber da war niemand hinten im Wagen, der sie hören konnte.

Wenn sie Asher dazu bewegen wollte, wieder umzukehren, mußte sie etwas unternehmen, und zwar schnell. Indem sie, die Schaukelbewegungen des Wagens auspendelnd, über Kästen und Säcke nach vorn stieg, holte sie eine kleine, an einem Stiel befestigte Axt von der Seitenwand herunter.

Sie mußte dreimal ausholen, ehe die Axt die vordere Trennwand durchschlug und die Schneide in besorgniserregender Nähe von Ashers rechtem Ohr aus dem Holz herausragte.

Er drehte sich um und blickte sie ungläubig an, als sie den

Rest der zersplitterten Bretter mit den Füßen aus dem Rahmen entfernte. »Sie müssen umkehren«, brüllte sie Asher zu. »Sie können Tynan dort nicht allein lassen.«

Pilar hing mit dem Oberkörper über dem oberen Rand des Kastenaufbaus. »Sie hat recht!« schrie sie, das Rattern des Fuhrwerks übertönend, »wir müssen Tynan herausholen.«

»Dann kehre ich meinetwegen wieder um, aber Sie beide bleiben hier!« brüllte Asher zurück und zog die Zügel der Zugpferde straff.

»Nein!« schrien die beiden Frauen wie aus einem Mund.

Asher wendete wortlos mit dem Fuhrwerk und raste zu Dysans Haus zurück.

Kapitel 21

Chris mußte sich nun abermals an den Seitenwänden festkrallen, um nicht zwischen Säcke und Kästen geschleudert zu werden, während das Fuhrwerk in hohem Tempo auf dem holprigen Fahrweg dahin fuhr. Die einzige Hoffnung, Tynan retten zu können, bestand darin, daß Dysan noch nicht entdeckt worden war und die Wächter nicht gemerkt hatten, daß der Gaukler- und Trödelwagen als Fluchtfahrzeug benützt wurde.

Über ihrem Kopf konnte sie Pilar singen und tanzen hören, um die Aufmerksamkeit wieder auf das Fuhrwerk zu lenken.

»Das Loch muß verdeckt werden!« rief Asher von vorn, während er die Pferde zu noch größerer Eile antrieb.

Auf unsicheren Beinen stehend – ein paarmal schlug sie der Länge nach hin, als sie die Streben an der Seite losließ – gelang es Chris, mit einer Plane das Loch zu verhängen, das sie vorne in den Kastenaufbau geschlagen hatte. Und als sie die Plane zwischen zwei gespaltenen Brettern feststeckte, rief Asher: »Ich seh' ihn, und er rennt auf uns zu! O gütiger Himmel, werft euch hin, ihr beiden, und macht euch so klein wie möglich!« Und dann knallte es auch schon.

Chris warf sich mit pochendem Herzen zwischen die Waren auf der Ladefläche. Über sich hörte sie Pilar mit einem lauten Plumps auf das Wagendach fallen. Und sofort nahm das Gewehrfeuer draußen an Heftigkeit zu.

Chris kroch nun auf dem Bauch zu einer der drei Türen im Kastenaufbau und stieß sie auf. Tynan rannte die Straße herunter, Hunde und Männer ihm dicht auf den Fersen. Die Männer feuerten im Laufen ihre Gewehre auf ihn ab. In regelmäßigen Abständen schlugen die Gewehrkugeln in der Hinterwand des Fuhrwerks ein, und einige schwirrten nur wenige Millimeter über Christianas Kopf hinweg.

Sie kroch noch dichter an die Tür heran und streckte ihren Arm hinaus. »Komm!« rief sie Tynan zu. »Nun komm schon!«

Ty brüllte etwas zurück, aber das Blut rauschte so heftig in ihren Ohren, daß sie nicht verstand, was er sagte. »So wirst du niemals aus dem Zuchthaus freikommen!« schrie sie ihm zu.

Und in diesem Moment traf Ty eine Kugel ins Bein. Er stolperte. Chris glaubte schon, er würde der Länge nach hinschlagen, aber er fing sich wieder und rannte weiter.

Chris machte einen Hechtsprung zwischen Kisten und Stoffballen hindurch, wobei ein Kasten das Gleichgewicht verlor und gegen ihre Hüfte stieß. Aber sie wühlte sich weiter nach vorn, bis sie das mit der Plane verkleidete Loch erreichte, ihren Kopf hindurchsteckte und Asher zurief, daß er langsamer fahren solle, weil Tynan von einer Kugel getroffen worden sei und nicht mehr laufen könne.

Und dann war sie auch schon wieder am Heck des Wagens und streckte ihre Hand nach Ty aus. Asher konnte nicht sehr viel langsamer fahren, weil Dysans Männer sonst das Fuhrwerk eingeholt hätten.

Tynan erreichte das Heck des Wagens und Christianas Hand genau in dem Augenblick, als die Hunde nach Tys Fersen schnappten. Chris half Ty in den Wagen hinein, während Ty bereits Asher zurief, er solle fahren, als ob der Teufel hinter ihnen her sei. Es gelang Tynan gerade noch, den Hund, der sich in seinen Knöchel verbissen hatte, abzuschütteln, ehe der

Wagen einen mächtigen Satz nach vorn machte und Dysans Männer mitten auf der Straße stehenließ.

Sofort begann Chris die Schußwunde an Tys rechtem Schenkel zu untersuchen.

»Weißt du, ob Prescott Reitpferde für uns bereitgestellt hat?« rief Ty, das Getöse der Räder übertönend.

»Ich weiß gar nichts. Ty, die Wunde blutet stark.«

»Es gibt eine Stelle hier in der Nähe, wo wir uns verstekken können. Wie geht es Pilar? Ist sie immer noch oben auf dem Wagendach?«

»Ja, aber ich habe nichts mehr von ihr gehört, seit die Wächter den Wagen unter Beschuß nahmen.«

Tynan runzelte die Stirn. »Hast du etwas, das du mir um den Schenkel wickeln kannst, um die Blutung zu stillen? Wir sind mindestens vier Stunden unterwegs, bis wir den Platz erreichen, wo wir Rast machen können.«

»Ja, natürlich habe ich etwas, womit ich die Blutung zum Stehen bringen kann, aber du brauchst einen Arzt, Ty.«

»Mindestens drei von Dysans Leuten brauchen einen Leichenbestatter. Warum ist Prescott mit dem Wagen zurückgekommen? Warum habt ihr euch nicht sofort aus dem Staub gemacht?«

»Wir sind zurückgekommen, um deine undankbare Haut zu retten«, sagte sie, während sie einen langen Streifen von ihrem Unterrock abriß und sich anschickte, seine Schenkelwunde damit zu verbinden.

Sie hatte gerade den letzten Knoten in die Bandage gemacht, als Asher das Gespann anhielt, wobei sie beide fast aus der Hintertür des Kastenaufbaus hinausgeflogen wären. Binnen zwei Sekunden stand Asher vor der hinteren Wagentür.

»Ich habe hier Pferde bereitgestellt. Pilar erzählte mir, Sie würden hier in der Nähe einen alten Mann kennen, der eine Mine besitzt, und Sie könnten uns dorthinführen.«

»Wie geht es Pilar?« fragte Ty.

Asher kletterte auf das Wagendach hinauf, und nach einem

langen bangen Augenblick rief er herunter, daß sie von einer Kugel getroffen worden sei.

Ty, der sein frischverbundenes Bein steif vor sich hin hielt, hüpfte von der Ladefläche herunter. »Wie schlimm ist es?«

»Sie lebt, aber sie hat viel Blut verloren.«

Chris kletterte bereits die Leiter, die seitlich am Kastenaufbau angebracht war, hinauf und kniete sich dann neben Pilar nieder. Sie gab einen Schreckenslaut von sich, als sie die Frau mit schneeweißem Gesicht in einer großen Blutlache liegen sah.

»Ty«, rief Chris hinunter, »sie hat eine Wunde an der Schulter und ist bewußtlos. Ihr Herzschlag ist noch kräftig, aber sie selbst vom Blutverlust sehr geschwächt. Kannst du uns helfen, sie vom Wagen herunterzuheben?«

»Selbstverständlich«, rief er ungeduldig. Chris arbeitete, so rasch sie konnte, packte mehrere Lagen Stoff auf die Wunde, nur war es ihr unmöglich, an dieser Stelle einen Preßverband anzulegen. Das laute Poltern, das sie über sich gehört hatte, mußte Pilar gewesen sein, als sie, von der Kugel getroffen, auf dem Dach des Kastenaufbaus zusammengebrochen war. Die Wächter hatten sich das leichteste Ziel aufs Korn genommen: die auf dem Wagen tanzende Frau.

»Wir tragen sie jetzt zu Ty hinunter«, sagte Chris zu Asher, nachdem sie Pilar, so gut sie es vermochte, verbunden hatte. »Helfen Sie ihm, denn seine Wunde ist auch nicht von Pappe«, flüsterte Chris in Prescotts Ohr.

Ty fing Pilar mit beiden Armen auf und begann dann mit ihr zu den wartenden Pferden zu gehen, während sich sein Hosenbein rot färbte von Blut und seine Stirn sich mit Schweiß bedeckte.

»Überlassen Sie die Frau mir«, sagte Asher, Pilar in seinen Arm nehmend, »Sie müssen voranreiten und uns den Weg zeigen.«

Tynan nickte nur, während er Asher Pilars reglosen Körper überließ und auf die Pferde zuging. »Wir haben rauhes Terrain vor uns. Ich meine aber, daß Dysans Männer uns dennoch nicht einholen werden. Und ich möchte keine Frauen dabeihaben, die sich als Heldinnen beweisen wollen. Hast du mich verstanden, Chris? Wenn ich dir sage, du sollst geradeaus reiten, erwarte ich, daß du nicht umkehrst, verstanden?«

»Ich werde jedem vernünftigen Befehl gehorchen. Sollen wir jetzt nicht lieber reiten, ehe Dysans Männer uns hier beim Palaver neben den Pferden antreffen?«

Asher stieg in den Sattel. Dann hob Ty Pilar zu ihm aufs Pferd, damit er sie vor sich in den Sattel setzen konnte. »Ich hoffe, Sie können sie auch festhalten, wenn wir querfeldein reiten, ja?« fragte Ty mit einem Bedauern in der Stimme, das, wie Chris vermutete, daher rührte, daß er sich nicht selbst um Pilar kümmern konnte.

In den nächsten zwei Sekunden saßen dann auch Chris und Ty im Sattel und gaben ihren Pferden die Zügel frei.

Ty hatte nicht zuviel versprochen, als er ihnen ein schwieriges Gelände ankündigte. Zunächst ging es steil hügelan, anschließend mußten sie ein sumpfiges Gelände durchqueren, das an den Hufen der Pferde saugte, und dann ging es durch mehrere kalte, reißende Flüsse, wie sie für Washington typisch waren. Ungefähr eine Meile lang führten sie die Pferde am Zügel im Wasser, um Hunde und Verfolger von ihrer Fährte abzulenken.

Chris sah sich immer wieder nach Pilar um, die mit geschlossenen Augen, von Asher gestützt, auf dem Pferd saß. Sie schien noch blasser geworden zu sein, wenn das überhaupt möglich war.

»Passen Sie auf, wohin Sie treten«, sagte Tynan mit gepreßter Stimme, die verriet, wie groß seine Sorge um Pilar war.

Einmal hörten sie die Hunde auf einem Hügelkamm über sich bellen und brachten die Pferde unter dichten überhängenden Zweigen bei einer Stromschnelle in Deckung. Christianas Pferd wäre fast von den reißenden Fluten mitgerissen worden, doch Ty fing noch rechtzeitig den Zügel ein und half dem Pferd ins ruhigere Wasser am Ufer zurück.

Als die Männer und Hunde wieder von der Kuppe verschwunden waren, ritten sie weiter im Wasser in den Wald hinein und bewegten sich dann in eine Richtung, die von ihren Jägern fortführte.

Es war schon fast dunkel, als Tynan sein Pferd anhielt und steif aus dem Sattel stieg. »Wartet hier auf mich. Er mag keine fremden Besucher.«

»Wer mag das nicht?« fragte Chris. Doch Ty war bereits im Wald untergetaucht und gab ihr keine Antwort.

»Der alte Mann.« Es war ein mühsames Flüstern, das Chris Bescheid gab. Und dann: »Könnte ich einen Schluck Wasser haben?«

Rasch stieg Chris von ihrem Pferd und band eine Feldflasche von der Sattelpausche los. Asher hielt Pilar die Feldflasche an die Lippen, während Chris Pilars Wunde untersuchte. Die Blutung hatte aufgehört; doch Pilar sah nicht so aus, als ob noch viel Kraft in ihr wäre.

Christianas Kopf ruckte in die Höhe, als sie in der Nähe das Krachen einer Schrotflinte hörte.

Pilar lehnte sich gegen Ashers Brust. »Es ist der alte Mann«, flüsterte sie wieder. »Der Mann, der Tynan fand, als er geboren wurde.«

»Der Goldgräber?« fragte Chris.

»Wie er sich auch immer nennen mag. Die meiste Zeit verkauft er das, was ihm über den Weg läuft, ob es ihm gehört oder nicht.«

»So zum Beispiel sechs Jahre alte Knaben«, sagte Chris mit angewiderter Stimme, während sie die Kappe wieder auf die Feldflasche schraubte.

Pilar gab ihr keine Antwort mehr, sondern lehnte sich mit geschlossenen Augen zurück, während Asher ihr einen Blick zusandte, der ihr sagte, daß auch sie eine Ruhepause dringend nötig hätte.

Tynan, der sich trotz seiner Verletzung lautlos zwischen den Stämmen bewegte, kam nun zu ihnen zurück. Er schien vom Himmel heruntergefallen zu sein, als er plötzlich vor ihnen stand.

»Wir haben einen Platz für ein paar Tage, aber nicht mehr«,

sagte er und beobachtete, wie Chris sich wieder in den Sattel schwang. Dann musterte er Pilar mit einem besorgten Blick. Er ließ diesmal Asher voranreiten und blieb mit Christianas Pferd auf gleicher Höhe. »Er ist nicht so wie andere Leute«, sagte er zu ihr, den Blick auf den engen Pfad, dem sie folgten, gerichtet. »Du darfst ihm nie den Rücken zukehren und ihm niemals trauen. Erzähl ihm nicht, wer dein Vater ist, und denke nicht, daß auch nur ein Quentchen Gutes in ihm stecken würde. Und stell ihm keine Fragen.«

»Du haßt diesen Mann, nicht wahr?« flüsterte sie.

»Ja, ich hasse ihn von ganzem Herzen«, erwiderte Ty, während er sich wieder an die Spitze setzte und sie einen steilen Hügel zur Hütte des Goldgräbers hinaufführte.

Es war eine häßliche, unglaublich schmutzige kleine Behausung, die an einer Felswand über einer Schlucht zu kleben schien. Chris dachte, daß der Felsen sich vor Grausen schütteln müßte, um sich von so viel Schmutz zu befreien. Da lagen halb verfaulte Kadaver vor der Türschwelle, und die Fliegenschwärme darüber waren so dick, als würde ein schwarzer, sich im Wind bewegender Vorhang vom Felsen herunterhängen. In der Nähe befanden sich noch ein Stapel Tierhäute und ein Topf mit verdorbenem Fleisch. Ein struppiger, magerer Hund, den Chris zunächst ebenfalls für einen Kadaver gehalten hatte, war an der Vorderwand der Hütte festgebunden.

»Wir lassen Pilar so lange hier, während wir saubermachen«, sagte Ty und löste die Kette, die den halbverhungerten Hund an die Wand fesselte. Das bedauernswerte Tier humpelte zu einem Topf mit fauligem Wasser und leckte gierig.

Ty half Pilar vom Pferd herunter, während Chris auf den herumliegenen Unrat starrte, die Fliegen verscheuchte und sich die Nase zuzuhalten versuchte, damit ihr nicht übel wurde vom Gestank.

»Ich bin doch kein Wohltätigkeitsverein«, hörte sie eine Stimme hinter sich. »Ihr zahlt für das, was ihr euch nehmt.

Ich habe euch nicht gebeten, hierherzukommen. Warum mußtet ihr den Hund losbinden? Damit er alles auffrißt, was ihm vor die Augen kommt?«

Chris drehte sich um und sah einen vertrockneten kleinen Mann mit schwarzen, verfaulten Zähnen hinter sich, mit einem vor Habgier verzerrten Gesicht, als er sah, daß Tynan damit begonnen hatte, die halbverfaulten Tierkadaver in die Schlucht hinunterzuwerfen.

Der alte Mann lief auf Ty zu. »Was machst du da?« klagte er. »Das sind *meine* Vorräte. Du willst mich wohl umbringen, wie du das mit deiner leiblichen Mutter getan hast! Du willst mich zum Hungertod verurteilen.«

Tynan achtete nicht auf den Alten, der ihn am Arm festhalten wollte, sondern blickte über die Schulter auf Chris, die benommen die Szene betrachtete. »Kümmere dich um Pilar«, rief er ihr zu. »Und Sie, Prescott, nehmen das Gewehr und versuchen, uns frisches Fleisch zu besorgen. Chris, nimm diesen Topf dort und schrubb' ihn mit Sand aus. Dann gehst du damit den Hügel hinauf und holst frisches Wasser.«

»Immer nur nehmen! Etwas anderes hast du nicht gelernt! Deiner Mutter das Leben vor deinem ersten Atemzug! Und nun mein Eigentum!«

Tynan nahm ein Werkzeug, das früher einmal eine Schaufel gewesen war, und begann damit, eine etwa einen halben Meter hohe Schicht aus Abfällen vor der Hütte abzutragen und in die Schlucht hinunterzukippen. Bei einem Tierkadaver zögerte er kurz, untersuchte ihn und warf ihn dann dem Hund zu, der ein paar Schritte entfernt geduckt lauerte und ihn mit hechelnder Zunge beobachtete.

Der alte Goldgräber machte einen Satz auf den Hund zu, riß ihm das halbverfaulte Fleisch aus dem Rachen, und das Tier wurde wieder zu einem Instinktwesen und begann um sein Leben zu kämpfen. Und Chris, die den beiden zuschaute, sah, daß der alte Mann aus den Lumpen, die er auf dem Leibe trug, eine uralte Pistole hervorzog und den Hund ins Bein schoß. Das Tier begann zu wimmern.

Mit einem triumphierenden Blick nahm der Alte dem Hund das Fleisch wieder weg, klemmte es unter den Arm und entfernte sich damit zu seiner Hütte.

Tynan folgte ihm, ohne sich sonderlich zu beeilen, nahm ihm das Fleisch wieder weg und brachte es dem Hund zurück. »Chris«, sagte er, während er dessen Bein untersuchte, »kannst du dich seiner annehmen? Ich glaube nicht, daß es eine schwere Verletzung ist. Mit einer Schußwaffe konnte er noch nie umgehen.«

Es dauerte eine Weile, ehe Chris reagierte und sich von Pilars Seite entfernte. Mit geweiteten Augen ging sie zu der Stelle, wo Ty neben dem Hund am Boden kniete.

»Leg ihm einen Verband an, und hier« – er gab ihr seinen Revolver – »nimm das. Wenn er den Hund noch einmal belästigt, erschießt du ihn. Er ist kein großer Verlust für die Welt.«

Chris sah mit offenem Mund zu, wie Ty dem Hund das wiedererbeutete Fleisch gab und das Tier zu fressen begann.

Ty legte seine Hand unter ihr Kinn und klappte ihren Mund zu. »Bei der Menge von Fliegen, die hier herumschwirren, kannst du dir ein so offenkundiges Staunen nicht leisten. Versorge zuerst den Hund und hole uns dann frisches Wasser. Anschließend muß noch die Hütte gereinigt werden. Wenn du glaubst, es sähe schon hier schlimm genug aus, dann warte erst mal, bis du einen Blick in seine Wohnung geworfen hast.«

»Hat er einen Namen?« fragte sie, mit dem Kopf auf den alten Mann deutend.

»Ich wüßte nicht, daß er ihn jemals preisgegeben hätte. Aber ich habe ihm auch nie Geld dafür geboten.«

»Willst du damit etwa sagen, daß du seit deiner Geburt Umgang mit diesem Mann hattest und dennoch seinen Namen nicht weißt?«

»Das ist richtig.«

»Du willst mir mein Gold stehlen, nicht wahr?« jammerte der Alte. »Du möchtest alles haben, was ich besitze!«

»Ich möchte nur eine Unterkunft in einer Gegend, wo so

etwas schwer zu finden ist«, sagte Ty und fuhr fort, den Vorplatz von Unrat zu säubern. »Sonst brauche ich nichts von dir und würde es nicht einmal geschenkt nehmen.«

Chris überzeugte sich, daß der Hund tatsächlich nur leicht an der Pfote verletzt war, und holte sich dann den Wassereimer. Er war mit grünem Schleim bedeckt. »Ty, dein Bein!« rief sie, zu ihm zurückschauend, als sie hügelan ging. Der Preßverband hatte sich gelöst, und da er das Bein ständig bewegte, war der Schorf aufgerissen, und frisches Blut sickerte aus der Wunde.

»Ich kann jetzt nicht mit der Arbeit aufhören«, sagte er. »Geh und hole uns Wasser.«

Als Chris weiter bergan gehen wollte, vertrat ihr plötzlich der Alte den Weg. Sein saurer Geruch nahm ihr fast den Atem. »Er hat keine Mutter. Er hat sie umgebracht.«

Chris wich ihm aus, wie sie den verfaulenden Kadavern ausgewichen war.

Nachdem sie den Eimer gesäubert und mit frischem Wasser gefüllt hatte, kam auch Prescott mit einem erlegten Reh aus dem Wald zurück, und Tynan hatte einen Platz unter dem Dach des Anbaus für Pilar gesäubert. Chris sah, daß die Wunde an seinem Schenkel ständig blutete.

Asher zündete ein Feuer an und begann, das Fleisch des erlegten Rehbocks am Spieß darüber zu rösten. Der alte Mann hockte am Rand des Lagerplatzes und beobachtete sie alle mißtrauisch.

Tynan ließ sich unweit der Stelle, wo Pilar auf einer Decke über aufgeschüttetem Heu lag, nieder. Chris sah, wie sich sein Gesicht eine Sekunde lang vor Schmerz verzerrte. Dunkelheit senkte sich auf den Wald herab, nur das Lagerfeuer spendete Licht.

»Wir müssen die Wache für eine Nacht einteilen«, sagte Ty, und seine Stimme klang sehr müde. »Prescott, wir beide werden abwechselnd diese Aufgabe übernehmen.«

»Wache halten?« meinte Chris erstaunt. »Aber Dysans Männer werden uns hier bestimmt nicht finden. Kein Hund kann unsere Fährte aufnehmen, nachdem wir so viele Flüsse durchquert haben. Außerdem hast du Ruhe dringend nötig, Ty.«

»Ich danke dir für deine Fürsorglichkeit, aber nicht vor Dysans Männern müssen wir uns vorsehen, sondern vor ihm.« Er deutete mit dem Kopf zu dem alten Goldgräber hinüber. »Wenn er glaubt, sich eine Belohnung damit verdienen zu können, daß er jemandem unseren Aufenthaltsort verrät, wird er das sofort tun. Wir müssen aufpassen, daß er das Lager nicht verläßt.«

»Oh«, sagte Chris, ließ sich von Asher ein Stück gebratenes Fleisch geben, stützte Pilar mit einem Arm und fütterte sie mit Fleischbrocken. Morgen wollte sie versuchen, ihr eine Brühe zu kochen. Doch heute mußte sie sich mit dieser Nahrung zufriedengeben. »Solange wir uns bei seiner Hütte aufhalten, müssen wir ihn also ständig beobachten?«

»Wenn wir am Leben bleiben wollen – ja.«

Asher zerteilte eine Rehkeule. »Pilar braucht dringend ärztliche Versorgung und Ruhe. Ihre Verfassung ist schlimmer, als Sie zugeben wollen.«

»Ich komme schon zurecht«, erwiderte Ty. »Aber ich gebe zu, daß Pilar eine bessere Betreuung braucht; nur weiß ich keinen anderen Platz in dieser Gegend, wo wir sicherer sind als hier – oder wären, wenn es ihn dort nicht gäbe.«

Asher warf dem alten Mann ein Stück Fleisch zu, als ob er ein Hund wäre. Der fing es auf und versteckte es vor den anderen, ehe er es mit wachsamen Augen verzehrte. »Was wir brauchen, ist Hilfe«, sagte Asher und sah dabei Chris an. »Wenn wir eine Botschaft an Ihren Vater schickten, könnte er uns einen Trupp bewaffneter Männer senden, der uns bis zu seinem Haus Geleitschutz gibt. Selbst Dysan würde es meiner Meinung nach nicht wagen, einen von Mathisons Leuten anzugreifen.«

Chris zog die Knie an die Brust und lächelte ein wenig. »Ja, mein Vater könnte ihn wohl besiegen. Aber wir sind hier, und er ist dort.«

»Sie müssen zu ihm reiten, Prescott«, sagte Tynan. »Sie müssen mich und die Frauen hierlassen, so rasch wie möglich zu Mathison reisen und ihn hierherbringen.«

»Und euch der Willkür dieses Mannes ausliefern?« sagte Asher und deutete mit dem Kopf auf den Alten. »Haben Sie eine Ahnung, wie viele Leute nach Ihnen suchen?«

Tynan sah einen Moment zum dunklen Himmel hinauf. »Ungefähr ein halbes Dutzend von Chanrys Männern, schätzungsweise hundert von Dysans Leuten und ...«

»Rory Sayers möchte dir wahrscheinlich ebenfalls gern ein Stück Fleisch aus den Rippen schneiden«, sagte Chris.

»Und wie heißt der Mann doch wieder, der auf der anderen Seite des Regenwaldes wohnt?«

»Ach ja«, gab Chris lächelnd zurück, »Hugh Lanier. Ich glaube nicht, daß sein Zorn über das, was ich über ihn geschrieben habe, bereits verraucht ist.« Sie blickte lächelnd zu Ty hinüber, als sie sich wieder daran erinnerte, wie er ihr damals geholfen hatte.

Tynan lehnte sich an die Wand des Schuppens zurück. »Die halbe Welt sucht also nach uns. Zwei von uns sind verwundet, und wir haben einen Verräter in unserer Mitte, wenn wir ihm die Chance zu einem Verrat geben. Das ist keine Garantie für eine sichere Zukunft.«

»Ich werde ihn mitnehmen«, sagte Asher leise. »Ich werde den alten Mann mit auf die Reise nehmen, euch drei hier zurücklassen und mit so viel Männern, wie Mathison entbehren kann, zurückkommen.«

»Aber der Alte wird Ihnen die Kehle durchschneiden, sobald Sie ihm den Rücken zukehren oder schlafen.«

»Ich werde ihm nicht den Rücken zukehren, und ehe ich mich zum Schlafen niederlege, werde ich ihn fesseln. Das ist unsere einzige Chance, und jeder von euch weiß das. Sie sind verletzt und können nicht ständig auf ihn aufpassen, und ich muß ihn nur fünfzig Meilen weit nach Süden transportieren, wo sich Mathison seiner annehmen wird. Es ist unsere einzige Chance. Ein Mann schafft es vielleicht, sich bis zu Mathisons

Haus durchzuschlagen, aber bestimmt nicht zwei Frauen und ein verletzter Mann.«

Chris sah, wie Tynan die Stirn runzelte und über Ashers Worte nachdachte. Sie konnte sehen, wie wenig sie ihm gefielen – wie sehr es ihm widerstrebte, ihr aller Schicksal in die Hände eines anderen Mannes zu legen. Und zugleich begriff sie, daß er schlimmer verletzt sein mußte, als er ihnen eingestehen wollte, weil er sonst gar nicht erst über Ashers Vorschlag nachgedacht hätte.

»Ty, es ist die einzige Möglichkeit«, flüsterte Chris. »Pilar ist nicht transportfähig, und wir können sie nicht hier bei dem Alten lassen. Dysan lauert mit seinen Männern irgendwo dort draußen, und jemand muß Hilfe herbeiholen.« Sie zog eine Braue in die Höhe. »Oder hast du Angst, du würdest deine Begnadigung nicht bekommen, wenn ein anderer Mann meinen Vater hierherbringt?«

Tynan sah sie lange an, ehe er sagte: »Prescott, Sie werden morgen in aller Frühe aufbrechen. Ich werde heute nacht aufbleiben und den alten Mann beobachten, während Sie schlafen. Ich möchte, daß Sie morgen ausgeruht auf die Reise gehen. Und jetzt legt ihr euch beide zum Schlafen nieder.«

Kapitel 22

Sobald Tynan sich auf den Boden niedergelassen hatte, schien er nicht mehr die Kraft zum Aufstehen zu haben. Chris legte ihm einen neuen Verband an und stellte dabei aufatmend fest, daß die Kugel nicht in der Wunde steckte, wie sie zunächst befürchtet hatte. Während sie ihn verarztete, lag er still, lehnte sich mit geschlossenen Augen an die Schuppenwand zurück und schien nicht zu merken, wenn sie seinen Schenkel mit ihren Händen berührte. Sie faßte ihn so behutsam wie möglich an und versuchte, ihm nicht zu zeigen, wie besorgt sie war, als sie das zerrissene Fleisch an seinem Schenkel betrachtete.

»Ich glaube nicht, daß Prescott mit dem alten Mann zurechtkommt. Prescott ist nicht gemein genug. Er ist zu vertrauensselig.«

»Hast du lange bei diesem Mann gelebt, Ty? Hast du wirklich bei ihm wohnen müssen?«

»Mit Unterbrechungen ab meinem sechsten Lebensjahr. Aber Kinder lernen rasch. Es dauerte nicht lange, bis ich begriff, daß ich auf mich selbst aufpassen mußte.«

»Da du schon mit so jungen Jahren selbständig warst – warum bist du dann nicht fortgerannt, als er... er dich verkaufte? Hättest du denn nicht in Reds Haus zurückkehren können?«

Ty öffnete die Augen und sah sie an. »Ich war betrunken, und zwei Tage lang flößte er mir immer wieder Alkohol ein, bis er mich...« – Tys Gesicht zuckte – »... auf dem Markt verkauft hatte.«

»Aber du warst damals doch erst sechs Jahre alt.«

»Ich habe noch keinen kleinen Jungen getroffen, der nicht mal gern ein Glas Bier getrunken hätte. Doch du solltest jetzt schlafen. Du mußt neue Kräfte für morgen sammeln.«

Sie stand auf und nahm den Eimer mit dem blutgetränkten Wasser vom Boden. Während sie wieder hügelan ging, betrachtete sie ihn, wie er so regungslos dasaß, den Rücken gegen die Schuppenwand gelehnt, als würde er schlafen, doch sie vermochte das dunkle Licht seiner Augen zwischen den Wimpern zu erkennen. Er hatte sich vorgenommen, die ganze Nacht hindurch wach zu bleiben, um sie vor dem Alten zu beschützen – doch er fesselte ihn nicht oder machte ihn auf eine andere Weise bewegungsunfähig. Und sie wunderte sich darüber.

»Chris.«

Sie erschrak, weil sie Ashers Stimme so nahe hinter sich hörte.

»Kann ich mit Ihnen reden?«

»Sie sollten schlafen. Sie haben morgen einen anstrengenden Ritt vor sich, und Ty sagte...«

»›Ty sagte!‹ Das ist alles, was ich von Ihnen zu hören bekomme: Ty sagte dies, Ty sagte das.«

»Er ist der Anführer unseres kleinen Trupps«, erwiderte Chris, »und seine Entscheidungen haben uns bis jetzt am Leben erhalten.« Sie ging weiter den Hügel hinauf.

Er hielt sie am Arm fest. »Ich wollte mich nicht erzürnen. Vermutlich ist es die Eifersucht, die aus mir spricht. Chris, der wahre Grund, weswegen ich mit Ihnen reden sollte, ist...«

»Ja?« unterbrach sie ihn und blickte im Mondlicht zu ihm hoch. »Was wollten Sie mir eigentlich sagen?«

»Ich wollte Sie fragen, ob Sie mich heiraten möchten.«

Chris war einen Augenblick so verblüfft, daß sie kein Wort herausbringen konnte. In den letzten Tagen hatte sie nur daran gedacht, wie sie aus Dysans Haus flüchten und ihr Leben retten konnte. »Kommt das nicht ein wenig plötzlich?«

»Sie wissen, daß das nicht der Fall ist, Chris. Ich habe mich in Sie verliebt, in Ihre Beherztheit und Courage. Eine Frau, die mit einer Axt ein Loch in die Wand eines Wagens schlägt, um sich Gehör zu verschaffen, ist die Frau, mit der ich mein Leben verbringen möchte – nicht mit so einem zimperlichen, sich gar vor Mäusen fürchtenden Frauenzimmer.«

»Und ist es auch nicht das Geld meines Vaters, das Sie zu diesem Antrag veranlaßt? Oder die Tatsache, daß er Ihnen eine Stellung in seinem Betrieb angeboten hat? Das macht mich hoffentlich nicht in irgendeiner Weise für Sie attraktiver, oder doch?«

Asher öffnete den Mund, um etwas darauf zu erwidern, brachte aber keinen Ton heraus. Statt dessen zog er Chris an sich und küßte sie sanft und zärtlich. »Es gab eine Zeit, wo ich glaubte, daß ich Del Mathisons Tochter heiraten würde, auch wenn sie so häßlich wäre wie das Lieblingsmuli meines Vaters. Aber dann lernte ich Sie persönlich kennen, und alles war anders. Chris, Sie sind eine Frau, die sich mit keiner anderen vergleichen läßt. Ich wünsche mir von ganzem Herzen, daß Sie mich zum Mann nehmen. Und wenn Sie glauben, daß es Ihr Geld ist, hinter dem ich her bin, so würde ich auf der Stelle auf jeden Anspruch auf dieses Geld verzichten. Ich glaube, daß ich wieder ganz von vorn anfangen könnte, wenn ich Sie an meiner Seite wüßte, und diesmal gewiß nicht versagen würde.«

Sie immer noch in seinen Armen haltend, lächelte er auf sie hinunter. »Ich glaube nicht, daß Sie mir ein Versagen durchgehen lassen würden. Ich bin sicher, daß Sie mir die Peitsche um die Ohren schlügen, wenn ich meine Finanzen nicht in Ordnung brächte. Sie würden niemals zulassen, daß ich aufgäbe.«

Sie lächelte zurück. »Nein, ich glaube nicht, daß ich aufgeben würde – nicht, wenn ich mir etwas ganz fest vornehme.« Plötzlich mußte sie an Tynan denken. »Es sei denn, daß ich aufgeben muß«, murmelte sie.

»Ich glaube, wir würden ein gutes Paar abgeben«, sagte er. »Mein gesunder Menschenverstand und Ihr Temperament. Ich sorgte dafür, daß Sie mit beiden Beinen auf der Erde bleiben, und Sie verhinderten, daß ich aufgebe, wenn es hart auf hart geht.«

Sie lachte. »Das klingt ja wie die Fusion zweier Firmen.«

Er drängte sich an sie. »Zuweilen können Fusionen sehr erfolgreich sein. Chris, bitte, sagen Sie, daß Sie über meinen Antrag nachdenken werden. Ich werde alles tun, was Sie von mir verlangen. Wenn Sie möchten, daß ich auf das Geld Ihres Vaters verzichten soll, werde ich es tun. Alles, was Sie von mir verlangen.«

»Das scheint mir aber eine sehr drastische Maßnahme zu sein, und mein Vater braucht jemanden, der ihm bei der Leitung seiner Geschäfte hilft.«

»Soll das heißen, daß Sie meinen Antrag annehmen?« fragte er mit leuchtenden Augen.

»Einen Teufel bedeutet es!« ertönte Tynans Stimme hinter Ashers Rücken. »Nehmen Sie Ihre Hände weg von ihr, Prescott! Wenn Sie sich weigern, werde ich Sie Ihnen wegschießen!«

Chris entfernte sich von Asher. »Du solltest jetzt eigentlich schlafen.«

»Hast du dir das erhofft, damit du dich hinter meinem Rücken mit ihm treffen kannst?«

»Moment mal, Tynan«, meldete sich Asher zu Wort. »Ich habe jedes Recht dazu, das zu tun, was Miss Mathison von mir verlangt. Schließlich wurden Sie dafür angestellt, mir zu helfen, daß ich sie zur Ehefrau gewinne. O Chris«, sagte er, als ihm klar wurde, was er da soeben gesagt hatte.

»Schon gut. Ich wußte das bereits. Tynan, du hast kein Recht, dich in meine Angelegenheiten einzumischen. Und jetzt möchte ich, daß du zurückgehst und ...«

Sie beendete den Satz nicht, weil Tynan sie am Arm packte und an sich zog. Er konnte nicht besonders gut gehen, weil sein verletztes Bein wieder steif wurde; aber er konnte sie zwingen, dichter an ihn heranzutreten. »Prescott, gehen Sie ins Lager zurück, und passen Sie auf Pilar und den Alten auf. Ich werde in einer Minute nachkommen.«

Asher wollte protestieren. Aber nach einem Blick auf Tynans Gesicht überlegte er es sich anders und wandte sich wortlos der Blockhütte zu.

»Nimm die Hände von mir weg!« sagte Chris und versuchte, ihm ihren Arm zu entreißen, hatte aber keinen Erfolg damit. »Du hast wirklich kein Recht, dich in diese Sache einzumischen. Außerdem glaube ich, daß mein Vater dich dafür angeheuert hat, ihm zu *helfen*, daß er sich in mich verliebt.«

»Ich möchte von dir nicht einmal wissen, wie du das herausbekommen hast; aber das war, ehe ...«

»Ja? Das war, ehe was passierte?« Sie blickte mit zornigen Augen zu ihm hoch.

Er fing sie wieder ein, preßte sie an sich, vergrub sein Gesicht einen Augenblick lang an ihrer Schulter und küßte sie dann wie ein Verdurstender.

»Tu das bitte nicht, Ty«, sagte sie mit einer Stimme, als stünde sie große Qualen aus. »Bitte laß mich in Ruhe.« Sie versuchte ihn von sich wegzuschieben, aber er wollte sie nicht loslassen.

»Chris, ich kann nicht ertragen, daß er dich anfaßt. Ich kann das einfach nicht mit ansehen.« Seine Hände glitten an ihrem Rücken auf und nieder, streichelten sie, berührten ihren Hals, während seine Daumen mit ihren Ohrläppchen spielten.

Sie konnte sich etwas von ihm lösen, um ihn befremdet anzusehen.

»*Du* kannst das nicht ertragen? Welches Recht hast du, mich an etwas zu hindern? Welches Recht hast du, dich zu meinem Verhalten zu äußern? Ich habe mich deinetwegen zum Narren gemacht, und du hast mir alles, was ich dir sagte, ins Gesicht zurückgeschleudert. Und nun stehst du hier und sagst zu mir, ich dürfe nicht mit einem Mann sprechen, der die ehrenhaftesten Absichten hat?«

»Mein Verhalten ist nicht weniger ehrenhaft. Ich bin stets fair und aufrichtig zu dir gewesen. Und nun habe ich dir gerade angekündigt, daß ich auf Prescott schießen werde, wenn er es noch einmal wagen sollte, dich anzufassen. Ehrlicher als ich kann man gar nicht sein.«

»Du!« fauchte sie und löste sich mit einem Ruck aus seinem Griff. »Was du von mir verlangst, ist überhaupt nicht ehrenhaft. Alles, was du von mir willst, ist, daß ich ... daß ich ...« Sie war froh, daß man im Dunkeln ihr rotes Gesicht nicht sehen konnte.

»Und was ist so verkehrt daran? Du scheinst jedenfalls damals nichts dagegen gehabt zu haben. Aber, Chris, ich möchte mich nicht mit dir streiten. Es war eine schöne Nacht, die wir miteinander verbracht haben. Außerdem habe ich seither keine Frauen mehr gehabt.«

Chris war sicher, daß sie jeden Moment vor Wut platzen würde. »Du hattest seitdem keine *Frauen* – man beachte die Mehrzahl – gehabt? Soll ich dich deswegen vielleicht bedauern? Erwartest du, daß ich mich deinen Wünschen füge, weil du auf der Flucht bist und daher keine Gelegenheit hattest ...«

»Ich hatte genügend Gelegenheiten«, widersprach er. »Ich wollte nur nicht haben, was sich mir bot.«

Chris schluckte ein paarmal. Glaubte er wirklich, Anspruch auf ihr Mitgefühl zu haben? »Du erwartest also von mir, daß ich... Das ist doch... So etwas Ungeheuerliches ist mir in meinem ganzen Leben noch nicht zugemutet worden! Dann sollst du jetzt wissen, daß Asher mich soeben gefragt hat, ob ich ihn *heiraten* möchte! Er bat mich nicht um ein Schäferstündchen, sondern ob ich bereit wäre, mein Leben mit ihm zu teilen.«

»Er möchte sein Leben mit dem Geld deines Vaters teilen.«

»Wo ist denn da der Unterschied zwischen euch beiden? Er will mein Geld, und du meinen Körper. Keiner von euch beiden scheint *mich* haben zu wollen. Nun, lassen Sie sich eines gesagt sein, Mr. Tynan«, fuhr sie fort und rückte ihm dabei dicht auf den Leib. »Ich bin mir gar nicht sicher, ob ich einen von euch haben möchte. Ganz gewiß habe ich kein Verlangen nach dem, was Sie mir anzubieten haben.«

Er faßte nach ihrem Arm. »Chris, du möchtest mich haben. Ich weiß es. Ich sehe es in deinen Augen. Und ich möchte dich haben. Wo ist da das Problem?«

Sie blickte ihn ernst an, während ihre Wangenmuskeln zuckten. »Und beabsichtigen Sie auch die Heirat in Ihr Angebot mit aufzunehmen?« fragte sie leise.

Er wich einen Schritt vor ihr zurück, als sei sie mit einer ansteckenden Krankheit behaftet. »Heirat? Du weißt, daß das unmöglich ist, Chris. Dein Vater würde mich mit meinem lebenslänglichen Urteil ins Gefängnis zurückschicken, und du würdest keinen Ehemann mehr haben. Das kann ich dir nicht antun.«

»Männer!« schnaubte sie. »Euer Gedächtnis funktioniert nur dann, wenn es euch in den Kram paßt. Mein Vater hat Sie gewarnt, daß Sie ins Gefängnis zurückmüssen, wenn Sie mich *anfassen*; und Sie waren mehr als bereit, diese Gefahr auf sich zu nehmen, weil Sie das, worum es ging, haben wollten. Doch nun führen Sie diese Klausel als Hinderungsgrund an, wenn ich von Heirat spreche. Hören Sie mir jetzt gut zu, Tynan. Ich denke nicht daran, noch einmal mit Ihnen ins Bett zu gehen, und das ist endgültig!« Mit diesen Worten schwenkte sie auf dem Absatz herum und stieg, den Wassereimer wütend unter den Arm geklemmt, wieder hügelan.

»Du wirst es doch wieder tun«, sagte Ty hinter ihr. »Und ich würde dir empfehlen, dich nicht von Prescott anfassen zu lassen.«

»Du dickschädliger, aufgeblasener... Cowboy. Ich werde dir nie mehr erlauben, mich anzufassen!« Sie warf den Eimer in die Quelle und badete dann, einem Impuls folgend, ihr Gesicht im kalten Gebirgswasser. Sie wußte nicht, ob sie eine Abkühlung brauchte oder sich nur Tynans Küsse von der Haut spülen wollte. Beides wohl, denn es kochte in ihr.

Sie blieb eine Weile neben der Quelle sitzen, ehe sie zur Holzhütte zurückkehrte und sich neben Pilar zum Schlafen niederlegte. In der Nacht wachte sie ein paarmal auf, richtete sich kerzengerade auf und blickte um sich. Und immer, wenn sie hochschreckte, sah sie Tynan regungslos vor der Wand des Anbaus sitzen und den alten Mann beobachten.

Als der Morgen hereinbrach, hatte sie das Gefühl, nicht eine Minute geschlafen zu haben. Sie setzte sich auf, rieb sich den schmerzenden Rücken und blickte sich um. Ty hatte seinen Posten verlassen, und Asher stand vor der Blockhütte und sattelte sein Pferd. Sie ging zu ihm.

»Der alte Mann macht Ty Schwierigkeiten«, sagte Asher statt einer Begrüßung zu ihr. »Wir müssen ihn vermutlich auf einem Pferd festbinden, um ihn von hier wegzubekommen.«

Chris unterdrückte ein Gähnen. »Ich hoffe, Ty wirft ihn quer über den Sattel und bindet ihn mit dem Gesicht nach unten fest.«

Asher faßte sie am Arm und zog sie dichter an sich. »Wir werden uns jetzt eine Weile nicht sehen. Ich hoffe, Sie werden mich vermissen. Außerdem hoffe ich, daß Sie über meinen Antrag nachdenken werden.« Er fing an, ihren Hals zu küssen. »Und ich hoffe, daß du ja sagst.«

In der nächsten Sekunde lag Asher auf dem Boden, und Tynan riß Chris von ihm weg. Dann stellte sich Ty breitbeinig über ihn, die Arme mit den Fäusten angewinkelt.

»Kommen Sie, Prescott, stehen Sie auf. Sie haben sich schon lange eine Abfuhr verdient. Oder sind sie nicht Manns genug, sich mit jemandem zu schlagen, der Ihnen gewachsen ist? Sind Sie etwa nur bei Frauen stark?«

»Um Himmels willen, was soll denn das?« sagte Chris und half Asher vom Boden auf.

Tynan rückte mit angewinkelten Armen gegen Asher vor.

»Wenn Sie ihn noch einmal anfassen«, sagte Chris, »werde ich, so wahr ich hier stehe, mit ihm zu meinem Vater reiten. Was, in aller Welt, ist nur in Sie gefahren?«

Tynan senkte seine Fäuste und blickte sie verwirrt an. »Ich weiß es nicht«, antwortete er verdutzt. »Sie sollten jetzt aufbrechen, Prescott, und das Tageslicht nützen. Der alte Mann wird mit Ihnen reiten, aber Sie dürfen ihn keine Sekunde aus dem Auge lassen. Ich bin sicher, er weiß jetzt, daß wir uns hier nur verstecken, und er wird alles daransetzen, sein Wissen zu Geld zu machen.«

Er blickte Asher noch einmal ein wenig verlegen von der Seite an, ehe er sich zu Chris umdrehte. »Sie werden doch nicht mit ihm reiten, oder? Ich meine, es war vereinbart, daß ich Sie zu Ihrem Vater zurückbringe. Außerdem muß sich jemand um Pilar kümmern.«

Chris blickte ihn eine Weile an. »Nein«, sagte sie schließlich, »ich werde nicht mit ihm reiten. Es sei denn, Sie versuchen Asher noch einmal zu schlagen. Und könnten Sie uns jetzt einen Augenblick allein lassen? Ich möchte mich nämlich von ihm verabschieden.«

Tynan rührte sich nicht von der Stelle. »Dann sagen Sie ihm jetzt Lebewohl. Er muß sofort aufbrechen.«

»Falls Sie sich einbilden ...«, schnaubte Chris und wollte ihm noch einmal gründlich die Meinung sagen, als sie Pilar ihren Namen rufen hörte. »Ja, ich komme«, rief sie zurück, drehte sich dann zu Asher um und legte ihm mit Vorbedacht die Arme um den Hals, weil sie ihm zum Abschied einen Kuß geben wollte, um Tynan zu zeigen, daß er kein Recht hatte, ihr irgendwelche Vorschriften zu machen.

Doch ihre Lippen erreichten den Mund von Asher nicht, weil Tynan sie wieder von ihm wegriß und an sich drückte.

»Steigen Sie auf Ihr Pferd, Prescott«, sagte er in einem bedrohlich ernsten Ton.

Asher zögerte einen Moment, setzte dann aber mit einem Seufzer einen Fuß in einen Steigbügel. »Wir werden das später regeln«, sagte er und sah auf den alten Mann zurück, der aufbruchbereit auf Tynans Pferd saß.

Tynan, der Chris immer noch festhielt, trat zurück. »Passen Sie auf ihn auf. Sie dürfen ihn niemals unbewacht lassen, weder bei Tag noch bei Nacht. Wenn Sie ihn auch nur einen Moment aus den Augen verlieren, nimmt er Ihnen alles weg, was Sie haben, vielleicht sogar noch das Leben.«

»Ja«, murmelte Asher, und mit einen raschen Blick auf Chris trieb er sein Pferd an. »Vorwärts, Alter«, rief er dann über die Schulter, und kurz darauf waren die beiden hinter den Bäumen verschwunden.

Chris schob sich von Tynan weg. »Lassen sie mich los, Sie Lümmel!«

Sie drehte sich mit zornigen Augen zu ihm um. »Woher nehmen Sie sich das Recht, mir zu sagen, was ich tun oder lassen soll? Für wen halten Sie sich eigentlich?«

Tynan blickte sie wieder verwirrt an, schien etwas sagen zu wollen, machte dann aber wortlos auf dem Absatz kehrt und ging den Hügel hinauf zur Quelle.

Chris blickte ihm wütend nach, ehe auch sie sich umdrehte und zu Pilar ging.

»Ich dachte schon, es würde zu einer Schlägerei kommen«, sagte Pilar, als Chris ihr Wasser aus der Feldflasche einflößte.

»Am liebsten gäbe ich ihm mit dem Stock eins über den Schädel«, sagte Chris. »Er will mich nicht haben, schlägt aber jeden, der mich haben möchte.«

Pilar lehnte sich ins Heu zurück, während Chris ihr den Verband an der Schulter erneuerte. »Oh, er will Sie haben. Und ob er Sie haben möchte!«

»Und ich weiß auch genau, wie er mich haben möchte.«

Pilar lächelte. »So wie jetzt habe ich ihn noch nie erlebt. Selbst damals nicht, als er mit dieser Ranchertochter zusammen war. Wir hofften damals alle, daß er seßhaft würde; aber daraus wurde nichts.«

»War das die Geschichte, die ihn ins Gefängnis brachte?«

»Hat Red Ihnen davon erzählt?«

»Das meiste davon. Pilar, wie gut kennen Sie Tynan eigentlich? Warum wohnten Sie in Owen Hamiltons Gärtnerhaus mit ihm zusammen?«

»Er hat meinem Mann das Leben gerettet.«

Chris hörte auf, Pilars Wunde zu säubern. »Ihrem Mann?«

»Ich habe, als ich noch jünger war, bei Red gearbeitet. Tynan wohnte damals bei ihr – der hübscheste und süßeste Junge, den man sich vorstellen kann –, und wir vergötterten ihn alle. Dann, als er sechs Jahre alt wurde, nahm der alte Mann ihn ihr weg, und danach sah ich Tynan nur noch selten. Und wenn ich ihn sah, hatte er sich erheblich verändert, war härter geworden und zynischer. Er hatte eine Menge erlebt in seinen jungen Jahren, und das hatte ihn so verwandelt. Doch inzwischen war ich mit einem Rancher verheiratet, hatte zwei Kinder und wollte vergessen, woher ich Ty kannte.«

»Kinder?« flüsterte Chris.

Pilar lächelte. »Zwei kleine Jungen von neun und sieben Jahren.« Sie hielt einen Moment inne. »Eines Tages war ich in der Stadt und sah Tynan auf der Straße. Er grinste mich an und ging auf mich zu, und in diesem Moment konnte ich nur daran denken, daß er den ›guten‹ Stadtleuten jetzt die Augen öffnen würde, wo ich eigentlich herkam, und daß ich gar nicht die ehrbare Rancherfrau war, für die sie mich alle hielten. Ich muß zu meiner Schande gestehen, daß ich mich so betrug, als würde ich ihn gar nicht kennen, und in einen Laden flüchtete. Tynan freilich benahm sich wie ein perfekter Gentleman, und als ich ihm zwei Tage später wieder auf der Straße begegnete, tat er so, als habe er mich noch nie in seinem Leben gesehen.«

»Und wie hat er dann das Leben Ihres Mannes gerettet?«

»Ich benahm mich damals unmöglich. Ich weigerte mich, auf

der Straße auch nur ein Wort mit Ty zu reden; aber eine Woche später, als mein Mann von einem großen Rancher bedroht wurde, der uns von unserem kleinen Besitz vertreiben wollte, zögerte ich nicht, Ty um Hilfe zu bitten – und Ty zögerte auch nicht, mir prompt zu Hilfe zu kommen.«

»Und als er Sie dann später bat, ihm zu helfen, in Hamiltons Haus einzudringen, waren Sie auch dazu bereit.«

»Ich habe ihn nicht einmal danach gefragt, was er vorhatte. Ich sagte meiner Familie nur Lebwohl und ging mit ihm. Selbst Jimmy fragte ihn nicht, was er vorhabe, weil er wußte, daß er Ty vertrauen konnte.«

Christianas Hände verharrten einen Moment auf Pilars Schulter. »Warum wollte er unbedingt, daß Sie mitkommen und sich als seine Ehefrau ausgeben sollten?«

Pilar lächelte. »Er wollte mir das nicht sagen, mochte mir keine Antwort geben, wenn ich ihn danach fragte. Doch eines Tages murmelte er etwas von einer kleinen reizvollen Blondine, die ihn höllisch in Versuchung brächte.«

»Hmmm«, machte Chris da, »in Versuchung habe ich ihn allerdings gebracht! Ich beging den verhängnisvollen Fehler, mich einfach in ihn zu verlieben. Mir gefiel die Art, wie er seine Verantwortung wahrnahm, als er uns durch den Regenwald führte. Und er half mir, als ich ihn brauchte.«

»Und zufällig ist er auch noch der schönste Mann, dem ich in meinem Leben begegnet bin«, sagte Pilar.

»Das hatte damit nichts zu tun. Er war so still. Bei den meisten Männern, die still sind, stelle ich sehr rasch fest, daß sie nichts zu sagen haben. Aber ich dachte, daß Ty vielleicht doch etwas zu sagen hätte, es aber nur unterdrückte. Ich bin mir nicht sicher, was es war, aber etwas zog mich zu ihm hin.«

»Zog?« sagte Pilar. »Sie fühlen sich nicht länger zu ihm hingezogen?«

Chris setzte sich auf die Fersen zurück. »Er ist nicht anders als andere Männer. Er will nur das eine. Ich dachte, er würde dasselbe für mich empfinden, was ich für ihn empfand. Doch er sagte zu mir, daß er nichts mit mir zu tun haben wolle, daß ich mich in ihm getäuscht hätte. Er sagte, ich sollte ihn in Ruhe lassen – es sei denn, ich wollte lediglich ...«

»Mit ihm ins Bett gehen?«

Chris nickte mit hängendem Kopf. »Für ihn bin ich nur eine unter hundert anderen Frauen.«

»Aber ich habe noch nie erlebt, daß er sich bei einer anderen Frau so angestellt hat wie vorhin. Ich habe ihn noch nie wegen einer Frau eifersüchtig werden sehen. Sind Sie sicher, daß Sie für ihn nicht etwas Besonderes sind?«

Chris stand auf und nahm die Schlüssel mit dem schmutzigen Wasser vom Boden. »Ganz sicher. Er hat mir deutlich zu verstehen gegeben, was er von mir verlangt. Er möchte nur nicht zulassen, daß ein anderer Mann bekommt, was ihm verwehrt wird. Tynan liebt mich nicht mehr, als er diesen ... diesen alten Hund dort drüben liebt. Nun will ich aber, daß Sie wieder ruhen, während ich für Sie etwas koche, vorausgesetzt natürlich, ich finde etwas Eßbares hier in der Nähe.«

»Das wird sich sicherlich finden lassen«, sagte Pilar nachdenklich. »Ty wird Ihnen dabei helfen. Er ist in der Lage, jede Situation zu meistern.«

»Aber die Liebe meistert er nicht«, sagte Chris leise. »Da er die Liebe nicht am Ende eines Revolvers findet oder indem er seine Fäuste gebraucht, rennt er einfach von ihr weg. Und nun legen Sie sich hin und schlafen.«

Kapitel 23

Chris verbrachte eine Stunde damit, aus den wenigen Zutaten, die sie in der Nähe der Hütte und in den Satteltaschen fand, so etwas wie ein Ragout herzustellen. Sie hatten nicht viel Zeit gehabt zum Packen, als sie aus Dysans Haus flohen, und nun machte sich der Mangel an Vorräten unangenehm bemerkbar. Sie blickte zur Blockhütte hinüber und beschloß, nachzusehen, ob sich dort vielleicht doch noch ein paar Vorräte oder Konserven befanden. Bisher hatte der üble Geruch, den diese Behausung verströmte, sie daran gehindert, ihr zu nahe zu kommen.

Mit angehaltenem Atem ging sie zur Tür und blickte in die Hütte hinein. Diese sah wie die Schatzhöhle des alten Mannes aus. Er schien hier alles zu horten, was er je in seinem Leben besessen hatte. Gleichgültig, wie abgenützt, verschlissen oder verdorben es war – und wenn es darin von Maden nur so wimmelte: der Alte hatte es aufbewahrt.

Chris blickte über die Schulter zu der Stelle hin, wo Pilar ruhte, und spürte einen neuen Schub von Courage. Was bedeuteten schon ein bißchen übler Geruch oder ein paar Maden, wenn es um das Wohlbefinden eines Mitmenschen ging?

Sie nahm die Schaufel, die Tynan außen gegen die Hüttenwand gelehnt hatte, und schickte sich an, einen Weg in diese Schatzhöhle zu graben.

Zwei Stunden später hatte sie einen riesigen Scheiterhaufen am Rand der Schlucht errichtet. Sie wollte nichts in den Abgrund hinunterstürzen, ehe sie es nicht im Tageslicht untersucht hatte. Doch größtenteils schien es sich hier um nicht genügend behandelte oder getrocknete Häute zu handeln oder vertrocknete Speisereste, in denen sich Ameisen tummelten.

In der hinteren Ecke der Hütte fand sie eine kleine Holzkiste, wie man sie auf Schiffen verwendet, um darin zerbrechliche Güter zu transportieren. Sie hob sie auf und trug sie hinaus in die Sonne.

Sie war mit einem großen Vorhängeschloß versehen, das aber, wie alles andere in der Hütte, verdorben war vom Rost, so daß er nach einer mäßigen Kraftanstrengung nachgab und sich entfernen ließ. In der Kiste befanden sich ein paar Dollarscheine, mit einer dicken Schimmelschicht versehen, ein großer Brocken, der aus purem Gold zu bestehen schien, und unten am Boden ein Foto von einer jungen hübschen Frau. Chris hielt das Foto ins Licht, wischte den Schimmel von den Rändern und studierte das Bild. Die Frau sah glücklich und zufrieden aus und schien bereit, die Welt wie einen Stier bei den Hörnern zu packen. Lächelnd steckte Chris das Foto in ihre Tasche und begann, die anderen Sachen wieder in die Kiste zurückzulegen. »Etwas Interessantes?« hörte sie Tys Stimme hinter ihrem Rücken.

»Sie sollten schlafen«, sagte sie. »Sie sind die ganze Nacht hindurch wach gewesen.«

»Ich habe lange genug geschlafen. Was machen Sie da? Ich habe in meinem ganzen Leben noch keine Frau erlebt, die so viel spioniert wie Sie.«

»Ich habe nicht spioniert. Ich habe saubergemacht.«

Mit einem wissenden, kleinen Lächeln setzte er sich neben sie. »Sie haben in verschlossenen Kisten saubergemacht?« fragte er und deutete mit dem Kopf auf das verrostete, gesprengte Schloß, das neben ihr auf dem Boden lag. »Haben Sie etwas Interessantes gefunden?«

»Ungefähr ein Kilo reines Gold«, sagte sie mit selbstgefälliger Stimme und hielt ihm den großen Goldklumpen hin. »Das ist der Grund, weshalb der Alte seine Hütte nicht verlassen wollte.«

Ty nahm den Klumpen entgegen, lehnte sich auf einen Ellbogen zurück und betrachtete ihn. »Katzengold«, sagte er, »der alte Mann kann nicht einmal echtes Gold von Katzengold unterscheiden. Dort oben im Hügel ist eine Stelle, wo er seit Jahren nach Gold gräbt. Er hat dort schon gegraben, als er noch ein kleines Kind war.«

Chris nahm ihm den Gesteinsbrocken wieder aus der Hand. »Warum bleibt er hier, wenn hier gar kein Gold zu finden ist? Und warum lebt er in so unbeschreiblich primitiven Verhältnissen?«

»Er glaubt, es gäbe hier Gold, und Fakten haben keinen Einfluß auf den Glauben dieses Mannes. Und warum er so lebt, hängt mit seiner Angst zusammen, sich von etwas trennen zu müssen. Was er heute nicht verkaufen kann, wird er so lange aufheben, bis es vielleicht etwas wert ist.«

»Wie Babys. Sie sind nicht viel wert als Neugeborene, aber kräftige kleine Jungen können arbeiten.«

Tynan gab ihr darauf keine Antwort, blickte nur hinauf zu einem kleinen Vogel über seinem Kopf, schien diesen Moment, in dem er still daliegen konnte, zu genießen. »Aber wie konnte er hier denn existieren? Er mußte doch Geld haben, um Proviant oder Vorräte einkaufen zu können. Hat er denn immer nur Sachen gestohlen und sie dann verhökert?«

Tynan brauchte eine Weile, ehe er antwortete: »Anfangs hat er vom Stehlen gelebt. Doch jetzt schicke ich ihm Geld, wenn ich kann.«

»Sie? Aber weshalb? Nach allem, was er Ihnen angetan hat, und bei dem Haß, den Sie auf ihn haben, hätte ich gedacht, daß Sie keinen Finger für ihn krumm machen würden.«

»Dieser alte Mann war trotz allem, was er mir angetan hat, das, was einem Vater am nächsten kam. Zudem wollte ich verhindern, daß er noch einmal Kinder verkaufte.«

»Ich frage mich, wie ein Mensch wie er zu dem wurde, was er heute ist. Ich frage mich, was für schreckliche Dinge er erlebt haben mußte, damit er so wurde, wie ich ihn erlebt habe. Ich wette, er war einmal verliebt. Vielleicht hat er seine Liebe verloren und nie mehr wiedergefunden.«

Ty sah sie an, als habe sie den Verstand verloren. »Wie kommen Sie auf die Idee, daß der alte Mann jemals ein anderes Wesen geliebt haben könnte?«

»Ich fand ein Foto von der Frau, die er liebte.«

»Lassen Sie mich das Foto mal sehen«, sagte Ty leise.

Chris holte es wieder aus ihrer Tasche und gab es ihm. Er betrachtete es lange, ehe er es zurückgab. »Er erzählte mir, er habe es in die Schlucht geworfen, und ich habe ihm das geglaubt.«

»Sie kennen das Bild?«

»Es war viele Jahre mein kostbarster Besitz.«

Sie zögerte. »Wer ist diese Frau?«

»Sie soll meine Mutter gewesen sein.«

»Ihre Mutter? Aber, Ty, ist Ihnen denn nicht bewußt, daß Sie anhand dieses Fotos vielleicht herausfinden können, wer ihre Mutter war? Herausfinden können, wer Sie sind?«

»Wer ich bin, weiß ich«, sagte er durch zusammengepreßte Zähne.

Chris betrachtete das Foto eine Weile. »Wie war der Name dieser Frau?«

»Ich habe keine Ahnung.«

»Aber haben Sie denn nie danach gefragt?«

Er sah sie an. »Wen sollte ich denn danach fragen? Der alte Mann erzählte mir, sie habe nur ein Wort gesagt, ehe sie starb, und das lautete: ›Tynan‹.«

»Haben sie das Foto jemals Red gezeigt oder den andern Frauen, die ... die bei ihr arbeiten?«

»Klar, die kennen das Foto. Doch keine wußte, wen es darstellt. Sie dachten, es wäre alles schrecklich romantisch, und kauften ständig neue Rahmen für das Foto. Dann kam der alte Mann, nahm das Foto wieder aus den Rahmen heraus und verkaufte diese anschließend. Jahrelang waren diese Bilderrahmen für ihn eine große Einnahmequelle.«

Chris drehte das Foto um. »Da steht etwas auf der Rückseite, aber ich kann es nicht entziffern.«

»*Sa*. Es fängt mit den Buchstaben ›Sa‹ an, doch die restlichen Schriftzeichen sind verblichen. Ich hatte mir eingebildet, daß der Name meiner Mutter Sarah gewesen ist.«

»Sie haben viel Zeit damit verbracht, dieses Foto zu studieren, nicht wahr?« Tynan antwortete nicht, sondern streckte sich auf dem Rücken aus und blickte in den Himmel hinauf. »Ich habe diesen Himmel vermißt, als ich im Gefängnis saß. Der Himmel, den man dort sieht, ist fast gänzlich von Gitterstäben verdeckt. Und auch den Lärm im Gefängnis konnte ich nicht leiden.«

Chris wollte noch mehr über dieses Bild erfahren. »Wie ist der alte Mann zu diesem Foto gekommen? Wenn es in seinem Besitz war, mußte er doch auch noch andere Sachen von dieser Frau gehabt haben.«

»Alles andere hat er verkauft, selbst ihre Kleider und ihre Unterwäsche. Ich vermute, er hat ihre nackte Leiche dort hinunter in den Abgrund geworfen. Oder vielleicht liegt sie hier irgendwo vergraben.«

»Tynan! Wie können Sie sich nur so ausfallend darüber äußern! Diese Frau war Ihre Mutter, hat Sie auf die Welt gebracht.«

Er setzte sich auf. »Sie starb mit drei Revolverkugeln im Rücken.«

»Aber wer wollte sie töten? Und warum?«

»Gibt es hier vielleicht irgend etwas zu essen? Vielleicht könnte ich im Wald ein Reh oder einen Hasen schießen.«

»Wollen Sie mir denn nicht antworten? Haben Sie eine Ahnung, warum jemand eine Frau erschießen wollte, die hoch in anderen Umständen ist?«

Er blickte auf sie hinunter. »Warum betrügen Männer beim Kartenspiel? Warum betrinken sich Männer und versuchen sich dann gegenseitig umzubringen? Ich weiß es nicht. Sie kam hierher mit drei großen Löchern im Rücken, legte sich hin, brachte mich auf die Welt, sagte ›Tynan‹ und starb. Das ist die Summe dessen, was ich weiß. Der Goldgräber sah zu, wie sie einen Jungen auf die Welt brachte, und nahm sich vor, beide hier liegenzulassen, ehe ihm der Gedanke kam, daß er die Kleider, die nicht von ihrem Blut verdorben waren, und diesen schreienden Säugling verkaufen könne. Also zog er ihr die Kleider aus und trug mich den Berg hinunter. Das ist es, Chris. Mehr gibt es darüber nicht zu berichten. Er verkaufte alles bis auf dieses Foto. Niemand wollte ein Foto von einer Frau haben, die er gar nicht kannte, und so nahm ich es eines Tages an mich, als er mich hierherholte, damit ich für ihn arbeitete. Kann ich jetzt essen?«

Chris setzte sich wieder auf den Boden und betrachtete das Bild. »Sie ist eine sehr hübsche Frau.«

»War. Sie *war* hübsch. Sie ist schon viele Jahre tot. Chris, warum sind Sie so furchtbar neugierig darauf, wer meine Mutter gewesen ist?«

»Ich bin daran interessiert, zu...« Sie stockte mitten im Satz. Fast hätte sie gesagt, daß sie an ihm interessiert sei. »Ich bin Reporterin«, sagte sie, sich vom Boden erhebend.

»Ich bin einfach neugierig. Das ist alles. Alles, was mir in meinem Beruf begegnet, weckt meine Neugierde.«

»Also – ich bin neugierig, was dort in dem Topf kocht.« Er rückte dichter an sie heran. »Vielleicht könnten Sie mit mir auf die Jagd gehen.«

»Ich kann Pilar nicht allein lassen.«

»Sie kann uns ja begleiten. Ein Spaziergang täte ihr nur gut.«

»Das glaube ich nicht. Und überhaupt muß ich hier erst aufräumen, was ich ...«

Ty schob sich noch dichter an sie heran und berührte dann mit der Hand ihre rechte Wange. »Chris, nun gehen Sie doch mit. Ich verspreche, daß ich mich benehmen werde. Ich werde nichts tun, was Sie nicht wollen.«

Sie rückte einen Schritt von ihm fort. Mit dieser Stimme konnte er andere Menschen dazu bringen, daß sie alle ihre Vorsätze vergaßen. »Ich sollte nicht ...«

»Was solltest du nicht?« fragte er, während er einen Schritt auf sie zuging.

»Chris!« rief Pilar. »Ich würde mir gern ein wenig Bewegung verschaffen. Könntest du – mir zuliebe – Ty begleiten?«

»Nun ... ich denke schon«, begann Chris, ehe sie in Tynans lächelnde Augen blickte. »Aber kommen Sie mir ja nicht auf falsche Gedanken«, warnte sie ihn. »Ich werde Ihnen nicht nachgeben.«

Er senkte die Lider. »Ich habe dich ja noch gar nicht darum *gebeten*, mir nachzugeben.«

Nachdem Tynan den größten Teil des Ragouts aufgegessen hatte, das Chris für sie alle zubereitet hatte, nahm er sein Gewehr, half Pilar, von ihrem Heulager aufzustehen, und ging dann den schmalen Pfad hinter der Hütte hinunter. Chris machte ihm zweimal Vorwürfe, weil er nicht vorsichtig genug mit seinem verwundeten Bein umging; aber er grinste nur.

»Erinnerst du dich noch daran, wie du mit den Chanry-Jungs die Bank in Texas beraubt hast und ...«, begann Pilar.

»Eine Bank beraubt?« sagte Chris und wiederholte dann entsetzt: »Eine Bank beraubt!«

Ty zwinkerte Pilar zu. »Sie glaubt, ich wäre so unschuldig wie frischgefallener Schnee und hätte noch nie etwas Ungesetzliches getan.«

»Oh, ich habe gesehen, wie er Männer niedergeschossen hat. Und als ich ihn zu einem Picknick mitnahm, fing er mit einem Mann Streit an, so daß dieser schwerverletzt in die Stadt zurückgefahren werden mußte. Von einem Picknick der Kirchengemeinde, wohlgemerkt!«

»Rory Sayers«, sagte Ty zu Pilar, als wäre das Antwort genug.

»Ich habe noch keinen Mann getroffen, der eher eine Kugel verdient hätte als Rory Sayers«, sagte Pilar. »Ty, hast du als Kind nicht einen Garten hier oben auf dem Hügel angelegt?«

Chris ging hinter den beiden her und hatte das Gefühl, auf einer Party zu sein, wo alle Gäste sich kannten, sie aber keinen. Pilar und Tynan unterhielten sich angeregt über Dinge, von denen sie keine Ahnung hatte. Sie erinnerten sich gegenseitig an die Namen von Leuten, mit denen sie an bestimmten Orten zusammengewesen waren, sprachen über abenteuerliche Begebenheiten, die sie mit dem Sheriff in Konflikt gebracht hatten, von Schießereien mit Banditen und Begegnungen mit Gesetzlosen, von denen sie nur in der Zeitung gelesen hatte.

Als sie oben auf dem Hügel angelangt waren, suchte Tynan eine Weile im Unterholz, bis sie eine kleine Lichtung vor sich sahen. »Hier war es«, sagte er, »wo ich Karotten, Kartoffeln und Erdbeeren angebaut habe. Die Erdbeeren haben es nicht geschafft, und die Kaninchen fraßen sofort jeden Halm auf, der sich bei den Karotten über der Erde zeigte. Und schaut euch das an«, rief Ty und hielt eine flachgedrückte verrostete Konservendose hoch. »Eine meiner ersten Zielscheiben. Ich habe hier oben stundenlang mit dem Revolver geübt.«

»Viel anderes gab es hier wohl auch nicht zu tun«, sagte Pilar. »Ist die Mine des alten Mannes nicht irgendwo in der Nähe?«

»Ja – nur hier ein Stück den Pfad hinunter.«

Pilar drehte sich um und ging in die angedeutete Richtung;

aber Chris hielt sich zurück. Tynan ging zu ihr, und ehe sie ihn daran hindern konnte, hatte er schon die Arme um sie gelegt. »Du fühlst dich ein wenig vernachlässigt, nicht wahr?«

Sie wollte ihn von sich wegschieben; aber er hielt sie fest. »Nein, keineswegs.«

»Wir könnten Pilar sagen, daß sie ins Lager zurückgehen und uns allein lassen soll. Ich kenne hier eine Stelle, die wie geschaffen scheint für die Liebe – still und geschützt, in der Nähe eines Baches, wo Blumen den ganzen Sommer hindurch blühen. Würde es dir nicht gefallen, mich auf einem Bett aus Blumen zu lieben?«

»Nein, das würde mir gar nicht gefallen«, sagte sie, aber ihre Stimme klang nicht sehr überzeugend. »Ich möchte für keinen Mann eine Frau ohne Moral sein.«

»Moral? Was ist daran unmoralisch, daß man sich liebt? Chris, ich kann dafür sorgen, daß du dich himmlisch fühlst. Wir können uns gegenseitig so ein Gefühl verschaffen.«

Sie wand sich aus seinen Armen. »Laß mich in Ruhe, Tynan. Ich werde niemals eine von deinen Frauen sein, und du solltest dich lieber an diesen Gedanken gewöhnen. Ich werde zu meinem Vater heimkehren, und vielleicht bleibe ich diesmal dort, heirate einen Rancher und bekomme ungefähr ein Dutzend Kinder.«

»Wen hast du da im Sinn?« fragte er zornig. »Prescott etwa?«

»Ich bin sicher, daß Asher einen guten Ehemann abgeben würde, und er hat mir bereits einen Heiratsantrag gemacht. Ich könnte sein Angebot annehmen. Und was kümmert es dich eigentlich, ob ich ihn heirate oder nicht? Du möchtest doch keine Ehefrau und Kinder haben. Du hast deine Wahl getroffen, ich meine – worüber sich also noch beschweren?«

Sie konnte den Zorn in seinen Augen sehen.

»Du hältst dich für moralisch. Aber wo ist der Unterschied zwischen einer Frau, die sich für ein paar Dollar, und einer, die sich für ein Stück Papier und einen goldenen Ring verkauft?«

Sie funkelte ihn an. »Wenigstens kann *ich* dabei den Preis bestimmen – nicht Sie!« Damit drängte sie an ihm vorbei und ging den Weg hinunter, den Pilar genommen hatte.

Sie fand sie vor einem dunklen Loch stehen, das offenbar den Eingang der Mine darstellte, mit einem Gesteinsbrocken in der Hand, wie Chris ihn in der Kiste im hintersten Winkel der Hütte gefunden hatte.

»Die Mine ist voll davon. Ich vermute, der Alte hält das tatsächlich für echtes Gold und glaubt, alle anderen wären zu dumm, das zu erkennen.« Pilar blickte zu Chris hoch. »Oh – mir scheint, Sie haben sich wieder mit ihm gestritten, wie?«

»Nein, das habe ich nicht. Mir ist nur noch kein Mann begegnet, der so stur gewesen wäre wie er. Er scheint nicht begreifen zu wollen, daß ich *nein* meine, wenn ich *nein* sage. Hat sich denn bisher noch keine Frau seinen Wünschen verweigert?«

»Ich glaube nicht«, sagte Pilar ernsthaft. »Aber ich habe auch noch nie erlebt, daß er eine Frau so hartnäckig verfolgt hätte wie Sie. In der Regel hat er sich einfach hingesetzt, und sein Gesicht besorgte dann den Rest. Schlimmstenfalls mußte er ein paarmal den Mund aufmachen und sprechen, und wenn eine Frau nicht schon vorher aufgetaut war, geschah das spätestens dann, wenn sie zum ersten Mal seine Stimme hörte.«

»Ich erwarte mehr von einem Mann als gutes Aussehen und eine schöne Stimme. Und Tynan scheint nicht fähig zu sein, mir dieses Mehr zu geben, das ich von ihm erwarte.«

Sie hörten einen Gewehrschuß in einiger Entfernung. »Ich glaube, er hat uns etwas zu essen besorgt. Kommen Sie, wir wollen ihm entgegengehen«, sagte Pilar.

Als Chris entschlossen schien, dort zu bleiben, zu verharren, wo sie gerade stand, nahm Pilar ihren Arm. »In ein paar Tagen wird Ihr Vater hier eintreffen, und dann brauchen Sie Ty ja nie mehr wiederzusehen. Das ist die erste Rast, die wir alle seit einer Ewigkeit hatten. Also lassen Sie uns das Beste daraus machen, ja?«

Leicht widerstrebend gab Chris nach und ließ sich von Pilar

fortziehen. Sie wollte niemandem zeigen, wie ihr das Herz bei dem Gedanken, daß sie Ty nie mehr wiedersehen würde, bis in den Hals hinauf klopfte.

Als sie Tynan erreichten, häutete er bereits einen kleinen Rehbock ab, und Chris zündete ein Feuer an. Alsbald erfüllte der Duft von Wildbretbraten die Luft.

»Ein hübscher Ort, nicht wahr?« sagte Ty, als er ein Stück von dem Braten für Chris abschnitt.

Sie blickte um sich und begriff, daß dies die Stelle sein mußte, von der er vorhin gesprochen hatte – der Ort, wo er sie lieben wollte. »Er scheint mir in Ordnung zu sein«, sagte sie kalt. »Pilar, wollen Sie uns nicht etwas von den Freuden des Ehelebens erzählen? Und von ihren Kindern? Wie alt, sagten Sie neulich, sind die beiden?«

Sie überhörte das Stöhnen, das Tynan aus dem tiefsten Herzen zu kommen schien, während sie den Kopf zur Seite drehte und der heimwehkranken Pilar zuhörte, die von ihrem Ehemann und ihren beiden Kindern berichtete. Sie versuchte nicht, die Mühen ihres Daseins zu verklären oder ihr die Armut zu unterschlagen, mit der sie zu kämpfen hatten. Doch dahinter stand ein wunderbares Gefühl der Zusammengehörigkeit, das sie für alles zu entschädigen schien, und Chris wußte, daß sie eben dieses Gefühl in ihrem Leben suchte. Anschließend fragte Pilar Chris über ihr Leben als Reporterin aus und fand es wunderbar aufregend.

»Das stimmt. Nur bin ich jetzt bereit, seßhaft zu werden.«

»Sie ist dazu bereit, seit ein gewisser Jemand aus ihrem Kleiderschrank heraussprang«, mischte sich Tynan hinter ihr mit sarkastischer Stimme ein. »Sie meint, daß ein Mann, der sie anfaßt, sie auch heiraten muß.«

»Das ist nicht wahr!« sagte Chris, sich zu ihm umdrehend. »Ich weiß nicht, wie ich je auf den Gedanken kommen konnte, Sie zu lieben! Sie sind von einer unerträglichen Eitelkeit und gewöhnt, daß sich alles nur nach Ihren Wünschen richtet. Ich bezweifle, daß ich Sie heiraten würde, selbst wenn Sie mich jetzt darum bäten!«

»Sie brauchen sich gar nicht so zu ereifern, denn in einer Woche werde ich frei sein – der Verantwortung ledig, für die Sicherheit eines kleinen, verwöhnten, reichen Mädchens sorgen zu müssen, das meint, es könne alles – oder jeden – haben, indem es einfach danach verlangt. Ich werde *frei* sein – haben Sie das gehört? Weder Sie noch ein anderer wird mir meine Freiheit nehmen.«

»Hört auf damit!« rief Pilar. »Ihr redet wie meine beiden kleinen Söhne. Aber da wir in den nächsten Tagen beisammenbleiben müssen, sollten wir versuchen, auch miteinander auszukommen. Ty, du bist vermutlich wütend, weil du die ganze Nacht über wachgeblieben bist und dir das Bein weh tut. Warum legst du dich nicht hin, bettest deinen Kopf in ihren Schoß, und Chris erzählt uns eine Geschichte? Ich würde meinen eigenen Schoß zur Verfügung stellen, aber ich habe vor, mich hier auszustrecken und selbst ein bißchen zu schlafen.«

Chris sah Tynan nicht an, und es folgte eine lange Minute des Schweigens. »Also gut«, sagte sie schließlich. »Vielleicht haben wir etwas Ruhe bitter nötig. Sie dürfen meinen Schoß als Unterlage für Ihren Kopf benützen.«

»Nur wenn Sie schwören, das nicht als Heiratsantrag zu betrachten.«

»Wenn du mein Sohn wärst, würde ich dir jetzt dafür einen Klaps auf den Hintern geben. Nun leg dich hin und benimm dich.«

Chris lehnte sich gegen einen Baum, und Ty legte seinen Kopf in ihren Schoß. Einen Moment waren sie ganz steif und bemühten sich, so wenig körperlichen Kontakt wie möglich miteinander zu haben.

»Ich habe im letzten Jahr *Der Graf von Monte Christo* gelesen. Ich könnte euch die Geschichte erzählen«, sagte Chris.

»Aber nur, wenn die Leute sich nicht am Ende kriegen und glücklich bis an ihr seliges Ende leben«, sagte Tynan mit geschlossenen Augen, den Kopf zur Seite gedreht.

»Es ist eine Geschichte von Habsucht, Verrat, Untreue, Mord und Rache. Es könnte fast Ihre Autobiographie sein.«

»Hört sich ja gut an«, sagte er, seinen Kopf in ihren Schoß kuschelnd.

»Ich bin sicher, die Franzosen werden sich freuen, wenn Ihnen die Geschichte eines ihrer Autoren gefällt.« Dann begann sie mit ihrer Story einer Rache, die mit der Liebe zweier Männer zu einer Frau begann.

»Typisch«, murmelte Ty, sagte aber nichts mehr, während Christianas Stimme leiser wurde und weicher, je länger sie erzählte.

Schon nach einigen Minuten hörte sie regelmäßige Atemzüge von Pilar, die in der warmen Nachmittagssonne eingeschlafen war. Auch Tynan schien der Schlaf übermannt zu haben, und so fühlte sie sich sicher genug, ihm die Haare aus dem Gesicht zu streichen. Er sah so jung aus, wie er so gelöst dalag. Der Verband an seinem Schenkel war schmutzig vom vielen Umherlaufen im Wald. Sie konnte ihn durch das Loch in der Hose sehen, das die Kugel in den Stoff gerissen hatte.

Sie fuhr mit dem Erzählen fort, obwohl sie wußte, daß ihre beiden Zuhörer schliefen, denn sie erzählte gern Geschichten. Nach dem tragischen Ende der Story legte sie die Hand auf Tynans Wange, wickelte sich eine Locke von seinen dunklen Haaren um den Finger und lauschte dem Gesang der Vögel.

»Das hat mir gefallen«, sagte er leise in das Schweigen hinein.

»Ich dachte, Sie würden schlafen«, sagte sie und wollte die Hand von seiner Wange nehmen.

Er griff nach ihrer Hand und hielt sie fest. »Nein, ich wollte die Geschichte hören. Ein Angestellter in einem Laden erzählte mir einmal, daß ihm der Goldgräber so um die Zeit herum, als ich geboren wurde, ein Buch verkauft habe. Ich habe mich immer gefragt, ob das Buch nicht meiner Mutter gehört haben könnte, und wenn ja, wovon das Buch wohl handelte. Ich habe immer gern Geschichten gehört.« Und dann begann er ganz beiläufig ihre Fingerspitzen zu küssen, als ob das die selbstverständlichste Sache der Welt wäre.

»Wollen Sie das bitte unterlassen?«

»Chris, falls ich einmal heiraten sollte, schwöre ich, daß du die erste bist, die dafür in Frage käme. Tatsächlich ist der Gedanke, mit dir zu leben, das verlockendste Angebot meines Lebens. Du bist hübsch, begeisterungsfähig im Bett ...«

Chris warf einen ängstlichen Blick zu der Stelle hinüber, wo Pilar lag, aber diese schien fest zu schlafen.

»Und du bist die interessanteste Frau, die mir je begegnet ist. Ich habe dir Sachen erzählt, wie ich sie niemand anderem anvertraut habe, aber die Wahrheit ist, daß ich für die Ehe einfach nicht tauge. Ich glaube nicht, daß ich es lange an einem Ort aushalten kann – das heißt, wenn ich jemals wieder aus dem Gefängnis herauskommen sollte, in das dein Vater mich wieder stecken würde, wenn ich daran zu denken wagte, seine kostbare Tochter zu heiraten. Begreifst du denn nicht, daß das einfach nicht gutgehen kann?«

Chris ließ sich ihren Zorn nicht anmerken. Es schien, daß Männer für alles irgendeine Begründung fanden. Er wollte sich nicht binden – hatte vermutlich eine panische Angst davor, wenn er nur daran dachte – und versuchte ihr deshalb einzureden, daß er aus Rücksichtnahme auf ihre Interessen sie gar nicht heiraten könne. »Ich verstehe«, sagte sie mit einer Stimme voller Mitgefühl. »Sie wollen nicht heiraten, und ich weigere mich, mit einem Mann zu schlafen, der mich nicht heiraten möchte. Dabei wollen wir es belassen.«

Er bewegte den Kopf, um zu ihr hinaufzusehen. »Aber sollten wir nicht das Glück genießen, wo wir es finden, Chris? Ehe wir für immer getrennt werden und uns nie mehr wiedersehen?«

Sie zeigte ihm ihr süßestes Lächeln. »Selbst dann nicht, wenn es um mein Leben ginge.«

Einen Moment lang fürchtete sie, er würde sie wieder anschreien, doch dann sah sie den Hauch eines Lächelns auf seinen vollen Lippen. »Du kannst einem Mann keinen Vorwurf daraus machen, daß er es versucht.« Er drehte den Kopf wieder zur Seite und fuhr fort, ihre Fingerspitzen zu küssen. »Nach meiner Schätzung wird es noch mindestens vier Tage dauern, bis Prescott mit Ihrem Vater hier sein kann. Wer weiß, was in dieser Zeit alles passieren wird?«

»Ich weiß, was *nicht* passieren wird«, sagte sie in selbstgefälligem Ton. Doch Tynan schien das nicht glauben zu wollen, als er mit den Zähnen sanft an der empfindlichen Innenseite ihrer Hand zu knabbern begann.

»So wird es gehen, alter Mann«, sagte Asher Prescott, als er die Fesseln seines Begleiters zum dritten Mal neu knüpfte. Etwas in Asher war bekümmert über das, was sie dem Alten antaten – daß sie ihn aus seinem Haus verschleppten und an Händen und Füßen fesselten, denn der Mann hatte seines Wissens eine solche Behandlung eigentlich nicht verdient. Und als nun der Alte sich darüber beklagte, daß die Stricke zu stramm säßen, hatte sich Asher seiner erbarmt und die Fesseln gelockert.

»Ich werde mich jetzt für ein paar Stunden aufs Ohr legen«, sagte Asher, sich die Augen reibend. Er hatte fast zwei Tage lang ununterbrochen im Sattel gesessen, und wenn er jetzt keine Rast einlegte, würde er es niemals, wie er wußte, bis zu Del Mathisons Haus schaffen.

Mit einem letzten mitleidigen Blick auf den alten Mann, der sich mit dunklen mißtrauischen Augen gegen einen Baum lehnte, legte sich Asher zum Schlafen nieder und bettete seinen Kopf auf seinen Sattel.

Der alte Mann tat so, als ob er ebenfalls schliefe, bis er Asher schnarchen hörte. Dann zappelte er ein bißchen mit den Händen und murmelte »Dummkopf!«, als ihm die Fesseln von den Gelenken fielen. »Dummkopf!« wiederholte er mit einem verächtlichen Blick auf den Schlafenden, während er sich die Stricke von den Fußknöcheln wickelte.

»Hornochse!«

Er stand geräuschlos auf, blickte sich um und sah einen Stein in seiner Nähe liegen. Er nahm ihn an sich und kroch auf seinen schnarchenden Wächter zu. Dann schlug er den Schlafenden mit dem Stein auf den Kopf.

Der alte Mann stand einen Moment lang abwartend über dem Bewußtlosen und begann dann dessen Taschen zu plündern. Es dauerte eine knappe Viertelstunde, bis er Asher alles, was von einigem Wert war, abgenommen hatte und ihn in seiner Unterwäsche liegen ließ – ohne Sattel und Waffen, ohne einen Penny und ohne Stiefel. Einen Moment lang überlegte der Alte, ob er ihm nicht auch noch die Unterwäsche ausziehen oder wenigstens die Knöpfe abschneiden sollte, die sich daran befanden, aber dann hörte er in der Nähe ein Pferd schnauben und beschloß, rasch das Feld zu räumen.

Als er sich auf ein Pferd schwang und das andere beim Zügel nahm, begann er zu murmeln: »Du hältst dich für besonders klug, Mr. Muttermörder Tynan, aber ich kenne jemand, der mir gutes Geld dafür bezahlt, daß ich ihm sage, wo er dich finden kann. Ich kenne da jemand. Ich werde es dir zeigen.« Er fluchte und murmelte abwechselnd etwas vor sich hin, während er nach Norden ritt, zu der Stelle, wo Dysan sein Haus hatte.

Kapitel 24

Chris bemühte sich, in den nächsten beiden Tagen Distanz zu Tynan zu halten, aber das war verflixt schwierig. Wenn sie Wasser holen ging, war er bereits vor ihr an der Quelle. Wenn sie eine Weile anhielt, um die Aussicht zu genießen, tauchte er neben ihr auf und blickte sie einladend an. Einmal zuckte sie zusammen, als sie ein Geräusch im Unterholz hörte, und dann war Ty bei ihr, schlang ihr die Arme um den Leib und hielt sie fest. Am Morgen des zweiten Tages hörten sie Schüsse in einiger Entfernung, und ihr Herz klopfte ihr bis zum Hals hinauf, als Tynan, das Gewehr in der Hand, den Berg hinunterstieg, um nachzusehen, wer da geschossen hatte. Sie weinte fast vor Erleichterung, als er zurückkam, um ihr zu sagen, daß es nur Jäger waren, die sich weit von ihrem Lagerplatz entfernt aufhielten.

»Machst du dir Sorgen meinetwegen?« fragte er mit heißen Augen, die sein Begehren verrieten.

Chris raffte ihre Röcke hoch und floh vor ihm.

»Stimmt etwas nicht?« fragte Pilar mit unschuldiger Stimme. Sie hatte das Kochen übernommen, seit Chris einen Teil ihrer kostbaren Mehlvorräte bei dem Versuch, Pfannkuchen zu backen, verdorben hatte.

»Dieser Mann ist doch der Gipfel!« antwortete Chris mit klopfendem Herzen.

»Er mag Sie sehr.«

»Ich ihn aber nicht.«

Pilar schnaubte: »Hat Ihnen Ihre Mutter nicht beigebracht, daß man nicht lügen darf?«

»Ich glaube, es gibt viele Dinge, die meine Mutter mir beizubringen vergessen hat«, sagte Chris leise. »Zum Beispiel, wie man einem Süßholz raspelnden Revolverhelden auf die Finger klopft. Ich glaube, ich werde allmählich schwach, Pilar. Wenn er mir noch zwei Tage so zusetzt, werde ich zu nichts mehr nein sagen können, was er von mir verlangt.«

»Ich habe den Verdacht, daß Ty das weiß.«

»Nun, ich muß stark bleiben. Ich werde *nicht* nachgeben, und das ist endgültig. Egal, was er zu mir sagen und wie er mich anschauen wird, ich werde nicht nachgeben.« Sie blickte Pilar mit großer Sorge und Trauer an. »Aber wenn er mich noch einmal hinten auf den Hals küßt, bin ich verloren.«

Pilar wandte sich mit einem Lächeln auf ihrem Gesicht wieder ihren Pfannkuchen zu.

Chris gelang es, sich für den Rest des Tages von Tynan fernzuhalten. Aber am Abend fragte er sie, ob sie mit ihm einen Spaziergang machen würde.

»Ich habe Sie nicht gebeten, mit mir durchzubrennen, sondern nur ein Stück mit mir spazierenzugehen«, sagte er rasch, als er merkte, daß sie ›nein‹ sagen wollte. »Ich schwöre, daß ich Sie nicht anfassen werde, daß ich weiß, wie wenig Sie sich selbst trauen können, wenn Sie in meiner Nähe sind. Aber ich...«

»Mir selbst nicht trauen können! Ich kann mich sehr wohl auf mich selbst verlassen, wenn ich mich in Ihrer Nähe befinde. Ich könnte den Rest meines Lebens mit Ihnen allein auf einer Südseeinsel verbringen und Ihnen dennoch widerstehen«, log sie.

»Das ist ja großartig«, antwortete er mit einem Grinsen. »Dann können Sie auch unbesorgt eine Weile mit mir im Mondschein umherwandern.«

Chris wußte, daß sie sich mit ihrem Gerede in eine Ecke hineinmanövriert hatte, und deshalb blickte sie Pilar hilfesuchend an. Doch Pilar weigerte sich, mitzukommen, weil ihr angeblich der Arm zu weh tat. Zwar hatte er vorhin, als sie den Teig anrührte, überhaupt nicht weh getan, doch nun konnte sie ihn kaum noch bewegen.

Widerstrebend machte Chris sich mit Ty auf den Weg zu der Quelle auf der Hügelkuppe. Tynan ging hinter ihr.

»Veranstalten wir einen Wanderwettbewerb, oder haben Sie Angst, neben mir zu gehen?« fragte er.

Sie blieb stehen und drehte sich zu ihm um. »Natürlich habe ich keine Angst, neben Ihnen herzugehen. Sie merken nur nicht, wie langsam Sie mit Ihrem verletzten Bein dahinschleichen.«

»Das ist also der Grund?« sagte er mit einem wissenden Lächeln. »Dann könnten Sie doch einen armen kleinen Invaliden wie mich beim Gehen stützen.«

Sie gingen eine Weile nebeneinander her, wobei Chris es tunlichst vermied, mit ihm in Berührung zu kommen, obwohl er sich bei ihr eingehakt hatte.

»Vor ein paar Wochen konnte ich Sie nicht loswerden. Jedesmal, wenn ich mich umdrehte, standen Sie hinter mir und forderten mich auf, mein Hemd auszuziehen oder meine Schuhe. Als ich Sie zum ersten Mal sah, trugen Sie nicht einen Faden auf dem Leib. Und jetzt versuchen Sie plötzlich, jeden Kontakt mit mir zu vermeiden.«

»Das war davor«, sagte sie und fixierte dabei einen Baum auf der Hügelkuppe.

»Vor jener Nacht in der Blockhütte? Vor der Nacht, in der wir uns liebten und wunderschöne Stunden miteinander verlebten?«

»Für Sie waren die Stunden doch gar nicht so wunderschön, wie Sie nun behaupten. Sie sagten zu mir, daß Sie nichts mit mir zu tun haben wollten und ich nur eine von vielen Frauen für Sie wäre.«

»Vielleicht bin ich in jener Nacht ein bißchen zu schroff zu Ihnen gewesen. Aber Sie haben mich zu Tode erschreckt mit Ihrem Gerede von Heirat und Kindern. Warum wollen Sie das nicht vergessen, damit wir einen neuen Anfang machen können? Wir kamen so gut miteinander aus, bis Sie glaubten, mir diese Schlinge um den Hals legen zu müssen.«

Sie entzog ihm ihren Arm. »Ich habe nicht vor, Ihnen eine Schlinge um den Hals zu legen. Eine Ehe ist etwas anderes. Sie ist für zwei Menschen bestimmt, die einander lieben, und ich habe dummerweise geglaubt, daß wir das in jener Nacht getan hätten – uns zu lieben. Ich war in Sie verliebt, sonst hätte ich mich nicht so verhalten... Ich hätte nicht zugelassen, daß Sie mich anfassen. Aber für Sie war es keine Liebe. Sie lieben mich nicht, haben mich nie geliebt. Sie haben damals bekommen, was Sie wollten, ich aber nicht.«

Sie drehte sich zur Seite, damit er ihre Tränen nicht sah.

Er zog sie an sich, drehte sie so, daß ihr Gesicht an seiner Brust begraben war. »Chris, ich glaube nicht, daß ich schon mal eine Frau gehabt habe, die mich liebte, und ich weiß nicht, was es bedeutet, jemanden zu lieben. Es tut mir leid. Ich wollte Ihnen nicht weh tun. Vielleicht bilden Sie sich nur ein, in mich verliebt zu sein, weil ich mit einem Revolver umgehen kann und überhaupt anders bin als die Männer, die Sie bisher gekannt haben...«

Sie blickte zu ihm hoch: »Ich habe in meinem Leben schon Dutzende von Revolvermännern gekannt und Dutzende von Außenseitern und Verbrechern. Und ich kann es schon gar nicht leiden, wenn Sie mir ständig einreden wollen, ich würde meinen eigenen Verstand nicht kennen. Ich darf Ihnen versichern, daß ich...«

Sie kam nicht weiter, weil Tynan sie küßte, hungrig von ihren Lippen trank, ihren Rücken liebkoste, ihre Hüften gegen die seinen drängte, sie mit seinem harten, heißen Körper zu umfangen versuchte. Chris wußte, daß sie nicht lange widerstehen konnte, wenn er fortfuhr, sie zu berühren.

»Laß das bitte«, flüsterte sie, als seine Lippen zu ihrem Hals hinunterwanderten. »Bitte, faß mich nicht länger an. Ich kann das nicht ertragen. Ich kann dir nicht widerstehen.«

»Das sollst du auch nicht«, sagte er, während er behutsam ihr Ohrläppchen zwischen die Zähne nahm.

Erst als seine Lippen den äußeren Winkel ihres Auges berührten und dort eine salzige Träne schmeckten, hörte er auf. Abrupt löste er sich von ihr. »Dann geh weiter«, sagte er mit mühsam unterdrücktem Zorn. »Geh zurück zu deinem kalten Bett und bleib dort allein.«

Da begannen ihr die Tränen erst richtig zu fließen, und sie flüchtete den steilen, dunklen Pfad hinunter zur Hütte. Pilar sagte kein Wort, als Chris auf den Strohsack neben ihr fiel.

Chris weinte lange still in sich hinein, bis sie zu einem Entschluß kam. Es war ihr nun völlig egal, ob er sie heiratete oder nicht, und sie fragte auch nicht länger danach, ob er sie liebte oder nicht. Im Augenblick spürte sie nur ein Verlangen nach ihm und wünschte sich, daß es wieder so sein möge wie damals in der Blockhütte. Sie wollte seine Hände auf ihrem Körper spüren, wollte, daß er sie wieder in seine Arme nahm und sich mit ihr vereinigte.

Schniefend, aber sich schon etwas besser fühlend, weil sie nicht länger unschlüssig war, stand sie auf und verließ ihren Strohsack im Anbau. Sie wußte, daß Tynan in der Nähe schlief, einige Meter entfernt unter den Bäumen, so daß ein Fremder, der sich nachts der Hütte näherte, ihn nicht sehen konnte. Sie ging zu seinem Schlafplatz, aber er war nicht da.

Langsam, mit Vorbedacht, entfernte sie ihre Kleider, streckte sich auf seinen Decken aus und wartete auf ihn. Als er nicht kam, schlief sie ein und lächelte bei dem Gedanken, wie er sie wecken würde.

»Chris«, sagte Tynan, sie in seine Arme ziehend. »O meine schöne, herrliche Chris.«

Schlaftrunken öffnete sie die Augen. Es war heller Tag, die Vögel sangen, der morgendliche Duft des Waldes umgab sie – und Tynans Hände ruhten auf ihrem Leib, schoben die Decken beiseite und liebkosten ihre Haut. Seine Hände glitten über ihre Hüften mit dem Eifer eines Jungen, der seinen ersten Welpen geschenkt bekommt.

»Du bist zu mir gekommen«, flüsterte er. »Du bist zu mir gekommen. Ich habe die ganze Nacht nicht geschlafen, bin im Wald umhergewandert. O Chris, du machst mich ganz verrückt. Meine schöne, wunderschöne Chris, du machst mich unglücklicher, als ich im Gefängnis gewesen bin.«

Chris spürte, wie ihre Haut erglühte vor Freude über seine Worte. Sie hoffte sehr, daß sie ihn unglücklich machte – mindestens ebenso sehr, wie er sie unglücklich machte.

Er hob ihren Kopf und küßte sie, seine Hände in ihren Haaren, als wollte er sie nie mehr loslassen.

Sie umfaßte seinen Hals, um ihn näher an sich heranzuziehen. Das war es, wonach sie sich so lange gesehnt, aber gegen das sie sich, so schien es ihr, eine Ewigkeit gewehrt hatte.

Er streckte sie auf den Decken aus und legte sich neben sie, berührte sie sacht, während er sein Hemd auszog.

Sein Bein zwischen ihren Beinen, rieb er seine rauhe Haut an ihrem Körper, während er sie küßte.

Plötzlich bewegte er sich von ihr fort und hob den Kopf, als lauschte er. »Ich muß gehen. Da ist jemand in der Nähe.«

»Das ist nur Pilar«, sagte sie und versuchte ihn wieder zu sich hinunterzuziehen. »Sie wird uns nicht stören.«

Tynan richtete sich auf und zog sich wieder sein Hemd an. »Jemand kommt den Berg herauf.« Er blickte Chris mit einem resignierenden Blick an. »Mein Glück oder auch mein Unglück will es wohl so, daß dein Vater bereits hier eingetroffen ist«, sagte er, und Chris fürchtete schon, er würde in diesem Moment in Tränen ausbrechen. »Du solltest dich lieber anziehen. Wenn es doch nicht dein Vater ist, können wir das später noch fortsetzen. Aber wenn er es ist, könnte er handeln, ohne viel zu fragen, wenn er seine Tochter dabei ertappt, wie sie ihren angeheuerten Pfadfinder küßt.« Als sie den Mund öffnete, um zu widersprechen, legte er rasch die Hand darüber. »Bitte jetzt nicht! Mach es mir nicht schwerer, als es sowieso schon ist, sondern zieh dich bitte an und laß mich nachsehen, wer da den Berg heraufkommt.«

Tynan trat von ihr weg und betrachtete sie mit einem Blick, in dem sich Trauer, Begehren und Schmerz miteinander mischten. Als sie angezogen war, faßte er sie am Arm und zog sie an sich. »Seit ich dich kennengelernt habe, bin ich um zwanzig Jahre älter geworden. Ich hoffe inbrünstig, daß das *irgend jemand*, nur nicht dein Vater ist.« Nach einem raschen Kuß ließ er sie wieder los, nahm sie bei der Hand und führte sie auf die Lichtung hinaus.

Chris konnte Pilar im Anbau auf ihrem Heulager sehen. Sie schlief.

»Schau in meinen Satteltaschen nach. Dort wirst du einen Feldstecher finden. Bring ihn mir.«

Chris beeilte sich, Tynans Bitte nachzukommen. Pilar stützte sich auf einen Ellbogen und blickte sie an.

»Glücklich heute morgen?« fragte Pilar.

»Ich bin schon glücklicher gewesen«, erwiderte Chris, während sie in den Satteltaschen suchte. »Ich wäre außerordentlich glücklich, wenn Tynan es vorgezogen hätte, die Nacht in seiner Bettrolle zu verbringen.«

Pilar stöhnte und fragte dann: »Was ist denn nun wieder los?«

»Ty sagt, er würde jemand den Berg heraufkommen hören. Ich habe bisher nicht das leiseste Geräusch vernommen, aber er will nachsehen, wer es ist. Ah, hier ist ja der Feldstecher.«

»Ich komme mit euch«, sagte Pilar, war in der nächsten Sekunde aus den Decken heraus und lief hinter Chris den Berg hinunter.

Tynan lag auf einem Felsen, so flach und unauffällig wie eine Eidechse, und mußte sich den Frauen durch Zuruf bemerkbar machen, weil sie sonst an ihm vorbeigelaufen wären. »Sie sind es«, sagte er mit todtrauriger Stimme. »Ich wußte doch, daß es so kommen würde.« Er streckte die Hand nach dem Feldstecher aus, den Chris in ihrer Rechten hielt.

Pilar und Chris kletterten neben ihm auf den Felsen. »Bist du sicher, daß es mein Vater ist?« fragte Chris aufgeregt.

»Wer es auch ist – ich hoffe sehr, daß er uns Lebensmittel mitbringt«, sagte Pilar.

»Nach der Größe des Trupps zu schließen, muß Mathison seine ganze Ranch mitgebracht haben.«

Chris nahm ihm den Feldstecher aus der Hand. Ihr Vater war nicht zu übersehen, schien zu groß zu sein für das Pferd, das er unter dem Sattel hatte, und ritt so gerade, als habe er einen Ladestock im Rücken. Selbst auf diese Entfernung sah er noch zornig aus. Sie setzte das Glas ab und merkte, daß Ty sie mit einem spöttischen Blick von der Seite musterte.

»Möchtest du dir von mir einen Revolver leihen, damit du dich gegen ihn verteidigen kannst?« fragte er mit hochgezogener Braue.

»Wer ist der Mann, der neben ihm reitet?« fragte Pilar, die jetzt durch das Glas schaute.

»Den habe ich noch nie gesehen«, antwortete Ty.

Chris stemmte sich vom Felsen hoch. »Ich schätze, ich sollte das so rasch wie möglich hinter mich bringen. Wenn einer von euch beiden zart besaitet ist, muß er sich noch rasch ein dickes Fell wachsen lassen. Das Temperament meines Vaters ist...« Ihr wollte kein Wort einfallen, das es zutreffend beschrieb.

Sie holte tief Luft, nahm ihren ganzen Mut zusammen und ging dann den Berg hinunter, ihrem Vater und den Männern, die ihn begleiteten, entgegen. Zunächst langsam und zögerlich, doch dann, als er immer deutlicher ins Blickfeld rückte, etwas schneller, bis er sie ebenfalls sah.

Da sprengte Del Mathison so rasch auf sie zu, daß die anderen stehenzubleiben schienen.

Chris hob ihre Röcke an und lief ebenfalls so schnell, wie ihre Füße sie zu tragen vermochten – und Dels Pferd raste noch immer im gestreckten Galopp auf sie zu. Als er sie erreichte, verlangsamte er das Tempo nicht, sondern streckte nur den

Arm aus, zog sie in die Höhe und warf sie hinter sich in den Sattel. Das war ein Trick, den er ihr als Kind beigebracht hatte, und er war ihr schon öfter zugute gekommen – zuletzt in der Bretterbudenstadt, wo Tynan im Galopp mitten durch das Frachtbüro geritten war.

Während Chris sich an ihrem Vater festhielt, sah sie, daß Ty ihr den Berg hinunter gefolgt war, mit gezogenem Revolver, um sie zu beschützen, weil sie sich außerhalb der das Lager umgebenden Felswände befand. Sie drehte sich um und bemerkte, daß der Mann, der neben ihrem Vater geritten war, anhielt und Tynan auf sein Pferd hinaufhalf.

Del verlor keine Zeit, als er die Hütte auf dem Berg erreichte. Noch ehe er sich aus dem Sattel geschwungen hatte, brüllte er Chris schon an: »Von all den närrischen und verrückten Sachen, die du in deinem Leben angestellt hast, ist diese die schlimmste. So wahr ich hier sitze – ich werde dich nie mehr aus den Augen lassen! Du und die ganze Familie deiner Mutter haben noch nie auch nur einen Funken Vernunft besessen!«

Chris stellte sich auf die Zehenspitzen und legte ihm die Arme um den Hals. Sie war froh, daß er so aussah wie immer: groß, eindrucksvoll, mit dem Kopf eines Löwen und dichten grauen Haaren, die sein hübsches Gesicht wie eine Mähne umstanden.

Er umarmte sie kurz und schob sie dann wieder von sich weg. »Weißt du eigentlich, was ich deinetwegen durchgemacht habe? Hast du eine Ahnung, wie viele Leute zu mir kamen und mir erzählten, daß du haarscharf am Tod vorbeigeschrammt bist?«

»Wie viele?« fragte sie mit feierlich-ernster Stimme.

»Nun werd mir ja nicht frech, junge Dame. Ich werde jetzt tun, was diese Männer mit dir hätten tun *sollen*. Wo ist dieser junge Dachs, den ich dir nachgeschickt habe? Er hatte den Auftrag, dich zu *beschützen*.«

Tynan trat vor. Die Lichtung vor der Hütte füllte sich allmählich mit Männern und Pferden. »Fragen Sie nach mir?«

Del blickte Tynan von Kopf bis Fuß an und betrachtete den

schmutzigen Verband an dessen Schenkel. »Wie ich sehe, hat sie Sie ja auch beinahe geschafft.«

Tynan richtete sich kerzengerade auf. »Ich übernehme die volle Verantwortung für alles, was geschehen ist. Es gab eine Reihe von Anlässen, wo ich Gelegenheit hatte, sie wieder in Sicherheit zu bringen.«

»Oho!« schnaubte Del. »Sie konnten sie ja unmöglich unter Kontrolle behalten, als Sie im Gefängnis saßen. Und was habe ich da gehört? Ihr beide sollt euch verlobt haben?«

Chris hielt den Atem an, als sie von ihrem Vater zu Tynan blickte. Es sah so aus, als würde Ty sich mit keinem Wort dazu äußern, und Chris erkannte plötzlich, wie ernst dieser Moment war. Wenn sie sagte, daß sie verlobt wären, konnte ihr Vater ihn ins Gefängnis zurückschicken. Sie dachte daran, wie sie Tys Rücken im Regenwald gesehen hatte. Sie glaubte, Macht über ihren Vater zu haben, aber sie war sich dessen in diesem Augenblick nicht sicher. Und wenn sie sich nun irrte? Dann mußte Ty ins Gefängnis.

»Wir sind nicht verlobt«, sagte sie leise. »Ich sagte das nur, um einen Streit zu verhindern. Er hat sich mir gegenüber immer als Gentleman betragen und alles getan, um mich zu beschützen. Er befreite mich sogar aus Dysans Klauen.«

Chris beobachtete ihren Vater, während dieser fortfuhr, Tynan zu studieren, und danach schnaubte er wieder, ohne einen Kommentar zu ihrer Erklärung abzugeben.

»Ich hoffe, daß Chris meinen Antrag annehmen wird«, sagte jemand hinter ihrem Rücken. Sie drehte sich um und sah Asher hinter sich stehen. Er trug einen Verband um die Stirn. Mit einem besitzergreifenden Lächeln legte er einen Arm um ihre Schultern. Ihr Vater blickte sie an, wie er das getan hatte, als sie noch ein Kind war und er sich schlüssig zu werden versuchte, ob sie die Wahrheit sagte oder ihm nur eine ihrer höchst erfindungsreichen Geschichten erzählte. Chris konnte seinem Blick nicht standhalten und schaute auf ihre verschränkten Hände hinab.

Pilar brach endlich das Schweigen. »Wenn ich mich vorstellen darf«, sagte sie, mit ausgestreckter Hand auf Del zugehend, »ich bin Pilar Ellery. Ich sehe Sie heute zum ersten Mal, habe aber schon sehr viel von Ihnen gehört. Sie haben wohl nicht zufällig ein paar Lebensmittel in Ihren Satteltaschen mitgebracht? Wir mußten nämlich die letzten Tage am Hungertuch nagen.«

Del schüttelte ihr die Hand, ohne zu lächeln, und Chris wußte, daß ihn etwas bekümmerte – außerordentlich bekümmerte, wenn er bei einer so schönen Frau nicht einmal lächelte.

Sie entzog sich Ashers besitzergreifendem Arm und hängte sich bei ihrem Vater ein. »Es tut mir leid, daß ich dir so viel Mühe und Sorgen gemacht habe. Das war nicht meine Absicht.«

Del blickte sie eine Weile an, und da lag Betrübnis in seinen Augen. Gab es neben der Gefahr, in der sie sich befand, noch einen weiteren Anlaß für seinen Kummer?

»Miss Mathison, darf ich mich Ihnen vorstellen?«

Vor ihr stand der Mann, der neben ihrem Vater geritten war. Er mußte ungefähr im gleichen Alter sein wie er, war groß, schlank, schwarzhaarig mit grauen Schläfen und hatte dieses hagere, harte Aussehen eines Mannes, der gewohnt war, körperliche Strapazen auf sich zu nehmen, sie jedoch mit einer Eleganz des Auftretens und der Bewegung verband, die man nicht erwerben, sondern nur durch wahlverwandschaftliche Bindungen über Generationen hinweg entwickeln konnte. Obwohl der Revolver an seiner Hüfte so selbstverständlich zu ihm zu gehören schien wie die Stiefel und Sporen, konnte sie sich ihn ebensogut in einem Ballsaal mit einem Weinglas zwischen den schlanken Fingern vorstellen.

»Ich bin Samuel Dysan«, sagte er mit einer tiefen, sonoren Stimme.

»Samuel Dysan?« Sie blickte zwischen Tynan, der etwas abseits stand, und dem älteren Mann hin und her. »Dann sind Sie es also, den Beynard ...«

»Er sucht mich?« fragte Samuel Dysan überrascht.

»Ich hörte nur, wie er sagte, daß er seit Jahren auf der Suche nach einem Samuel Dysan sei.«

Sam und Del wechselten einen Blick. »O ja, ich verstehe. Und wann hat er das zu Ihnen gesagt?«

Tynan trat nun einen Schritt vor. »Sie hatte sich in den Büschen versteckt und spioniert.«

»Spioniert für einen guten Zweck!« schnaubte sie Ty an. »Lionel war...«

»Lionel?« sagte Del. »Willst du damit sagen, daß du etwas für diesen ungezogenen Lümmel tun wolltest, den du mir ins Haus geschickt hast? Ich habe dieses Früchtchen dreimal täglich übers Knie legen müssen.«

»Du hast Lionel *geschlagen*?« entrüstete sie sich. »Er ist doch ein kleiner Junge!«

»Auch bei dir hätte mir öfter die Hand ausrutschen sollen! Aber nein, ich hatte ein zu weiches Herz und dachte, kleine Mädchen sind eben ganz anders. Aber diesen Fehler werde ich nicht ein zweites Mal machen! Ich habe mir vorgenommen, diesen Jungen richtig aufzuziehen, damit er nicht so unvernünftig wird wie du, in großen Städten herumreist und Geschichten schreibt, die ihn in Lebensgefahr bringen. Hast du eigentlich eine Ahnung, wie viele Leute in der letzten Zeit zu mir gekommen sind und gesagt haben ›Ja, die war hier und hat drei Tote hinterlassen, ehe sie weitergeritten ist!‹« Er blickte Tynan an. »Dank euch beiden gibt es ungefähr hundert Leute weniger auf der Welt.«

»Das ist nicht fair von dir«, sagte Chris. »Tynan hat nur getan, was er tun mußte. Er...«

»Außer damals, als ich auf Rory Sayers schoß«, wandte Ty ernsthaft ein.

Sie drehte sich zu ihm. »Was hätten Sie denn sonst tun sollen? Dastehen und sich von ihm erschießen lassen? Sie haben doch gemerkt, wie die Leute Sie herausforderten und dazu drängten, irgend etwas Aufregendes zu vollbringen. Sie konnten gar nicht anders handeln. Sie haben sich selbst schützen müssen.«

Da hielt sie plötzlich inne, als sie begriff, was sie sagte. Sie hatte ihm eben gestanden, daß sie unrecht gehandelt hatte, als sie ihn allein im Gefängnis zurückließ. Doch das war das Ergebnis ihrer Überlegungen, die sie allerdings leidenschaftlich vortrug.

Tynan stand da, ein strahlendes Lächeln auf dem Gesicht, und drehte sich nun zu Del um. »Sir, sie gerät nur in Schwierigkeiten, weil sie alle Ungerechtigkeiten auf dieser Welt abschaffen möchte. Ich denke, Sie haben mit ihrer Erziehung eine verdammt gute Leistung vollbracht. Also – möchte jetzt jemand essen?« Er streckte einen Arm aus. »Darf ich Sie zu Tisch führen, Miss Mathison?«

Chris fühlte sich ein wenig schwach in den Kniekehlen, als sie Tys Arm nahm. Sie war noch nie einem Mann begegnet, der in Gegenwart ihres Vaters nicht gekuscht hatte. Jeder andere Mann hätte getan, was auch Asher soeben tat: im Hintergrund bleiben und den Mund halten.

Sie traten zu den anderen – Del hatte ungefähr fünfzig Bewaffnete mitgebracht – und nahmen die erste richtige Mahlzeit seit über einer Woche ein. Chris lächelte ihren Vater an, der ein finsteres Gesicht machte, während sie versuchte, alle seine Fragen zu beantworten, ohne ihm die Wahrheit über die Gefahren zu sagen, in denen sie geschwebt hatte. Sie wollte ihn nicht noch mehr aufregen, als er es ohnehin schon war; und wenn sie ihn auch nicht direkt belog, so unterschlug sie doch vieles, was seinen Nerven nicht guttun konnte.

»Du bist in Hamiltons Haus gezogen, obwohl du wußtest, daß er seine Kusine hatte umbringen lassen?«

»Dessen war ich mir nicht sicher. Ich meine, es war ein schrecklicher Unfall mit dem Fuhrwerk. Viele Leute hätten bei so einem Unfall umkommen können, und ich wollte doch nur einem kleinen Jungen helfen. Außerdem hatte ich zwei große, kräftige Männer an der Seite, die du mir zu meinem Schutz geschickt hast. Was konnte da schon schiefgehen?« Sie wagte bei diesen Worten nicht, Pilar, Asher oder Tynan in die Augen zu sehen.

Del lehnte sich zu ihr. »Was schiefging, war Dysan. Hast du eine Vorstellung, wozu dieser Mann fähig ist?«

»Ja, die habe ich«, sagte sie leise. »Glaubst du, daß wir über ihn reden sollten, Papa?« fuhr sie mit einem Blick auf Samuel Dysan fort.

Mr. Dysan stellte seinen Teller auf den Boden. »Sie können mich nicht damit verletzen. Ich weiß besser als jeder andere, was für ein Mensch mein Großneffe ist. Ich hatte das Unglück, ihn aufwachsen zu sehen.«

Chris' Neugierde kam an die Oberfläche. »Warum sagte er dann, daß er schon seit vielen Jahren nach Ihnen gesucht habe? Wußte er nicht, wo er Sie finden konnte?«

Del ermahnte seine Tochter, sich nicht ständig in fremde Angelegenheiten einzumischen; doch Chris war mit ihren Augen und ihrem Kopf nur bei Samuel, der wieder Tynan mit so lebhaftem Interesse betrachtete, daß Chris begann, zwischen beiden Männern hin und her zu schauen. Da gab sich Samuel einen Ruck und sagte: »Ich habe nie begriffen, was in dem Verstand dieses Jungen vor sich geht. Seine Mutter heiratete meinen Neffen, weil sie glaubte, er sei der Erbe meiner Besitzungen. Als sie aber feststellte, daß er es nicht war, hat sie ihren Sohn gegen mich aufgehetzt.«

»Und wer ist nun Ihr Erbe?«

»Christiana«, rief Del ihr mit donnernder Stimme zu, »ich bin nicht gewillt, mir deinen Mangel an Manieren noch länger gefallen zu lassen!«

»Ich bitte um Entschuldigung, Mr. Dysan. Das ist nur der Reporter in mir. Ich dachte, es könnte ja Zweifel bestehen, wer Ihr Erbe ist, da die Frau, die Sie eben erwähnten, glaubte, ihr Mann sei Ihr Erbe.«

Samuel legte die Hand auf Dels Arm. »Es ist schon gut. Mich stört diese Frage nicht. Ich habe einen Sohn, aber er ist vor vielen Jahren auf hoher See verschollen. Vielleicht bin ich ein Tor, aber ich hatte immer gehofft, ihn wiederzufinden. Doch selbst wenn ich ihn nie mehr wiederfinden sollte, würde ich meinem Großneffen nicht einen Cent hinterlassen.«

»Er scheint mir auch so genügend Geld zu besitzen.«

Samuels Gesicht wurde hart. »Was er auch besitzt – er hat es durch Diebstahl, Betrug, Unterschlagung und Mord erworben.«

»Oh«, sagte Chris und blickte auf ihren Teller hinab.

»Mr. Tynan«, sagte Samuel, »ich habe einige Erfahrungen mit Wunden. Dürfte ich mir mal Ihr Bein anschauen?«

Tynan sah ihn überrascht an. »Wenn Sie sich zuerst um Pilar kümmern?«

»Ja, natürlich«, sagte Samuel und lächelte Tynan zu.

»Wissen Sie, daß Sie und er ...«, begann Chris, von einem Mann zum anderen blickend.

»Und was war das, was du über Hugh Lanier geschrieben hast? Du hast den Mann eines Verbrechens beschuldigt, das zu den schlimmsten dieses Jahrhunderts gehört!« schrie Del seine Tochter an.

Chris mußte sich wieder ganz darauf konzentrieren, sich gegen ihren Vater zu verteidigen.

Kapitel 25

Chris konnte während des ganzen Abends ihrem Vater nicht eine Minute entrinnen. Sie wollte mit Tynan unter vier Augen sprechen, aber er schien immer so beschäftigt zu sein. Und dann war da noch Asher. Er versuchte offenbar Del zu beweisen, daß er seine Pflicht getan habe und Chris ihn zu heiraten gedachte, denn er wich ihr nie mehr als zwei Schritte von der Seite. Und dauernd machte er solche Bemerkungen wie: »Nimm dir noch ein Biskuit. Ich weiß doch, wie gern du sie ißt!«, als wären sie tatsächlich intim miteinander.

Tynan wiederum redete sie dauernd mit »Miss Mathison« an und lüftete dabei auf eine überaus förmliche Weise den Hut.

»Hat er sich dir gegenüber ordentlich betragen?« fragte Del, als sie stirnrunzelnd Tys Rückseite betrachtete, weil er sie wieder einmal so behandelt hatte, als hätten sie sich vor diesem Abend noch nie gesehen.

»Wie hast du ihn aus dem Gefängnis herausbekommen?«

Del Mathison erwiderte mit einem leisen Schnauben: »Ich habe nicht die Absicht, dich in alle meine Geheimnisse einzuweihen. Ich habe ihn herausgeholt. Alles andere geht dich nichts an. Hat er dir erzählt, daß er im Gefängnis saß?«

»Ich vermutete es, und er beantwortete mir eine diesbezügliche Frage. Wem willst du denn deine Geheimnisse anvertrauen? Dem Mann, den du als Ehemann für mich ausgesucht hast?«

»Du stellst heute aber eine Menge Fragen. Du und Prescott – ihr seid gut miteinander zurechtgekommen?«

»Gut genug«, antwortete sie. »Er hat mich gefragt, ob ich ihn heiraten möchte, wenn du das hören willst.«

Del sah sie eine Weile stumm an. »Es wird Zeit, daß du seßhaft wirst und mir Enkelkinder schenkst.«

»Ja«, sagte sie leise, »genau das möchte ich auch tun.«

Sie sprachen kein Wort mehr, während sie sich darauf vorbereiteten, zu Bett zu gehen. Del stellte mit dem Vormann der kleinen Armee, die er mitgebracht hatte, den Wachplan für die kommende Nacht auf. Chris, in ihre Decken gewickelt, beobachtete ihren Vater, der im Mondlicht bei Tynan stand und einige Minuten lang mit ihm redete.

»Er scheint mir ein so vernünftiger junger Mann zu sein«, sagte Samuel in ihrer Nähe. »Aber Del erzählte mir, daß er wegen Mordes gesessen hat.«

»Ja, aber er hat den Mann, dessentwegen er verurteilt wurde, gar nicht getötet und – ja, er ist ein überaus kompetenter Mann.«

»Sie hatten kein ... keine Angst vor ihm? Ich meine, keine Angst, mit ihm allein zu sein?«

Chris drehte sich um und warf dem Mann einen ungläubigen Blick zu. »Ich würde Ty jederzeit mein Leben und das Leben eines jeden, den ich liebe, anvertrauen. Er ist ein guter, gütiger und intelligenter Mann, der nie in seinem Leben eine Chance gehabt hat. Trotzdem ist er in hohem Maße vertrauenswürdig und besitzt die höchsten Ideale.« Sie hielt inne und fügte etwas verlegen hinzu: »Nein, ich hatte nie auch nur ein bißchen Angst vor ihm.«

Samuel Dysan lächelte ihr im Dunkeln zu. »Ich verstehe. Nun, gute Nacht, Miss Mathison. Ich sehe Sie morgen früh wieder.« Und dann ging er pfeifend davon.

Am nächsten Tag weckte Del das Lager lange vor Sonnenaufgang. Verschlafen blickte Chris aus ihren Decken und sah, daß Tynan bereits zwei Packpferde fertig machte. Sie warf ihre Decke zur Seite und ging zu ihm.

»Guten Morgen«, begrüßte sie ihn lächelnd.

Er sah sie nicht an, sondern ging auf die andere Seite des Packpferds hinüber. Sie folgte ihm dorthin.

»Kümmere dich um den Morgenkaffee«, murmelte er. »Wir werden einen ganzen Kessel voll davon brauchen.«

»Ty ...«, begann sie.

Er blickte sie an. »Hör zu, Chris, es ist vorbei. Du kehrst in deine Welt zurück, ich in meine. Du wirst wieder das kleine reiche Mädchen sein, ich der Ex-Sträfling. Es ist aus und vorbei. Und jetzt koch den Kaffee für die Leute.«

Ihr schossen die Tränen in die Augen. »Es ist nicht aus und vorbei, Ty. Du weißt, was ich für dich empfinde.«

Er legte die Hände auf ihre Schultern. Die Pferde schirmten sie gegen die Blicke der anderen ab. »Chris, ich habe dir von Anfang an gesagt, daß es mit uns nichts werden kann. Du ... du bildest dir ein, daß du mich liebst, aber das ist nicht der Fall. Du liebst das Abenteuer und die Aufregung. Ebensosehr liebst du den Luxus, den das Haus deines Vaters dir bietet. Bald wirst du einsehen, daß ich recht habe. Wenn du erst einmal ein paar Partys gegeben, ein paar Bäder genommen und dir ein paar Kleider gekauft hast, wirst du dich nicht einmal mehr an meinen Namen erinnern. Wenn ich dann in deinen Salon käme, hättest du Angst, ich würde dir mit meinen Kleidern die Möbel schmutzig machen. Und du wirst überhaupt nicht mehr begreifen können, daß du einmal glaubtest, du hättest dich in so einen wie mich verliebt.«

Sie sah ihn eine Weile stumm an, ehe sie erwiderte: »Ich hoffe, du glaubst selbst einmal, was du da redest. Ich hoffe, du kannst nachts schlafen. Ich hoffe, du...« Ihr Zorn verließ sie. »Ich hoffe, du wirst eines Tages begreifen, daß du mich genauso liebst wie ich dich.« Sie trat von ihm weg. »Ich muß Kaffee kochen. Wenn du Manns genug bist, dir die Wahrheit einzugestehen, laß es mich wissen. Ich werde so lange warten.«

Sie rannte von ihm weg, stolperte dabei über Samuel Dysan, blickte diesen jedoch auch nicht mehr an. Sie hielt den Kopf gesenkt und half dem Ranchkoch bei der Zubereitung des Frühstücks für die vielen Cowboys, die sich zum Ausreiten fertig machten.

Als sie in die Sättel stiegen, sah Chris, daß alle Männer um sie herum ihre Revolver schußbereit in der Hand hielten. Ihr Vater, Sam, Tynan und drei Weidereiter ihres Vaters bildeten einen Kreis um sie. Auch Asher und Pilar wurden auf ähnliche Weise beschützt. »Glauben Sie, daß Dysan uns dort draußen vor dem Lager erwartet?« fragte sie Samuel neben sich.

»Ja, ich denke, er erwartet uns dort draußen irgendwo«, antwortete Samuel mit grimmiger Stimme. »Wir haben nämlich etwas, das ihm gehört, wie er meint.«

Ihr Vater rief ihnen zu, daß sie losreiten sollten, ehe sie weitere Fragen stellen konnte.

Sie ritten zwei Stunden in südlicher Richtung, ehe sie auf Beynard Dysans Männer stießen. Er näherte sich ihnen mit der Zuversicht eines Mannes, der sich des Ausgangs der Sache, die sie nun erwartete, absolut sicher war.

Del rief der kleinen Armee, die hinter ihm ritt, zu, daß sie anhalten sollte, und Tynan stellte sich mit seinem Pferd direkt vor Chris. Er, Del und Sam ritten an der Spitze von Mathisons Männern, die sich nun Dysans Truppe, die ungefähr hundert Köpfe zählte, gegenübersah.

»Du hast mich gesucht?« rief Samuel mit so viel Haß in der Stimme, daß es Chris kalt über den Rücken lief.

»Nicht dich«, antwortete Dysan. »Du weißt, was ich haben möchte. Das, was mir berechtigterweise zusteht.«

»Nein«, war alles, was Samuel darauf erwiderte.

»Dann werde ich es mir eben nehmen«, antwortete Beynard. »Und euch alle dazu.«

Da trieb Samuel sein Pferd vorwärts und entriß Del den Zügel, als dieser ihn zurückhalten wollte. Sam ritt zu der Stelle, wo Beynard ihn erwartete. Chris hörte, wie hinter ihrem Rücken Gewehre entsichert und die Trommeln der Revolver gedreht wurden, ob sie auch vollständig mit Patronen gefüllt waren.

Während Sam und Beynard miteinander redeten, bewegte Ty sein Pferd, bis es neben Chris stand. »Wenn ich dir ein Zeichen gebe, möchte ich, daß du im gestreckten Galopp dort hinten zwischen die Bäume reitest«, sagte er leise. »Hast du mich verstanden? Keine Heldentaten!«

Chris sah hoch und bemerkte, daß sich ihr Vater im Sattel umwandte und ihr mit einem Nicken bedeutete, sie sollte tun, was Tynan ihr befahl.

»Pilar?« rief Ty über die Schulter. »Du reitest in die gleiche Richtung, wenn ich das Zeichen gebe.«

Mit einem vor Angst zugeschnürten Hals sah Chris zu, wie Tynan wieder seinen Platz neben ihrem Vater einnahm. Die beiden Männer, die sie am meisten auf dieser Welt liebte, warteten vor ihr, würden die ersten sein, die getötet wurden, wenn Dysans Männer das Feuer eröffneten. Sie meinte, das Herz würde ihr die Rippen zersprengen, als sie den Hals reckte, um Samuel im Gespräch mit Dysan zu beobachten.

Eine Ewigkeit schien zu vergehen, ehe Samuel zu Del zurückritt.

»Dieser Kampf findet nur zwischen uns beiden statt«, sagte Samuel. »Der Sieger bekommt alles.«

Del nickte Sam zu, während Tynan mit dunklen Augen nach vorne sah.

Chris trieb ihr Pferd vorwärts. »Was geht hier vor?«

»Nichts, was dich etwas angeht«, erwiderte Del, den Blick auf Samuels Rücken geheftet.

»Die beiden tragen die Sache unter sich aus«, sagte Tynan. »Der Sieger bekommt die Kriegsbeute.«

»Aber Samuel ist doch ein alter Mann«, sagte Chris. Er kann unmöglich die Reflexe seines jüngeren Gegners besitzen. Und außerdem hat er ein Recht dazu, seinen Besitz demjenigen zu hinterlassen, den er als Erben haben möchte.«

Del warf ihr einen von jenen Blicken zu, die ihr bedeuteten, daß sie ihren Mund halten sollte. »Ich bin sein Testamentsvollstrecker. Sollte Sam verlieren, werde ich dafür sorgen, daß die richtige Person sein Vermögen bekommt.«

»Doch dann wird Dysan hinter dir her sein und . . .«

»Chris«, sagte Tynan leise. »Kommen Sie hierher und seien Sie still.«

Sie ignorierte den Blick ihres Vaters, als sie Tynan gehorchte und ihr Pferd neben das seine lenkte. Ihre Hände klammerten sich um den Sattelknopf, bis die Knöchel ganz weiß waren, während sie zusah, wie Samuel und Beynard den Pfad hinunterritten und zwischen den Bäumen verschwanden. Es schien eine Ewigkeit zu dauern, bis sie den ersten Schuß hörte.

Chris atmete heftig ein und wartete mit angehaltenem Atem.

Dann fiel ein zweiter Schuß. Und dann herrschte Stille.

Sie blickte auf Tynan und sah, daß dessen Wangenmuskeln zuckten, ehe er seinem Pferd die Zügel freigab und an den hundert bewaffneten Männern, die Dysan angeheuert hatte, vorbeigaloppierte. Er ritt genau auf die Stelle zu, wo Samuel und Dysan unter den Bäumen verschwunden waren.

Chris sah einen Augenblick lang der Staubwolke nach, trieb dann ebenfalls ihr Pferd an und folgte Ty. Ihr Vater schrie hinter ihr her und brüllte dann seinen Männern etwas zu, aber sie hielt nicht an, sondern folgte Ty unter die Bäume.

Sie erreichte genau in dem Augenblick eine Lichtung, als Ty sich dort vom Pferd schwang.

Samuel und Beynard lagen beide blutüberströmt auf dem

Boden. Chris sprang von ihrem Pferd herunter und kam schlitternd zum Stehen, als Tynan Samuels Oberkörper anhob.

Der ältere Mann lächelte zu Tynan hinauf. »Es ist nur ein Kratzer. Ich kann von allein aufstehen.«

Tynan drehte sich zu Chris um. »Was, zum Teufel, suchst du hier?« rief er leise. »Reite sofort wieder zu deinem Vater zurück.«

»Ich wollte mich nur vergewissern, daß dir nichts passiert ist«, gab sie mit zorniger Stimme zurück. »Und ich dachte, vielleicht könntest du eine Hilfe gebrauchen.«

»Doch nicht von so einer halben Portion. Und jetzt scher dich zum ...«

Da richtete sich Sam, Tynans Arm zu Hilfe nehmend, auf und ächzte: »So gern ich dem Liebesgeplänkel von euch beiden lausche, doch ich fürchte, ich werde inzwischen hier verbluten.«

Chris lächelte Tynan mit einem »Was-habe-ich-dir-gesagt?«-Gesicht zu, während er zweimal den Mund öffnete und wieder schloß, ohne einen Ton herauszubringen.

In diesem Moment kam Del Mathison in einer Wolke aus Sand, Steinen und zornigem Gebrüll, das seiner Tochter galt, auf die Lichtung gesprengt.

»Was ist hier passiert?« rief Tynan mit einer Lautstärke, die offenbar darauf abzielte, Dels Tiraden zum Verstummen zu bringen.

Sam mühte sich noch einmal, gerade zu sitzen, während Chris zu ihrem Pferd rannte, um Verbandszeug aus den Satteltaschen zu holen. »Wir zogen die Revolver, und ich habe gewonnen. Ich dachte, er wäre tot, als ich zu ihm ging. Er war der Sohn meines Bruders, und ich kannte ihn schon als kleinen Jungen. Es gab Zeiten, wo ich glaubte, es bestünde noch Hoffnung für ihn; doch seine Mutter gestattete ihm nicht, auch nur eine Sekunde lang zu vergessen, was er ihrer Meinung nach war. Egal, wen er auch schädigte oder verletzte, sie stand immer hinter ihm und sagte ihm, daß er jedes Recht habe, zu machen, was er wollte. Sie haßte mich.«

»Und übertrug ihren Haß auf ihn«, fuhr Chris fort, während sie Tynan Verbandszeug zureichte. Ty schnitt Samuels Hemd auf. Die Wunde saß im fleischigen Teil des Oberarms, war nicht lebensgefährlich, aber sehr schmerzhaft. Chris bewegte sich so, daß Sam sich an sie lehnen konnte, während Ty den Verband anlegte.

»Ja, er haßte mich. Er sagte, er wollte mir beweisen, daß er ein genauso großes Vermögen aufhäufen könne, wie ich es besaß.« Er hielt einen Moment inne. »Doch jetzt ist es vorbei.«

»Wie hat er Ihnen diese Kugel verpaßt?« fragte Ty.

»Ich ging zu ihm, nachdem ich ihn getroffen hatte. Er hatte einen Derringer im Ärmel versteckt. Er benutzte seinen letzten Atemzug dazu, auf mich zu schießen.«

Chris beugte sich vor und küßte Samuel auf die Stirn. »Jetzt ist es vorbei, und wir können alle nach Hause gehen.«

Samuel nahm Christianas Hand und blickte dabei zu Del hinauf. »Das ist es, was ich mir wünschte«, sagte er leise.

Chris wollte ihn fragen, was er denn damit meine. Doch Del kam ihm mit seinen Befehlen zuvor, wer hier was aufräumen sollte.

Sie begruben Beynard an der Stelle, wo er gestorben war, und stellten ein rohgezimmertes Kreuz auf die Lichtung, um das Grab zu markieren. Die Männer, die Dysan aufgeboten hatte, zerstreuten sich stumm zwischen den Bäumen, und nachdem Samuel ein paar Minuten allein am Grab gestanden hatte, ritten sie weiter nach Süden.

Chris wußte, daß sie nun erleichtert sein konnte, weil sie jetzt mehr oder weniger frei waren und ungefährdet ihren Weg fortsetzen konnten; doch je näher sie ihrem Vaterhaus kam, um so schlimmer fühlte sie sich.

Asher kam zu ihr und begann mit ihr über alles zu reden, was sie gemeinsam erlebt hatten. Er sprach unnatürlich laut, als er sie an die ersten Augenblicke ihres Kennenlernens erinnerte: sie ohne einen Faden auf dem Leib. Und Chris hatt den Verdacht, Asher wünschte aus irgendeinem Grund, daß ihr Vater diese Geschichte mitbekommen solle. Und Asher war erst an die

Spitze des Zuges gekommen, als alle Gefahren vorüber waren. Es war schwer für sie, dem zuzuhören, was er sagte.

Am zweiten Tag befahl Tynan der Truppe anzuhalten und sagte dann zu Del, sie befänden sich nun in der Nähe von Pilars Haus und er beabsichtige, sie sicher dorthinzubringen.

»Ich werde sie jetzt verlassen, da Sie Ihre Tochter gesund wiederbekommen haben«, sagte Ty, die eine Seite Chris zugewendet.

»Wir werden hier auf Sie warten, oder wir geben alle der Lady ein sicheres Geleit nach Hause. Anschließend können Sie mit uns weiterreiten«, sagte Del.

»Nein, Sir, es war meine Aufgabe, Ihre Tochter zu Ihnen zurückzubringen – und das habe ich getan. Es wäre mir nun lieber, wenn ich meiner Wege ziehen könnte.«

Del brauchte ziemlich lange, um ihm darauf eine Antwort zu geben.

»Del«, sagte Samuel, »ist da nicht noch eine Begnadigung, die er bekommen sollte?«

»Ja, natürlich. Sie steckt in meiner Tasche.« Es dauerte eine Weile, ehe er das Papier gefunden und Tynan überreicht hatte.

»Vielen Dank, Sir. Ich hoffe, zufriedenstellende Arbeit geleistet zu haben.«

»Das Geld, Del«, kam ihm Samuel zu Hilfe.

Chris saß steif auf ihrem Pferd. Mit jeder Sekunde, die nun verstrich, erwartete sie, daß er sagen würde, er könne sich nicht von ihr trennen, sie bedeute ihm mehr als alles Geld dieser Welt und er riskiere lieber das Gefängnis, wenn das bedeutete, daß er sie haben könnte.

Aber Tynan sah nicht einmal zu ihr hin. Und Del brauchte ziemlich lange, um seine Satteltasche zu öffnen und einen Lederbeutel herauszuziehen.

»Es sind zehntausend Dollar. Das hatten wir doch so vereinbart, nicht wahr?«

»Jawohl, Sir.« Tynan streckte den Arm aus, um Del die Hand zu schütteln. »Wenn Sie mich wieder einmal brauchen sollten – ich werde in der Nähe sein. – Mr. Dysan?« Tynan tippte gegen die Hutkrempe, während er den älteren Mann ansah.

Chris stockte der Atem, als er sich ihr zudrehte – aber er sah sie wieder nicht an, nickte nur in ihre Richtung, tippte auf diese abscheuliche, ihren Zorn erregende Weise mit dem Finger an die Krempe und murmelte: »Leben Sie wohl, Miss Mathison.« Dann drehte er ihr den Rücken zu und ritt an Pilars Seite.

Chris saß eine Weile wie erstarrt im Sattel, wurde kaum gewahr, wie Pilar ihr zuwinkte, lehnte sich dann zu ihrem Vater hinüber und nahm seinen Revolver aus dessen Halfter. Dann zielte sie mit der Waffe auf Tynans Hinterkopf.

»Was, glaubst du, tust du da eigentlich?« hörte sie Del brüllen, der ihr im selben Moment den Arm in die Höhe schlug.

Der Revolverschuß löste sich, die Kugel flog hoch über Tynans Kopf hinweg, aber er wandte sich trotzdem nicht nach ihr um.

Del nahm seiner Tochter den Revolver weg. »Von allen verrückten Dingen, die du bisher ...«

Er hielt inne, als er sah, wie Chris ihr Gesicht in den Händen vergrub und zu weinen begann. Sie war also wirklich nur ein *Job* für ihn gewesen, eine Möglichkeit, sich Geld zu verdienen, und er hatte nicht einen Funken Gefühl für sie übriggehabt.

Wie immer, wenn Del eine Frau weinen sah, wußte er nicht, was er tun sollte. Doch da drängte Sam mit seinem Pferd näher heran und zog Chris in seine Arme.

Chris erholte sich rasch, bewegte sich dann wieder von Samuel weg und sah ihren Vater mit klaren Augen an. »Entschuldigung. Ich bin so weit, daß wir weiterreiten können.« Dabei spürte sie nur zu sehr die Verlegenheit der Männer, die sie umgaben.

»Hör zu, Chris – wenn du willst, daß wir hierbleiben und ...«, sagte Del linkisch in dem Bemühen, sie zu trösten.

»Sie ist wieder in Ordnung, Del. Du hast es doch gehört«, sagte Sam. »Darum denke ich, daß wir jetzt weiterreiten sollten.«

Chris blickte ihn dankbar an, und ein paar Sekunden später waren sie alle auf dem Weg nach Hause.

Kapitel 26

Chris legte ihr Buch beiseite und lehnte sich an den Baum, der hinter der kleinen Bank aus Stein wuchs. Sie war nun schon seit drei Wochen im Haus ihres Vaters und wußte, daß sie es nie wieder verlassen würde. Sie würde nicht mehr nach New York zurückkehren und nie mehr Geschichten über die Ungerechtigkeiten dieser Welt schreiben. Statt dessen würde sie Asher Prescotts Frau werden und für immer im Haus ihres Vaters leben.

Mit einem Seufzer klappte sie das Buch zu. Sie hatte Asher bereits ihre Zusage gegeben und mußte nur noch ihren Vater davon in Kenntnis setzen. Aus irgendeinem Grund haßte sie es, ihm davon Mitteilung zu machen. Natürlich würde er sich schrecklich darüber freuen, daß sie endlich einmal etwas getan hatte, was er von ihr verlangte. Und dennoch zögerte Chris.

»Kann es ebensogut gleich hinter mich bringen«, murmelte sie zu sich selbst und stand auf. »Ein Leben lang Mrs. Prescott zu sein ist doch gar nichts im Vergleich dazu«, fügte sie murmelnd hinzu.

Sie drückte ihre Schultern gerade und ging zum Haus zurück. Unterwegs kam sie an Samuel Dysan vorbei, der nach ihrer Rettung bei ihnen geblieben war und jetzt so gut wie zur Familie gehörte. Zweimal hatte Chris mit dem Gedanken gespielt, ihn in ihre Probleme einzuweihen, aber irgend etwas hatte sie immer wieder davon abgehalten.

Sie klopfte an die Tür des Arbeitszimmers ihres Vaters.

»Herein«, rief er, und wie gewöhnlich hatte seine Stimme einen ärgerlichen Klang. Seit sie wieder nach Haus gekommen war, schien er ständig schlechter Laune zu sein und redete manchmal kein Wort mit Chris, als sei er ihr aus irgendeinem Grund böse.

Er blickte zu ihr hoch. »Was ist denn?« fragte er mit kalter Stimme.

»Ich habe dir etwas zu sagen. Etwas, das dich sicherlich sehr freuen wird.«

Del sagte kein Wort, sah sie nur mit hochgezogenen Brauen an.

»Ich habe Asher Prescotts Heiratsantrag angenommen. Wir werden heute in einer Woche getraut.«

Sie erwartete einen Freudenausbruch ihres Vaters. Doch statt dessen wurde sein Gesicht noch finsterer. Hatte sie denn nicht getan, was er wünschte.

»Du hast mir doch noch nie eine Freude machen können, nicht wahr?« begann er und erhob sich aus dem Stuhl hinter seinem Schreibtisch. »Ich wollte, daß du zu Hause bleibst – aber du wolltest nicht. Ich wollte, daß du heiratest und Kinder bekommst – das wolltest du auch nicht. Ich wollte, daß du einen *Mann* heiratest – und nicht einmal diesen Wunsch willst du mir erfüllen, nicht wahr?«

Chris stand einen Moment mit verdattertem Gesicht vor ihm. »Ich heirate doch den Mann, den du mir geschickt hast, weil *du* ihn als meinen Ehemann haben wolltest.«

»Einen Teufel tust du! Ich habe dir Tynan geschickt. Ich wollte, daß du *ihn* heiratest.«

»Tynan?« antwortete Chris, als habe sie diesen Namen noch nie zuvor gehört. »Aber du hast doch zu ihm gesagt, wenn er mich anfassen würde, müßte er ins Gefängnis zurück.«

Del seufzte, ging zu einem Bücherschrank, öffnete eine Tür und holte eine Flasche Whisky und ein Glas heraus. Er goß sich eine tüchtige Portion ein und kippte sie hinunter. Als er seine Tochter wieder ansah, schien er seine Beherrschung zurückgewonnen zu haben.

»Da ich wußte, daß du niemals das getan hast, was ich von dir erwartete, dachte ich, ich würde dich wenigstens diesmal dazu bringen können, mir meinen Willen zu erfüllen, indem du etwas tätest, von dem du annehmen mußtest, daß es meinen Wünschen widerspricht. Ich habe dir zwei Männer geschickt:

einen Schwächling, der kaum richtig auf einem Pferd sitzen kann, und einen anderen – einen Mann im besten Sinne des Wortes. Ich dachte, du wärst klug genug, dir den richtigen herauszusuchen. Ich habe dir nur deshalb ein paar Hindernisse in den Weg gelegt, um die Sache für dich spannender zu machen.«

Chris wäre nicht Dels Tochter gewesen, wenn sie nicht etwas von seinem Temperament geerbt hätte. »Von allen hinterhältigen, gemeinen Tricks, die mir bisher begegnet sind, ist dies der schmutzigste! Willst du damit sagen, du hast die ganze Geschichte nur erfunden, damit mein Interesse für ihn größer wird?«

»Es spielt jetzt keine Rolle mehr, warum ich was tat, da der Schuß offenbar nach hinten losgegangen ist. Du hast diesen ... diesen ... Weißt du denn nicht, daß er nur hinter deinem Geld her ist?«

Chris brauchte eine Weile, um nun ihrerseits ihre Fassung zurückzugewinnen. »Ich weiß sehr genau, was er von mir haben möchte. Aber zu deiner Information: Es war dein von dir ausgesuchter Tynan, der mich abgewiesen hat, und nicht umgekehrt. Dein kostbarer, für mich ausgesuchter *Mann* hat sich geweigert, irgend etwas mit mir zu tun haben zu wollen.«

»Und was hast du ihm getan, daß er nichts mit dir zu tun haben wollte?«

Chris schloß für einen Moment die Augen, damit sie ihren Vater nicht anschrie. »Ich habe nichts getan, was seine Abneigung gegen mich hätte wecken können«, sagte sie leise. »Im Gegenteil, der Grund, warum ich Prescott heirate, ist der Umstand, daß ich Tynans Kind unter dem Herzen trage.«

Das reichte, um Del den Mund zu verschließen. »Ich werde ihm nachreiten und ihn hierherbringen«, sagte er endlich. »Ich werde ...«

»... so etwas nicht tun. Ich werde keinen Mann heiraten, der mich nicht haben will.«

Del ließ sich schwer in seinen Sessel zurückfallen. »Aber Prescott ...«

Chris setzte sich auf den Stuhl, der vor dem Schreibtisch stand. »Asher will mein Geld und ich einen Namen für mein Kind. Ich halte das für eine perfekte Regelung.«

Del schien vor ihren Augen um Jahre zu altern. »Sam und ich glaubten, alles perfekt geplant zu haben. Ich konnte keinen Fehler oder Stolperstein darin entdecken. Wie sehr haben wir beide uns doch getäuscht!«

»Was hat denn Mr. Dysan mit der ganzen Sache zu tun?«

»Sam ist Tynans Großvater. Tatsächlich ist Tynans wahrer Name Samuel James Dysan der Dritte.«

Chris konnte eine Weile nichts sagen. »Er ist wer? Was, in aller Welt, behauptest du da? Tynan hat keine Ahnung, wer er ist.«

»Sam weiß das selbst noch nicht sehr lange.«

»Würde es dir etwas ausmachen, mir zu erklären, was du da redest? Wie lange weißt du schon, wer Tynan wirklich ist? Hast du es bereits gewußt, als du ihn aus dem Gefängnis geholt hast?«

»Natürlich habe ich es damals gewußt. Du traust mir hoffentlich nicht zu, daß ich mein einziges Kind einem Verbrecher anvertraue, oder? Ich habe schon immer gewußt, wer er ist.« Er lehnte sich in seinem Sessel zurück und fuhr fort: »Ich glaube nicht, daß es jetzt noch eine Rolle spielt, wenn ich dir alles offenlege, da ja Sams und meine Pläne gescheitert sind. Sam hofft zwar immer noch, daß Tynan zurückkommen wird, aber ich habe die Hoffnung letzte Woche aufgegeben.«

»Und bist dabei zu dem Ergebnis gekommen, daß es allein meine Schuld ist, wenn er nicht zurückkommt«, rief sie empört. »Wie bist du, was Tynan betrifft, der Wahrheit auf die Spur gekommen?

»Du bist zu jung, um dich noch daran erinnern zu können, aber Sam und ich kennen uns schon seit vielen, vielen Jahren. Er war ein Bewerber um die Hand deiner Mutter.« Del lächelte. »Das war eine Frau mit Vernunft. Die wußte, welchen Mann sie zu wählen hatte! Egal – Sam hat dann schon kurz nach mir geheiratet und bekam auch gleich einen Sohn von seiner

Frau geschenkt, den er nach sich selbst Sam nannte. Es hätte keinerlei Probleme gegeben, wenn nicht dieses Höllenweib gewesen wäre, die Sams Bruder heiratete. Sam erwarb sich sein Vermögen aus eigener Kraft, während alles, was sein Bruder anfaßte, mißlang. Sams Schwägerin schimpfte deshalb Tag und Nacht mit ihrem Mann und dann mit ihrem Sohn, der wie sein Vater war. Beide Männer starben jung. Erst als ihr Enkel geboren wurde, sah sie in ihm eine Hoffnung aufkeimen, endlich das zu erreichen, was sie sich immer gewünscht hatte.«

»Und dieser Enkel war Beynard«, sagte Chris.

»Ja, diese Frau war jahrelang fest davon überzeugt, daß Beynard Sams Erbe sein würde, weil Sam der Zweite keine Kinder zeugte. Aber dann beschlossen er und seine Frau, nach Washington zu fahren, weil sie dort ein größeres Waldstück kaufen wollten, kamen aber von dieser Reise nicht mehr zurück.«

»Sie wurden umgebracht«, sagte Chris leise. »Ty erzählte mir, seine Mutter habe drei Kugeln in ihrem Rücken gehabt.«

»Sam konnte nur vermuten, daß ihnen etwas zugestoßen sein mußte. Man hatte ihm mitgeteilt, daß sein Sohn und seine Schwiegertochter vor der Küste von Washington mit einem Boot gekentert seien und es nicht bis ans Ufer geschafft hätten. Jahrelang hatte er geglaubt, er müsse seinen Besitz tatsächlich Beynard hinterlassen, obwohl er den Jungen nicht ausstehen konnte. Doch vor sechs Jahren besuchte eine Freundin seiner Schwiegertochter Sam und fragte ihn, was denn aus Lilians Kind geworden sei. Bis dahin hatte Sam noch nicht einmal gewußt, daß seine Schwiegertochter schwanger gewesen war.« Del blickte Chris hart an und meinte: »Manchmal sind die Väter die letzten, die erfahren, was sich im Leben ihrer Kinder abspielt.«

Del faltete die Hände vor sich auf der Schreibtischplatte und fuhr fort: »Also setzte Sam vor sechs Jahren Himmel und Hölle in Bewegung, um herauszufinden, ob seine Schwiegertochter ein Kind bekommen hatte – und wenn ja, ob es noch lebte. Er fand dieses Enkelkind dann vor drei Jahren. Es ist Tynan. Wir glauben, daß seine Mutter ›Dysan‹ gesagt haben muß, der Goldgräber sich jedoch verhört hat und Tynan daraus machte.«

»Wer hat Tynans Eltern umgebracht?«

»Sam kann nur vermuten, daß seine Schwägerin einen Mann angeheuert hat, der diese Arbeit übernahm. Vielleicht hatte sie herausgefunden, daß da ein Rivale unterwegs war, der die Stelle ihres Enkels als Sams Erbe einnehmen würde.«

»Deswegen hat also Beynard so dringend nach uns verlangt. Damals im Wald in der Nähe von Hamiltons Haus hatte er Tynan gemeint, als er Sams Namen aussprach, nicht wahr?«

»Wahrscheinlich. Aber Beynard hatte sowieso keine Chance als Erbe. Seine Großmutter war verrückt, und sie hat seinen Verstand vergiftet und ihn gegen Sams Familie eingenommen. Sie hat seinen Geist so verwirrt, wie du ihn vermutlich kennengelernt hast. Sam machte nur den Fehler, dem Jungen zu sagen, daß er glaube, er habe endlich sein Enkelkind gefunden. Beynard brach daraufhin in Sams Büro ein, stahl die Dokumente über Tynan und fuhr in das Territorium von Washington, um ihn dort aufzustöbern. Einiges von dem, was Tynan in den letzten Jahren widerfahren ist, hat Beynard inszeniert.«

»Also hat er tatsächlich Pilar und mich nur entführen lassen, um so Tynan in seine Hand zu bekommen?«

»Wir können das heute nicht mehr genau nachprüfen. Aber Sam und ich glauben, Beynard wußte, daß Tynan für... für eine von euch beiden eine Schwäche hatte, nur wußte er nicht, für wen. Deshalb ließ er gleich euch beide entführen.«

Chris schwieg eine Weile, um das Gehörte zu verdauen. »Warum hast du dir dann diesen komplizierten Plan für Tynan und mich ausgedacht? Warum sorgte Mr. Dysan nicht einfach dafür, daß sein Enkel aus dem Gefängnis entlassen wurde, und nahm ihn dann in sein Haus auf? Was hatte ich denn mit dem Ganzen zu tun?«

»Sam kannte nur den Ruf, der seinem Enkel vorausging: an wie vielen Schießereien er beteiligt gewesen war, wie oft er im Gefängnis gesessen, wie viele Banken er beraubt, in wie vielen Klemmen er gesteckt und wie viele Frauen er bereits gehabt hatte.« Del sah Chris dabei scharf an, doch Chris sagte nichts. »Sam wollte wissen, wie sein Enkel wirklich war. Er hatte Angst, er könnte seinem Großneffen Beynard allzu ähnlich sein. Und außerdem hofften wir beide auf eine Verbindung unserer Familien.«

»Und dafür hast du mich mißbraucht«, sagte Chris und schob das Kinn vor. »Du hast mich als Versuchsperson für euer Kuppelexperiment verwendet!«

Dels Stimme wurde lauter: »Ich hoffte, du könntest vielleicht davon profitieren, daß du einen richtigen Mann kennenlernst, nicht solche Hampelmänner, wie man sie in New York auf irgendwelchen Partys trifft. Aber gib einer Frau einen Job, und sie macht das Dümmste ...«

»Ich halte es nicht für sinnvoll, das Ganze noch einmal durchzuhecheln«, fiel ihm Chris ins Wort. »Wenn es dein Wunsch war, ihn mit mir bekannt zu machen, hätte es doch genügt, ihn in dieses Haus einzuladen und mir vorzustellen. Aber nein, du mußtest ein absurdes Drama inszenieren, um uns beide zusammenzubringen. Du mußtest ihm damit drohen, daß er wieder ins Gefängnis zurückkehren und sein Leben dort verbringen müsse, und mir obendrein noch diesen Prescott schicken, der mich mit seinen scheinheiligen Komplimenten und seinem Liebesgefasel verfolgte.«

»Und den du nun heiraten willst!«

»*Muß*! Denn dieser *Mann*, den du für mich ausgesucht hast, hat mit der Ehe nichts im Sinn. Er bekommt schon einen tödlichen Schrecken, wenn man das Wort Heirat nur in den Mund nimmt. Und er würde alles tun, nur um zu vermeiden, daß er ins Gefängnis zurückgeschickt wird.«

»Hat er dir das gesagt?«

»Ja, das hat er. Ich habe ihn gebeten, mich zu heiraten. Aber er hat mich abgewiesen. Du wirst jetzt sicherlich erfreut sein, von mir zu hören, daß dein Plan, was mich betrifft, hundertprozentig aufgegangen ist. Ich habe mich in Tynan – oder Sam oder wie er nun wirklich heißen mag – schon in dem Augenblick verliebt, als ich ihn zum erstenmal sah. Aber alles, was er von mir wollte, war ... nun das, was er bekommen hat, und die Folge meiner Verliebtheit trage ich nun mit mir herum.«

»Er hat eine Frau zurückgewiesen, die sein Kind unter dem Herzen trägt?«

»Ich habe ihm davon natürlich kein Wort gesagt!«

Del stand auf. »Nun, wir werden ihn finden und dafür sorgen, daß er dich heiratet.«

»Wenn du das tust, werde ich dein Haus auf der Stelle verlassen, und du wirst mich und dein Enkelkind nie mehr wiedersehen. Ich werde mich keinem Mann aufzwingen, der mich nicht haben will. Ich habe mit Asher gesprochen und ihm von dem Baby erzählt, und er ist bereit, mich zu heiraten und das Kind als sein eigenes aufzuziehen. Ich halte das für eine zufriedenstellende Lösung.«

»Zufriedenstellend!« schnaubte Del. »Ich hätte Sams Enkel so etwas nie zugetraut! Ich hätte gedacht, daß er mehr Stehvermögen und Mumm hätte ...«

»Er hat gesagt, daß er meinetwegen auf mich verzichten würde, und ich glaube, daß er teilweise sogar von dem, was er sagte, überzeugt ist. Er meinte, er tauge nicht für die Ehe, und daß ich besser fahren würde mit einem Mann, der schon ›stubenrein‹ sei.«

»Aber das könnte er doch lernen. *Ich* habe das doch auch gelernt, nicht wahr?«

Chris blickte auf den Boden. »Ich möchte jetzt nicht mehr darüber reden. Tynan liebt mich nicht. So sehr du und Mr. Dysan euch gewünscht habt, daß sich aus dieser Geschichte eine gegenseitige Zuneigung entwickeln möge, es ist leider nicht dazu gekommen. Ich werde in einer Woche Asher heiraten, in diesem Haus bleiben, mein Kind großziehen und Tynan in meinem Leben vermutlich nie nehr wiedersehen. Auch steht zu befürchten, daß er bei seinem großen Talent, in Schwierigkeiten zu geraten, wahrscheinlich an dem Tag, an dem ich heiraten werde, schon wieder im Gefängnis sitzt. Und jetzt lege ich mich etwas hin und ruhe mich aus.«

Mit diesen Worten verließ sie das Zimmer.

Kapitel 27

»Glaubst du wirklich, du hättest ein Recht dazu, in Weiß zu heiraten?« fragte Asher Chris, als sie im Garten ihres Vaters beisammensaßen. »Ich meine, gibt das nicht Anlaß zum Klatsch?«

Chris antwortete ihm nicht. Da sie ja eigentlich ihn gebeten hatte, sie zu heiraten, hatte er nun seinerseits damit begonnen, ihr zu zeigen, was er wirklich war. Er war zutiefst verärgert darüber, daß sie eine Nacht mit ›so einem Kerl‹ verbracht und ihm das obendrein so lange verheimlicht hatte. Sie hatten sich darauf geeinigt, daß das Kind als seines zu gelten habe, so daß er mit einem bescheidenen Stolz auf die Bemerkung reagieren konnte, das Baby sei ungefähr drei Monate zu früh auf die Welt gekommen. Er hatte nichts dagegen, wenn die Leute glaubten, er habe die reiche Nola Dallas verführt, wollte aber nicht zulassen, daß Außenstehende von der Existenz eines anderen Mannes in ihrem Leben erfuhren. Er war wütend gewesen, daß sie ihrem Vater die Wahrheit gesagt hatte.

»Wird man es denn nicht bald sehen können?« fuhr er fort.

Chris schloß für einen Moment die Augen. »Wie soll ich das wissen? Ich hatte noch kein Baby. Hat mein Vater denn keine Arbeit für dich? Ich dachte, du wolltest etwas von seinen Geschäften lernen, damit du ihm später behilflich sein kannst.«

»Ich konnte heute morgen nicht. Bei Frederikson soll eine wunderschöne Stute versteigert werden, und ich muß sie noch einmal besichtigen, ehe ich sie kaufe.«

»Aber du hast in dieser Woche doch schon zwei Pferde gekauft.«

Er trat einen Schritt zurück und blickte sie an. Chris wußte genau, was er in diesem Moment dachte. Hatte er denn nicht Del Mathison dessen schwangere Tochter abgenommen? Konnte er für diese noble Tat nicht als Preis den Schlüssel zu dessen Königreich verlangen? Er arbeitete nicht, und Chris hatte den Verdacht, daß er auch nicht vorhatte, jemals zu arbeiten, sondern darauf spekulierte, im Haus ihres Vaters zu leben, sich alles anzueignen, was dieser sich erarbeitet hatte, ihm dafür aber keine Gegenleistungen zu erbringen. Und ihrem Vater war es völlig gleichgültig, was Asher tat oder nicht tat. Er war zu wütend auf Chris, um noch an etwas anderes denken zu können. Und Samuel fuhr fort, sie mit seinen tieftraurigen Blicken zu verfolgen.

»Ich hatte mir überlegt, ob ich dieses Pferd nicht für dich kaufen sollte«, sagte Asher. »Du wirst ein Pferd brauchen, wenn du sein Kind auf die Welt gebracht hast.«

»Ja, natürlich«, murmelte sie. »Natürlich brauche ich ein Pferd.«

Sie wußte, daß sie alles sagen würde, was er gern hörte, wenn sie ihn dadurch nur loswerden konnte. Als sie ihn weggehen sah, dachte sie, daß sie nach der Geburt ihres Kindes Washington wahrscheinlich verlassen und an die Ostküste zurückkehren würde. Ihr Kind würde einen Namen haben, und sie würde Asher nicht täglich um sich ertragen müssen.

Sie versuchte sich wieder in ihr Buch zu vertiefen, aber nichts vermochte ihre Tränen zurückzuhalten. Sie rannte ins Haus zurück, während ihr die Tränen über die Wangen liefen, rannte an Samuel vorbei und hinauf in ihr Zimmer, wo sie wieder einmal einen Tag mit Weinen verbrachte.

Am Tag ihrer Hochzeit war der Himmel bewölkt, und es sah nach Regen aus. Mrs. Sunberry half Chris beim Ankleiden, und eine traurigere Vorbereitung der Braut auf ihre Hochzeit hatte es bisher noch nicht gegeben. Mrs. Sunberry liefen die Tränen über die Backen, während sie immer wieder Feststellungen von sich gab wie: »Er ist nicht der Mann, den sich Ihre Mutter für Sie gewünscht hätte.« Oder: »Er hat schon doppelt so viel ausgegeben wie Ihr Vater in einem ganzen Jahr.« Und auch: »Es ist noch nicht zu spät, Ihre Meinung zu ändern.«

Chris mußte jedesmal mit den Zähnen knirschen, wenn die Frau den Mund aufmachte. Asher war Mrs. Sunberry von Anfang an unsympathisch gewesen, weil er sie ständig herumkommandierte, sobald Chris ihm von dem Baby erzählt hatte.

Chris strich ihr weißes Brautkleid glatt, reckte das Kinn in die Luft und verließ das Zimmer.

Ihr Vater erwartete sie am Fuß der Treppe, und es gelang ihm, ihr seinen Arm anzubieten, ohne sie dabei ansehen zu müssen. Der Zorn, den er gegen sie hegte, leuchtete aus jeder Falte seines Gesichts. Samuel ging hinter ihnen und versuchte gute Miene zum bösen Spiel zu machen, aber Chris vermutete, daß sich dahinter ein todunglückliches Gefühl versteckte.

Sie hätte die beiden Männer am liebsten angeschrien, daß dies wahrscheinlich nicht passiert wäre, wenn sie sich nicht so heftig eingemischt hätten. Wenn sie Tynan nicht gesagt hätten, daß er ins Gefängnis zurückmüsse, wo er ausgepeitscht wurde und nicht genug zu essen bekam, hätte er sich vielleicht mit dem Gedanken, sie zu heiraten, angefreundet.

Sogleich schossen ihr die Tränen in die Augen, weil sie das nicht eine Sekunde lang glaubte. Es war nicht die Drohung mit dem Gefängnis, die Tynan davon abgehalten hatte, sie zu heiraten. Es war die Tatsache, daß er sie nicht liebte.

Die Kirche war brechend voll. Da waren Leute, die sie seit ihrer Kindheit nicht mehr gesehen, und auch viele, die sie überhaupt noch nie gesehen hatte. Auch die Verwandtschaft mütterlicherseits war gekommen, die Montgomerys, die in der ersten Bank standen und zusahen, wie sie langsam am Arm ihres Vaters den Mittelgang entlangschritt. Asher wartete vorne beim Altar auf sie, ein triumphierendes Lächeln auf dem Gesicht.

»Vermutlich denkt er an die Herde von Vollblutpferden, die er sich morgen kaufen wird«, sagte Del leise zu ihr. »Weißt du, warum er mit seinem Geschäft pleite gegangen ist?«

»Ich will es nicht wissen!« zischelte sie zurück. »Er ist der Mann, den *du* für mich ausgesucht hast.«

»Doch nur als Kontrastfigur. Ich dachte, du wärest klug genug, das zu erkennen.«

»Ich schon, aber Tynan nicht.«

»Du hättest ihn ...«

»Ihm Zwillinge auf die Welt bringen können?« fragte sie und funkelte ihn zornig an, als sie den Altar erreichten.

Erst als der Prediger mit der Trauungszeremonie begann, wurde Chris sich des ganzen Ausmaßes ihrer Entscheidung bewußt. Sie versprach mit ihrem Jawort, ihren Mann ihr Leben lang zu lieben, zu ehren, zu schätzen und ihm zu dienen. Tränen stiegen in ihr auf und schnürten ihr den Hals zu, so daß der Pastor sie dreimal um ihre Antwort bitten mußte. Sie merkte, daß Asher sie ansah, als wollte er ihr auf der Stelle eine Ohrfeige geben, wenn sie dem Pastor nicht bald die richtige Antwort gab. Sie konnte hören, wie die Leute hinter ihr bereits unruhig wurden.

Es war in dem Augenblick, wo sie versuchte, eine Antwort zu geben, als die Hölle losbrach. Ein Schuß wurde vor der Kirche abgefeuert, und plötzlich wurde das Gebäude von bewaffneten Männern überrannt: Sie kamen durch die Fenster, durch die Hintertür und aus der Sakristei. Zwei Männer mußten sich oben auf der Galerie versteckt haben, denn sie erhoben sich jetzt mit entsicherten Gewehren, die sie auf die Leute unten im Kirchenschiff richteten.

»Ich würde das an Ihrer Stelle nicht versuchen, Mister«, sagte ein Mann mit einem Revolver, den er auf einen Onkel von Christianas Montgomery-Verwandschaft richtete, der mit der Hand unter seine Weste griff.

Alle standen wie erstarrt und blickten auf die ungefähr zwanzig Männer, welche die Hochzeitsgemeinde umzingelt hatten. Die große Doppeltür des Haupteingangs stand offen und wurde von drei Männern bewacht.

Chris beobachtete mit geweiteten Augen, wie sich ein Reiter dem Hauptportal langsam näherte, als hätte er den ganzen Tag Zeit.

Durch den Haupteingang ritt Tynan auf einem mächtigen kastanienbraunen Hengst in die Kirche, seinen Revolver in dem Halfter, als befände er sich auf einem Spazierritt an einem schönen Sonntagmorgen. Ungefähr in der Mitte des Gangs hielt er sein Pferd an. Während ihn alle mit offenem Mund angafften, wobei zwanzig Revolver auf die Hochzeitsgäste gerichtet waren, zog er einen Tabaksbeutel und Papier aus der Tasche und begann sich eine Zigarette zu drehen.

»Ich glaube, ich kann nicht zulassen, was du da eben machen willst, Chris«, sagte Tynan leise, während er das Zigarettenpapier anfeuchtete.

Chris machte einen Schritt auf ihn zu, aber ihr Vater kam ihr blitzschnell zuvor.

»Du nimmst meine Tochter nicht mit, ohne mit ihr verheiratet zu sein«, sagte Del. »Du machst aus ihr keine Hure.«

»Das hatte ich auch nicht vor. Deswegen bin ich ja heute in die Kirche gekommen.« Er hatte Chris noch nicht angesehen, sondern sah nur hinunter auf seine Zigarette, die zu drehen er verdammt lange brauchte.

Del trat zurück. »Sie können mit der Trauung fortfahren. Dieser Junge dort heiratet meine Tochter.«

»Aber...« begann Asher. Doch Del packte ihn nur beim Ohrläppchen, als wäre er ein ungezogener kleiner Junge, und zog ihn mit sich zum Chorgestühl.

»Ihr könnt euch jetzt alle wieder setzen!« brüllte Del der versammelten Gemeinde zu, als ob es die normalste Sache der Welt wäre, daß der Bräutigam mitten in der Kirche auf einem Pferd saß. »Und ihr da, Leute«, rief er den bewaffneten Männern zu, die an den Wänden des Kirchenschiffs standen, »nehmt gefälligst eure Hüte ab!«

Sie taten, was er ihnen befohlen hatte.

Chris hörte ein leises Kichern im Kirchenschiff, und dann setzten sie sich alle hin. Sie drehte sich wieder dem Pastor zu, der ein bißchen bleich aussah und nicht zu wissen schien, was er nun tun solle.

»Vielleicht beeilen Sie sich ein wenig, ehe das Pferd die Kirche schmutzig macht«, flüsterte sie ihm zu. »Sein Name ist Samuel James Dysan der Dritte, auch Tynan genannt.«

Dieses Mal hatte Chris keine Mühe, die Frage des Pastors zu beantworten. Ihr herzhaftes »Ich will« wurde von der Gemeinde mit einem lauten Lachen begrüßt.

Als der Pastor dann die gleiche Frage an Tynan richten wollte, drehte sie sich zu ihm um. Sie wollte sein Gesicht sehen, wenn sein richtiger Name genannt wurde.

Tynan blinzelte ein paarmal, zögerte und warf einen Blick zu Samuel hinüber, sah den Mann einmal nicken und blickte dann Chris an, zum erstenmal, seit er in die Kirche gekommen war. »Ich will«, sagte er, und die versammmelte Gemeinde applaudierte laut.

Chris stieß ein »Halleluja« aus, riß sich den Schleier vom Kopf, warf ihn in die Richtung, wo Asher stand, und rannte zu Tynan, der immer noch auf seinem Pferd saß. Er faßte ihren ausgestreckten Arm, schwang sie hinter sich aufs Pferd und ritt dann rückwärts aus der Kirche, begleitet von den Hurrarufen der Gemeinde und den Schüssen, die zur Feier des Ereignisses in die Luft gefeuert wurden.

Sie hielt sich mit aller Kraft an ihm fest, während er im gestreckten Galopp quer über die Felder ritt.

Erst zwanzig Minuten später hielt er wieder an, holte sie hinter seinem Rücken hervor, setzte sie vor sich in den Sattel und begann sie zu küssen. Ihr Kleid war bereits nach dem ersten Kuß bis zur Taille hinunter aufgeknöpft.

»Moment mal«, sagte er dann, sich von ihr zurückziehend. »Ist jemand hinter uns her? Ich meine, beabsichtigt dein Vater, uns mit einem Aufgebot bewaffneter Männer zu verfolgen?«

»Höchstens, um sich bei dir zu bedanken«, antwortete sie und versuchte, mit dem Küssen fortzufahren.

»Was war das vorhin in der Kirche? Warum hat der Mann gesagt, mein Name wäre Dysan?«

»Weil es dein richtiger Name ist. O Tynan, ich habe dir ja so viel zu erzählen! Ich weiß, wer du bist, und von deiner Mutter und deinem Vater, und daß Sam dein Großvater ist und ich ein Kind von dir bekomme. Aber was hat dich dazu gebracht, zu mir zurückzukommen?«

Er saß da, sah sie einen Moment an und war offenbar nicht imstande, das alles auf einmal in sich aufzunehmen. »Wird dein Vater mich jetzt ins Gefängnis zurückschicken?«

»Nur wenn du mich noch einmal verläßt.«

»Au!« sagte er, als sie mit ihren Händen an seinen Rippen entlangfuhr. »Laß das.«

»Du bist schon wieder verwundet? Was ist passiert?«

Er grinste sie an. »Lester Chanry hat mich zum zweitenmal gefunden.«

»Und was hast du diesmal mit dem armen Mann gemacht?«

»Ich gab ihm ein Stück von dem Gold aus der Mine des Alten und sagte ihm, wo er die Mine findet.«

»Und nun ist der arme Lester zu der Mine unterwegs und trifft dort auf den alten Mann?« fragte sie und lächelte.

»Sie verdienen sich gegenseitig.« Er begann wieder ihren Hals zu küssen. »Wenn niemand hinter uns herjagt und wir soeben geheiratet haben, heißt das doch, daß wir uns irgendwohin begeben und dort mit der Hochzeitsnacht beginnen können.«

»So früh am Tag?« fragte sie mit geheucheltem Entsetzen. »Sollten wir damit nicht warten, bis es dunkel wird?«

»Bis ich damit fertig bin, deinen hübschen kleinen Körper zu küssen, *ist* es dunkel.«

»Oh, dann ist dagegen wohl nichts einzuwenden.«

»Morgen kannst du mir dann alles von meinem ...« – er grinste – »... Großvater erzählen. Aber im Augenblick habe ich wichtigere Dinge zu tun.«

Er hielt sie ganz fest, trieb sein Pferd an und raste im Galopp die Straße hinunter.

Drei Sekunden später hallten alle vier Ecken der Landschaft von Tynans Ruf wider: *»Ein Baby?«* Und kurz darauf konnte man Christianas lautes Lachen hören ...